古典文獻研究輯刊

五 編

曾永義 主編

第 15 冊

歐陽脩序跋文研究

趙鴻中 著

國家圖書館出版品預行編目資料

歐陽脩序跋文研究／趙鴻中 著 — 初版 — 新北市：花木蘭文
化出版社，2012〔民 101〕
目 4+216 面；19×26 公分
（古典文學研究輯刊 五編；第 15 冊）
ISBN：978-986-254-936-0（精裝）
1.（宋）歐陽修 2.序跋 3.文學評論
820.8 101014720

ISBN-978-986-254-936-0

9 789862 549360

古典文學研究輯刊
五 編 第十五冊 ISBN：978-986-254-936-0

歐陽脩序跋文研究

作 者 趙鴻中
主 編 曾永義
總 編 輯 杜潔祥
出 版 花木蘭文化出版社
發 行 所 花木蘭文化出版社
發 行 人 高小娟
聯絡地址 新北市永和區中正路五九五號七樓
電話：02-2923-1455 ／傳真：02-2923-1452
網 址 http://www.huamulan.tw 信箱 sut81518@gmail.com
印 刷 普羅文化出版廣告事業
初 版 2012 年 9 月
定 價 五編 20 冊（精裝）新台幣 33,000 元

歐陽脩序跋文研究

趙鴻中　著

作者簡介

趙鴻中，1982 年生，臺南人。國立臺灣師範大學國文研究所碩士。現任高中國文教師。本文為碩士學位論文。

提　　要

　　北宋朝廷推行右文政策，大量舉用科舉進士，使士人成為社會上的新興力量。加上印刷科技使得典籍流通較以往快速，使得當時各方面的學術蓬勃發展。序跋為評論、介紹典籍的文章，且必須依附於典籍載體，因此，學術發展的趨向，深深影響著序跋的創作。再者，歐陽脩為北宋古文運動的推行者，對於當時的學術有著舉足輕重的地位。同時，他的文學創作也受到學術、環境的影響。

　　本論文從序跋體類的歷時發展，以及北宋學術、環境對於歐陽脩的影響兩方面為進程，切入歐陽脩之序跋作品。分析歐陽脩序跋的作法、其創作之意圖，並且與當世文人作品比較，指出歐陽脩序跋對於當時古文創作的影響，以及社會思潮的轉變。

　　歐陽脩的序跋文創作甚多，書寫的文本對象涵括經史子集各類。他承襲以往的創作方式，而能有所創新：議論時，採取破立對比、正反抑揚、總提起筆；敘事時，則虛實相間、迂迴轉折，或用簡潔的筆法勾勒作者的神情風采；抒情時，則是時時以「序跋者」的身分滲入文字之中，議論、敘事亦時時間雜情感。其次，歐陽脩運用迂迴行文、大量虛字等方式，使得文章呈現出柔美的面貌，進而形成了「六一風神」的獨特風格。

　　序跋既然以傳播文本為目的，在使文本能夠「垂世行遠」的意圖下，歐陽脩屢次在序跋中觸及「不朽」的概念，並且以「事信」、「言文」作為達到不朽的必要條件。其次，他在序跋文中寄寓自己的思想，藉由《春秋》筆法褒善貶惡與批判時事。另一方面，其序跋也呈現宋人藝術鑑賞的遣玩意興。

　　本論文透過對於歐陽脩序跋文的研究，指出歐陽脩序跋所呈現的當代學術趨向，以及文人間交遊網絡與文學創作之圖像。

目
次

第一章　緒　論

　　歐陽脩〔註1〕（西元 1007 年～1072 年）〔註2〕，字永叔，生於北宋眞宗景德四年，仁宗天聖八年（1030）中崇文殿試甲科進士，授將仕郎、西京留守推官。隔年至洛陽，擔任錢惟演（962～1034）之幕僚，並與尹洙（1001～1047）、謝絳（994～1039）、梅堯臣（1002～1060）等人結交，相與創作古文。同時，歐陽脩也與尹洙相約撰作《五代史》。

　　景祐三年（1036），范仲淹（989～1052）與宰相呂夷簡（979～1044）發生衝突，貶知饒州。歐陽脩修書切責諫官高若訥（997～1055）失職，亦貶峽州夷陵縣令。康定元年（1040）被召回京師，恢復館閣校勘之職務。

　　慶曆三年（1041），韓琦（1008～1075）、范仲淹爲參知政事，積極推動新法。時歐陽脩知諫院。然因爲外界群起反對，新法改革終至失敗。雖然范仲淹、富弼（1004～1083）等人相繼貶出，但反對新政者依舊不肯罷休，而將矛頭指向歐陽脩，使得歐陽脩在慶曆五年因張甥案而貶知滁州。在貶官的這段期間，歐陽脩大致將《五代史記》的草稿完成，並開始《集古錄》的金石蒐集工作與跋尾的撰寫。

　　至和元年（1054）歐陽脩守母喪期滿而進京。仁宗頗有重用之意，但政敵怕他再度被起用，於是設局使他與宦官對立，因而出知同州。對於這次事件，知諫院范鎮（1008～1088）等人一再爲歐陽脩辨明清白，仁宗終於悟解，命歐陽脩刊修《新唐書》。不久又陞爲翰林學士。

〔註1〕 歐陽永叔，其名作「修」或是「脩」。本論文論述從「脩」，惟引述他人論文時遵從原文。
〔註2〕 本論文紀年皆採西元紀年，以下行文標註年份時僅標數字。

嘉祐二年（1057），歐陽脩權知禮部貢舉，以慶曆變法時所倡導的古文作為科舉取士的標準，摒黜險怪奇澀的文體。這次考試錄取了曾鞏（1019～1083）、蘇軾（1036～1101）、蘇轍（1039～1112），是古文發展史上極為重要的一次事件。

嘉祐五年，歐陽脩進新修《唐書》，因修《唐書》有功，轉禮部侍郎，隔年又轉任戶部侍郎參知政事。這是他第一次擔任行政首長的重責。

治平二年（1065），英宗下詔令禮官及待制以上議崇奉濮王典禮，知諫院司馬光等人認為英宗應稱自己生父濮王為皇伯，而歐陽脩則持反對立場，並作《濮議》四卷。然而這次濮園之議，又使得日後政敵伺機誣衊歐陽脩與長媳有染。雖獲平反，但歐陽脩也萌生辭退之意。此外，歐陽脩此時的健康狀況已大不如前，因而屢屢辭職告老。熙寧四年（1071）歐陽脩以觀文殿學士太子少師致仕，歸隱於潁州。但不過年餘，歐陽脩便病逝潁州，享年六十六歲。其後太常議諡，定曰文忠。

第一節　研究動機與目的

宋代自太祖趙匡胤（927～976）開國以來，即推行右文政策，之後的歷任皇帝也都遵守著這項政策。尚文的結果，使得儒士文人的地位大幅提升、數量大為增加。〔註 3〕昭文館、史館、集賢院以及秘閣所組成的館閣體系，為宋代文化與政治培養了大批人才，就北宋文壇名家而言，如王禹偁（954～1001）、楊億（974～1020）、歐陽脩、王安石（1021～1086）、蘇軾等人，皆有過館閣經歷。

歐陽脩由於經歷過館閣之職，參與《崇文總目》之編修。歐陽脩亦為史學家，修撰有《唐書》、《五代史記》。《崇文總目》的敘釋、《唐書》與《五代史記》的序論，往往由歐陽脩執筆。在當時，歐陽脩曾為許多親朋好友的詩文集寫序。他又雅好金石，所作《集古錄跋尾》在金石學上亦有許多貢獻。歸納這幾個層面，歐陽脩或因職務，或因親情、友情，或因喜好等因素，而

〔註 3〕《宋史・文苑傳》卷 439：「自古創業垂統之君，即其一時之好尚，而一代之規撫可以豫知矣。藝祖革命，首用文吏而奪武臣之權，宋之尚文，端本乎此。太宗真宗，其在藩邸，已有好學之名；及其即位，彌文日增。自時厥後，子孫相承，上之為人君者無不典學，下之為人臣者，自宰相以至令錄無不擢科；海內文士，彬彬輩出。」

有跨領域的創作，書寫許多序跋文，如史書序論、詩文集序、目錄序或金石跋尾等等。前人論述歐陽脩之古文時，多推崇其序跋文。〔註4〕因此，歐陽脩之序跋文數量之多，品質之精，已深受前人肯定。

「序跋」這一類文章，必須依附於書籍或是詩文等載體，以評介、議論其書其文。因此，這類文章若要大量創作，文化事業之興盛爲必要條件。畢竟，當朝廷重視文化事業時，文士從事文學活動、進行文學創作的機會也會增加；再加上當時印刷技術進步，雕版印刷取代手鈔本的現象之下，使得宋代印刷出版業較前代爲盛，書籍的刊印量多質精，〔註5〕且流傳頗爲普遍、便利，對於必須依附於這些文獻體式的序跋文，也就有了直接的影響，因而使這類文章的創作量大增。從唐宋古文八家創作的書序觀之，宋人創作書序的數量的確較韓柳多出許多。〔註6〕可以說，書序在宋代，因當時活絡的文化環境而有大幅的發展。也由於出版業的興盛，書籍流通爲目錄學的發展提供了客觀物質條件，因此，目錄學到了宋代也已經進入發展成熟的階段。

一般論述宋代古文運動時，論者多以爲前承中唐之韓愈（768～824）、柳宗元（773～819）。而向來討論歐陽脩之古文，亦多以爲學韓。〔註7〕不過，唐宋兩次古文運動的特色並不相同，若僅是對前人亦步亦趨，則無法透顯出宋代古文運動的特色。〔註8〕以歐陽脩爲例，就文體而言，歐文各體兼備，在韓

〔註4〕 如姚鼐《古文辭類纂‧序目》：「余撰次古文辭，不載史傳，以其不可勝錄也。惟載太史公、歐陽永叔表志序論數首，序之最工者也。」曾國藩《經史百家雜鈔‧序跋之屬》：「凡序跋類以遷、固、柳、歐、曾、馬爲宗。」陳衍《石遺室論文》：「永叔以序跋、雜記爲長。」

〔註5〕 吳河清：「宋代編纂印刷的文獻典籍，規模之大，版印者之多，印刷之精，流通面之廣，在歷史上是空前的。」見王水照編：《宋代文學通論》學術史篇第二章，頁550。此章由吳河清執筆。

〔註6〕 依照楊慶存的統計，韓愈並無書序作品，柳宗元四篇，歐陽脩二十五篇，曾鞏二十四篇，蘇軾十一篇，皆比韓柳爲多。見王水照：《宋代文學通論》題材體裁篇第三章，頁485。

〔註7〕 歐陽脩自己於〈記舊本韓文後〉亦說：「取所藏韓氏之文復閱之，則喟然嘆曰：『學者當至於是而止爾！』」又說：「余之始得於韓也，當其沉沒棄廢之時，予固知其不足以追時好而取勢利，於是就而學之，則予之所爲者，豈所以急名譽而干勢利之用哉？亦志乎久而已矣。」

〔註8〕 若是就唐宋兩代古文運動發生的原因來看的話，羅根澤指出：「唐代的復古止限于文，宋代的復古兼及于詩。……唐代的革新運動是在針對著魏晉以迄唐代的駢文，宋代的革新運動是在針對晚唐以迄宋初的時文。」見羅根澤：《中國文學批評史‧兩宋文學批評史》，頁1。因此，在時代與表現對象皆不同之下，唐宋兩代之古文運動各具特色。

愈之上更有創新之處，尤其是他的序跋文。〔註9〕惟以往對於歐陽脩古文之研究論著，其面向多著重於歐陽脩與宋代學術或古文運動之關係，或是與其他古文家比較，對於歐陽脩某類專體文作全面研究者較少。而歐陽脩本人在編定《居士集》時，本來就依文體分類，周必大（1126～1204）編《歐陽文忠公集》時也依從歐陽脩的編纂方式，是以本文擬從這個角度出發，以歐陽脩之序跋文爲研究對象，針對上述幾方面之作品進行全面探討。一方面藉由序跋的書寫類別，探究當時社會環境下的學術活動；一方面就歐陽脩的創作，探討他的交遊與學術，進而論及其序跋文的文學價值與影響。

藉由本論文的論述，預期討論以下幾項問題：

一、藉由北宋學術環境對於歐陽脩的學術導向，梳理歐陽脩文學、學術之背景。

二、探討歐陽脩序跋作法對於前代之傳承與新變。

三、分析歐陽脩創作序跋時所欲寄寓的理念爲何。

四、藉由與當代文本的比較，透顯歐陽脩序跋所呈現的當代學術趨向，以及文人間的交遊網絡與文學創作之圖像。

第二節　研究範圍

在《歐陽文忠公集》中，《居士集》由歐陽脩親手編定而成，其中「序」類的文章當中，收錄了「序」、「送……序（贈序）」、「字序」等幾類文章，「序跋類」與「贈序類」文章並未加以區別。而歷來的文章選本，也都將贈序納入「序」類文章之中，一直到姚鼐（1731～1815）《古文辭類纂》才將兩者分列。姚鼐以爲贈序是起源於老子「贈人以言」，到了唐代，這種「贈人以言」的文體形式才開始以「序」爲名。〔註10〕姚鼐將兩者的源流關係區隔開來，將二

〔註9〕 何寄澎以爲：「歐陽碑誌學韓、馬，贈序學韓、雜記學柳、論辨學韓、學荀子，均取其長而變出之，而序跋一類特自創格調。」見何寄澎：《唐宋古文新探》，頁 220。

〔註10〕 李珠海歸納贈序的淵源有兩派說法：一是源於贈言，姚鼐、姚永樸等秉此說法；二是從序跋發展而成，蔣伯潛、陳必祥、薛鳳昌持此說法。見李珠海《唐代序文研究》（臺北：國立臺灣大學中國文學研究所碩士論文，1995 年）第二章。如果就姚鼐源於贈言之說來看，贈序自始即與序跋類沒有關聯。不過，蔣伯潛已對「贈人以言」的說法辨其誤，認爲老子只是贈人以「言」而並非「文」；此外，「贈序」以「序」名亦不始於唐。詳見蔣伯潛：《文體論纂要》

者切割開來。縱使現今仍有些學者界定「序跋」的範疇時將贈序類文章納入
論述，〔註11〕不過，在中唐韓愈手中，已經正式完成了「贈序」此一文體的
成立。〔註12〕既然如此，後世的文章也就必須加以畫分。因此，本文將「贈
序」摒除於「序跋類」範疇之外。

再者，序跋的發展，到了唐宋可謂臻於完備，而序跋範疇的界定上，雖
歷來或有所爭議，但大同小異。由於姚鼐《古文辭類纂》可以說是文體學上
最具代表性的文章選本，因此，本論文在分類上，便依據姚鼐的分類法，來
對歐陽脩的序跋文進行研究。

依照《古文辭類纂》對「序跋類」的分類方式，本論文對於序跋的範圍
界定不限定於《歐陽文忠公集》中之序跋文，亦兼及歐陽脩的其他著作，如
《唐書》與《五代史記》當中的序論。其中《唐書》的本紀、志、表部分掛
名歐陽脩修撰，但實際上出於眾家之手，如呂夏卿（？～？）創世系諸表；〈天
文志〉、〈律志〉、〈五行志〉出於劉羲叟（1017～1060）；〈方鎮表〉、〈百官表〉
出於梅堯臣（1002～1060）；而〈禮儀志〉與〈兵志〉則是出於王景彝（？～？）。
〔註13〕不過，這些表志的序文仍由歐陽脩負責撰寫。〔註14〕因此，本論文所

（臺北：正中書局，1979 年 05 月），頁 111。然而還有一點須指出：若由此
看來，蔣氏認爲姚鼐是「極其變」（前揭書，頁 42）的說法在辯證上就有所牴
牾。畢竟，姚鼐已從源流上切斷二者的關聯性，自然沒有「變」的問題。

〔註11〕如顧藎丞《文體指南》便以爲贈序當入序跋類文章之中。顧氏言：「考之古代書
籍中，兩種序體，原祇一類，亦且只有一個名稱，所以我把牠併在一起說，比
較清楚簡捷些。」見顧藎丞：《文體指南》（臺北：啓明書局，1958 年），頁 21。

〔註12〕贈序到了韓愈正式發展爲一獨立文體，現今已多有學者論述，舉例來說，如蔣
伯潛《文體論纂要》：「韓愈《昌黎集》中，……無詩之贈序已多。自此以後，
作序贈人者更多，且十之九是不爲贈別之詩作序的。所以贈序不得不脫離序跋
附庸的地位，獨立爲一類。」（《文體論纂要》，頁 110）錢穆〈雜論唐代古文運
動〉言：「贈序，此一體創始於唐人。……太白所爲諸序，尋其氣體所歸，仍不
脫辭賦之類。其事必至韓公，乃始純以散文筆法爲之……於是遂正式爲散文中
一新體。」（《中國學術思想史論叢（四）》，頁 46～48）〈讀姚炫唐文粹〉也以爲
《唐文粹》中「序跋贈序，混而不分，此爲大病。」（《中國學術思想史論叢（四）》，
頁 85）梅家玲〈唐代贈序初探〉將贈序分爲早期的「眾詩之序」與後起的「一
詩之序」與「無詩之序」三類，且以爲「到中唐韓、柳倡導古文運動，更就贈
序一體大家發揮。此類『無詩之序』於是應運而生，贈序一體乃真正開始具有
獨立的生命。」（《國立編譯館館刊》第 13 卷第 1 期，頁 201）

〔註13〕參見楊家駱：《二十五史識語‧新唐書述要》（臺北：鼎文書局，1980 年 08
月），頁 334。

〔註14〕吳充（1021～1080）〈歐陽公行狀〉：「（公）嘗被詔撰《唐書》……其爲紀，

研究的範圍，即歐陽脩著作的「序」、「跋」獨立篇章，其中涵蓋史書之序論、書序與篇章小序、目錄序和題跋。而在這樣的範圍限定之下，贈序、字序，以及單篇詩文前不獨立成篇的「并序」，也就不在討論範圍之中。〔註15〕

　　由於歐陽脩著作甚多，雖然周必大所編的《歐陽文忠公集》已經幾乎將他的全部著作都收錄進去，頗具有「大全集」的性質，不過，還是有某部分著作因為篇幅關係而未收錄。本論文在論述時，所依據版本便必須加以說明。以下臚列其各項著作所依據的版本：

　　一、《歐陽文忠公集》：

　　　　據臺灣商務印書館影印四部叢刊本，即涵芬樓影印元刊本〔註16〕。以下簡稱《歐集》。

　　二、《歐陽文忠公集》中未收錄之序跋逸文：

　　　　這一部分參考曾棗莊編《全宋文》卷718與卷728中《歐陽文忠公集》未收錄部分之文章。

一用《春秋》法，於唐〈禮樂志〉，明前世禮樂之本出於一，而後世禮樂為空名，〈五行志〉不書事應，盡破漢儒蕃異附會之說。」見《歐陽文忠公集·附錄一》，頁1254。由此可知表、志內容雖不是由歐陽脩所撰，但是前面的序言確由歐所撰。杜維運亦持此見解：「歐陽修於中途參與修《新唐書》，……極關重大的本紀贊語，志、表序文，皆由歐陽修親筆所寫。」見杜維運：《中國史學史》（臺北：三民書局，2004年06月）第三冊〈歐陽修揭開宋代史學序幕〉，頁60。

〔註15〕姚鼐《古文辭類纂》未將詩文前的「并序」歸於序跋類，而是與該篇文章一起編錄，可見是將「并序」與詩文主體視為一個整體的，如元結〈大唐中興頌有序〉（卷40碑誌類）、韓愈〈汴州東西水門記并序〉（卷51雜記類）、班固〈兩都賦并序〉（卷68辭賦類）。曾棗莊亦言：「單篇詩、文、詞的序跋，若為該作者同時所寫，應視為該篇詩、文、詞的有機組成部分。」見《全宋文》附錄〈論《全宋文》的文體分類及其編序〉，頁258。

〔註16〕傅增湘以為四部叢刊本應當是明代「天順六年吉州知府程宗刊本」：「此本……世人往往誤為元刊。如《天祿琳瑯書目》所載元本，正是此刻。近時涵芬樓印行《四部叢刊》，於廠市訪購元本，為盛意園藏書，售價至踰千金，及細觀之，實即此本之初印者耳。然則此本之精妙寧不與元刻同珍也哉！」，見〈明天順程宗刊歐陽文忠公集跋〉，《藏園群書題記》（臺北：廣文書局，1967年），頁669。而王嵐則以為《四部叢刊》為元刻本無疑：「天順本與《四部叢刊》影印本行款雖然相同，卻將周必大序從卷末移至卷首，且新添錢溥、彭勖序，區別還是很明顯的，故《四部叢刊》影印之本確係元刊而非明天順本。」見王嵐著：《宋人文集編刻流傳叢考》，頁92。照此說法，四部叢刊本可以說是現今可見一五三卷本之《歐集》中，日本天理圖書館所藏南宋慶元二年（1196）周必大刻本以外最早的完整版本。

三、《唐書》與《五代史記》：

依據藝文印書館影印乾隆武英殿刊本。爲求行文方便，以及與《舊唐書》、《舊五代史》清楚分別，以下各章論述時，稱《唐書》爲《新唐書》；稱《五代史記》爲《新五代史》。

四、《詩本義》：

依據臺灣商務印書館影印四部叢刊本。

此外，歐陽脩之文集在當代有重新編排、校注之版本，爲本論文在必要時所參酌、引述，有以下幾種：

一、李逸安點校：《歐陽修全集》，北京：中華書局，2001 年 03 月。

二、李之亮箋注：《歐陽修集編年箋注》，成都：巴蜀書社，2007 年 12 月。

三、洪本健校箋：《歐陽修詩文集校箋》，上海：上海古籍出版社，2009 年 08 月。

以上爲本論文所依據之文本。至於所要探討的序跋篇章列於「附錄一」。

第三節 文獻探討

文獻可分爲屬於直接資料的文本與其他相關研究資料。直接資料即歐陽脩之文本；其他相關研究資料一爲屬於此領域的古典文獻，如古代之文章評點著作，或是古文選本等文獻，一爲近代的學術研究成果。本節討論範圍集中在近代的學術研究成果。

歷來在相關方面的研究，無論是學位論文，或是單篇論文，已頗有可觀的成績。以下分別從歐陽脩研究成果，以及序跋文與宋代學術相關研究成果兩方面，簡要說明目前研究的方向與概況。

一、歐陽脩研究成果

歷來研究歐陽脩之論文汗牛充棟，這裡取其與本論文相關者，分爲學術與古文方面以探討。

（一）學術方面之研究

對於歐陽脩學術的研究，有對於整體綜合論述、或作作家之間比較、或作經史學方面的研究。

1、整體綜合論述

以歐陽脩爲主，從歐陽脩的生平、文學、學術與政治各方面進行研究，有江正誠《歐陽修的生平及其文學》〔註17〕、劉子健《歐陽修的治學與從政》〔註18〕、蔡世明《歐陽修的生平與學術》〔註19〕、劉若愚《歐陽修研究》〔註20〕、黃進德《歐陽修評傳》〔註21〕與顧永新《歐陽修學術研究》〔註22〕。

江正誠《歐陽修的生平及其文學》討論歐陽脩生平，又論及金石學與書法、書論和古琴等藝術生活，而關於歐陽脩之文學，除詳述其詩、文、詞的淵源、特點，及內容外，也將其詩論及文論提出來研究。

劉子健《歐陽修的治學與從政》論述歐陽脩經學、史學、文學之學術思想，以及政治改革與紛爭，藉此來分析當時思想之所以蓬勃發展，以及北宋政治的錯綜演變。

蔡世明《歐陽修的生平與學術》分生平與學術兩方面討論。在生平部分，指出其從政歷程與爲人處世；在學術部分，從經學、史學、宗教思想以及文學四部分進行論述。

劉若愚《歐陽修研究》討論其生平與學術，認爲歐陽脩在政治改革上雖然失敗，但在學術與文學方面，則有莫大的成就。

黃進德《歐陽修評傳》探究歐陽脩的家世生平、政治思想、經學見解、史學與文學成就，指出歐陽脩治學以經世致用爲基本理念。

顧永新《歐陽修學術研究》從歐陽脩所處的宋代學術背景，與其自身的學術實踐兩方面論述，指出歐陽脩推動尊韓復古、經世致用的學術潮流，促進北宋儒學復興運動。

2、作家之間比較

進行作家之間比較的研究，有汪淳的《韓歐詩文比較研究》〔註23〕與王基倫的《韓歐古文比較研究》〔註24〕。

〔註17〕江正誠：《歐陽修的生平及其文學》（臺北：國立臺灣大學中國文學研究所博士論文，1978 年）。

〔註18〕劉子健：《歐陽修的治學與從政》（臺北：新文豐出版公司，1984 年 10 月）。

〔註19〕蔡世明：《歐陽修的生平與學術》（臺北：文史哲出版社，1986 年 09 月）。

〔註20〕劉若愚：《歐陽修研究》（臺北：臺灣商務印書館，1989 年 05 月）。

〔註21〕黃進德：《歐陽修評傳》（南京：南京大學出版社，2003 年 01 月）。

〔註22〕顧永新：《歐陽修學術研究》（北京：人民文學出版社，2003 年 08 月）。

〔註23〕汪淳：《韓歐詩文比較研究》（臺北：文史哲出版社，1989 年 07 月）。

〔註24〕王基倫：《韓歐古文比較研究》（臺北：國立臺灣大學中國文學研究所博士論

　　汪淳的《韓歐詩文比較研究》就韓愈與歐陽脩之家世性格、學術思想、詩文特點與表現方式，以及詩論、文論作比較論述，指出歐陽脩雖學韓愈，但由於性情使然，並無韓愈之險怪。

　　王基倫的《韓歐古文比較研究》針對二人古文之文體、題材與作法進行比較，在序跋部分，指出序跋為韓歐二人所擅長的體類，然韓愈題跋不如歐陽脩量多而佳。

　　3、經史學

　　研究歐陽脩經史學方面的作，有何澤恆《歐陽修之經史學》〔註 25〕、陳念先《從《新五代史》看歐陽脩的學術思想》〔註 26〕、郝至祥《兩《唐書》書法暨筆法比較研究——兼論《新唐書》闢佛刪史》〔註 27〕、蔡清和《歐陽脩《集古錄跋尾》之研究——以書學、佛老學、史學為主》〔註 28〕與杜娟《歐陽修《集古錄跋尾》研究》〔註 29〕。

　　何澤恆《歐陽修之經史學》分為經學與史學兩方面進行研究，指出歐陽脩以文學之所得論經學，又從經學貫通史學。

　　陳念先《從《新五代史》看歐陽脩的學術思想》從《新五代史》的角度論述其經學、史學及文學思想，從而探討《新五代史》在歐陽脩學術領域中扮演的角色與地位。

　　郝至祥《兩《唐書》書法暨筆法比較研究——兼論《新唐書》闢佛刪史》由史書撰寫體例與文學技巧分析兩《唐書》之異同，兼論歐陽脩闢佛思想。

　　蔡清和《歐陽脩《集古錄跋尾》之研究——以書學、佛老學、史學為主》主要從書學、佛老學、史學三面向看歐陽脩於《集古錄跋尾》中所透顯出的思想，認為歐陽脩的集古，應是在極為強烈的好古癖好驅使下所從事的活動，也因此開創以碑刻考證史書的新路。

　　杜娟《歐陽修《集古錄跋尾》研究》從《集古錄跋尾》一書的成書背

　　　　文，1990 年）。
〔註 25〕何澤恆：《歐陽修之經史學》（臺北：國立臺灣大學，1980 年 06 月）。
〔註 26〕陳念先：《從《新五代史》看歐陽脩的學術思想》（臺北：輔仁大學中國文學研究所碩士論文，1999 年）。
〔註 27〕郝至祥：《兩《唐書》書法暨筆法比較研究——兼論《新唐書》闢佛刪史》（臺中：逢甲大學中國文學研究所碩士論文，2000 年）。
〔註 28〕蔡清和：《歐陽脩《集古錄跋尾》之研究——以書學、佛老學、史學為主》（嘉義：國立中正大學中國文學研究所碩士論文，2002 年）。
〔註 29〕杜娟：《歐陽修《集古錄跋尾》研究》（濟南：山東大學碩士論文，2007 年）。

景、成書經過、著作體式、內容分類、史學價值、學術影響等方面入手，
將跋尾之體式分成介紹性、考論性、議論性以及考訂加議論性跋尾，並且
以三章的篇幅探討《集古錄跋尾》內容及價值，如考論碑刻年代、書刻、
真偽等等。

（二）古文方面之研究

對於歐陽脩古文之研究，有總論古文者，有對於歐陽脩一生進行分期研
究者，有對於其序文之研究，也有探討古文之作法。

1、總論古文

對於歐陽脩古文作整體論述者，有李慕如《歐陽修古文之研究》〔註 30〕
與劉德清〈論歐陽修的散文〉〔註 31〕。

李慕如《歐陽修古文之研究》針對古文運動、古文創作動機與態度、創
作方法、作者涵養、古文批評、古文內容特色、章法特色與風格特色，以及
對後世影響，並以為歐陽脩的古文以序跋、雜記最有成就。

劉德清〈論歐陽修的散文〉論述歐陽脩的散文創作成就，其中包含了歐
陽脩的文學思想，歸納出道勝文至的文道觀、文學要經世致用的經世觀以及
創造與繼承並重的創新觀三項特色，並且針對各種文體作淺要的介紹，以為
「六一風神」為歐陽脩散文美學特徵的概稱。

2、分期研究

對於歐陽脩古文採取分期的方式作研究者，有王水照〈歐陽修散文創作
的發展道路〉〔註 32〕與王基倫〈歐陽脩古文的創作階段及其風格嬗變〉〔註 33〕。

王水照〈歐陽修散文創作的發展道路〉將歐陽脩生平分為五期，分別論
述各個時期的文學創作成果以及文學思想。

王基倫〈歐陽脩古文的創作階段及其風格嬗變〉修正王水照分期年限，
並指出歐陽脩在不同的時期，因為自身經歷的不同，在各類文體創作上有所
差異，但其一生的文章風格則是變化不大。

〔註 30〕李慕如：《歐陽修古文之研究》（高雄：國立高雄師範大學國文研究所碩士論
　　　　文，1989 年）。
〔註 31〕劉德清：〈論歐陽修的散文〉，《吉安師專學報》，1995 年 11 月。
〔註 32〕王水照：〈歐陽修散文創作的發展道路〉，《社會科學戰線》，1991 年 01 月。
〔註 33〕王基倫：〈歐陽脩古文的創作階段及其風格嬗變〉，《紀念歐陽脩一千年誕辰國
　　　　際學術研討會論文集》（臺北：國立臺灣大學中國文學系，2009 年 06 月）。

3、序跋文研究

在研究歐陽脩序文方面，有潘友梅〈試論歐陽修序文的成就〉〔註34〕、何寄澎〈歐陽修「詩文集序」作品之特色及其典範意義〉〔註35〕、黃韻靜、方怡哲的〈歐陽脩跋文研究〉〔註36〕與黃韻靜〈歐陽修書序文研究〉〔註37〕。

潘友梅〈試論歐陽修序文的成就〉討論歐陽脩之序文，僅限於《居士集》卷41至44共三十篇序跋體與贈序體文章，首先談論這些序文中的儒家思想，復論述在這些序文中「簡古純粹」、「宏博雅健」與「詩窮後工」綱領性的文學見解，將重點擺在儒家思想與文學理論上。

何寄澎〈歐陽修「詩文集序」作品之特色及其典範意義〉則針對《居士集》卷41至43二十一首詩文集序作探討，說明其詩文集序有「志人」與「抒懷」二特色，並指出南宋以後文人對歐序的承繼，可以說已形成一種典範。

黃韻靜、方怡哲〈歐陽脩跋文研究〉探討歐陽脩的題跋文，以《集古錄跋尾》爲主要討論對象，指出歐陽脩的跋文創作，有著提升跋文價值與地位、豐富跋文寫作內涵，以及使「題跋」成爲新興文類三項貢獻。

黃韻靜〈歐陽修書序文研究〉探討書序的寫作方式與發展，並分析歐陽脩書序的數量、類別，探討其特色與成就，指出歐陽脩的序跋具有提高抒情成分、人物形象鮮明、善於變化寫作方式與以第一人稱出現於序文之中幾項特色，分析精要，然而論述範圍僅限於歐陽脩的書籍序，並未觸及其他序跋作品。本論文擬以此文爲基礎，加以擴充論述歐陽脩序跋的作法。

4、作法研究

在研究歐陽脩古文作法方面，有何寄澎〈歐陽修古文作法探析〉〔註38〕、東英壽〈從虛詞使用看歐陽修古文的特色〉〔註39〕與王基倫〈歐陽脩《春秋》

〔註34〕 潘友梅：〈試論歐陽修序文的成就〉，《阜陽師院學報》（社科版），1993 年 03 期，頁 62～67。

〔註35〕 何寄澎：〈歐陽修「詩文集序」作品之特色及其典範意義〉，《臺大中文學報》17 卷，2002 年 12 月，頁 109～124。

〔註36〕 黃韻靜、方怡哲：〈歐陽脩跋文研究〉，《國立臺灣科技大學人文社會學報》第 5 期，2009 年 03 月，頁 69～103。

〔註37〕 黃韻靜：〈歐陽修書序文研究〉，《崑山科技大學人文暨社會科學報》創刊號，2009 年 06 月，頁 135～158。

〔註38〕 何寄澎：〈歐陽修古文作法探析〉，《唐宋古文新探》（臺北：大安出版社，1998 年 04 月），頁 173～220。

〔註39〕 東英壽：〈從虛詞使用看歐陽修古文的特色〉，《復古與創新──歐陽修散文與

筆法之理解與應用〉〔註40〕。

何寄澎〈歐陽修古文作法探析〉針對歐陽脩碑誌、序跋、贈序、雜記與論辨五類古文的作法分別探討文章作法，並以為序跋文有「以議論感慨成文」、「迂迴而入、層層轉折」與「虛詞不斷重複使用」之特點，很能表現出序跋文兼議論、敘事，以及切合歐陽脩柔美風格，是本文在研究歐陽脩序跋文時可供參考之處。

東英壽〈從虛詞使用看歐陽修古文的特色〉亦針對虛詞的使用專文論述，藉由統計歐陽脩古文中的虛詞，論述其古文風格。

王基倫〈歐陽脩《春秋》筆法之理解與應用〉透過歐陽脩對《春秋》筆法的理解，如褒貶、簡古、勸戒幾個方面，討論其創作表現上的問題。

二、序跋文體與宋代學術研究成果

（一）序跋文體之研究

討論序跋文體的論文，有李珠海《唐代序文研究》〔註41〕、王基倫〈魏晉南北朝序體結構演變及其創造性轉化〉〔註42〕、張靜〈唐代序文研究述評〉〔註43〕與李志廣《唐代序文文體概說》〔註44〕、柯慶明〈「序」「跋」作為文學類型之美感特質的研究〉〔註45〕與黃韻靜《宋代《文選》類總集序類、題跋類研究》〔註46〕。

李珠海《唐代序文研究》研究對象為唐代所有的以「序」名篇之文章，

文體復興》（上海：上海古籍出版社，2005 年 08 月），頁 85～106。

〔註40〕 王基倫：〈歐陽脩《春秋》筆法之理解與應用〉，《臺北大學中文學報》，2007年 03 月。

〔註41〕 李珠海：《唐代序文研究》（臺北：國立臺灣大學中國文學研究所碩士論文，1995 年）。

〔註42〕 王基倫：〈魏晉南北朝序體結構演變及其創造性轉化〉，《魏晉南北朝文學與思想學術研討會論文集》第三輯（臺北：文津出版社，1997 年 09 月），頁 31～54。

〔註43〕 張靜：〈唐代序文研究述評〉，《鄭州大學學報》（哲學社會科學版），2001 年03 月。

〔註44〕 李志廣：《唐代序文文體概說》（大連：遼寧師範大學碩士論文，2001 年）。

〔註45〕 柯慶明：〈「序」「跋」作為文學類型之美感特質的研究〉，《鄭因百先生百歲冥誕國際學術研討會論文集》（臺北：國立臺灣大學中國文學系，2005 年 07 月）。

〔註46〕 黃韻靜：《宋代《文選》類總集序類、題跋類研究》（高雄：高雄復文出版社，2009 年 03 月）。

將序分「序跋」與「贈序」，對於序的義界、文體特徵、淵源、發展過程、在文學史上及文學批評史上的地位，以及唐以後序文的發展情形作詳細的論述。

王基倫〈魏晉南北朝序體結構演變及其創造性轉化〉指出源自論辯的序體作品由議論、敘事，逐漸走向寄寓生命情懷；此外，這時期延續了自序的傳統，而創化出他序的寫作方式。

張靜〈唐代序文研究述評〉針對歷年唐代序文研究作一梳理，歸納爲專題性研究、史述性研究、賞析性研究與介紹性研究幾類。

李志廣《唐代序文文體概說》對於序體文之概念界定、序文之分類進行討論，以爲序之下又可以分爲著作序、游宴序、贈序以及雜序幾種。

柯慶明〈「序」「跋」作爲文學類型之美感特質的研究〉一文所探討的，是序跋作爲一種文學類型之際，其共同的質性和美感表現的可能以及方向，並以經典名篇爲例以論述，比如文中指出小序由於是詮解單一作品，常重在提供發生的「語境」，而大序處理的是眾多的作品或者對象，因此強調的是詮解的「符碼」。

黃韻靜《宋代《文選》類總集序類、題跋類研究》論述序體的起源、兩宋總集序類、題跋類選文情況，與宋代之後序跋的因襲與合併。書中指出，《詩序》、《書序》分別爲韻文、散文作品篇序的起源、《別錄》爲書籍序起源，而《呂氏春秋‧序意》爲自序之起源。此外，又分析宋代的總集選文，提出序類與題跋類文章由起源各異到合併的現象。

（二）宋代學術之研究

宋代相關研究，可分爲古文研究、文體研究、金石學研究、目錄學研究。

1、宋代古文研究

宋代古文之研究，有何寄澎《北宋的古文運動》〔註 47〕與祝尚書《北宋古文運動發展史》〔註 48〕。

何寄澎《北宋的古文運動》探討北宋古文發生背景、理論基礎、發展歷史，以及與唐代古文運動比較，指出北宋古文運動兼具儒學性與政治性，而歐陽脩改革文學的主要對象爲石介（1005～1045）的太學體。

〔註 47〕何寄澎：《北宋的古文運動》（臺北：幼獅文化公司，1992 年 08 月）。
〔註 48〕祝尚書：《北宋古文運動發展史》（成都：巴蜀書社，1995 年 11 月）。

　　祝尚書《北宋古文運動發展史》分爲北宋初期、前期、中期、後期四階
段論述北宋古文的發展歷程。並以「六一風神」概括歐文風貌，根據歸納，
具有「平易自然，從容閑雅」、「紆餘委備，往復百折」、「含蓄不盡，言約意
遠」幾項特色。

　　2、宋代文體研究

　　討論宋代文體且兼及序跋者，有王水照〈宋代散文的技巧和樣式的發展
——宋代散文淺論之二〉〔註49〕與程杰《北宋詩文革新研究》〔註50〕。

　　王水照〈宋代散文的技巧和樣式的發展——宋代散文淺論之二〉對政論、
史論、書序、記、賦、隨筆、書簡、題跋，分成議論、敘事與抒情來論，指
出書序在宋代議論文中佔有重要的地位。〔註51〕後來其學生楊慶存承繼此說
法，在〈論宋代散文體裁樣式的開拓與創新〉〔註52〕指出書序與題跋在宋代
時有長足的發展、開拓。

　　程杰《北宋詩文革新研究》從詩文革新的角度出發，認爲北宋詩文革新
「起於復古，成在開新」，而「開新」即是在符合時代與主體表達的需要之下，
對舊有文體加以延伸、發展，並且加以改造。因此就序體文而言，程杰指出
宋人在韓柳基礎上，有創新與發展，如唐代贈序興盛，宋代則是書序興盛等
等。〔註53〕

　　3、宋代金石學研究

　　宋代金石學方面，以葉國良《宋代金石學研究》〔註54〕爲代表。葉國良
針對宋代的金石學者與著述、金石學、金石學與當時學術的關係詳加論述，
是研究宋代金石學的重要參考資料。文後有附表〈宋代金石學年表〉，以表格
方式整理出當時金石學者的活動與金石研究成果，在研究歐陽脩《集古錄跋
尾》時，參考此表即能清楚梳理出蒐集金石古物的前後順序，與當時其他金
石學者之關係。

〔註49〕　王水照：《唐宋文學論集》（山東：齊魯書社，1984 年 07 月），頁 154～164。
〔註50〕　程杰：《北宋詩文革新研究》（臺北：文津出版社，1996 年 12 月）。
〔註51〕　王水照：《唐宋文學論集》，頁 157。
〔註52〕　收錄於楊慶存：《宋代文學論稿》（上海：復旦大學出版社，2007 年 03 月）。
〔註53〕　程杰《北宋詩文革新研究》以圖表呈現名家之文體比較，舉例來說，韓柳贈
　　　　　序共三十六篇，而歐曾書序有五十四篇。
〔註54〕　葉國良：《宋代金石學研究》（臺北：國立臺灣大學中國文學研究所博士論文，
　　　　　1982 年）。

4、宋代目錄學研究

對於宋代目錄學之研究，有張圍東《宋代《崇文總目》之研究》〔註55〕，分析古籍的種類及分類方法，進而探討《崇文總目》在目錄學發展的影響，並找出目錄學產生和發展的一般規律。分〈宋代官府藏書〉、〈「崇文總目」與館閣制度〉、〈「崇文總目」之纂修〉、〈「崇文總目」之分類與體制〉與〈「崇文總目」之評價〉幾章來論述《崇文總目》的相關問題。由於歐陽脩在修撰《崇文總目》時，擔任館閣校勘，後遷集賢校理，在研究《崇文總目敘釋》時，也應對修撰《崇文總目》的制度、編纂方式與當時官府藏書等有明確的瞭解，因此，此部論文是研究《崇文總目敘釋》時可供參考之資料。

上面將歷來與歐陽脩序跋文相關的研究作一簡要考察。但若以研究歐陽脩序跋文的角度，來看這些研究的話，仍有以下幾點值得商議之處：

（一）在討論歐陽脩之序跋文時，多側重於歸納出文章特色；而當提到其交遊或職務等方面時，又多著重其生平，鮮將交遊、職務與創作序跋文題材之關係的論述結合起來。

（二）綜觀前人研究成果，多著重於序文，至於跋文雖有相關論文，但多著重在金石學、文獻學方面，鮮少從文學的角度來論述歐陽脩之跋文。

（三）研究歐陽脩整體古文，或是關於討論宋代文體之論文，雖然有頗為清晰的論述，但由於其採文學史之視角，對文本的深入分析有所不足。因此，本文擬以這些研究為基準點，對於歐陽脩序跋文進行分析。

以上為前人研究之餘尚待擴充、討論的地方。本文擬對此進一步論述，以建構出歐陽脩序跋文的完整面貌。

第四節　研究方法與步驟

一、研究方法

本論文由序跋文體的歷時發展，以及北宋學術環境兩條進路，切入歐陽脩之序跋作品，並且試圖以接受理論說明歐陽脩的序跋文體意識，並順此探究其創作序跋之意圖。再者，用比較的方式，指出其序跋作法和理念與其他

〔註55〕張圍東：《宋代《崇文總目》之研究》（臺北：中國文化大學史學研究所博士論文，2000 年）。

作品的同異，俾使歐陽脩序跋的文章特色與其思想理路清楚呈現。

二、研究步驟

　　本論文的研究步驟，首章說明研究動機、目的、研究範圍與前人研究回顧，以及研究方法與步驟，指出論文研究重點。

　　第二章〈序跋之意義與源流〉探討序跋文之意義以及歷代發展。

　　第三章〈北宋學術與歐陽脩生平事蹟〉論北宋學術以及歐陽脩之生平事蹟、交友情形。首先從各類學術討論北宋學術風氣與發展情形，以及屬於政府機構的館閣制度。而這些外在環境以及前代學者的遺風，使濡染於其中的歐陽脩有何承繼之處？又歐陽脩與當時文人交遊之情形為何？這個學術網絡與歐陽脩的序跋散文創作有何關聯？透過上述幾個角度的探討，來觀看歐陽脩序跋散文的書寫種類。

　　第四章〈序跋作法分析〉，本章擬先探討先宋序跋的書寫方式，從分析篇法指出序跋之傳統作法；再分析歐陽脩作品，探究其序跋書寫方法，並藉由此二節的分析，論述歐陽脩風格之形成。

　　第五章〈文體意識與創作意圖〉，本章探討歐陽脩對於序跋之文體意識，以及他在進行序跋創作時意圖寄寓之理念。

　　第六章〈歐序與當代序跋異同舉要〉，本章比較歐陽脩與其他作家之序跋作品，分別從當代的別集與詩文序跋、兩《唐書》與兩《五代史》史傳序論、《集古錄跋尾》與《金石錄》跋尾幾個方面，藉由篇章寫法、思想觀念比較，指出其異同。

　　第七章結論，總結全文論述。

第二章　序跋之意義與源流

姚鼐《古文辭類纂·序目》指出:「凡文之體類十三,而所以為文者八。」序跋既然屬於其中一種「體類」,其之所以為「序跋」的意義為何?「體類意義」的提出又是在何時?再者,「序跋」此一體類在宋代之前有何沿革?本章擬先探討「序跋」的「體類意義」,再分別從漢代、魏晉南北朝以及唐宋三大階段論述各時期序跋的發展概況。

第一節　序跋之意義

姚鼐《古文辭類纂》以「序跋」為文章體類之一。而「序跋」可以分為「序」與「跋」二者,以下分述此二者之意義。

一、序的意義

許慎《說文解字》言:「序,東西牆也,从广,予聲。」《爾雅·釋宮》也說:「東西牆謂之序。」可以知道「序」本義是「牆」。「序」又與「敘」相通。朱駿聲《說文通訓定聲·豫部》以為序「叚借為敘」,而《說文解字·三篇上》:「敘,次弟也。」可知「序」的假借義為「次第」。吳訥《文章辨體序說·序》歸納上述說法,指出「序事之文,以次第其語,善敘事理為上。」

以上為「序」之本義與假借義。然而一種體類之成立,在利用分類的方式來區別文章以指涉「類」的同時,也必須具備「體」此一內涵概念。〔註1〕

〔註 1〕顏崑陽:「『體類』一詞雖具有『體』的內涵概念,但它所指涉的『標的性對象』卻是『類』。」見顏氏:〈論「文體」與「文類」的涵義及其關係〉,《清

文體學中對於「體」的內涵概念約略可以分為「形構義」與「樣態義」。〔註2〕亦即論述序跋的體類意義，必須涉及事物的形式結構與式樣姿態。就此而論，「次第其語」、「善敘事理」尚未足以成為「序」的體類意義。

那麼，「序」的體類意義應該如何界定？顏崑陽在分析古代的總集或選集時，指出這些總集幾乎全都是以「體製」分類。〔註3〕也就是藉由文章的形式結構來進行分類。然則「序」的「體製」為何？童慶炳指出：「一種文學體裁的形成是長期的創作實踐的結果，體裁猶如語言中的語法規則，不是某個人的規定，而是一種經過長期實踐後的約定俗成。」〔註4〕當一種創作模式經過約定俗成之後，就成為該類文章所具有的「體製」。既然「體類」的內涵概念已然形成，「體類」意義也將至此成立。顏崑陽說：

> 「文類體裁」所指涉的……是諸多作品「聚同」而成「類」之後的
> 形構「共相」，也就是某一文類公約性而成規化的普遍形構與對應之
> 功能——所謂「類體」。……它是一種尚未用以創作實踐之前的規範
> 性話語，而非已創作完成的評價性話語。〔註5〕

這段話雖是就形構的「體裁」來說，不過對於體類的意義規範卻很重要。我們可以將這段話的焦點集中在「它是一種尚未用以創作實踐之前的規範性話語」一語。作者在創作某「文體」之文章時，必然會受到該「文類體裁」之規範。藉由此一「公約性而成規化」的「形構共相」之約束，創作出可歸類於此一「體類」之「文章」。我們所要探尋的問題是：「序」之為一種「體類」，其文類體裁所必然具備的「公約性而成規化」之「形構共相」為何？

東晉時期〈尚書序〉曾對於「序」下一「公約性而成規化」的定義，使其蘊含「體類」的意義：〔註6〕

華中文學報》第1期，頁57。

〔註2〕顏崑陽以為「體」有「體裁」、「體製」、「體貌」、「體式」、「體格」、「體要」等意義；而「形構」是「事物的形式結構」、「樣態」則是「事物的式樣姿態」。詳見顏崑陽前揭文，頁12～43。

〔註3〕顏崑陽：〈從歷代文章分類析釋「類體互涉」關係及其在文體學上的意義〉，頁7，國科會專題研究計畫（NSC92－2411－H－259－013），2004年10月。

〔註4〕童慶炳：《文體與文體的創造》（昆明：雲南人民出版社，1999年07月）第三章〈文體作為系統〉，頁105。

〔註5〕顏崑陽：〈論「文類體裁」的「藝術性向」與「社會性向」及其「雙向成體」的關係〉，《清華學報》第35卷第2期，頁320。

〔註6〕屈萬里：「今傳偽孔本《尚書》，卷前有孔安國序，世人謂之大序。此序乃東

《書・序》，序所以爲作者之意，昭然義見，宜相附近，故引之各冠
其篇首，定五十八篇。〔註7〕

《書・序》提出「序所以爲作者之意」，也就是經由「序」的說明，使典籍著
作之義得以昭然若揭，這就是「序」的「體製」。其後歷代的文論家在闡述「序」
的體類意義時，也繼承了〈尚書序〉之說法而有相關的論述。如劉知幾（661
～721）《史通・序例》言：「竊以《書》列典謨，《詩》含比興，若不先敘其意，
難以曲得其情；故每篇有序，敷暢厥義」；王應麟（1223～1296）《辭學指南》
卷四以爲「序者，序典籍之所以作也」；陳懋仁《文章緣起注・序》言：「序
者，所以序作者之意，謂其言次第有序。」〔註8〕在這幾家的論述中，不論是
「敷暢厥義」；或是「序典籍之所以作」；或是「序作者之意」，都可以看出從
〈尚書序〉「序所以爲作者之意」的說法再加以發揮。姚鼐《古文辭類纂》論
述「序跋類」文章指出：

> 序跋類者，昔前聖作《易》，孔子爲作〈繫辭〉、〈說卦〉、〈文言〉、〈序
> 卦〉、〈雜卦〉之傳，以推論本原，廣大其義。《詩》、《書》皆有序，
> 而《儀禮》篇後有記，皆儒者所爲。其餘諸子，或自序其意，或弟
> 子作之。〔註9〕

姚鼐指出序跋具有對於典籍文本「推論本原，廣大其義」的作用；而若是從
作序者與典籍文本的關係區分的話，則可分爲「自序其意」的自序，與「弟
子作之」的他序。

　　以上對於「序」的說法，又可分爲兩種，一是以爲「序」是說明作者著
述之意，如「序作者之意」等，也就是偏重於對作者創作之旨的闡明；另一
種則是以爲「序」是介紹、評述典籍著作的文章，如「推論本原，廣大其義」，
即偏重於對於文本的介紹。而作者著述之旨意本已涵融於典籍著作之中，在

　　晉人所僞，自宋以來，諸家辨之審矣。」見屈萬里：《尚書集釋》（臺北：聯
　　經出版社，2005 年 10 月）附編二〈書序集釋〉，頁 287。

〔註7〕孔穎達《正義》曰：「此序也，孔以〈書序〉序所以爲作者之意，宜相附近，
　　故引之各冠其篇首，其經亡者，以序附於本篇，次而爲之傳，故此序在此
　　也。」

〔註8〕此外，尚有章學誠（1738～1801）《文史通義・匡謬》：「書之有序，所以明作
　　書之旨也，非以爲觀美也。序其篇者，所以明一篇之旨也。」姚永樸《文學
　　研究法》則指出「序」爲「次作者之指而道之也。」

〔註9〕姚鼐輯，王文濡評註：《評註古文辭類纂》（臺北：華正書局，2000 年 08 月），
　　頁 5。

著作中自能彰顯著述之意。因此，可以如是說：「序」是針對典籍著作進行評介、論述之獨立文章，其中亦包含對於典籍或詩文之作者著述旨意的闡明。劉勰《文心雕龍・論說》言「序者次事」；徐師曾在《文體明辨序說・序》提到序文「爲體有二：一曰議論，二曰敘事。」可知序在評論文本、闡述其旨意時，往往以「議論」或「敘事」的方式行文。

二、跋的意義

「跋」的意義，本爲「躓跋」，許慎《說文解字・二篇下》：「跋，躓也。」即顚仆、跌倒之義。段玉裁指出：

> 〈豳風〉「狼跋其胡」，謂縷也。縷則仆矣。引伸爲近人題跋字。題
> 者標其前，跋者系其後。（《說文解字注・二篇下》）

由段玉裁所論，可知「跋」之所以具有「序跋」之義，實爲引伸義。姚永樸《文學研究法・門類》則從《說文解字》的解釋，更清楚地指出：「蓋本從足取義，引申之，凡處後皆曰跋。」從姚永樸「凡處後皆曰跋」的解釋，可知「跋」就體類意義而言，都是處於文獻載體之後的獨立文章。徐師曾《文體明辨序說・題跋》亦指出題跋是「簡編之後語」。吳訥（1369？～1455？）《文章辨體序說》則指出題跋之功用：「其詞考古證今，釋疑訂謬，褒善貶惡，立法垂戒，各有所爲。」簡言之，即是跋文作者除了闡明典籍旨意以外，也對於文獻載體進一步闡發自己的意見。

綜合上面的說法，「跋」之具有「序跋」之體類意義，經過了三次轉變：首先「跋」從「顚仆跌倒」從足取義，轉而爲「處於後者」；再由「處於後者」引伸爲「簡編之後語」；又由於「簡編之後語」的「跋」與「序」一樣，都是針對文獻載體而發，因此最後與「序」相結合，而成爲「序跋」此一體類。這時的「跋」，與「序」相對，由於其「處後」的特性，因此在文獻載體之後的爲「跋」，而在文獻載體之前的即爲「序」。〔註10〕

〔註10〕曾棗莊〈論《全宋文》的文體分類及其編序〉：「序跋文實際上可分爲兩小類，一爲序，或稱叙、緒、引，是寫在一部書或一篇詩文前面的文字……一爲跋，或稱跋尾、跋後、後序、後記、後錄、題後、書後、讀後或題詞，是寫在一部書或一篇詩文後面的文字。」見《全宋文・附錄》第360冊，頁258。由於「序」在北宋時期已普遍放在典籍文章之前，因此採用此分法。

第二節　漢代：體製之建立

一、《史記》對「序」的開創

序跋體類到了《史記》，出現體製之建立完備的書序。馮書耕《古文通論》言：

> 序跋體，起於孔子之作《十翼》，及諸子末篇，其體格未固定，至漢孔安國〈尚書序〉、〈史記自序〉、及〈十二年表序〉，後來序跋之體，皆以此爲法式矣。〔註11〕

馮書耕指出先秦諸子書末篇「序」的體格尚未固定。到了西漢司馬遷（前145～前86）的《史記・太史公自序》〔註12〕，才建立了序的書寫「法式」，除了「序典籍之所以作」的體類意義外，「也起著目錄和條例、提要的作用。」〔註13〕

就書寫對象而言，〈太史公自序〉包含了「總序」（全書之序）與「篇序」（篇章之序），篇序又暗含有目錄的功用；就書寫類別而言，〈自序〉與「太史公曰」之論贊包含了「書序」與「表志序論」（史書序論）。在書寫對象、類別等等的交互運用之下，「開創一體制完備、規模大具的書序之體」〔註14〕。

〈太史公自序〉一文說明《史記》成書之旨：

> 漢興以來，……臣下百官力誦聖德，猶不能宣盡其意。且士賢能而不用，有國者之恥；主上明聖而德不布聞，有司之過也。且余嘗掌其官，廢明聖盛德不載，滅功臣世家賢大夫之業不述，墮先人所言，罪莫大焉。（《史記》卷130）

司馬遷完成《史記》的編撰，一方面是職責所需，一方面是記載當世皇帝之「盛德」。然而，更重要的是繼承父親司馬談完成這部史書的遺志。〈太史公自序〉中又有爲各篇所寫的篇序，在於闡明各篇之旨，如「維昔黃帝，法天則地，四聖遵序，各成法度；唐堯遜位，虞舜不台；厥美帝功，萬世載之。作〈五帝本紀〉第一。」以簡要的文字闡述〈五帝本紀〉之大意。

〔註11〕馮書耕、金仞千：《古文通論》中篇第十一章〈文章體性〉，頁1030。

〔註12〕〈太史公自序〉，有論者以爲應作〈太史公書序略〉，以爲「上半篇爲『序』，下半篇爲『略』」。見楊家駱：《二十五史識語・史記識語》，頁2～4。

〔註13〕諸斌杰：《中國古代文體學》第十章〈古代文章的各種體類〉，頁395。

〔註14〕車行健：〈從司馬遷《史記・太史公自序》看「漢代書序」的體制——以「作者自序」爲中心〉，《中國文哲研究集刊》第17期，頁284。

除了序文，《史記》還有各篇史傳中以「太史公曰」一詞發起的議論，稱爲「論贊」，目的在於敘述史實之餘「辯疑惑，釋凝滯」〔註15〕，解釋、論述史事的是非。議論的文字在《春秋左氏傳》已經可以見到，然而僅是偶爾一見，《史記》則將這樣的書法成爲《史記》的體例。〔註16〕逯耀東指出：

> 雖然，史傳論贊是一種史學寫作方式，但其性質與史傳寫作卻有主觀和客觀的不同。主觀的議論和客觀的敘述，正是文學和史學的區別之處。所以，蕭統編《文選》之時，就將史傳論贊歸納爲一類，稱之爲「史論」。〔註17〕

撰史者書寫史傳，必須以客觀的角度來記敘事件。至於撰史者主觀意識，則往往在論贊當中闡發。亦即「論贊」爲評論「史傳」的文字。其主觀性也使得論贊深具文學性。至於史傳前面之「序」也有同樣作用。柯慶明指出：

> 若從類似的「有機結構」看來，司馬遷、歐陽脩在其史書列傳前所撰寫的「序」，其實亦不妨視爲是整個列傳之「敘事」（narrative）的「說明」（Telling）的部分，它們本來就是與「傳文」的「呈示」（Showing）部分是相引相生互補雙成的。因而巧妙的以「議論」配合「敘事」，即使各有偏重，無疑的乃是史書之「序」的寫作特質，「議論」之最大功能，其實就在凸顯「敘事」的主題所在；反過來說是「敘事」亦以具體史例，証成了作史者「成一家之言」的主張，以達臻「究天人之際」的高度。〔註18〕

史序與論贊一樣，皆具有對於史傳說明的功能。也由於《史記》作了這種體例的開創，後世編撰史書時，習慣在篇末加上議論文字，或稱「贊」，或稱「史臣曰」，或稱「嗚呼」……等等，不一而足，但都同樣具有評論史傳的目的。

〔註15〕 劉知幾：《史通·論贊》，頁75。

〔註16〕 劉知幾《史通·論贊》：「夫論者，所以辯疑惑，釋凝滯；若愚智共了，固無俟商榷。丘明『君子曰』者，其意實在於斯。司馬遷史限以篇終，各書一論。」可知《左傳》並非每傳皆有，未成體例；而《史記》各篇篇末，或〈表〉、〈志〉之前，則幾乎都有「太史公曰」。

〔註17〕 逯耀東：〈史傳論贊與「太史公曰」〉，《抑鬱與超越：司馬遷與漢武帝時代》（臺北：東大，2007年05月），頁351。

〔註18〕 柯慶明：〈「序」「跋」作爲文學類型之美感特質的研究〉，《鄭因百先生百歲冥誕國際學術研討會論文集》（臺北：國立臺灣大學中國文學系，2005年07月），頁29。

二、目錄序的出現

目錄學始於西漢劉向（前 77～前 6）、劉歆（？～前 23）父子的《別錄》與《七略》二書。《漢書・藝文志》言：

> 成帝時，以書頗散亡，使謁者陳農求遺書於天下。詔光祿大夫劉向
> 校經傳、諸子、詩賦，步兵校尉任宏校兵書，太史令尹咸校數術，
> 侍醫李柱國校方技。每一書已，向輒條其篇目，撮其指意，錄而奏
> 之。（《漢書》卷 30）

劉氏父子所「錄而奏」的，為所校書之篇目以及指意，這也是目錄序的起源。目錄學的作用，是為了「辨章學術，考鏡源流」〔註19〕，其體例有三：「一曰篇目，是概括一書的本末；二曰敘錄，是考述作者的行事，與論析一書的大旨及得失；三曰小序，是敘述一家一派的學術源流。」〔註20〕篇目、敘錄（或稱解題、提要）與小序構成了目錄的整體結構。當然，在目錄書中，不盡然涵括此三者：有些目錄著作三者兼備，如《崇文總目》、《四庫全書總目提要》；有些沒有敘錄，如《漢書・藝文志》；有些目錄書則只有篇目，即所著錄的事項，如鄭樵《通志・藝文略》。

目錄序的體製極為廣博，而其中「敘錄」與「小序」皆屬於「序」的部分。劉向的〈戰國策序〉即是屬於「敘錄」。由於歐陽脩所撰三十篇《崇文總目敘釋》是為各類書目所寫的「小序」，因此，本文對於其源流的討論，也將偏重於小序的探討。

劉向受詔領校秘書，而其子劉歆亦參與其中。劉向過世後，劉歆繼承父業，繼續校書工作，編成中國第一部目錄書《七略》。將藏書區分為〈六藝〉、〈諸子〉、〈詩賦〉、〈兵書〉、〈術數〉、〈方技〉六略，以下又分三十八小類，並敘述各家學術源流，寫成〈輯略〉。《漢書・藝文志》依據《七略》編成，將〈輯略〉一篇分載於各類書目之後，以為小序。其作用，是為了「敘述一家一派的學術源流」，以明其淵源。如儒家類小序：

> 儒家者流，蓋出於司徒之官，助人君順陰陽、明教化者也。游文於
> 六經之中，留意於仁義之際，祖述堯舜，憲章文武，宗師仲尼，以
> 重其言，於道最為高。孔子曰：「如有所譽，其有所試。」唐虞之隆，

〔註19〕章學誠《校讎通義》卷 1，頁 945。

〔註20〕昌彼得、潘美月：《中國目錄學》第五章〈目錄學的體制〉，頁 37。另外，在宋代以後，目錄書還有記載板本與抄錄序跋之體製，可說是別體。

　　般周之盛，仲尼之業，已試之效者也。然惑者既失精微，而辟者又
　　隨時抑揚，違離道本，苟以譁眾取寵。後進循之，是以五經乖析，
　　儒學寖衰，此辟儒之患。（《漢書》卷30）

這一篇小序中，敘述了儒家的起源、學術特色、代表人物，以及後來的流弊，
閱讀小序即可了解該學派。今存目錄書有小序者，在《漢書・藝文志》之後，
《崇文總目》之前，還有《隋書・經籍志》，〔註21〕其書寫的內容大致與《漢
書・藝文志》相同。

第三節　魏晉南北朝：形式之變與體類之確立

一、序文形式的改變

　　魏晉南北朝的序文，承繼漢代而有三點形式上的改變：開始為他人寫序、
出現了別集序，以及序的位置有所改變。依照作者與文本的關係，序文可分
作者自序，以及他人作序兩種。在這一時期，除了延續前代從〈太史公自序〉
以來作者自序的傳統之外，也開創了他序的創作方式：西晉左思（？～306？）
請求皇甫謐（215～282）為他苦思十年而成的〈三都賦〉作序。〔註22〕求人作
序，主要是為了借重作序者的「高譽」，經過德高望重的名人為自己的作品「加
持」過後，自己的文章就比較有機會能夠廣泛流傳。

　　有漢一代的序文，大多為專門著作而撰寫，如〈太史公自序〉、《別錄》
的目錄序等等。別集的出現當在東漢時期，《隋書・經籍志》言：

　　　別集之名，蓋漢東京之所創也。自靈均已降，屬文之士眾矣，然其
　　　志尚不同，風流殊別。後之君子，欲觀其體勢，而見其心靈，故別
　　　聚焉，名之為集。（《隋書》卷35）

此處的「東京」未詳何人，然由「東京」一詞，或可猜測應在東漢時期。〔註23〕

〔註21〕另外，已經失傳，但仍可知其有小序者，有宋王儉《七志》、阮孝緒《七錄》、
　　　隋許善心《七林》、唐元行冲《羣書四部錄》、毋煚《古今書錄》、宋代《三朝
　　　藝文志》等等。參見昌彼得、潘美月：《中國目錄學》，頁50。

〔註22〕《晉書・文苑傳》：「及賦成，時人未之重。思自以其作不謝班、張，恐以人
　　　廢言，安定皇甫謐有高譽，思造而示之。謐稱善，為其賦序。」

〔註23〕趙翼《陔餘叢考》指出：「《漢・藝文志》有〈輯略〉，師古曰：『輯與集同。』
　　　然當時猶未有以集名書者，故〈志〉所載詩賦等皆不曰集。……梁阮孝緒為
　　　《七錄》，始有文集錄。……集之名，又似起於東漢。然據此則古所謂集，乃

爲別集作序則始於曹魏。現今可見最早的別集序，當屬曹植（192～232）的〈前錄序〉，〔註24〕此後，詩文別集便成了創作「序」的主要載體之一。經由詩文別集序的闡明之下，可以一窺個別作家的文章體勢與作者心靈。

　　前文提及，原來序文列於全書之後。這種現象一直到了南朝梁蕭統〈文選序〉才有所改異，而置於《文選》之前。從此，書序的位置在全書之前便成爲規範。若是有放在書末的序文，便稱之爲「後序」。

二、獨立體類的確立

　　雖然在東晉時〈尚書序〉已然提出序跋的體類意義，然而南朝梁劉勰（？～？）所著的《文心雕龍》尚未將「序」列爲獨立的體類，而僅是置於「論說」之其中一項「次文類」：

> 詳觀論體，條流多品：……辨史，則與贊評齊行；銓文，則與敘引
> 共紀。……贊者明意，評者平理，序者次事，引者胤辭。八名區分，
> 一揆宗論。（《文心雕龍·論說》）

劉勰以爲「序」由「論」而來，所以歸屬於「論」，而他的表現手法是「次事」。雖然如此，也可以由此明白「序」具有「論說」與「敘事銓文」的特性。此外，劉勰在〈定勢〉又言：「史、論、序、注，則師範於覈要。」說明了應有「切實扼要」的體格規範。

　　成書稍後於《文心雕龍》的《文選》，〔註25〕除了在序文的位置上有所變動之外，身爲第一部文學總集的《文選》，也收錄了「序」與「史論」二類的文章，代表「序」這種體類至此已經成熟發展，大量被人創作，在文體學上，正式有了獨立體類的地位。

　　從《文選》開始，一直到北宋初，以體類分類的文學總集，幾乎都有「序」這一類。這段時期的總集現今可見有《文選》、《古文苑》、李昉（925～996）主編的《文苑英華》，與姚鉉（968～1020）所編的《唐文粹》。若是將其中「序跋」文章列出（如表一），可以看出「序跋」演變情形。

　　後人聚前人所作而名之，非作者之自稱爲集也。」由此觀之，別集是否出現
　　於東漢，尚容存疑。見趙翼：《陔餘叢考》（北京：中華書局，2006 年 10 月）
　　卷 22〈詩文以集名〉。

〔註24〕歐陽詢（557～641）主編《藝文類聚》卷 55〈集序〉。

〔註25〕《文選》應當成書於梁武帝普通三年（522）之後；而《文心雕龍》則當完成
　　於武帝天監十二年（512）沈約過世之前。

表一：南北朝至北宋初文學總集收錄「序跋」情形

總　集	卷　次	類　別	細　目
文選	45～46	序	（無）
	49～50	史論、史述贊〔註26〕	（無）
古文苑	17	雜文〔註27〕	（無）
文苑英華	360～377	雜文〔註28〕	明道、襃說、紀述、征伐、雜製作
	699～738	序（含贈序）	文集、遊宴、詩集、餞送、贈別、雜序
	754～757	論	史論
唐文粹	46	古文五	讀……
	91～98	序（含贈序）	集序、天地、修養、琴、博奕、鳥獸、果實、著譔、唱和聯題、歌詩、錫宴、讌集、餞別
	99	傳錄紀事	題傳後

　　表一所列出的各部總集收錄「序跋」之情形，凸顯出「序跋」的創作類型正在逐漸增加，如《文選》有「序」與「史論」二類，《文苑英華》與《文選》類似；《唐文粹》雖無「史論」，但是出現了「讀」與「題傳後」二種次文類文章，這與當代作者創新體裁有關，故《唐文粹》有「讀」與「題傳後」，說明唐代之後這一類文章更為成熟，《宋文鑑》、《元文類》、《明文衡》等文章總集都有「題跋」一類的文章。到了姚鼐的《古文辭類纂》，便將「序」與「題跋」兩種同為文獻載體而創作的文章整併為一體類。至於在唐代出現的「題跋」類文章，其起源與相關內容為何？是下文必須加以說明的。

第四節　唐宋：題跋之整併

　　經過前代的發展，到了唐代，序文更是大量的創作，而此時的書序也出

〔註26〕此處之「史論」、「史述贊」不同於論說文的「史論」，而是指史書之序論。如卷50收范曄《後漢書》的〈宦者傳論〉與〈逸民傳論〉。

〔註27〕此卷「雜文」所收錄文章中，有〈董仲舒集敘〉一文。雖未單獨列出「序」類，然現今《古文苑》二十卷乃是南宋章樵於理宗紹定五年（1232）重新輯編，《古文苑》原貌如何，則不可知。此處仍將這部總集列入，以見其概況。

〔註28〕這部分收錄的序跋為跋文，但並非全都是跋文，而是散見於360、362、370、377幾卷。

現了許多藉以發揮文學思想的篇章。〔註29〕除此之外，「贈序」到了中唐時期，經由古文家的文體革新，也正式成為獨立的體類。

　　這個時期需要注意的，是以「題」、「跋」為題等類文章的興起與整併，使得「序跋」所指涉之範疇至此大致成型。

一、「題」、「跋」的出現與興盛

　　檢閱《全上古三代秦漢三國六朝文》、《全唐文》與《全宋文》三書，或許可以明瞭「題」與「跋」最早出現的情況。

　　關於「題」，《全上古三代秦漢三國六朝文》中有多篇以「題」為名者，如《全後漢文》卷 79 有蔡邕（133～192）〈題曹娥碑後〉、《全晉文》卷 26 有王羲之（321～379）〈題衛夫人筆陣圖後〉等等。《全唐文》卷 200 顧升（？～？）的〈題妻莊寧書心經後〉：「檢遺篋，感深意。福無靈，人先棄。勒貞珉，還資施。」其後《全唐文》卷 447 尚有竇蒙（？～？）的〈題述書賦語例字格後〉。由此可知，此類文章，在東漢末就已經出現。

　　至於「跋」，《全唐文》亦已有之，如杜希逍（？～？）〈大還丹金虎白龍論跋〉、□幾元〔註30〕（？～？）〈汝南公主墓誌銘跋〉、韓擇木（？～？）〈相國帖跋〉、盧元卿（？～？）〈法書跋尾記〉；《全宋文》中，前於歐陽脩者亦有之，如陶穀（903～970）〈右軍書黃庭經跋〉、陳摶（？～989）〈拂林圖跋〉。〔註31〕在這些作品中，已經出現了作者書寫「跋」的觀念。此種現象可從文章內容看到，如盧元卿〈法書跋尾記〉：

　　　　右前件卷……標有貞觀印字及李氏印。謹具跋尾如前。

又陶穀〈右軍書黃庭經跋〉言：

　　　　此換鵝經也。……又有「錢氏忠孝之家」印紙，跋云：「……。」

可以說，從東漢末開始，作者在典籍著作卷末書寫時，已經具有創作「跋」之意識。對於以「跋」為題的文章，徐師曾《文體明辨序說》曾指出：「題、

〔註29〕　李珠海：《唐代序文研究》第四章〈唐代的序跋文〉，頁 120。

〔註30〕　注云「闕姓」。

〔註31〕　〈大還丹金虎白龍論跋〉收錄於《全唐文》卷 817、〈汝南公主墓誌銘跋〉見卷 959、〈相國帖跋〉見《唐文拾遺》卷 22、〈法書跋尾記〉收於《唐文拾遺》卷 50；〈右軍書黃庭經跋〉見《全宋文》卷 11、〈拂林圖跋〉則收於《全宋文》卷 10。

讀始於唐；跋、書起於宋。日題跋者，舉類以該之也。」〔註32〕可知「跋」
與「題」類型相近，所以將二者合在一起，「舉類以該之」，將這一類相似的
文章，合稱「題跋」。吳訥以爲起於中唐韓、柳：

> 漢、晉諸集，題跋不載，至唐，韓、柳始有讀某書及讀某文題其後
> 之名。迨宋，歐、曾而後，始有跋語，然其辭意亦無大相遠也，故
> 《文鑑》、《文類》總編之曰「題跋」而已。〔註33〕

吳訥將「題」與「跋」合稱，並非首見，《宋文鑑》中已有「題跋」一類文章，
收錄文章如歐陽脩〈跋放生池碑〉、〈讀李翱文〉、蘇軾〈題唐氏六家書後〉等，
都算是「題跋」。其約定俗成的意義，便是針對典籍「考古證今，釋疑訂謬，
褒善貶惡，立法垂戒」。

但爲何吳、徐二人認爲「題、讀始於唐；跋、書起於宋」？又指出「漢、
晉諸集，題跋不載」？這或許是他們以「題」、「跋」爲文章題目爲標準而得
出的結論。畢竟，我們理解，《全上古三代秦漢三國六朝文》與《全唐文》爲
後人所輯，可能會出現文章本無題目，而是由編者爲文章定題目的情形。如
果翻找嚴可均（1762～1843）所輯之文的原出處，不難發現有這種情形存在。
〔註34〕同樣地，翻查《全宋文》收錄文章的原典，也可以發現並未標示題目。
〔註35〕但無論如何，唐代的跋者確在內文提及「跋」或「跋尾」字樣，可知
他們對於自己所書寫的文章體類有所自覺。如果就「題」、「跋」體式的出現，
由現今可考的文獻，實應從東漢末算起，甚至可以上溯至《史記》論贊。

以上僅就「題」與「跋」的初次出現情形，作淺要的探討，可知「題」
與「跋」不應如徐師曾所說的「題、讀始於唐；跋、書起於宋」，而是在更早
就已經存在。但可確知的是「題」到中唐韓、柳，「跋」到北宋中期才開始大
量創作。也因爲如此，《唐文粹》收錄了「讀」與「題傳後」類別的文章，以
反映出當時大量創作的現象。

〔註32〕徐師曾：《文體明辨序說‧題跋》，頁 92～93。

〔註33〕吳訥：《文章辨體序說‧題跋》，頁 56。

〔註34〕如〈題曹娥碑後〉出自《後漢書》注文引《會稽典錄》：「其後蔡邕又題八字
曰：『黃絹幼婦，外孫齏臼。』」而〈題衛夫人筆陣圖後〉則是輯自唐張彥遠
《法書要錄》卷1。

〔註35〕如陶穀〈右軍書黃庭經跋〉出自米芾《寶章待訪錄》「黃素黃庭經」條；盧元
卿〈法書跋尾記〉出於陳思《書苑菁華》卷7；陳摶〈拂林圖跋〉出自顧起元
《說苑》卷3。此三首皆無題，僅附在文章之後。

二、題跋的兩種源頭

在上列表一中，就《文苑英華》與《唐文粹》二部總集觀之，題跋文分別被收錄於「雜文」、「論」、「古文」、「傳錄紀事」，可見題跋文難以歸類與其本身的複雜性。題跋之所以難以歸類，在於它的源頭不只一個。在觀察《全唐文》、《全宋文》中所收錄的以「跋」為題的文章同時，我們必須思考：以「跋」為題之文章，其書寫對象之「載體」主要為何？是否僅限於以「書」或「文章」為主的典籍著作？抑或是旁及其他創作載體？

前文所舉如〈相國帖跋〉等文章，可以說是以「跋」為題文章之濫觴，如果由這幾篇觀之，可知不只限於對「書籍」或「詩文」進行創作，更多的部分包含了書法、繪畫、金石等等，可以說，有一大部分的「跋」，是為了書畫而創作的。這種現象到了北宋歐、蘇時期的作品，仍可以明顯看出：「書某」、「讀某」，其文獻載體固然是以書籍、詩文為主；但「題某」、「跋」，絕大多數都是運用於書畫、金石之載體。與後世所認定的「跋」為書籍文章之末文字（即「序跋」之「跋」）之意義有所不同。對於這種現象，朱迎平指出「題跋」有兩種源頭：

> 題跋文的源頭有二。題跋文中的「跋」文，蓋由「跋尾」發展而來。所謂跋尾，原指在書畫作品末尾署名，作為已經鑒賞或收藏的標識。跋尾押署在六朝已盛，其時名畫，多有帝王或名家跋尾。……這類跋文……宋代文集始有收入，其原始載體也由書畫作品擴大至金石碑帖、詩文作品、文集著述等。……題跋文的另一個源頭，則是唐代古文家開創的一類標為「題後」、「書後」、「讀某」的雜文，它們大多為由原書（或原文）引申發揮、記錄讀書心得之作。這些短文有的或許原本題寫於原作之後，有的則明顯是單獨撰寫的札記。但這類雜文的寫作在唐代尚不普遍，入宋後卻由於載籍的大量刊行流布而繁盛起來，并因與跋文相類似而趨於合流，總稱為題跋。〔註36〕

朱氏以為題跋源頭有二：一是書畫作品之「跋尾」，一是詩文書籍「題後」、「書後」、「讀某」的雜文。而這兩種到了宋代因為相類似，所以趨於合流。再者，無論是「跋尾」，或是「題後」、「書後」、「讀某」，都有書寫於文獻載體之末的特性，後來便統稱書於典籍文章之後的獨立文章為「跋」。

〔註36〕朱迎平：〈宋代題跋文的勃興及其文化意蘊〉，《文學遺產》2000 年第 4 期，頁84～85。

　　既然到了宋代，此兩種不同源流的「跋」已趨於合流，本文自然難以切割二者。當然，如果審視其他文章，也可以發現這種「書畫之跋」不僅僅以「跋」為題，也有以「題某」為題的。如顧升〈題妻莊寧書心經後〉。甚至也有「書畫之序」，如南朝宋的宗炳〈師子擊象圖序〉（《全上古三代秦漢三國六朝文・全宋文》卷 20）、唐代白居易的〈荔枝圖序〉（《文苑英華》卷 738）等。凡此，皆可視為序跋文在不同於書籍形式的文獻體式之下所呈現出的特殊形態。

　　「序跋」之成為一種體類，其演變如下圖：

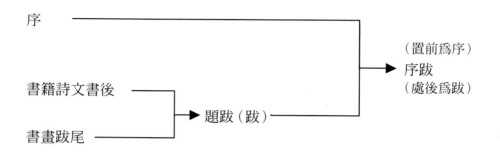

　　經由以上的討論，可知「序」置於文獻載體之前；「跋」則置於文獻載體之後。「序」是針對典籍著作進行評介、論述之文章，其中亦包含對於典籍或詩文之作者著述旨意的闡明；「跋」在「序」的體類意義之下，兼具「考古證今，釋疑訂謬，褒善貶惡，立法垂戒」，亦即跋者對於典籍進一步闡發自己的意見。

第三章　北宋學術與歐陽脩生平事蹟

　　序跋文必須依附於典籍或詩文等文獻，寫作內容與這些文獻息息相關；而典籍與詩文著作，又與當時的學術風氣密不可分。此外，爲別集詩文書寫序跋者，與原作者可能有甚爲密切的關係。在前代學者的成就與當時學術活動下，歐陽脩受到什麼樣的影響？他有何種表現？他的經歷爲自己的生平與學術帶來何種影響？與親友的交遊當中，他們有怎樣的互動，而產生了一篇篇的詩文？以上這些問題形成了北宋學術網絡以及士族網絡，在在影響著典籍詩文的著作以及序跋的書寫。因此，本章擬探討北宋學術風氣，以及歐陽脩的交遊情形，分別從北宋學術風氣、館閣制度、受前代學者影響以及與當代文士的交流互動進行論述，藉以重現歐陽脩在書寫序跋文時所處的外在環境。

第一節　北宋學術風氣

一、印刷出版業之進步

　　北宋的學術風氣之形成，一方面由於政府上層的推行，皇帝自己無不好學，從宰相到一般政府文官，都經歷過科舉制度；〔註1〕另一方面則是印刷出版業的進步。雕版印刷大約起源於唐太宗貞觀十年（636）左右，〔註2〕有宋一

〔註1〕　《宋史・文苑傳一》：「爲人君者無不典學，下之爲人臣者，自宰相以至令錄無不擢科，海內文士，彬彬輩出。」

〔註2〕　張秀民：《中國印刷術的發明及其影響》（臺北：文史哲出版社，1988 年 06月），頁 47。

代，由於右文政策、崇儒觀念，使得雕版印刷與圖書的整理、知識的傳播相互結合，由此，書籍的傳播情形也發生了變化。本來需要人工辛苦抄寫的工作，有了另外一種更爲便捷的方式。由於雕版印刷的廣泛運用，書價甚爲低廉，〔註3〕使得宋代學術能夠更爲快速的流通，「天下之人始知文有江而學有海，識於人而際於天」（姚鉉〈唐文粹序〉），宋人也能更加廣博地學習知識。因此，書籍不再著重於記載事物，更變成了一種傳播工具，這可以歸功於雕版印刷在宋代被善於運用的結果。而在仁宗慶曆年間（1041～1048），畢昇發明的活字印刷，可說是因應當時印刷事業盛行而發展出來的新技術，〔註4〕這個新式的印刷技術，使得出版的時間與成本大幅縮減。不過，印刷科技在官方與民間運用情形如何？是否皆已經達到高度使用量？以下試圖從當時社會的刊刻情形與官方對於印書的態度進行探討。

（一）對於印刷科技的接受

一種新科技的使用，並非立刻就可以完全接受於當時社會。這受限於經濟效益的考量，以及使用觀念的轉變。

就經濟效益而言，我們可以舉文官薪俸來與當時刻書成本比較。從當時的官員俸祿來看，依照品第的不同，薪俸也有很大的差距。王安石〈上仁宗皇帝言事書〉曾言及此狀況：

> 方今制祿大抵皆薄，自非朝廷侍從之列，食口稍眾，未有不兼農商之利，而能充其養者也。其下州縣之吏，一月所得，多者錢八九千、少者四五千，以守選待除守闕通之，蓋六七年而後得三年之祿，計一月所得乃實不能四五千，少者乃實不能及三四千而已。（《臨川先生文集》卷39）

依照王安石所述，非「朝廷侍從」的官員，必須兼營「農商之利」，才能負擔起全家生計；至於「州縣之吏」，月薪俸也只有八、九貫。而孟元老《東京夢

〔註3〕 周彥文比對當時物價之後，認爲「當時買書並不是一件奢豪的事，甚至可以說當時的書價是十分低廉的。」見周彥文：〈宋代坊肆刻書與詩文集傳播的關係〉附註四，《文學與傳播的關係》（臺北：臺灣學生書局，1995 年 06 月），頁 42。

〔註4〕 李致忠：「泥活字印刷術……無疑是雕板印刷術在宋代得到充分發展的必然結果。因爲沒有雕板印刷術的充分發展，就無法暴露出它的弱點，也就無從針對他的弱點加以革新和改進。」見李氏：〈宋代刻書述略〉，《歷代刻書考述》（成都：巴蜀書社，1990 年 04 月），頁 87。

華錄》記載北宋末年三斗酒價值「一貫五百文」。〔註5〕雖有物價波動的因素，但大約也可看出宋代下層官員生活的困窘。〔註6〕此外，根據統計，在南宋紹興十七年（1147）時刻印一部王禹偁的《小畜集》，大約需要一位京官或朝官近半年的俸祿，更是低層官員至少兩年收入。〔註7〕而嘉定年間（1208～1224）陳之強想要刊印宋庠（996～1066）的《元憲集》與宋祁（998～1061）的《景文集》，「攷之二集，既富且贍，其言八十餘萬，工以字計，爲錢幾四百萬，米以石計，百有二十，他費不預焉。」（陳之強〈元憲集序〉）刊印這兩部書需要花費四千貫以上，最後必須由太守王允初動用公帑才得以刊印。

我們必須先瞭解宋代刻書產業結構，才能理解上面這幾個刻印書籍的例子。宋代的刻書結構，可分爲官刻、坊刻以及家刻三類。官刻本爲政府各機關所刻印的書籍；坊刻本是商人爲了營利而生產的「商品」；至於家刻本，則是私宅或家塾所刻的書籍。無論是哪一類，刻書單位基本上都必須具有一定的財力，才能承擔起刻書行爲背後不小的成本問題。因此，宋代的雕版印刷技術並非人人都可以負擔得起，只有可運用公帑的官府，或是較爲富裕的、曾擔任政府要職的士人或名家大族，以及以販書營利爲生的書坊，才能負擔得起印書成本。〔註8〕

從使用觀念來看，「抄書」既是千載以來傳統的傳播模式，想要使用另一種方式替代，便難免有所顧慮。北宋時便有人憂心刻印本若取代寫本，則讀書人可能就不會珍惜書籍，如蘇軾〈李君山房記〉以爲「紙與字畫日趨於簡便，而書益多，士莫不有，然學者益以苟簡。」（《經進東坡文集事略》卷53）。葉夢得（1077～1148）亦以爲：

〔註5〕 孟元老：《東京夢華錄》卷3〈般載雜賣〉條。

〔註6〕 何忠禮：「宋代除了少數高級官員的俸祿確實非常優厚以外，佔官員總數絕大部分的低級官員的俸祿不高。」見何氏：〈宋代官吏的俸祿〉，《科舉與宋代社會》（北京：商務印書館，2006年12月），頁386。

〔註7〕 根據朱迎平研究，刊印一部16萬字的《小畜集》，所需費用不會少於1000貫。而元豐新訂俸制規定朝官月俸約45～120貫，職錢每月約15～100貫。若是以最高層級計算，也幾乎需要半年的薪俸。詳參朱迎平：《宋代刻書產業與文學》（上海：上海古籍出版社，2008年03月）第五章〈文集的編刊〉，頁148～149。

〔註8〕 葉德輝《書林清話》列舉了官刻的《漢雋》、《大易粹言》、《會稽志》、《小畜集》等書，以爲「宋時刻印工價之廉」，然而這是士人「納紙墨錢自印」官刻書，有許多刻印書籍所需花費並未計入。見葉德輝：《書林清話》卷6〈宋監本書許人自印并定價出售〉。

> 唐以前，凡書籍皆寫本，未有模印之法，人以藏書爲貴。人不多有，
> 而藏者精於讎對，故往往皆有善本。學者以傳錄之艱，故其誦讀亦
> 精詳。……國朝淳化中，……書籍刊鏤者益多，士大夫不復以藏書
> 爲意。學者易於得書，其誦讀亦因減裂，然板本初不是正，不無訛
> 誤。（《石林燕語》卷 8）

蘇軾與葉夢得指出雖然刻印書籍使得知識傳播更爲便利，學者容易得到書
籍，但是在讀書心態上也有了轉變，讀書時也隨之「苟簡」，而對書籍版本也
不復計較。近當代學者王重民認爲一直到南宋的尤袤（1127～1194），刻本書的
藏書量似乎還沒超過抄寫本。〔註9〕艾・朗諾（Ronald Egan）也以爲宋代的刻
印本雖然已經普及，然而手抄謄寫的習慣仍保留著，除了進行校勘之外，也
是尊重書籍的一種表態。〔註10〕由此思維延伸，官方與私人藏書以抄寫本爲
多，便不難理解。畢竟就經濟效益而言，並非每一部書都能夠付梓，爲了能
收藏「珍本秘籍」，仍舊需要謄抄才能獲得。〔註11〕張高評提出五項抄寫行爲
在印刷技術出現之後仍能存在的原因：

> 以手工抄寫圖書，爲長期以來複製圖書之技術，是其一；宋人以手
> 抄圖書，作爲練習書法之手段，是其二；宋人講究以抄書增進學習
> 成效，……是其三；書稿新作，單篇零卷，或名篇佳作，未正式雕
> 版前，仍以手抄傳寫流通，是其四；「手工繕錄」圖書，仍不失學者
> 或藏書家整理古籍之手段，是其五。〔註12〕

就這五點來看，或者由於經濟、成本因素，或者由於傳統習慣，或者是想要
藉抄書以增進自己的能力，無論何者，都是印刷科技無法立刻取代的。另一
方面，抄本也是文人聚會時「清賞」之趣之一，如劉敞（1019～1068）曾作〈同
梅二十五飲永叔家觀所抄集近事〉一詩，記載與梅堯臣（1002～1060）在歐陽
脩家觀看手抄史書之事。〔註13〕

〔註9〕 王重民：《中國目錄學史論叢》（北京：北京中華書局，1984 年 12 月），頁 120。
〔註10〕 艾・朗諾：〈書籍的流通如何影響宋代文人對文本的觀念〉，《第四屆宋代文學
　　　 國際研討會論文集》（杭州：浙江大學出版社，2006 年 10 月），頁 101～102。
〔註11〕 潘美月：「雖版刻流行，典籍非盡雕梓，非傳錄無以增益所藏，此所手抄者，
　　　 多屬珍本秘籍也。」又言：「繕寫之勤與讎校之精，實爲宋人藏書之二大特色」
　　　 潘氏：《宋代藏書家考》（臺北：學海出版社，1980 年 04 月）緒論，頁 8～10。
〔註12〕 張高評：《印刷傳媒與宋詩特色》（臺北：里仁書局，2008 年 03 月）第三章〈印
　　　 刷傳媒對宋代學風文風之影響〉，頁 97。
〔註13〕 劉敞〈同梅二十五飲永叔家觀所抄集近事〉：「陶公一畝宅，尤愛北牖風。心

「抄書」除了是傳統的習慣之外，同時也是貧苦人家買不起書或書籍難得，而進行的主要傳播模式。蘇軾曾經提及前一輩的老儒先生在年少時曾手抄《史記》、《漢書》；〔註 14〕南宋張鎡（1153～1211）《仕學規範》也記載韓億（972～1044）年少求學時「世間刻版書絕少，多是手寫文字。」〔註 15〕偏遠地區也常缺書，歐陽脩曾有親身經驗：「吾昔貶官夷陵，彼非人境也。方壯年未厭學，欲求《史》、《漢》一觀，公私無有。」〔註 16〕因此，在當時，至少在歐陽脩身處的北宋中期，除了刊刻出版之外，謄抄這種傳統複製方式也同時進行書籍流傳的工作，而且或許是一般士人獲得書籍更為主要的方式。但有個觀念仍需要強調：手抄本畢竟需要人工抄寫，複製不易，如果比較印本書籍與抄本的成本，印本仍較抄本便宜許多，且只有抄本的十分之一價格。〔註 17〕

（二）政府的禁令

從秦始皇下挾書令以來，歷代官方都有過禁書的相關法令，特別是兵書或天文術數方面的書籍，〔註 18〕這是避免此類書籍妨礙統治者的權威。北宋朝廷也有這方面的困擾與考量，因而對於特定的書籍頒行禁令。整個宋代禁止印售的書籍，主要有曆日、刑法、經典、時政、邊機、時文與國史幾種。〔註

遠地成僻，客來樽不空。觀書太史氏，全性市門翁。予亦何為者？于茲清賞同。」（《公是集》卷 19）

〔註 14〕蘇軾〈李君山房記〉：「余猶及見老儒先生，自言其少時，欲求《史記》、《漢書》而不可得，幸而得之，皆手自書，日夜誦讀，惟恐不及。」

〔註 15〕張鎡：「忠憲公少年家貧，……時世間印板書絕少，多是手寫文字，每借人書，多得脫落舊書，必即錄甚詳，以備檢閱，蓋難再假故也。……今子弟飽食放逸，印書足備，尚不能觀，良可愧恥。」見《仕學規範》卷 2，《文淵閣四庫全書》第 875 冊，頁 20。論者或以為「忠憲公」指韓琦，然韓琦謚「忠獻」，且《仕學規範》此條下注：「出《韓莊敏公遺事》」。韓莊敏公（韓縝，1019～1097）為韓億之子，故此處當指韓億無疑。

〔註 16〕吳曾：《能改齋漫錄》（臺北：木鐸出版社，1982 年 05 月）卷 13〈歐陽公多談史事〉條。

〔註 17〕翁同文〈印刷術對於書籍成本的影響〉一文探討從晚唐至明代的書籍價格，發現無論在哪個時期，印本書籍價格都大約只有抄本的十分之一。《宋史研究集》第八輯，頁 488。

〔註 18〕如宋太祖時頒布的《宋刑統》，便明禁此兩類書籍：「諸玄器象物、天文圖書、讖書、兵書、七曜曆、《太一雷公式》，私家不得有，違者徒二年。」見《宋刑統》卷 9〈禁玄器象物〉。

〔註 19〕朱傳譽：《宋代新聞史》（臺北：臺灣商務印書館，1967 年 09 月）第六章〈出版事業與出版法〉，頁 180～200。

19〕禁印禁賣的理由，或因為欲統一制度，或有宗教因素，或有防止國家機密洩漏到外患的考量，也有因為黨爭而禁止刊印個別作家詩文集的。〔註 20〕畢竟，在詩文別集當中，就有許多論及時政的奏議時文，因此，別集的刊印，也就必須經過嚴格的審核。這一類的禁令很多，如真宗大中祥符二年（1009）下詔「讀非聖之書及屬辭浮靡者，皆嚴譴之。已鏤板文集，令轉運司擇官看詳，可者錄奏。」（《宋史·真宗本紀》）說明了當時想要刊印文集，必須經過官方審核。〔註21〕仁宗天聖五年（1027）中書門下報告有官員的文集流往北戎，仁宗下詔不得任意雕印文集：

> 中書門下言：「北戎和好已來，歲遣人使不絕，及雄州搉場商旅往來，因茲將帶皇朝臣僚著譔文集印本，傳布往彼，其中多有論說朝廷防遏邊鄙機宜事件，深不便穩。」詔：「今後如合有雕印文集，仰於逐處投納附遞聞奏，候差官看詳，別無妨礙，許令開板，方得雕印。如敢違犯，必行朝典，仍候斷遣，訖收索印板，隨處當官毀棄。」
> 〔註22〕

歐陽脩在仁宗至和二年（1055）進奏〈論雕印文字劄子〉，論曰：

> 近有雕印文集二十卷，名為《宋文》者，多是當今議論時政之言。……雕印之人不知事體，竊恐流布漸廣，傳於虜中，大於朝廷不便。及更有其餘文字，非後學所須，或不足為人師法者，並在編集，有誤學徒。臣今欲乞明降指揮下開封府，訪求板本焚毀，及止絕書鋪，今後如有不經官司詳定，妄行雕印文集，並不得貨賣。許書鋪及諸色人陳告，支與賞錢貳佰貫文，以犯事人家財充。其雕板及貨賣之人，並行嚴斷。（《歐集》卷108）

〔註20〕 鞏本棟：「黨爭之直接影響到宋人文集的編刻和流傳，其最嚴重的就是毀書。」指出哲宗元祐時期以來新舊黨爭對於書籍出版的影響。見鞏氏：《宋集傳播考論》（北京：中華書局，2009 年 04 月），頁 17。如《宋史·徽宗本紀》記載崇寧二年（1103）四月「詔毀刊行《唐鑑》並三蘇、秦、黃等文集。」

〔註21〕 《宋大詔令集》（臺北：廣文書局，1972 年 09 月）卷 191 也有此事件相關記載：「仍聞別集叢眾弊，鏤板已多，儻許攻乎異端，則亦誤於後學，……今後屬文之士，有辭涉浮華、玷於名教者，必加朝典，庶復素風；其古今文集，可以垂範，欲雕印者，委本路轉運使選部內文士看詳，可者即印本以聞。」說明了官方必須先審核書中是否有「異端」思想，方准刊印。

〔註22〕 《宋會要輯稿》（臺北：新文豐出版社，1976 年）冊 165，刑法 2～16，頁 6489。「搉場」應作「榷場」，為宋朝設於邊境與鄰國交易之市場。《金史·食貨志》：「榷場，與敵國互市之所也。」

由眞宗、仁宗之詔令與歐陽脩的奏議來看，在北宋中期，禁絕文集主要有兩點原因：一是防止議論時政的言論流傳到外國，造成朝廷的困擾；一則是有些文集「屬辭浮靡」、「不足爲人師法」，刊印、流傳無益於社會教化，所以需要禁止。如果查獲未經官方許可就雕印的書籍，必須焚毀書版，並對當事人加以懲處。

　　既然有成本考量，以及政府審核制度的限制，使得書籍不是完全開放、自由流通，那麼便必須要問：在這一個雕版印刷盛行的時期，大量雕印的究竟是哪種書籍？

　　（三）經史書籍與前代文集的刊印

　　政府的財力較民間雄厚，雕印書籍的種類較爲多元，也能負擔得起出版大部書的成本。北宋前期，就已經有大部書的印刷，如宋太祖於開寶四年（971）命人前往益州監雕《大藏經》書版，到了太宗太平興國八年（983），多達一千餘部、五千多卷的書版全部完成；〔註23〕太宗、眞宗年間所編的四部大書：《太平廣記》《太平御覽》《文苑英華》與《冊府元龜》，四部書共三千五百卷，這需要使用大量的人力、物力、財力才可以達成任務，可見當時刻書業的發達。

　　而所有書籍裡面，得益於雕版印刷最多的，當屬官方刊刻的經、史學書籍。北宋經學的興起，朝廷刊刻經書有很大的功勞。不過，刊印經書並非到北宋才開始，官方刊印經書在五代就已經有之。馮道在後唐明宗長興三年（932）二月奏請雕印九經，以便販賣，二十二年後的後周太祖廣順三年（953）終於全數完成：

　　　　唐明宗之世，宰相馮道、李愚請令判國子監田敏校正《九經》，刻板
　　　　印賣，朝廷從之。丁巳，板成，獻之。由是，雖亂世，《九經》傳布
　　　　甚廣。〔註24〕

《資治通鑑》記載五代時經書因朝廷的刊刻印賣，而「傳布甚廣」。這是第一次由政府刊版印書。政府刊刻經書，固然是爲了傳播文化，能夠獲取利潤也

〔註23〕 李瑞良：《中國出版編年史》（福建：福建人民出版社，2006年12月），頁257。

〔註24〕 《資治通鑑》卷291，頁9495。《五代會要・經籍》有更爲詳細的記載：「後唐長興三年二月，中書門下奏：『請依石經文字刻《九經》印版。』敕：『令國子監集博士儒徒，將西京石經本，各以所業本經句度抄寫注出，子細看讀，然後顧召能雕字匠人，各部隨帙刻印板，廣頒天下。』……周顯順三年六月，尚書左丞兼判國子監事田敏進印板《九經》書：《五經文字》、《九經字樣》各二部，共一百三十冊。」見《五代會要》卷8。

是其中一項考量。馮道等人雕印經書有這一層目的，北宋朝廷也如此。如《宋史・職官志五》言：

> 淳化五年（994），……始置書庫監官，以京朝官充。掌印經史羣書，
> 以備朝廷宣索賜予之用，及出鬻而收其直以上於官。（《宋史》卷165）

印經史之書，一方面是讓朝廷可以贈送、發放給宗室、官員等各界；一方面，也可以「出鬻而收其直」，藉由販售書籍以獲取利益。

《宋史・儒林傳》記載景德二年（1005）眞宗與邢昺（932～1010）有關「書版」的對話：

> 上幸國子監閱庫書，問昺經版幾何，昺曰：「國初不及四千，今十餘
> 萬，經、傳、正義皆具。臣少從師業儒時，經具有疏者百無一二，
> 蓋力不能傳寫。今版本大備，士庶家皆有之，斯乃儒者逢辰之幸也。」
> （《宋史》卷431）

大中祥符三年（1010）時，眞宗也與向敏中（949～1020）有相關對話：

> （眞宗）謂敏中曰：「今學者易得書籍。」敏中曰：「國初惟張昭家有
> 三史。太祖克定四方，太宗崇尚儒學，繼以陛下稽古好文，今三史、
> 《三國志》、《晉書》皆鏤板，士大夫不勞力而家有舊典。」〔註25〕

邢昺所述的「版本大備」爲經學，而向敏中所提及的書籍皆屬史書。由此可知，所刻版大致上是經、史學。也正因爲文集的刊刻在北宋時期需要經過審核，而刊印經費也不是一般文士能夠負擔得起，所以與同時期的經史部書籍形成了鮮明的對比。

至於民間刻書活動，則以文集的刊刻爲多，雖然政府禁令多少限制了民間印書業的發展，但「人情嗜利，雖重爲賞罰，亦不能禁」〔註26〕，禁令並未能完全禁絕民間的流傳。另外，就葉德輝《書林清話》所著錄的家刻、坊刻七十家來看，兩宋時民間所刻書籍涵蓋經、史、子、集各部。其中的集部，又以前人文集如韓、柳文爲多。〔註27〕可能是因爲當代文集需要獲得許可才能出版，因此刊印前代名家文集，既可獲利、學習作文，又不會受到官方律令的限制。

〔註25〕 李燾：《續資治通鑑長編》（臺北：世界書局，1961年11月）卷74，大中祥符三年十一月。

〔註26〕 蘇轍〈北使還論北邊事箚子五道〉之一：「此等文字販入虜中，其利十倍。人情嗜利，雖重爲賞罰，亦不能禁。」（《欒城集》卷41）

〔註27〕 參見葉德輝《書林清話》卷3〈宋私宅家塾刻書〉與〈宋坊刻書之盛〉二篇。

二、提倡經學與疑經之風

　　宋代承續五代之後，既已統一全國，爲了鞏固中央統治的權力，除了「杯酒釋兵權」之外，也採取「重文」的政策，在學術方面，用心於弘揚王綱與倡導倫理。在此政策之下，政府對於經學頗爲重視，對於經學大加推廣，且多次雕印經書。如太宗端拱元年（988）「司業孔維等奉敕校勘孔穎達《五經正義》百八十卷，詔國子監鏤板行之。」〔註28〕淳化五年（994）時將《五經》之外的《論語》等七經「重加讎校，以備刊刻」（《宋史・李至傳》）；並設置書庫監官，「掌印經史羣書」（《宋史・職官志五》）。〔註29〕凡此，皆是政府藉由印刷經書以推廣經學的政策。馬宗霍《中國經學史》言：

> 自有鏤板，學者無復筆札之勞，經籍流布，由是益廣，斯實文藝上一大發明。……唐以前但有官學，宋以來又有官書，其於扶翼聖道，豈曰小補之哉？〔註30〕

刊刻經書使得經典流傳的範圍與速度加大、加快，而且有助於「扶翼聖道」，傳播倫理綱常之思想。甚至爲了使經書能夠廣泛流傳，還不許書籍漲價。〔註31〕除了印刷爲書籍形式之外，慶曆元年（1041）時也命國子監將經文刻爲石經，立於開封太學門外。〔註32〕

　　就經學發展的歷史來看，漢儒經學的研究成果，總結於唐孔穎達（574～648）《五經正義》，此時爲「經學統一時代」。從孔氏以下，一直到北宋慶曆朝以前，學者多承繼《五經正義》的章句注疏之學。到了慶曆年間，劉敞作《七經小傳》，「始異諸儒之說」〔註33〕。皮錫瑞以爲：「經學自漢至宋初未嘗大變，

〔註28〕 王應麟：《玉海》卷43〈端拱校《五經正義》〉條，《文淵閣四庫全書》冊944，頁190～191。

〔註29〕 北宋雕印群經並非同一時完成，而是陸續刊刻的。王應麟《玉海》卷43：「祥符七年九月，又并《易》、《詩》重刻板本，仍命陳彭年、馮元校定。自後九經及釋文有訛缺者，皆重校刻板。」見〈景德羣書漆板〉條。

〔註30〕 馬宗霍：《中國經學史》（臺北：臺灣商務印書館，2006年05月）第十篇〈宋之經學〉，頁109。

〔註31〕 畢沅《續資治通鑑・宋紀三十三》：「天禧元年……上封者言：『國子監所鬻書，其直甚輕，望令增訂。』帝曰：『此固非爲利，正欲文籍流布耳。』不許。」見頁752。

〔註32〕 王應麟《玉海》：「仁宗命國子監取《易》、《詩》、《書》、《周禮》、《禮記》、《春秋》、《孝經》爲篆、隸二體，刻石兩楹。」《玉海》卷43〈嘉祐石經〉條，《文淵閣四庫全書》冊944，頁194。

〔註33〕 晁公武《郡齋讀書志》：「元祐史官謂：『慶曆前學者尚文辭，多守章句注疏之

至慶曆始一大變。」〔註34〕可以說宋代在慶曆之前，經學遵循著一定的家法。但在唐代也不是沒有新的路線出現。中唐以後，有啖助（724～770）、趙匡（？～？）、陸淳（？～805）等學者對於春秋「摭訕三家，不本所承，自用所學，憑私臆決」〔註35〕，拋棄《春秋》三傳的家法舊說，用自己的意思解經。這對宋代疑經風氣有著引領的作用。

宋代疑經、改經者以劉敞為先。劉敞對於經書常常改經以就義，《四庫總目》以為「宋代改經之弊，敞導其先」，又說「北宋以來，出新意解《春秋》者，自孫復（992～1057）與敞始。復沿啖、趙之餘波，幾於盡廢《三傳》。敞則不盡從傳，亦不盡廢傳，故所訓釋為遠勝於復焉。」〔註36〕姑且不論改經之弊，劉敞不只對於傳注抱持懷疑而不盡取的態度，對於經書不合理的部分，也不會貿然接受。此種「疑經」的態度，「標誌著宋學疑古的視點由傳轉入經之後，已從疑傳派凡傳皆謬、唯經是從的絕對化立場轉為唯善是從，非善則經、傳皆所不取的靈活態度。」〔註37〕

疑古在宋代形成普遍的現象。根據統計，宋代曾經疑經、改經者有一百三十人，其中北宋佔了四十四人。〔註38〕對於宋人之所以普遍產生「疑經」的現象，葉國良以為：

> 漢唐經學既無法超越佛道的歷史事實，那麼必須擺脫其牢籠，重新闡揚三代聖賢的義理。有宋一代經學之所以興起疑經改經的風氣，之所以不遵循漢唐注疏，說經之所以義理化，自是在此種壓力與要求下主動反省或被動思索而產生的。此所以疑改經書的言論幾乎遍及群經。〔註39〕

學，至敞始異諸儒之說。』」見是書卷4《七經小傳》敘錄。
〔註34〕皮錫瑞：《經學歷史·經學變古時代》（臺北：藝文印書館，2004年03月），頁237。
〔註35〕《新唐書·儒學傳》。
〔註36〕見《欽定四庫全書總目》卷26〈春秋傳敘錄〉。
〔註37〕陳植鍔：〈從疑傳到疑經——宋學初期疑古思潮論述〉，林慶彰編：《中國經學史論文選集》（臺北：文史哲出版社，1993年03月）下冊，頁32。陳氏以為宋初疑經風氣可分為「疑傳派」與「疑經派」，「疑傳派」以孫復為代表；「疑經派」代表則有歐陽脩、劉敞、李覯等人。
〔註38〕葉國良：《宋人疑經改經考》（臺北：國立臺灣大學，1980年06月）第六章，頁148。
〔註39〕葉國良、夏長樸、李隆獻：《經學通論》（臺北：大安出版社，2006年10月）第3篇第22章〈宋代的經學〉，頁554。

傳統經學不足以對抗佛、道，使得中華民族的「原本生命」歧出失軌而未能反本歸位。〔註40〕必須揚棄舊有的解經方式，不再拘泥於傳統的傳注之說，返求六經，以「闡釋義理」為重點，〔註41〕因而發展出疑經之風氣。

　　身為劉敞好友的歐陽脩，自也是「疑經派」一員。宋人的「疑經」大致有三類：一是懷疑經義的不合理，二是懷疑先儒所公認的經書著作者，三是懷疑經文有脫簡、錯簡或訛字的現象。〔註42〕歐陽脩疑經兼具這三類內容，如《易或問》質疑《繫辭》內容是否符合經文本旨、《詩本義》對《詩序》作者的懷疑，除此之外，對於經典，也多進行審視，提出質問，如慶曆、嘉祐年間的〈問進士策〉十多首，大多以疑經角度為題，懷疑經義的不合理。〔註43〕凡此，可以說是繼承了孟子「盡信《書》，不如無《書》」的尊經理念。〔註44〕

　　在疑經的同時，歐陽脩對於漢儒在經書所託言附會的讖緯之說頗不以為然，因此上〈論刪去九經正義中讖緯劄子〉建言削去諸書中的讖緯之說：

> 唐太宗時，始詔名儒撰定九經之疏，號為《正義》，……其所載既博，所擇不精，多引讖緯之書，以相雜亂，怪奇詭僻，所謂非聖之書，異乎《正義》之名也。臣欲乞特詔名儒學官，悉取九經之疏，刪去讖緯之文，使學者不為怪異之言惑亂，然後經義純一，無所駁雜。（《歐集》卷112）

〔註40〕蔡仁厚言及隋唐時期：「就中華民族之『原本生命』而言，仍然是在歧出失軌之中，還欠缺一步思想義理的豁醒，以昭顯文化理想，端正文化生命的方向和途徑。（譬如，隋唐之時，出入佛老者眾矣，卻無一人能夠像宋儒般「返求六經而後得之」。）」蔡氏：《中國哲學史》（臺北：臺灣學生書局，2009年07月）第四卷〈宋明時期：儒家心性之學的新開展〉，頁560。

〔註41〕葉國良：「宋代的經學家，吸收了佛、道二氏能夠吸引人的某些長處，加以改造，使之成為經學的新內涵，另一方面則揚棄舊有的解經方式，而以闡釋義理為其重點，一取一棄，遂成就了宋代的新經學。」葉國良、夏長樸、李隆獻：《經學通論》，頁560～561。

〔註42〕屈萬里：〈宋人疑經的風氣〉，《唐宋附五代史研究論集》（臺北：大陸雜誌社，1967年），頁17。

〔註43〕參見《歐集》卷48十二篇〈策問〉。如〈問進士策三首〉其一：「自秦之焚書，六經盡矣。至漢而出者，皆其殘脫顛倒，或傳之老師昏耄之說，或取之家墓屋壁之間。」「三代之治，其要如何？《周禮》之經，其失安在？宜於今者，其理安從？」其三：「若《中庸》之誠明不可及，則怠人而中止，無用之空言也，故予疑其傳之謬也。」這些話固然有可能是測試考生而故意提出的問題，但也可以看出歐陽脩希望考生能不拘泥於經典章句的用心。

〔註44〕《歐集》卷十八〈易或問〉：「孟子曰：『盡信《書》，不如無《書》。』孟子豈好非《六經》者？黜其雜亂之說，所以尊經。」

無論是懷疑經義的不合理、經書作者與錯誤，或是反對讖緯之說擾亂經典之義，都可以看出歐陽脩在談論經學時，注重探尋經文的本義，追求「經義純一，無所駁雜」，不可為諸儒異說所魅惑。〔註45〕同時，著重於經世致用的他，也將經學應用在現實社會上，可以說「經義」與「時務」並重。〔註46〕

三、史學之發展與創新

（一）師法《春秋》的史學思想

宋代的官方修史機構頗為完善，所修的史書可分為前代史與國史。宋代編修國史的機構，設有起居院、日曆所、實錄院與國史院。至於修撰之前代史，主要有《舊五代史》、《新唐書》二書，與歐陽脩私修的《新五代史》。

宋既是承續唐末五代亂世之後所建立的政權，如何避免淪為「第六代」，也就成為這個朝代上自帝王、下至一般文士必然思考的問題。一般說來，宋人普遍具有憂患意識，如杜衍（978～1057）遺疏「無以久安而忽邊防，無以既富而輕財用」（《宋史》本傳）、范仲淹（989～1052）〈岳陽樓記〉的「進亦憂，退亦憂」、王安石（1021～1086）〈上仁宗皇帝言事書〉「四方有志之士，諰諰然常恐天下之久不安」皆然，而歐陽脩〈本論〉（《歐集》卷 59）則取五代動亂的形勢，反映四十年來宋廷承平背後所隱藏的問題。另一方面，由於經學的「變古」，也連帶影響到史學家進行歷史書寫時有不同的思考。何澤恆說：「宋初由於政治問題而產生新經學，由經學進而回顧舊史，反省前代之治亂得失，遂產生其新史學。」〔註47〕既然宋代史學的發展與經學有著一定程度的關聯，那麼，北宋史學也可以慶曆朝為分水嶺，分為前後兩期。前期的史學特色主

〔註45〕歐陽脩主張探求經文本義的思想所在多見，如〈答祖擇之書〉：「學者當師經，師經必先求其意。」（《歐集》卷 68）〈答徐無黨第一書〉：「凡今治經者，莫不患聖人之意不明，而為諸儒以自出說汩之也。今於經外又自為說，則是患沙渾水而投土益之也，不若沙土盡去，則水清而明矣。」（《歐集》卷 68）〈孫明復先生墓誌銘〉也對孫復探求經文本義的態度表示肯定：「先生治《春秋》不惑傳註，不為曲說以亂經，其言簡易，……得於經之本義為多。」（《歐集》卷 27）

〔註46〕錢穆：「廬陵雖疑經辨偽，不喜言心性，而廬陵胸中自有一番古聖人及所謂古聖人之道者在。……廬陵之學，猶是安定以來經義、時務並重之旨，即劉彝仲所謂『明體達用以為政教之本』者也。」錢穆：〈廬陵學案別錄〉，《中國學術思想史論叢（五）》（臺北：蘭臺出版社，2000 年），頁 23～28。

〔註47〕何澤恆：《歐陽修之經史學》（臺北：國立臺灣大學，1980 年 06 月）導論，頁 25。

要爲「尊王攘夷」；後期則以「資鑑」爲其特色之一。〔註48〕

　　從宋代開國開始，雖然統一了全國，但周圍仍有遼、西夏等外患；再加上承接動亂不已的五代之後，《春秋》「尊王攘夷」思想此一時期便有突出的表現，如孫復（992～1057）《春秋尊王發微》藉由對《春秋》的解釋，強調「尊王」思想。到了慶曆朝，宋初承襲前代的史學爲之一變，不只是在政治上講求經世之學，此一時期的士人更藉前代歷史以陳述治亂存亡的道理，即「資鑑」。如程頤（1033～1107）說：「凡讀史，不徒要記事迹，須要識治亂安危興廢存亡之理。」（《程氏遺書》卷18）又說：「看史必觀治亂之由，及聖賢修己處事之美。」（卷24）從政治以至史學，皆以經世致用爲目標。〔註49〕

　　基於對於前代覆亡的思考，宋代史學家面對唐與五代，便「要本之《春秋》精神嚴加褒貶，建立正確的人倫道德觀念。」〔註50〕這時期的史學家多本《春秋》，藉《春秋》褒貶筆法，以記載「善惡可勸戒，是非後世當考者」〔註51〕。宋代史學家師法《春秋》的現象，在當時亦已有人提及。〔註52〕

　　在師法《春秋》的史學風氣下，歐陽脩的史學觀，也深受《春秋》的影響。何澤恆以爲：

　　　　歐公之說《春秋》，本經疑傳，復本《春秋》遺意而修《唐書》、撰
　　　　《五代史記》，於是遂由經學轉入史學。〔註53〕

歐陽脩既有疑經、追求經文本義之學術態度，又著重於經世致用，那麼，在史學上，便將《三傳》擱置一邊，直接學習《春秋》言簡意賅、一字定褒貶的書寫筆法。是以歐陽脩的《春秋》學，不只在經學上講求，也同時將《春秋》思想運用在史書的修撰。

〔註48〕北宋史學的分期與特色，參閱吳懷祺：《宋代史學思想史》（合肥：黃山書社，1992年08月）第一章〈緒論〉，頁3～10。

〔註49〕陳芳明：「宋代的政治思想與史學思想是互爲表裏的，政治思想表現在實際的政治之中，史學思想則發揮於史書之中，而其目標都同爲經世的。」見陳芳明：《北宋史學的忠君觀念》（臺北：國立臺灣大學歷史研究所碩士論文，1973年06月），頁3。

〔註50〕王德毅：〈宋代史家的唐史學〉，《國立臺灣大學文史哲學報》第50期，1999年06月，頁316。

〔註51〕曾鞏〈史館申請三道箚子〉陳述撰修國史的凡例之一爲：「善惡可勸戒，是非後世當考者，書之。其細故常行，更不備書。」（《曾鞏集》卷31）

〔註52〕蔡絛《鐵圍山叢談》卷3：「國朝實錄、諸史，凡書事皆備《春秋》之義，隱而顯。」

〔註53〕何澤恆：《歐陽修之經史學》導論，頁21～22。

（二）官私皆盛的目錄學

目錄學自漢劉向（前 77～前 6）《別錄》與劉歆（約前 53～23）《七略》以來，逐漸發展成熟。有宋一代的官修目錄在體制上沒有多少創新之處，僅在四部的小類上作調整。然而由於圖書浩繁，官方曾多次編修目錄，以校定館閣藏書。另一方面，書籍在社會上能夠廣泛流通，私人藏書日益普遍，藏書家在兩宋時期大量出現，〔註 54〕且紛紛以自己藏書之多而自豪，如歐陽脩曾誇自己有藏書一萬卷。著名的私家藏書目錄主要出現在南宋，有晁公武（？～？）的《郡齋讀書志》、尤袤（1124～1193）《遂初堂書目》與陳振孫（？～？）《直齋書錄解題》。此外，還有鄭樵（1104～1162）《通志・藝文略》，突破以往的分類、分級法，創立了十二類的三級分類法，形成了一個創新而獨特的分類體系。

宋代的官修目錄頗多，較重要的有《崇文總目》、《新唐書・藝文志》、《秘書總目》、《中興館閣書目》等。其中，慶曆元年（1041）成書的《崇文總目》，為宋代影響最大的全國性圖書總目錄，也是現存最早的專書目錄，由王堯臣（1003～1058）、歐陽脩、宋祁等館閣學士仿擬唐開元朝的《開元羣書四部錄》體例編成，共六十六卷，分四部四十五類。《崇文總目》在宋、元之際逐漸殘缺、散佚，清乾隆朝時四庫館臣從《永樂大典》中輯出十二卷，現今可見的五卷本，為嘉慶朝錢東垣等人所增輯。

前文提到，目錄書的體例主要有三項：篇目、敘錄與小序。目錄書的內容不一定兼具篇目、敘錄與小序三者，然必有其一。《崇文總目》三者皆備，其中由歐陽脩所執筆的三十篇《崇文總目敘釋》，即屬於「小序」。有小序的目錄書今存不多，昌彼得言：

> 有小序或部類總序的目錄，除《漢志》而外，今存者有《隋書・經籍志》、宋《崇文總目》、晁氏《郡齋讀書志》、陳氏《直齋書錄解題》、明焦氏《國史經籍志》，及清《四庫全書總目》六家。已佚傳而尚可考知的目錄，則有宋王儉《七志》、阮孝緒《七錄》、隋許善心《七林》、唐元行冲等《羣書四部錄》、毋煚《古今書錄》、宋《三朝藝文志》、《兩朝藝文志》、《中興藝文志》、《中興館閣書目》等九種。〔註 55〕

〔註 54〕據潘美月統計，兩宋藏書家有一百六十二人。見潘氏：《宋代藏書家考》，頁 7。
〔註 55〕昌彼得、潘美月：《中國目錄學》（臺北：文史哲出版社，1991 年 10 月），頁 50。

由昌氏之敘述來看,有小序或部類總序的目錄書,共十六種。如就今存書目來看,有小序之目錄,也只有《漢書·藝文志》、《隋書·經籍志》、《崇文總目》、《直齋書錄解題》、《國史經籍志》與《四庫全書總目》六種。

(三)金石學的創立

中國古代對於金石的蒐集,固然在宋以前即有,但只是零星的事件,並未大量蒐集,加以研究,而成為專門之學。晉陳勰有《雜碑》二十二卷,《碑文》十五卷,輯錄碑刻文獻,為「金石文字之祖」〔註56〕;梁元帝有《碑英》一百餘卷,但這些書早已失傳,且並未形成研究風氣。到了宋代,學者注意到古代金石遺物,開始蒐集、著錄、考訂、應用等各方面整理工作。而研究金石的工作,始於劉敞、歐陽脩,劉敞有〈先秦古器記〉,歐陽脩則有《集古錄》。

金石學至歐陽脩與劉敞而成立,在這方面兩人有密集的交流。歐陽脩《集古錄》共一千卷,所收錄的金石文字年限從先秦以至五代,是歐陽脩花了十八年以上的時間多方辛苦蒐集所得。〔註57〕此外,歐陽脩又寫成《集古錄跋尾》十卷,以「與史傳正其闕謬」(〈集古錄目序〉)。《集古錄》之成書,得自他人的幫助頗多。〈前漢二器銘跋尾〉言:「余所集錄既博,而為日滋久,求之亦勞,得於人者頗多,而最後成余志者原甫也。」(《歐集》卷134)在歐陽脩搜求古器的工作中,劉敞、蔡襄、章友直(1006～1062)、謝景初(1020～1084)、江休復、陸經(?～?)、裴如晦(?～?)、楊南仲(?～?)、薛仲孺與蘇軾等人皆曾贈送器物或摹印碑器文給歐陽脩,更甚者,如工匠張景儒亦知曉歐陽脩喜古物,而有贈送之情事。〔註58〕其中則以劉敞功勞尤多,無論是在器物的蒐集,或是文物的考辨,皆多得益於他:

> 嘉祐中,原父以翰林侍讀學士出為永興軍路安撫使,其治在長安。
>
> 原父博學好古,多藏古奇器物,能讀古文銘識,考知其人事蹟。而

〔註56〕葉國良:《宋代金石學研究》(臺北:國立臺灣大學中國文學研究所博士論文,1982年12月)第一章,頁5。

〔註57〕歐陽脩〈與蔡君謨求書集古錄序書〉:「自慶曆乙酉逮嘉祐壬寅,十有八年,而得千卷。」也就是從慶曆五年開始,一直到嘉祐七年。但蒐集的工作並未停止,〈古敦銘跋尾〉便明說:「蓋余《集錄》最後得此銘,當作〈錄目序〉時,但有〈伯同銘〉『吉日癸巳』字最遠,故敘言自周穆王以來敘已刻石,始得斯銘,乃武王時器也。」(《歐集》卷134)

〔註58〕見〈唐鄭澣陰符經序跋尾〉(《歐集》卷142)。

長安，秦漢故都，時時發掘所得，原父悉購而藏之。以予方集錄古
文，故每有所得，必模其銘文以見遺。（〈古敦銘跋尾〉，《歐集》卷 134）

這段話給了我們幾條有關歐、劉金石學的啓示：首先，劉敞性好古，且至長
安任安撫使。長安本爲古都，古器物數量在當地較其他地方爲多，爲劉敞蒐
集、典藏古器物提供了一個良好且便利的環境，也才有豐富的「貨源」能與
歐陽脩交流。其次，劉敞博學好古，與同樣嗜古的歐陽脩兩人相聚時，便多
了與一般文士相異的話題：對於金石相互切磋、討論。〔註59〕再者，劉敞「能
讀古文識銘」，因此當歐陽脩有無法辨識的文字，往往就教於劉敞。〔註60〕因
此，歐陽脩之所以說「最後成余志者原甫也」，與劉敞的經歷和本身的嗜好、
學識頗有關聯。

金石學從劉、歐以後，金石考古蔚爲風氣，眾人競相「搜剔山澤，發掘
塚墓，無所不至，往往數千年藏，一旦皆見」〔註61〕，成爲許多人進行系統
性研究的學科，如趙明誠著有三十卷《金石錄》，便是受到歐陽脩的影響：

余自少小，喜從當世學士大夫訪問前代金石刻辭，以廣異聞。後得
歐陽文忠公《集古錄》，讀而賢之，以爲正訛謬，有功於後學甚大。
（〈金石錄序〉）

趙明誠喜藉前代金石刻辭「以廣異聞」，並受到歐陽脩影響，而有《金石錄》
之著述。金石學研究學風之盛，除了與劉敞、歐陽脩的個人興趣有關之外，
也與宋代安定的社會環境有頗爲密切的關係。王國維說：

宋自仁宗以後，海內無事，士大夫政事之暇，得以肆力學問。其時
哲學、科學、史學、美術各有相當之進步，士大夫亦各有相當之素
養，賞鑒之趣味，與研究之趣味，思古之情，與求新之念，相互錯
綜。……其對古金石的興味，亦如其對書畫之興味，一面賞鑒的，
一面研究的。〔註62〕

王國維指出了宋代社會的安定，使得士人可以將注意力轉移到研究學問或是

〔註59〕如劉敞〈和永叔寒夜會飲寄江十〉詩後自注：「永叔出所收古文碑碣及龍頭銅
鎗示客，以張飲興也。」（《公是集》卷 12）
〔註60〕歐陽脩亦向楊南仲、章友直、王元叔等人求教古文奇字，參〈古器銘二跋尾〉
（《歐集》卷 134）、〈與王源叔問古碑字書〉（《歐集》卷 68）。
〔註61〕葉夢得《避暑錄話》卷下記載在徽宗宣和年間（1119～1125）因爲「內府」宮
廷尚古器物，因此眾人競相發掘、蒐羅而上呈，間接帶動當時金石學的盛行。
〔註62〕見王國維：〈宋代之金石學〉，《國學論叢》第 1 卷第 3 號（北京清華學校研究
院編、臺北：台聯國風影印），1973 年，頁 48～49。

藝術鑑賞上，而金石適足以滿足士人這兩方面的需求，一方面可以進行對古史的研究，一方面又可以鑑賞金石刻文的書法。因此，宋代研究金石學者頗多，據葉國良統計，研究者多達三百一十多人；金石著述存、佚書總計有一百四十種。〔註 63〕可知由劉敞、歐陽脩開始，宋代金石學研究風氣蓬勃發展的情況。對於金石的愛好，更甚者「雖捐千金不惜」〔註 64〕。

第二節　北宋館閣制度

一、館閣制度的承續

唐代從事圖書收藏、整理工作的主要機構，爲祕書省、弘文館以及集賢院。而五代十國時期，官方的圖書收藏、管理機構，有祕書省與三館，然而這時祕書省可說已經有名無實，如後唐長興元年（930）著作郎李超（？～？）在奏議上曾說：「秘書監空有省名而無廨署，藏書之府，無屋一間，無書一卷。」〔註 65〕後唐時期的祕書省已經沒有藏書。至於三館，則是集賢院、弘文館以及史館。這一時期最重要的圖書整理工作，就是馮道（882～954）等人校勘雕印的《五經文字》、《九經字樣》等經部書籍。然而這由掌管教育的國子監負責，而非祕書省或是館閣。

宋初館閣制度沿襲五代，設立昭文館（原弘文館）、史館與集賢院三館，合建於一處。太宗太平興國二年（977）時另建新館，稱爲崇文院，「凡昭文館、史館、集賢院三館事務總爲崇文院」〔註 66〕，三館的藏書移入崇文院中分庫收藏。因此，崇文院可以說是宋代國家藏書的總機構。此外，太宗端拱元年（988）又在崇文院中增設祕閣，屬於皇帝御用的藏書處所，收藏眞本書籍、天文、占候、讖緯、方術幾類，以及帝王的墨寶、御集等圖書。眞宗大中祥符八年（1015）宮廷失火，延及崇文院，書庫藏書大半損毀，於是在宮外設立崇文外院。除了宮廷御用藏書的祕閣，三館的書庫與工作都移到崇文外院，直到天聖九年

〔註 63〕 葉國良：《宋代金石學研究》第二章，頁 43～79。

〔註 64〕 《宋史・文苑傳六》：「李公麟（1049～1106），……好古博學，長於詩，多識奇字，自夏、商以來鍾、鼎、尊、彝，皆能考定世次，辨測款識，聞一妙品，雖捐千金不惜。」

〔註 65〕 《冊府元龜》（臺北：臺灣中華書局，1981 年 08 月）卷 604〈學校部・奏議三〉，頁 7257。

〔註 66〕 《宋會要輯稿》冊 70，職官 18～50，頁 2765。

（1031）才遷回崇文院舊址。這種館閣組織到了神宗元豐五年（1082）五月頒行新官制之後有所改變：祕書省取代了崇文院，總領三館與祕閣一切事務。

二、館閣的功用

（一）對於圖書典籍的保存、整理與編纂

對於浩繁的圖書典籍，館閣主要有三項任務：一是收藏圖書典籍；二是進行典籍的整理、校勘工作；第三是進行圖書的編纂，如纂修國史、會要等本朝史料，或是修撰史書與編纂大部書。由於設館的不同，各館也有不一樣的任務。據程俱（1078～1144）所述，昭文館與集賢院的工作是「掌經史子集四庫圖籍修寫校讎之事」，史館是「掌修國史日曆及典圖籍之事」，祕閣則為「掌繕寫祕藏供御典籍圖書之事」。〔註67〕

館閣藏書既多，同一種書可能收藏許多版本，其中難免有謬誤、殘缺之處，必須加以校正。從《麟臺故事・校讎》一文的記載，可瞭解北宋館閣的校勘工作因為圖書的增加、散佚或校勘未精等因素，而持續進行著。〔註68〕在編纂書目時，也會針對眾版本進行考訂。江少虞（？～？）《宋朝事實類苑》描述《崇文總目》的編輯情形：

> 景祐初元，詔羣儒即書府盡啓先帝所藏校訂條目，翰林學士王堯臣、史館檢討王洙、館閣校勘歐陽脩等，咸被其選。詩論譔次，其偽濫者刪去之，遺缺者補緝之。摘其重複，刊其訛舛，集其書之總數，凡三萬六百六十九卷。……太平興國之初，始建崇文院，合聚昭文、史館、集賢之書。又起祕閣，則貯禁中之籍。待茲著錄，故賜名曰《崇文總目》。〔註69〕

這段話指出編纂《崇文總目》時，並非一味追求藏書數量，而是有一定的編目法則。〔註70〕但崇文院不只是藏書、校書的機構，也負責刻書，如真宗時

〔註67〕程俱：《麟臺故事殘本》卷1〈官聯〉，程俱撰，張富祥校證：《麟臺故事校證》（北京：中華書局，2004年04月），頁226～227。殘本為宋本，下注之輯本為四庫本。

〔註68〕參閱程俱：《麟臺故事殘本》卷2〈校讎〉。

〔註69〕江少虞：《宋朝事實類苑》（臺北：源流出版社，1982年08月）卷31〈藏書之府〉條第11則。

〔註70〕王應麟《玉海》卷52亦云：「以三館祕閣所藏有繆濫不全之書，辛酉命翰林學士張觀、知制誥李淑、宋祁，將館閣正副本書看詳，定其存廢。偽謬、重

崇文外院爲「校勘及抄寫書籍，雕造印版」〔註71〕的地方。國子監校勘之書，有時也會由崇文院刻印，如天聖七年（1029）四月，判國子監孫奭上言：「《刑統》……今旣校爲定本，……乞下崇文院雕印。」〔註72〕可知館閣事務之繁。

（二）對於人才的培養

宋代的館閣除了保存、整理典籍文獻之外，還兼有培育政治人才的目的。曾鞏言：「非獨使之尋文字、窺筆墨也，蓋將以觀天下之材，而備大臣之選。」〔註73〕政府如果需要人才的話，往往會考慮館閣人員，這是因爲在館閣工作能夠閱覽群書、廣博學識。歐陽脩〈上執政謝館職啓〉言：

> 國家悉聚天下之書，……靡所不有，號爲書林。又擇聰明俊乂之臣以遊其間，因其校讎，得以考閱，使知天地事物，古今治亂、九州四海幽荒隱怪之說，無所不通，名曰學士。一日天子闕左右之人，思宏博之彥，出贊明命，入承顧問，遂登宰輔，以釐百工，一有取焉，多從此出。（《歐集》卷95）

聰明俊乂之臣身處全國藏書最豐富的地方，並且對於這些典籍進行校勘工作，久而久之，自然可以通曉天文地理，甚至連鄉野隱怪之說也無所不通。這種通博的人才，便成爲處理政事、擬訂重要政策的最佳人選。因此「名臣賢相出於館閣者，十常八九」〔註74〕。朝廷對於人才的培養頗爲重視，仁宗、英宗曾多次說過三館的設立是爲了育才。〔註75〕蘇軾便是這觀念下最好的例子，《宋史‧蘇軾傳》云：「宰相韓琦曰：『軾之才，遠大器也，他日自當爲天下用，要在朝廷培養之。……不若於館閣中近上貼職與之。』」韓琦以爲蘇軾爲難得的人才，若是能夠經歷館閣的育成，日後必定能成爲國家棟梁。充分說明朝廷將館閣視爲培育人才、累積經驗，以便人才日後從政的處所。

復（複）並從刪去。」見〈慶曆崇文總目〉條，《文淵閣四庫全書》冊944，頁412。

〔註71〕程俱：《麟臺故事輯本》卷1〈省舍〉。

〔註72〕《宋會要輯稿》冊55，崇儒4～7，頁2219。

〔註73〕曾鞏：《本朝政要策‧文館》（《曾鞏集》卷49）。

〔註74〕歐陽脩治平三年〈又論館閣取士箚子〉：「今兩府闕人，則必取於兩制；兩制闕人，則必取於館閣。然則館閣，輔相養材之地也。……自祖宗以來，所用兩府大臣多矣，其間名臣賢相出於館閣者，十常八九也。……自陛下即位以來，所用兩府之臣一十三人，而八人出於館閣。」（《歐集》卷114）

〔註75〕程俱《麟臺故事輯本》卷三〈選任〉提及仁宗、英宗多次說「館職所以待英俊」、「設三館以育才」、「館閣所以育俊才」。

　　館閣取士有三個來源：進士、大臣薦舉以及酬勞帶職，〔註 76〕且館職有高下之分。洪邁（1123～1202）《容齋隨筆》言：

> 國朝館閣之選，皆天下英俊，然必試而後命。一經此職，遂爲名流。其高者，曰集賢殿脩撰、史館修撰、直龍圖閣、直昭文館、史館、集賢院、秘閣。次曰集賢、秘閣校理。官卑者，曰館閣校勘、史館檢討，均謂之館職。〔註 77〕

歐陽脩《歸田錄》則提及梅堯臣未能得到館職的遺憾實例：

> 梅聖俞以詩名當世，然終不得一館職。晚年在唐書局充修書官，尚冀書成疇勞得一貼職，以償宿願，書垂就而卒，時人莫不歎其奇薄。
> （《歐集》卷 127）

如果得授館閣之職「遂爲名流」，代表以後有機會能晉升更高的官職，成爲高級行政官員，因此能夠進入館閣便成爲當時士人的夢想。若有實才且名動當世，卻未能擔任館閣職務，就連旁人都會爲之惋惜，而「歎其奇薄」。

　　由於館閣具有培養人才的目的，使得館閣人員多以具有潛力的青年才俊爲主。〔註 78〕諸多英才聚集在一起相互切磋、問學，也使得宋代的文化發展更爲快速。

第三節　歐陽脩受前代學者之影響

　　在宋代崇文風氣與科舉取士制度之下，士人較以往各代有更多機會得以接觸學術，並藉此進入政壇，歐陽脩便是靠著這個途徑而進入仕途。在他的官職經歷中，有長期的館閣歷練，對於他學問智識的養成，有頗爲重要的影響。如果說在這學術環境下的浸潤，使歐陽脩成爲一代著名學者，那麼，前

〔註76〕歐陽脩〈又論館閣取士劄子〉：「館閣取人以三路：進士高科，一路也；大臣薦舉，一路也；歲月疇勞，一路也。」（《歐集》卷 114）

〔註77〕洪邁：《容齋隨筆》（北京：中華書局，2006 年 10 月）卷 16〈館職名存〉。《容齋四筆》卷一〈三館秘閣〉又言：「國朝儒館仍唐制，有四：曰昭文館、曰史館、曰集賢院、曰秘閣。……四局各置直官，均謂之館職，皆稱學士。地望清切，非名流不得處。」

〔註78〕李更：「館閣儲養高級統治人才的政治職能，決定了館職官員在構成上以有培養前途，可以在未來掌詞翰、備文學侍從乃至成爲宰輔之臣的中青年才俊爲絕對主體，而非聚老儒宿學以從事學術活動。」見李氏：《宋代館閣校勘研究》（南京：鳳凰出版社，2006 年 03 月）第二章〈宋代館閣制度沿革〉，頁 65。

人層層積累而成的學術文化，以及當時與歐陽脩交遊的友人，對於歐陽脩文學乃至於學術的影響便成為一個頗為重要的討論課題。在此處，本節擬先探討前代學者的遺風帶給歐陽脩何種影響？在下一節中，則探究歐陽脩與其友人的交遊行為。

　　本章第一節提及宋代史學師法《春秋》，歐陽脩的史學亦融入了《春秋》的思想以及書寫方式，因此，《宋史‧歐陽脩傳》稱其「奉詔修《唐書》紀、志、表，自撰《五代史記》，法嚴詞約，多取《春秋》遺旨。」除了《春秋》，歐陽脩的經學、史學、文學各方面是否還受到哪些前代學者的影響？影響的層面為何？他又如何在這些學者之上走出自己的路？本節爬梳歐陽脩的文章，找出司馬遷與韓愈二人，試圖經由歐陽脩對他們的描述，歸納這些前代學者哪方面的成就使歐陽脩拳拳服膺，而加以仿效。

一、司馬遷

　　司馬遷撰寫《史記》，深受《春秋》的影響，在〈太史公自序〉他便自述「繼《春秋》」。司馬遷「繼《春秋》」可視為繼承孔子時代的思想文化。〔註79〕歐陽脩修撰史書，也應有這一層用意在。

　　此處不妨直接從歐陽脩的文章中，檢視他對司馬遷的評價。歐陽脩對於司馬遷的《史記》有褒有貶，並非全然接受他的說法。他感到不滿的部分，集中在司馬遷對於史料考證的工夫，如〈帝王世次圖序〉言：

> 孔子既沒，異端之說復興。……奇書異說方充斥而盛行，其言往往反自託於孔子之徒，以取信於時。……有博學好奇之士，務多聞以為勝者，於是盡集諸說，而論次初無所擇，而唯恐遺之也，如司馬遷之《史記》是矣。（《歐集》卷43）

歐陽脩認為從孔子之後，「奇書異說」到處充斥，而且假託是孔子之徒以取信於當世。司馬遷撰寫《史記》時，對於史料的真偽無所取捨，「初無所擇，而唯恐遺之」，可以看出歐陽脩對於《史記》在史料取捨方面的評價不高。這種

〔註79〕　〈太史公自序〉：「先人有言：『自周公卒五百歲而有孔子。孔子卒後至於今五百歲，有能紹明世，正《易傳》，繼《春秋》，本詩書禮樂之際？』意在斯乎！意在斯乎！小子何敢讓焉。」表示自己「繼《春秋》」的理念。而戴晉新以為司馬遷「繼《春秋》」，可視為「廣義的思想文化繼承，而不只是狹義的學術史繼承。」參見戴晉新：〈司馬遷與班固對《春秋》的看法及其歷史書寫的自我抉擇〉，《輔仁歷史學報》第5期，1993年12月，頁91。

不滿不僅見於此處，《詩本義》的〈時世論〉也批評司馬遷過於雜博。〔註80〕畢竟，博取眾說、對於史料不加揀擇的後果會導致歷史出現矛盾、錯誤的現象。〔註81〕這樣的評論是基於「懷疑古史」而發的。〔註82〕

此外，《新唐書・武后本紀》對於《史記》、《漢書》二史的〈呂后本紀〉進行評論：

> 昔者孔子作《春秋》而亂臣賊子懼，其於弒君篡國之主，皆不黜絕之，豈以其盜而有之者，莫大之罪也，不沒其實，所以著其大惡而不隱歟？自司馬遷、班固皆作〈高后紀〉，呂氏雖非篡漢，而盜執其國政，遂不敢沒其實，豈其得聖人之意歟？抑亦偶合於《春秋》之法也。（《新唐書》卷4）

歐陽脩在此處贊同馬、班的書寫筆法，認爲呂后盜執漢廷政權，在馬、班筆下，「不敢沒其實」，於是將呂后列於本紀，以彰顯他專政之實。另一方面，從他對於《春秋》之推崇與《史》、《漢》「合於《春秋》之法」的論述，也可以證實歐陽脩理想的史傳書寫方式爲《春秋》褒貶筆法。

在疑古、判斷史料眞僞的部分，歐陽脩認爲司馬遷作得不夠好。但是在思想、體例以及文筆方面，他則是讚譽有加。《崇文總目敍釋・正史類》推崇《史記》：

> 自司馬氏上採黃帝，迄于漢武，始成《史記》一家。由漢以來，千有餘歲，其君臣善惡之迹，史氏詳焉。……其治亂興廢之本，可以考焉。（《歐集》卷124）

經由《史記》，後世可以考知前代的治亂興廢，以及君臣善惡是非，這自然是司馬遷「究天人之際，通古今之變，成一家之言」觀念所冀望達到的理想。〈編年類〉一文則推崇《史記》創立了史書的體例：「始爲紀、傳、表、志之體，網羅千載，馳騁其文，其後史官悉用其法。」對《史記》所創立的史書體例

〔註80〕《詩本義・時世論》卷14：「司馬遷之於學也，雜博而無所擇。」

〔註81〕〈泰誓論〉便指出《史記》中有這種嚴重錯誤：「司馬遷作〈周本紀〉，雖曰武王即位九年祭於文王之墓，然後治兵于孟津，至作〈伯夷列傳〉，則又載父死不葬之說，皆不可盡信。」（《歐集》卷18）前後文記載不同，兩相矛盾，便是選擇史料時不嚴謹導致的後果。

〔註82〕蔡世明：「歐陽修雖然相信六經，但對古史則抱著懷疑的態度。……像司馬遷雖重視史料的收集，歐陽修認爲《史記》關於上古的記載還是不夠審愼，譬如唐、虞、夏、商、周各王的世次就前後顛倒。」見《歐陽修的生平與學術》（臺北：文史哲出版社，1986年09月），頁94。

予以肯定，且在撰修《新唐書》時加以仿效。

這兩則文字是《崇文總目》的「敘釋」，論述較為概略。歐陽脩對於司馬遷的推崇，還可以由〈桑懌傳〉看出：

> 余固喜傳人事，尤愛司馬遷善傳，而其所書皆偉烈奇節，士喜讀之。
> 欲學其作，而怪今人如遷所書者何少也，乃疑遷特雄文，善壯其說，
> 而古人未必然也。及得桑懌事，乃知古之人有然焉。……懌所為壯
> 矣，而不知予文能如遷書使人讀而喜否？（《歐集》卷 65）

〈唐田布碑跋尾〉也同樣推崇司馬遷描繪人物形象時之「雄文」：

> 布之風烈，非得左丘明、司馬遷筆不能書也。……今有道《史》、《漢》
> 時事者，其人偉然甚著，而市兒俚嫗猶能道之。自魏晉以下不為無
> 人，而其顯赫不及於前者，無左丘明、司馬遷之筆以起其文也。（《歐
> 集》卷 142）

各個朝代都有豪傑志士與壯烈事蹟，然而是否能顯赫於後代，卻因記載者書寫方式而異。在司馬遷「雄文」的筆下，人物往往「偉烈奇節」、「偉然甚著」，為市井平民所津津樂道。歐陽脩不只肯定司馬遷的文筆，更「欲學其作」，希望能學習司馬遷的敘事筆法。除了敘事筆法，歐陽脩也學習《史記》的互見法，避免重複，展現行文簡約的特色，〔註83〕因而「文筆潔淨，直追《史記》」〔註84〕。

以上是歐陽脩對司馬遷《史記》的看法與學習。此外，無論是人格的剛毅不屈、強烈的批判精神、對於史實的追求等等，都繼承了司馬遷的精神。〔註85〕

二、韓愈

前人影響歐陽脩最深者，莫過於韓愈，無論是在思想或者是古文，歐陽脩都明顯地以韓為尊。由〈記舊本韓文後〉一文，可以了解歐陽脩對於韓愈從接受到尊崇與學習的過程。歐陽脩從童年時代就開始接觸、尊崇韓愈，他在隨州時，常與李堯輔（？～？）交遊，從李堯輔那裡得到《昌黎先生文集》

〔註83〕 互見之說參閱黃進德：《歐陽修評傳》（南京：南京大學出版社，2003 年 01月），頁 377。

〔註84〕 趙翼：《二十二史劄記》卷 21〈歐史書法謹嚴〉。

〔註85〕 這些精神的繼承，可參閱洪本健：〈歐陽修繼承了司馬遷的哪些精神〉一文，收於劉德清編：《歐陽修研究》（上海：學林出版社，2008 年 02 月），頁 442～452。

殘本六卷，讀了以後，以爲「其言深厚而雄博」。但是因爲歐陽脩當時年少，理解程度有限，所以對於韓文「未能悉究其義，徒見其浩然無涯」。

　　天聖元年（1023），歐陽脩十七歲時在州試失利，偶然間取出韓文翻閱。由於這時學識已較童年增長許多，更能理解韓文中的精妙，讚嘆「學者當至於是而止」，因而立志若能登上仕途，「當盡力於斯文，以償其素志」。之所以在少年時期就立下學韓的志向，並在日後身體力行地推崇韓愈、學習韓文，終至被尊稱爲「今之韓愈」，或許與他在童年時即接觸韓文的經驗有關，這種童年經驗，形成了日後寫作的「先在意向結構」〔註 86〕。因此，到了天聖八年（1030）歐陽脩中進士之後，遇到創作古文的尹洙，頗能認同，而與他一起書寫古文。

　　歐陽脩喜愛韓愈詩與文，甚至在詩中屢屢稱引韓愈詩句，以表示他對於韓詩的熟悉與喜好。〔註 87〕在諸多論及韓愈的篇章中，他在《詩話》裡說的一段話頗值得注意：

> 退之筆力，無施不可。而嘗以詩爲文章末事。……然其資談笑、助諧謔、敍人情、狀物態，一寓於詩，而曲盡其妙。此在雄文大手，固不足論。（《歐集》卷 128）

韓愈於詩無論是「資談笑、助諧謔、敍人情、狀物態」，一概得心應手。不過更值得注意的是「筆力無施不可」一句。歐陽脩認爲韓愈筆力無施不可，凸顯他心中的韓愈詩文多變而不拘一格，在文類書寫的轉換時得以隨心所欲。推崇的同時，歐陽脩自己也深受影響，並且表現在他的創作之中，所以蘇軾〈六一居士集敍〉以爲「歐陽子論大道似韓愈，論事似陸贄，記事似司馬遷，詩賦似李白。」（《經進東坡文集事略》卷 56）指出歐陽脩文章亦具「筆力無施不可」的特點。

　　古文自中唐皇甫湜以降，便有尚奇的偏向。這種尚奇的文風到了宋初，從柳開、石介以至宋代中期的太學體，有愈加熾盛的現象。歐陽脩從科舉層面來推動古文的改革，代表他清楚自己在文學發展上肩負何種責任。張蜀蕙言：「歐

〔註86〕童慶炳〈作家的童年經驗及其對創作的影響〉：「童年經驗作爲先在意向結構對創作產生多方面的影響。……作家面對生活時的感知方式、情感態度、想像能力、審美傾向與藝術追求等，很大程度上都受制於他的先在意向結構。對作家而言，所謂先在意向結構，就是他創作前的意向性準備，也可理解爲他寫作的心理定勢。根據心理學研究，人的先在意向結構從兒童時期就開始建立。」見童慶炳：《文學審美特徵論》（武昌：華中師範大學出版社，2000 年），頁 227。
〔註87〕如《歐集》卷四〈酬學詩僧惟晤〉「韓子亦嘗謂：『收斂加冠巾。』」與〈人日聚星堂燕集探韻得豐字〉「退之亦嘗云：『青蒿倚長松。』」皆明引韓愈之詩。

陽修的最大貢獻並非僅是韓愈的詮釋者而已，歐陽修非常清楚自己如同韓愈的歷史位置，是處於傳統永恆性和未來性新變的追尋裡。」〔註88〕身爲韓愈的追隨者，面對這一脈剝裂怪奇的傳統文風，如何開創出古文的新面貌，便成爲歐陽脩所思索的問題。因此，他以流暢自然、平易簡要的文字進行矯正，以開創古文新局。韓、歐所面對的文學改革對象雖不相同，然而所處的「歷史位置」則有類似之處，他們都處於書寫傳統之下，積極提出更爲理想的書寫方式。

　　歐陽脩雖然推尊韓愈古文，卻不代表在創作古文時對韓愈亦步亦趨、因襲模仿，而是要在韓文之上建立自己的風格。因此他認爲韓愈古文雖佳，也不必制式地模仿。〔註89〕羅根澤以爲：「歐陽修步趨韓愈的地方確是很多，但進於韓愈的地方也不少。」〔註90〕不只是古文，詩也一樣，韓詩素有「以文爲詩」的特點，歐陽脩推尊韓詩，以「以文爲詩」爲主旨，經歷由「學韓」、「似韓」以至「變韓」三個階段。〔註91〕

　　若說改革太學體的險怪奇澀，倡導平易自然的古文是學習韓愈之「文」，那麼，倡導儒家禮教思想，摒黜佛教便是學習韓愈的「道」。韓愈曾作〈原道〉以排佛，試圖建立儒家道統；《歐集》當中亦有許多地方表明自己反對佛教的立場，其中最重要的就是〈本論上〉：

> 佛爲夷狄，去中國最遠，而有佛固已久矣。堯、舜、三代之際，王政修明，禮義之教充於天下，於此之時，雖有佛無由而入。及三代衰，王政闕，禮教廢，後二百餘年而佛至乎中國。由是言之，佛所以爲吾患者，乘其闕廢之時而來，此其受患之本也。補其闕，修其廢，使王政明而禮義充，則雖有佛，無所施於吾民矣。（《歐集》卷17）

就〈原道〉與〈本論上〉二文來看，韓、歐皆持闢佛立場，並闡述儒家禮義思想。然而「韓、歐二人皆由人倫日用的生活經驗闢佛，而非由教義理論的觀點闢佛。」〔註92〕韓、歐皆無意於提出一套哲學學說，之所以闢佛是鑒於

〔註88〕見張蜀蕙：《書寫與文類——以韓愈詮釋爲中心探究北宋書寫觀》（臺北：國立政治大學中國文學研究所博士論文，2000年07月），頁56。

〔註89〕曾鞏〈與王介甫第一書〉：「歐云：『孟、韓文雖高，不必似之也，取其自然耳。』」（《曾鞏集》卷16）

〔註90〕羅根澤：《中國文學批評史·兩宋文學批評史》（臺北：學海出版社，1978年09月），頁62。

〔註91〕參閱谷曙光：〈論歐陽修對韓愈詩歌的接受與宋詩的奠基〉，《北京師範大學學報》（社會科學版），2005年第3期，頁85～90。

〔註92〕王基倫：《韓歐古文比較研究》（臺北：國立臺灣大學中國文學研究所博士論

佛僧爲「坐華屋、享美食而無事者」〔註 93〕，他們的存在無助於社會民生，甚至敗壞社會風俗。這自然不被注重經世致用的歐陽脩所接受。

　　歐陽脩初次見到的韓文是「殘本」，當時因無人學習韓文，使韓愈文集「至所缺墜，忘字失句。」〔註 94〕在尊韓進而對文本求全責備的心態下，他試圖還原韓愈文集的完整面貌。因此除了學習韓愈而創作古文，歐陽脩也對於韓愈文集作了補綴的工作。這項工作長年持續進行著：

> 集本出於蜀，文字刻畫頗精於今世俗本，而脫謬尤多。凡三十年間，
> 聞人有善本者，必求而改正之。（〈記舊本韓文後〉，《歐集》卷 73）

校正《韓集》的資料來源有二，除了訪求善本以校補，歐陽脩更利用石刻碑文來進行補綴工作。〔註 95〕畢竟，一旦將文字刻在石碑上，便無法更改，所以多會精心校對，以求正確；而以書籍形式傳播「久而轉失其眞者多矣」（〈唐田弘正嘉廟碑跋尾〉），兩者相較，碑文比抄寫或印刷更具穩定性。所以《集古錄跋尾》中有多篇文章自述藉由碑文來校正集本。〔註 96〕經由歐陽脩所校正的韓愈文集，在當時號爲「善本」，〔註 97〕可知歐陽脩對於韓愈文集的整理、保存與推廣之努力。

第四節　歐陽脩與士族之交往

一、北宋士族網絡

　　北宋在平定全國之後，雖然仍繼續任用舊有之世家大族爲臣，但更多的是大量的新進官員，以維持新朝廷的統治。這與舊族之衰落有關，歐陽脩便

文，1991 年 06 月），頁 95～96。

〔註93〕歐陽脩：〈原弊〉（《歐集》卷 59）。韓愈的〈論佛骨表〉與歐陽脩〈尚書工部郎中歐陽公墓誌銘〉（《歐集》卷 29）皆指出當時社會佛教傷風敗俗的行爲。

〔註94〕穆脩〈唐柳先生集後序〉：「予少嗜觀二家之文，常病柳不全見于世，出人間者殘落纔百餘篇；韓則雖其全，至所缺墜，忘字失句。」（《河南穆公集》卷2）

〔註95〕高光敏以爲歐陽脩曾二度校勘韓愈文集，而以碑文校勘則是第二次。見高光敏：《北宋時期對韓愈接受之研究》（臺北：國立臺灣師範大學國文研究所博士論文，2004 年 06 月）第三章〈北宋《韓集》流傳與特徵〉，頁 59～62。

〔註96〕《集古錄跋尾》卷八〈唐田弘正嘉廟碑跋尾〉、〈唐韓愈南海神廟碑跋尾〉、〈唐韓愈羅池廟碑跋尾〉、〈唐韓愈黃陵廟碑跋尾〉、〈唐胡良公碑跋尾〉五篇皆自述以碑文校正集本之誤。

〔註97〕〈唐田弘正家廟碑跋尾〉：「自天聖以來，古學漸盛，學者多讀韓文，而患集本訛舛。惟余家本屢更校正，時人共傳，號爲善本。」（《歐集》卷 141）。

曾經言及晚唐五代以後世家大族流離散亂的情況：「近世士大夫於氏族尤不明，其遷徙世次多失其序。至於始封其姓，抑或失眞。」（〈與曾鞏論氏族書〉，《歐集》卷47）在朝廷大量舉辦科舉，大量舉用科舉進士的情況之下，這些中舉的士人便代替以往的世家大族，成爲社會上的新興力量。孫國棟統計《宋史》中的北宋人物，從晚唐到北宋，名家子弟爲官的，由76.4%降到13%；而寒族在晚唐只占9.3%，到了北宋則增加爲58.4%。〔註98〕由此數據可見世家大族與寒族消長的情況。

　　既然舊有的世家大族業已衰微，接替的新興士族也在社會上逐漸建構出一個士族網絡。形成連結的方式，或者是在仕途上有過幕僚關係、師生關係，或者是經由婚姻的方式來達成連結。北宋學者有意識地與志向相同者連結爲一個群體，藉由群體的力量，在政治上發揮比個人還大的影響。這種意識在范仲淹、歐陽脩等人於景祐三年（1036）相繼遭到貶謫後表現得尤爲明顯。〔註99〕

　　再者，宋代館閣除了從事典籍相關工作，也是人才培育之所。當一批文士聚集在一起，往往認同彼此，而產生情誼。曾鞏（1019～1083）〈館閣送錢純老知婺州詩序〉曾詳細地指出館閣文士相知相惜的現象：

> 蓋朝廷常引天下文學之士，聚之館閣，所以長養其才而待上之用。
> 有出使於外者，則其僚必相告語，擇都城之中廣宇豐堂、遊觀之勝，
> 約日皆會，飲酒賦詩，以敘去處之情，而致綢繆之意。歷世浸久，
> 以爲故常。其從容道義之樂，蓋他司所無。而其賦詩之所稱引況諭，
> 莫不道去者之美，祝其歸仕於王朝，而欲其無久於外。所以見士君
> 子之風流習尚，篤於相先，非世俗之所能及。（《曾鞏集》卷13）

由於館閣文士朝夕相處，培養出深厚情誼，若有人即將出使於外，則眾人皆會聚會燕遊，以敘離情。並冀求其能早日歸來。這種文士之間「篤於相先」的友情，自然是一般的泛泛之交所無法企及的。

　　此外，具師生、朋友關係的文士之間，普遍有締結婚姻的情況。陶晉生

〔註98〕孫國棟：〈唐宋之際社會門第之消融〉，《唐宋史論叢》（香港：商務印書館，2000年02月），頁245。

〔註99〕程曉文認爲慶曆學者的關係是一個交錯縱橫的網路。本來只有文士間的個別交誼，經過景祐三年范、歐等人被貶謫之後，一群士人紛紛挺身表達立場，對遭貶者予以同情，或以實際言行相助。此後這群文士間的連結更爲緊密，對彼此更加認同，形成一個文士集團。見程氏：《文章、學術與政治：北宋慶曆學者之文化網絡與學術理念》（臺北：國立臺灣大學中國文學研究所碩士論文，2004年）第二章〈慶曆學者的政治與學術網絡〉，頁11～41。

依據北宋士族的婚姻關係，加以繪製成一網絡表，〔註100〕藉以探知在北宋知名文士之間，有著一個頗為緊密的網絡牽連著彼此。以下試取其中一小部分，以見歐陽脩與他所作序跋之對象的關係：

〔註101〕

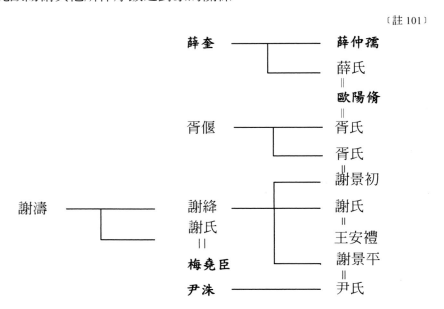

從這一個關係圖，可以見到在姻親關係之下，好幾個家族彼此有了連結。歐陽脩因與胥家、薛家女子結褵，與許多人產生了姻親關係。如就上表觀之，歐陽脩的摯友梅堯臣與他的關係，就是「連襟之父之姊（妹）婿」，除了是摯友，兩人也在這個婚姻網絡中產生連結。有些士族在交友之餘，更有互約為婚姻的情況。如李若谷（970～1049）「少時與韓億為友。及顯貴，婚姻不絕焉。」（《宋史‧李若谷傳》卷 291）當然，這個姻親網絡並非在短時間就可以促成，卻是探討當時新興士族的關係所不可忽略的。

二、歐陽脩的交遊

歐陽脩自述「所交必得天下之賢才」（〈與謝景山書〉），樂與天下豪賢之士結交，且「篤於交友，恤人之孤」（歐陽發〈先公事迹〉），朋友過世，歐陽脩往往為他們料理後事，照顧孤幼，以及編次他們生前作品成集。歐陽脩創作序

〔註100〕陶晉生：《北宋士族：家族、婚姻、生活》表7。
〔註101〕姓名以粗黑標楷體標示者，代表歐陽脩為此人寫過序跋作品。

跋文除了與當時的學術風氣有關，文士與他的交往情形也勢必有所影響。因此，他與朋友的往來，便必須先作一梳理工作。此處針對幾位與歐陽脩序跋文有重大關聯的親友進行論述。爲了下文論述方便進行，表二列出歐陽脩與幾位主要親友間贈酬詩與書信數量統計，以顯現其交遊情形。

表二：歐陽脩與親友贈酬詩與書信往來統計

	歐陽脩致親友之作〔註102〕			親友致歐陽脩之作〔註103〕			二者合計
	贈酬詩	書信	合計	贈酬詩	書信	合計	
梅堯臣	72	46	118	141	0	141	259
劉敞	31	29	60	40	0	40	100
杜衍	12	7	19	1	8	9	28
薛仲孺	1	20	21				21
謝絳	16	2	18	0	0	0	18
蘇舜欽	8	0	8	8	1	9	17
蔡襄	0	5	5	3	4	7	12
尹洙	1	5	6	0	3	3	9
晏殊	5	3	8	0	0	0	8
范仲淹	1	3	4	0	0	0	4
宋祁	1	0	1	1	2	3	4
江休復	2	0	2	1	0	1	3
廖倚	1	0	1				1
石延年	0	0	0	0	0	0	0
薛奎	0	0	0	0	0	0	0
仲訥	0	0	0	0	0	0	0

〔註102〕計算範圍爲兩人於生前相互寄贈、和答、感懷或與對方互動往來之詩作與書牘，以詩題有註明贈答該人或其文爲主，如蘇舜欽之〈寄題豐樂亭〉亦計入。

〔註103〕他人作品統計文本依據：劉敞《公是集》據《文津閣四庫全書》；宋祁《景文集》、蔡襄《端明集》據《文淵閣四庫全書》；蘇舜卿《蘇學士文集》、尹洙《河南先生文集》、范仲淹《范文正公集》據四部叢刊；梅堯臣詩文據上海古籍本《梅堯臣集編年校注》；其餘別集未留存者，考之於傅璇琮主編之《全宋詩》（北京：北京大學出版社，1991 年 07 月）與曾棗莊、劉琳主編之《全宋文》（上海：上海辭書出版社，2006 年 08 月）。薛公期、廖倚未見詩文作品留存。

（一）石延年

　　歐陽脩在慶曆六年所寫的〈豐樂亭記〉述及太祖立國之後，四十年來無用兵事，戰亂時期爲重要戰略據點的滁州，「嚮之憑恃阻險，劃削消磨，百年之間，漠然徒見山高而水清。」（《歐集》卷39）既然對於自然山川有昔今之感，戰亂時受到重視的「人才」，在四十年後的承平之世何去何從，也是歐陽脩關注到的問題。慶曆二年的〈釋秘演詩集序〉便提到這種心得：

> 予少以進士遊京師，因得盡交當世之賢豪。然猶以謂國家臣一四海，
> 休兵革，養息天下，以無事者四十年，而智謀雄偉非常之士無所用
> 其能者，往往伏而不出，山林屠販必有老死而世莫見者，欲從而求
> 之不可得。其後得吾亡友石曼卿。曼卿爲人廓然有大志，時人不能
> 用其材，曼卿亦不屈以求合，無所放其意，則往往從布衣野老酣嬉
> 淋漓，顛倒而不猒（厭）。予疑所謂伏而不見者，庶幾狎而得之，故
> 嘗喜從曼卿遊，欲因以陰求天下奇士。（《歐集》卷41）

石延年（994～1041），字曼卿，一字安仁。歐陽脩與石延年初識，應當在天聖七年（1029）。〔註104〕景祐元年（1034）閏六月時二人同爲館閣校勘，然而景祐二年石延年隨即受到范諷牽連，落職通判海州；再度重逢，要等到康定元年（1040）。〔註105〕在這段文字中，歐陽脩自述盡交當世賢豪，但是他同時也疑惑：智謀雄偉非常之士往往伏而不出，那麼他們究竟在何處？遇到石延年之後，歐陽脩認定他便是「智謀雄偉非常之士」，只是才能不被發掘，而不受重用。由〈石曼卿墓表〉來看，石延年之所以不受重用，應肇因於他的個性。因爲他「獨慕古人奇節偉行」，對於瑣屑的世俗之事便不太在意，自認不合於時，頹廢自放，「由是益與時不合」。然而，歐陽脩素來喜好賢士豪傑，石延年「不可繩以法度」的性格無礙於歐陽脩視他爲人才，反而認爲物以類聚，「奇士」應與「廓然有大志」的他有所來往。除了氣貌雄偉、志大氣豪之外，石延年的詩、筆亦佳，歐陽脩不只一次讚賞他的詩與書法，認爲「曼卿詩與筆

〔註104〕嚴杰與劉德清皆考訂歐、石在天聖七年即已結識。見嚴杰：《歐陽修年譜》（南京：南京出版社，1993年11月），頁24，以及劉德清：《歐陽修紀年錄》（上海：上海古籍出版社，2006年07月），頁33。

〔註105〕就歐陽脩〈哭曼卿〉詩中「乖離四五載」一句，洪本健考證石延年貶海州可能在景祐元年冬，出京時已又隔一年，應當在二年年初。此後要到康定元年，歐陽脩復爲館閣校勘，與時任秘閣校理的石延年同在京師，兩人才重逢。見洪本健校箋：《歐陽修詩文集校箋》（上海：上海古籍出版社，2009年08月），頁29，注7、8。

稱雄於一時」，若再以澄心堂紙書寫，可稱爲「三絕」。〔註106〕

在《歐集》中，雖未見二人有詩、信往來，但由石延年辭世後，歐陽脩作了〈石曼卿墓表〉、〈哭曼卿〉與〈祭石曼卿文〉來看，可知歐陽脩甚爲欣賞他的「軒昂磊落，突兀崢嶸」，也爲人才的消逝感到不捨。〔註107〕

（二）梅堯臣

梅堯臣（1002～1060），字聖俞。歐陽脩天聖八年及進士第後，充西京留守推官，次年三月抵達西京洛陽。當時西京留守爲錢惟演（962～1034），幕中有尹洙、梅堯臣、謝絳等名士。歐陽脩與梅聖俞可說是一見如故，初結識便與他相攜出遊。〔註108〕日後歐陽脩於〈送梅聖俞歸河陽序〉中，記載了洛陽時期與梅堯臣相聚、出遊的情形：

> 聖俞志高而行潔，氣秀而色和，嶄然獨出於眾人中。……余嘗與之
> 徜徉於嵩洛之下，每得絕崖倒壑、深林古宇，則必相與吟哦其間，
> 始而歡然以相得，終則暢然覺乎薰蒸浸漬之爲益也，故久而不厭。
> （《歐集》卷64）

與梅堯臣出遊，見崇山峻嶺之美、深林古寺之幽，往往吟詠於其間，這種吟遊經驗可說是造成日後歐陽脩對於洛陽生活與故友念念不忘的原因之一。〔註109〕歐、梅之間頗多唱和詩作，二人文集中寫給對方的贈酬詩與書信總和高達兩百五十餘篇，在歐陽脩所有親友中，數量最多。

〔註106〕〈跋三絕帖〉：「南唐澄心堂紙爲世所珍，今人家不復有，曼卿詩與筆稱雄於一時，今亦未有繼者，謂之三絕，不爲過矣。」（《歐集》卷73）又《詩話》第二十四條：「石曼卿自少以詩酒豪放自得，其氣貌偉然，詩格奇峭，又工於書，筆畫遒勁，體兼顏柳，爲世所珍。余家嘗得南唐後主澄心堂紙，曼卿爲余以此紙書其〈籌筆驛〉詩。詩，曼卿平生所自愛者。至今藏之，號爲三絕。」（《歐集》卷128）

〔註107〕〈祭石曼卿文〉作於治平四年（1067），時距石延年過世已隔二十六年，凸顯歐、石之交不同於一般。

〔註108〕歐陽脩〈書懷感事寄梅聖俞〉：「逢君伊水畔，一見已開顏。不暇謁大尹，相攜步香山。」（《歐集》卷52）

〔註109〕歐陽脩在洛陽時期與諸多文士交遊，日後即使分隔兩地仍保持聯絡，尹洙、謝絳、蘇舜卿等人皆然。歐陽脩面對這些好友時，常回憶以往洛陽生活，感嘆不得相聚，如〈聖俞會飲〉：「洛陽舊友一時散，十年會合無二三。」（《歐集》卷1）感嘆洛陽舊友如今相隔異地而不得見。梅聖俞於慶曆三年寫給歐陽脩的〈次韻奉和謝王尚書惠牡丹〉也表達出相同心情：「嘗憶同朋有七人，每失一人淚緣睫。唯我與公今且存，無復名園共攜榼。」

　　梅堯臣於明道元年（1032）秋調任河陽縣主簿，離開洛陽之後，歐、梅從此聚少離多，然而彼此多有詩作、書信往來，一有機會也會相聚。如景祐五年（1038）歐陽脩念及與梅堯臣多年未見，致書希望能得到他的新作，「以開昏鈍而慰相思」。〔註110〕隔年，寶元二年（1039），歐陽脩在乾德，謝絳出知鄧州，而梅堯臣將赴襄城宰，在謝絳的邀請下，三人聚會於隨州。歐陽脩事後寫了〈答聖俞寺丞見寄〉，描述見了洛陽故友後「怡然壹鬱寫」的心情。〔註111〕嘉祐元年（1056），梅堯臣至京師，與歐陽脩相會，因感念故友深情，「願與公去驪樂同」，自願與歐陽脩同歸潁水隱居，共享田園之樂；歐陽脩亦感嘆與老友聚少離多，「當弃百事勤追隨」。〔註112〕

　　梅堯臣以詩知名於當世，甚至有人出價數千錢只爲了購買一篇他的詩，即使非極佳之作，亦流傳至西南異域。〔註113〕歐陽脩《詩話》言：「聖俞、子美齊名於一時，而二家詩體各異。子美筆力豪雋，以超邁橫絕爲奇；聖俞覃思精微，以深遠閒淡爲意。」歐陽脩頗爲推重梅堯臣與蘇舜卿之詩，論詩時常合述二人，在《歐集》裡，可舉慶曆四年〈水谷夜行寄子美聖俞〉一詩爲論述蘇、梅詩的代表：

　　　　緬懷京師友，文酒邈高會。其間蘇與梅，二子可畏愛。篇章富縱
　　　　橫，聲價相磨蓋。子美氣尤雄，萬竅號一噫。有時肆顛狂，醉墨

〔註110〕〈與梅聖俞〉第七通：「自拜別將五歲矣，友益日疎，俗狀日增，篇詠之興，略無清思。聖俞新作，雖京師多事，不惜錄示，以開昏鈍而慰相思，故人之惠莫越於此也。」（《歐集》卷149）

〔註111〕〈答梅聖俞寺丞見寄〉：「南北頓睽乖，相離獨飄蕩。……忻聞故人近，豈憚驅車訪？一別各衰翁，相見問無恙。交情宛如舊，歡意獨能強。幸陪主人賢，更值芳洲漲。……已見洛陽人，重聞畫樓唱。怡然壹鬱寫，蹔爾累囚放。」（《歐集》卷53）

〔註112〕梅堯臣〈高車再過謝永叔內翰〉：「世人貴重不貴舊，重舊今見歐陽公。……老雖得職不足顯，願與公去驪樂同。驪樂同，治園田，潁水東。」歐陽脩〈答聖俞〉：「翁居南方我北走，世路離合安可期？……況出新詩數十首，珠璣大小光陸離。他人欲一不可有，君家筐篋滿莫持。才大名高乃富貴，豈比金紫包愚癡？貴賤同爲一丘土，聖賢獨如日星垂。道德內樂不假物，猶須朋友并良時。……與翁老矣會有幾，當弃百事勤追隨。」（《歐集》卷6）

〔註113〕《歸田錄》卷二第十六條：「聖俞在時，家甚貧，余或至其家，飲酒甚醇，非常人家所有。問其所得，云皇親有好學者宛轉致之。余又聞皇親有以錢數千購梅詩一篇者，其名重於時如此。」（《歐集》卷127）又《詩話》言：「蘇子瞻……嘗於滑井監得西南夷人所賣蠻布弓衣，其文織成梅聖俞〈春雪〉詩。此詩在聖俞集中，未爲絕唱。蓋其名重天下，一篇一詠，傳落夷狄，而異域之人貴重之如此耳。」（《歐集》卷128）

洒霶霈。譬如千里馬，已發不可殺。盈前盡珠璣，一一難揀汰。
梅翁事清切，石齒漱寒瀨。作詩三十年，視我猶後輩。文詞愈清
新，心意雖（雖一作難）老大。譬如妖韶女，老自有餘態。近時尤
古硬（硬一作淡），咀嚼苦難嘬。初如食橄欖，眞味久愈在。蘇豪
以氣轢，舉世徒驚駭。梅窮獨我知，古貨今難賣。二子雙鳳凰，
百鳥之嘉瑞。（《歐集》卷 2）

梅與蘇是歐陽脩在洛陽時期就已經結識的舊友，當年同事於錢惟演幕下的情
誼，在日後仍持續維繫著，並時有唱和之作。後來當兩人相繼而歿，面對多
年好友的凋零，歐陽脩一方面感嘆詩壇的冷清，一方面爲摯友的早逝而感
傷。〔註 114〕

　　歐、梅以詩交，彼此有許多論詩之言語，這在《詩話》中多處可見。歐
陽脩曾多次論述梅詩，認爲梅詩風格多面，「辭非一體」，〔註 115〕又曾提及「聖
俞平生苦於吟詠，以閒遠古淡爲意，故其構思極艱。」（《詩話》）指出梅堯臣
創作時「覃思精微」、「苦於吟詠」、「構思極艱」，使得「詩工鑱刻露天骨」（〈聖
俞會飲〉），是爲了追求「閒遠古淡」。梅堯臣亦認爲「作詩無古今，唯造平淡
難。」（〈讀邵不疑學士詩卷杜挺之忽來因出示之且伏高致輒書一時之語以奉呈〉）由
於「覃思精微」等創作態度，導致讀者頗覺「古硬」〔註 116〕，如嚼橄欖，但
「眞味久愈在」，需要反覆咀嚼，才能體會出箇中滋味。

　　梅堯臣作詩時「苦於吟詠」，與他的生平遭遇有關。梅堯臣一生貧困，甚
至需要接受歐陽脩的周濟。〔註 117〕除了生活上的援助，歐陽脩也多次爲他介
紹工作。嘉祐元年，歐陽脩進〈舉梅堯臣充直講狀〉推舉梅堯臣爲國子監直
講。隔年，歐陽脩權知禮部貢舉，與韓絳（1012～1088）、王珪（1019～1085）、
范鎮（1008～1088）、梅摯（995～1059）爲同事，徵召梅堯臣爲小試官，在入闈

〔註 114〕〈感二子〉：「自從蘇梅二子死，天地寂默收雷聲。」（《歐集》卷 9）〈馬上默
誦聖俞詩有感〉：「蘇梅二子今亡矣，索寞滁山一醉翁。」（《歐集》卷 14）
〔註 115〕歐陽脩〈梅聖俞墓誌銘〉：「其初喜爲清麗閒肆平淡，久則涵演深遠，間亦琢
刻以出怪巧，然氣完力餘，益老以勁。其應於人者多，故辭非一體。」（《歐
集》卷 33）
〔註 116〕對於「古硬」（苦硬），謝佩芬言：「『苦硬』不在文詞的生澀拗口，而是有所檢
束，經過詩人自覺地選擇、約制，使言語不致過於外放奇異，才能適切地表達
『意』。」見謝佩芬：《北宋詩學中「寫意」課題研究》（臺北：國立臺灣大學，
1998 年 06 月），頁 152。爲了符合「平淡」，梅詩有時會質樸而近於「古硬」。
〔註 117〕嘉祐元年歐、梅皆在京師，因梅堯臣生活窘困，歐陽脩贈送他二十匹絹。梅
堯臣寫〈永叔贈絹二十匹〉感念。

的五十多天中，六人相互唱和，「懽然相得，羣居終日，長篇險韻，眾製交作」
（《歸田錄》卷 2），作古律歌詩多達一百七十多首。後來這些詩收集為三卷，
歐陽脩亦作〈禮部唱和詩序〉記載這次唱和活動。

　　前文曾述及館閣為宋代士人渴望進入的機構，梅堯臣自然也不例外。嘉
祐三年，歐陽脩又薦舉梅堯臣修《唐書》。[註118] 梅堯臣歷年雖多次得到薦舉，
卻始終未得館職，此時修《唐書》，若完成工作頗有機會可得館職，因此寄望
因修書之功得授，但《唐書》完成之後，未及進奏，梅堯臣便已辭世。生活
之困窘與命運之奇薄，使得梅「自以其不得志者，樂於詩而發之。」（〈梅聖俞
詩集序〉）將不得志的心情一概發而為詩，這也是歐陽脩所稱的「窮者而後工」。

（三）尹洙

　　尹洙（1001～1047），字師魯，天聖二年舉進士及第，著有《河南先生文集》。
宋初古文由柳開（947～1000）開始，而穆脩（979～1032）與尹洙繼之。尹洙為
人忠義剛正不妄隨，文章則具有「簡而有法」特色：

> 師魯為文章，簡而有法，博學彊記，通知今古，長於《春秋》。其與
> 人言，是是非非，務窮盡道理乃已，不為苟止而妄隨，而人亦罕能
> 過也。（〈尹師魯墓誌銘〉，《歐集》卷28）

尹洙古文簡要且有法度，這與他「長於《春秋》」有關。在師法《春秋》之下，
「其文謹嚴，辭約而理精」（范仲淹〈尹師魯河南集序〉）。歐陽脩〈記舊本韓文後〉
自述「舉進士及第，官于洛陽，而尹師魯之徒皆在，遂相與作為古文。」在錢
惟演幕下與尹洙交遊，受到他影響而作古文。《邵氏聞見錄》詳細地記載此事：

> 天聖、明道中，錢文僖公自樞密留守西都，謝希深為通判，歐陽永
> 叔為推官，尹師魯為掌書記，梅聖俞為主簿，皆天下之士，錢相遇
> 之甚厚。一日，會於普明院，……永叔、師魯作記。永叔文先成，
> 凡千餘言。師魯曰：「某止用五百字可記。」及成，永叔服其簡古。
> 永叔自此始為古文。[註119]

歐陽脩先是對韓愈古文有「深厚而雄博」的印象，產生創作古文的志向；後
來與尹洙交遊時，又「服其簡古」，對於尹洙頗為推重。[註120] 在志向與環境

〔註118〕參見〈與韓忠獻王〉第十九通（《歐集》卷144）。
〔註119〕邵伯溫（1057～1134）：《邵氏聞見錄》（北京：中華書局，2008 年 08 月）卷
　　　　 8。
〔註120〕〈七交七首・尹書記〉：「師魯天下才，神鋒凜豪雋。逸驥臥秋櫪，意在駸駸

兼具的情況下，歐陽脩也跟著尹洙一起創作古文。古文經過尹洙、歐陽脩之後，文風爲之一變，創作古文的風氣開始大爲盛行。

歐、尹二人剛正不妄隨的個性在官場中亦展露無遺。景祐三年，范仲淹上言觸怒呂夷簡，罷知饒州。尹洙「是是非非，務窮盡道理」，挺身仗義直言，且「願從降黜」（尹洙〈乞坐范天章貶狀〉），因而貶監郢州酒稅。歐陽脩見諫官高若訥不但不爲范辨屈，反而詆毀范之爲人，再加上尹洙、余靖（1000～1064）皆遭貶，於是寫了〈與高司諫書〉切責其失職，亦旋即遭到貶謫。歐、尹同遭貶黜，二人剛正的個性與幕僚情誼可見一斑。慶曆四年時雖因爲水洛城是否需要修築、經營，兩人立場不同，時任諫官的歐陽脩上諫言，使得尹洙移官，卻不因此視對方爲讎。〔註121〕而尹洙英年早逝，年僅四十七歲，使視其爲「天下才」的歐陽脩頗爲傷感，認爲「師魯辯足以窮萬物，而不能當一獄吏；志可以狹四海，而無所措其一身。」（〈祭尹師魯文〉，《歐集》卷49）

歐陽脩與尹洙皆有對於五代歷史的著作：歐陽脩撰有《新五代史》；而尹洙《河南先生文集》中，今存《五代春秋》二卷。他們撰作《五代史》的時間，早在洛陽時期便已經開始。景祐四年〈與尹師魯第二書〉〔註122〕言：

> 開正以來，始似無事，治舊史。前歲所作《十國志》，蓋是進本，務要卷多。今若便爲正史，盡宜刪削，存其大要，至如細小之事，雖有可紀，非干大體，自可存之小說，不足以累正史。數日檢舊本，因盡刪去矣，十亦去其三四。師魯所撰，在京師時不曾細看，路中昨來細讀，乃大好。師魯素以史筆自負，果然。河東一傳大妙，脩本所取法此傳，爲此外亦有繁簡未中，願師魯亦刪之，則盡妙也。正史更不分五史，而通爲紀傳，今欲將《梁紀》并漢、周，脩且試

〔註121〕歐陽脩〈再論水洛城事乞保全劉滬箚子〉：「朝廷必知水洛爲利而不欲廢之，非滬守之不可。然滬與狄青、尹洙已立同異，難使共了此事。臣謂必不得已，寧移尹洙，不可移滬。……如此，則於洙無損，於滬獲全其功，於邊防利便，三者皆獲其利。」（《歐集》卷 105）可知歐陽脩在這件事上支持堅持經營水洛城的劉滬。而尹洙〈答諫官歐陽舍人論城水洛書〉則對歐陽脩持相異立場不以爲意：「水洛事未易可言，然事之利害，人人各異見，不必深啓。今既城之，則異日自辯，不足復論。」

〔註122〕《歐集》居士外集目錄題下注作於景祐三年，然此文開頭言：「自荊州得吾兄書後，尋便西上，十月二十六日到縣，倏茲新年，已三月矣。」可知應作於景祐四年初。

迅。」（《歐集》卷 51）

撰次，唐、晉師魯爲之，如前歲之議。其他列傳約略，且將逐代功臣隨紀各自撰傳，待續次盡，將五代列傳姓名寫出，分而爲二，分手作傳，不知如此於師魯意如何？吾等棄於時，聊欲因此粗申其心，少悉後世之名，如脩者幸與師魯相依，若成此書，亦是榮事。（《歐集》卷 67）

經由這段文字所記載，得知最晚到景祐三年，兩人便已約定「分手作傳」，合著《五代史》。歐陽脩已經將《十國志》初稿寫好，《梁紀》或許已有腹稿，而尹洙亦有部分著作。然而，尹洙文集中未見他回應歐陽脩，不知什麼原因沒有合著。後來歐陽脩獨力完成《新五代史》；至於尹洙五代歷史的著作，現今僅存二卷略記五代始末的《五代春秋》。〔註123〕

雖然歐、尹終究未合撰《五代史》，然而兩人寫史的筆法則幾近一致，皆欲宗法《春秋》，以「簡而有法」爲上。歐陽脩對於自己的《十國志》「盡宜刪削，存其大要」，將初稿刪去了三、四成；對於尹洙之作，雖覺「大好」，也認爲有繁簡未中的問題，希望加以刪削。由於尹洙博學彊記，通古知今，並且長於《春秋》，所創作的古文與《五代春秋》皆受《春秋》影響。歐陽脩與尹洙交遊，於文學、史學方面受其影響頗多。

（四）蘇舜欽

蘇舜欽（1008～1048），字子美，景祐元年（1034）登進士第。而歐陽脩在天聖八、九年左右，便與蘇舜卿相識。〔註124〕歐、蘇二人平時聚會的話題觸及學術領域，蘇舜欽〈和韓三謁歐陽九之作〉可以瞭解到兩人情誼與聚會話題：

永叔聞我來，解榻顏色喜。殷勤排清罇，甘酸飣果餌。圖書堆滿牀，指論極根柢。……韓子歎不足，作詩暢情義。爛如珊瑚鈎，光豔不可閉。迫余使之和，庶以同氣類。……永叔經術深，爛熳不可既。雖得終日談，百未出一二。

聽聞好友來訪，自是樂事。在這場宴會中，由「圖書堆滿牀」與「永叔經術

〔註123〕歐陽脩自稱看過尹洙的「河東一傳」，應該不是兩卷敘述五代始末極簡的《五代春秋》。尹洙應有其他五代著作，只是已經亡佚。

〔註124〕簡添興由蘇舜欽〈哭師魯〉「憶初定交時，後前穆與歐」一句，認爲蘇舜欽認識歐陽脩在尹洙之後，而歐陽脩於天聖九年至洛陽始與尹洙相識，因此歐、蘇相會應在這一段期間，彼此因創作古文而相識。見簡氏：《歐陽修交遊舉要》（嘉義：紅豆書局，1991 年 03 月），頁 91。

「深」語，可知主要以談論學術爲主，且蘇舜欽深深折服於歐陽脩的學識。同樣地，歐陽脩亦頗爲推重只活了四十一年的蘇舜欽，同時也爲他的不幸遭遇感到惋惜。〈湖州長史蘇君墓誌銘〉言：

> 君狀貌奇偉，慷慨有大志。少好古，工爲文章。……范文正公薦君，召試，得集賢校理。……於是時，范文正公與今富丞相多所設施，而小人不便。顧人主方信用，思有以撼動，未得其根。以君文正公之所薦而宰相杜公壻也，乃以事中君，坐監進奏院祠神奏用市故紙錢會客爲自盜除名。君名重天下，所會客皆一時賢俊，悉坐貶逐。……君攜妻子居蘇州，買水石作滄浪亭。日益讀書，大涵肆於六經。而時發其憤悶於歌詩，至其所激，往往驚絕。又喜行狹書，皆可愛，故雖其短章醉墨，落筆爭爲人所傳。（《歐集》卷31）

這段文字涵括了蘇舜欽的文學與生平最重大的挫折。蘇舜欽「狀貌奇偉，慷慨有大志」，然而後來卻「秘不令人見，畏時譏謗」（〈與梅聖俞〉第十四通）。處世態度之所以有如此大的轉變，肇因於慶曆四年（1044）的一場政治陰謀。當時三十七歲的他在此年三月經由范仲淹的薦舉而任集賢校理。在此同時，范仲淹、杜衍、富弼（1004〜1083）、韓琦（1008〜1075）等人在仁宗的支持下推行慶曆新政，反對者無法動搖君臣皆欲推行新政的理念，於是從其他方面下手。蘇舜欽既然由范仲淹薦舉集賢校理，又是杜衍的女婿，理所當然成爲反對者下手的目標。適逢進奏院秋日舉辦賽神會，蘇舜卿賣掉舊紙錢來籌得活動經費，又召妓樂以宴會賓客，遂被王拱辰（1012〜1085）等反對者藉機彈劾。後來蘇舜欽除名爲民，當天的與會者包括江休復（字鄰幾，1005〜1060）、宋敏求（1019〜1079）在內的十多位名士也都受到牽連，「一時賢俊，悉坐貶逐」。這樁事件後來雖獲平反，當日遭到斥逐的名士皆重新獲得召用，但直到蘇舜欽過世，都無人爲他伸冤。事發後，歐陽脩爲河北都轉運按察使，見蘇舜欽「無人哀矜，名辱身冤」，卻「恨不能爲之言」，〔註125〕無法爲他說情，只能安慰他「丈夫身在豈長棄」。〔註126〕這或許也是歐陽脩心中最大的遺憾，因此，在祭文、墓誌銘與文集序當中，在在提及蘇舜欽遭受此難，卻無人肯爲之辯白的情形。

〔註125〕費袞：《梁谿漫志》卷8。
〔註126〕慶曆七年歐陽脩作詩〈滄浪亭〉給蘇舜欽，詩中言：「丈夫身在豈長棄，新詩美酒聊窮年。雖然不許俗客到，莫惜佳句人間傳。」（《歐集》卷3）安慰且勉勵蘇舜欽多創作文章。

　　蘇舜欽年少時，便開始與其兄蘇舜元（1006～1054）、穆脩一同創作古文，書寫古文的時間還早於歐陽脩。至於他的詩，前論梅堯臣時已提及「子美氣尤雄，萬竅號一噫」、「蘇豪以氣轢，舉世徒驚駭」的蘇詩風格。而他的書法也為人所稱道。在歐陽脩與梅堯臣的文章中，都可以看到同時推重他的詩與書法。梅堯臣〈偶書寄蘇子美〉言：「君詩壯且奇，君筆工復妙。二者世共寶，一得亦難料。」歐陽脩〈答蘇子美離京見寄〉更是具體而生動地形容蘇舜欽的詩、筆：

> 其於詩最豪，奔放何縱橫！眾絃排律呂，金石次第鳴。間以險絕句，
> 非時震雷霆。兩耳不及掩，百痾為之醒。語言既可駭，筆墨尤其精。
> 少雖嘗力學，老乃若天成。濡毫弄點畫，信手不自停。端莊雜醜怪，
> 羣星見欃槍。爛然溢紙幅，視久無定形。使我終老學，得一已足矜。
> （《歐集》卷 53）

以音樂與雷聲來描摹蘇詩的豪氣與險絕，亦即《詩話》中指出的「筆力豪雋」、「超邁橫絕」；於書法部分，又稱蘇筆在端莊如羣星之餘，間雜以醜怪如彗星（欃槍），渾然天成而信手可得。值得注意的是歐陽脩雖說蘇筆「老乃若天成」，實則作此詩時，蘇舜欽才三十五歲。由於蘇筆兼具工、妙，頗受當世歡迎，「落筆爭為人所傳」。當蘇舜欽過世時，歐陽脩更有「筆法中絕」之嘆。〔註 127〕

　　（五）蔡襄

　　蔡襄（1012～1067），字君謨，天聖八年（1030）歐陽脩與他同舉進士。之後歐陽脩充西京留守推官，蔡襄則任漳州軍事判官。

　　歐陽脩與蔡襄自同榜進士後，便開始有所往來。而二者友情之堅定、關係之緊密，可由景祐三年歐陽脩被貶謫夷陵時看出。當時范仲淹、歐陽脩、尹洙與余靖四人遭貶，歐陽脩在《于役志》記載從范仲淹被貶饒州之日到自己貶謫夷陵期間，與蔡襄有多次聚會。〔註 128〕此外，蔡襄對此事寫了〈四賢一不肖詩〉，讚揚四人之行，諷刺「不肖」者高若訥「不能自引咎，復將己過揚」。對於歐陽脩則稱頌「斯人滿腹有儒術，使之得地能施張」。此詩在當時廣為流傳，《宋史·蔡襄傳》記載他寫了此詩之後，「都人士爭相傳寫，鬻書

〔註127〕〈學書二首〉之一：「蘇子歸黃泉，筆法遂中絕。」（《歐集》卷 54）
〔註128〕從五月十八日乙未（1036 年 06 月 14 日）「過君謨家」開始，一直到二十八日乙巳早晨「與宿者別」動身前往夷陵止，共十一天。這段期間幾乎天天都有聚會，其中有六天與蔡襄相聚。

者市之，得厚利。契丹使適至，買以歸，張於幽州館。」此詩能夠傳播至鄰國，可見這一事件在當時造成多大的風波；這首詩對當事者形象之增損，必定有重大的影響。蔡襄寫作此詩，表達了對於歐陽脩等四人的同情。禮尚往來，治平二年（1065）時英宗認爲蔡襄對自己「入爲皇子」有異議，蔡襄逼不得已，自請出知杭州，歐陽脩亦作〈辨蔡襄異議〉，指出蔡襄遭人構陷的事實。

　　歐、蔡二人在書法方面有許多交流。歐陽脩認爲「書之盛莫盛於唐，書之廢莫廢於今」（〈唐安公美政頌跋尾〉，《歐集》卷 139），國朝以來書學「字法中絕，將五十年」（《筆說‧世人作肥字說》），而蔡襄的書法頗爲當世所推重，名列北宋書法四大家，乃當世第一，〔註129〕歐陽脩有許多作品，都曾請蔡襄爲之揮毫，認爲經過他的書法，作品可以增加更多價值：

> 字書之法雖爲學者之餘事，亦有助於金石之傳也。……僕之文陋矣，顧不能以自傳，其或幸而得所託，則未必不傳也。由是言之，爲僕不朽之託者，在君謨一揮毫之頃爾。（〈與蔡君謨求書集古錄序書〉，《歐集》卷 69）

歐陽脩在《集古錄跋尾》中，多處言及收藏該篇碑文，僅因爲書法之奇異、可愛。〔註130〕就這個觀點來看，歐陽脩自然也希望藉由蔡襄之書法，使自己的作品得以不朽。另一方面，蔡襄不肯輕易爲他人書法。歐陽脩既與其關係親密，理所當然地收藏許多他的書法作品，並以此自豪：

> 嚮時蘇子美兄弟以行草稱，自二子亡，而君謨書特出於世，君謨筆有師法，眞草惟意所爲，動造精絕，世人多藏以爲寶，而予得之尤多。若《荔枝譜》、〈永城縣學記〉，筆畫尤精而有法者，故聊誌之，俾世藏之，知余所好而吾家之有此物也。（〈跋永城縣學記〉，《歐集》卷 73）

蔡襄的書法在當時頗爲特出，動造精絕，「世人多藏以爲寶」，身爲好友的歐陽脩收藏數量尤多，凸顯兩人的深刻友誼：

> 蔡君謨之書，八分、散隸、正楷、行狎、大小草眾體皆精。其平生

〔註129〕歐陽脩認爲「自蘇子美死後，遂覺書法中絕。近年君謨獨步當世，然謙讓不肯主盟。」（《試筆‧蘇子美蔡君謨書》，《歐集》卷 130）蘇軾〈跋君謨書賦〉：「余評近歲書，以君謨爲第一。」

〔註130〕如〈魏九級塔像銘跋尾〉（《歐集》卷 137）、〈懷州孔子廟記跋尾〉（《歐集》卷 143）、〈隋太平寺碑跋尾〉（《歐集》卷 138）皆以爲其文辭鄙陋不足觀，之所以收錄只因爲看重書法。

> 手書小簡、殘篇斷槀，時人得者甚多，惟不肯與人書石，而獨喜書
> 余文也。若〈陳文惠公神道碑銘〉、〈薛將軍碣〉、〈眞州東園記〉、杭
> 州〈有美堂記〉、〈相州畫錦堂記〉，余家〈集古錄目序〉，皆公之所
> 書。（〈牡丹記跋尾〉，《歐集》卷72）

蔡襄不輕易爲他人書法，因此一般人能夠得到的，大多是「手書小簡、殘篇斷槀」，而面對自己摯友的文章，則獨喜爲之書寫。〔註131〕此外，蔡襄書法不只專精於一體，歐陽脩以爲蔡襄書法眾體皆精，蘇軾〈論君謨書〉也說他「行書第一，小楷第二，草書第三」，其書法之所以知名於當世，其來有自。

除了書法，蔡襄對茶亦有心得，撰有《茶錄》。歐、蔡相聚時，時有寄贈茶葉之舉，〔註132〕或品茶之活動。《于役志》中有品茶之記載：

> 癸卯，……公期烹茶，道滋（名不詳，？～？）鼓琴，余與君貺（王
> 拱辰，1012～1085）弈。已而君謨來，景純（刁約，994～1077）、……
> 皆來會飲。（《歐集》卷125）

受限於《于役志》爲日記體，文中並未詳記眾人的話茶言論，然而亦可知飲茶爲爲當時聚會時，可能具備的一種活動。〔註133〕

（六）薛奎、薛仲孺

歐陽脩一生有三次婚姻。天聖九年（1031）時娶翰林學士胥偃（983～1039）之女，但胥氏在兩年後過世。景祐元年（1034）娶諫議大夫楊大雅（964～1032）之女，隔年亦卒。景祐四年三月時再度續弦，娶資政殿學士、戶部侍郎薛奎（967～1034）之女爲繼室。薛奎，字宿藝，官至資政殿學士、戶部侍郎、判尙書侍郎，景祐元年八月薨，諡簡肅。薛奎有子直孺（字質夫，1017～1040），但早卒無後，以姪子薛仲孺（？～？）爲嗣。薛仲孺，字公期，生平事蹟不詳，就現有資料，可知他曾經擔任過大理寺丞、太子右贊善大夫、駕部員外郎與虞部

〔註131〕〈與馬著作〉亦言：「君謨不肯爲他人書，而獨爲某書。此朋友間自是一事。」（《歐集》卷152）表現出蔡襄肯爲歐陽脩的文章書法，乃由於他們是至交的緣故。

〔註132〕如〈與梅聖俞〉第三十七通，歐陽脩詢問梅堯臣「蔡君謨寄茶來否？」（《歐集》卷149）

〔註133〕宋人文集中贈茶、飲茶的記錄甚多，如歐陽脩嘉祐三年所作的〈嘗新茶呈聖俞〉記載收到時任建安太守的蔡襄所寄的茶，而以之與人會飲：「建安太守急寄我，香蒻包裹封題斜。泉甘器潔天色好，坐中揀擇客亦嘉。新香嫩色如始造，不似來遠從天涯。停匙側盞試水路，拭目向空看乳花。可憐俗夫把金錠，猛火炙背如蝦蟇。」（《歐集》卷7）

郎中幾任官職。〔註 134〕

　　歐陽脩與薛奎、薛仲孺初識於何時，無法確知。〈祭薛尚書文〉中歐陽脩自述景祐元年時「公於此時，欲以女歸」，然則歐陽脩與薛奎至少在景祐元年以前就已經有相當程度的互動，薛奎才會將女兒許配給歐陽脩。〔註 135〕

　　歐陽脩在〈資政殿學士尚書戶部侍郎薛簡肅公墓誌銘〉中形容薛奎「敦篤忠烈，果敢明達」，〈祭薛尚書文〉則說「公敏於材，剛毅自勵，不顧不隨，以直而遂。」影響所及，兒女亦克紹其父。如薛直孺「能純儉謹飭，好學自立」（〈薛質夫墓誌銘〉）；他的妹妹、歐陽脩的妻子薛氏「高明清正而敏於事，有父母之風。」（蘇轍〈歐陽文忠公夫人薛氏墓誌銘〉）薛氏溫莊端正的容止與不干涉公事的態度，影響歐陽脩頗多，「文忠之忠，夫人實成之。」〔註 136〕雖然迎娶薛氏時，岳父薛奎已經辭世，然而從生前的交往以及與薛氏朝夕相處兩方面觀察，或許使歐陽脩更能深切體會薛奎之所以能夠兼具事業顯烈與文章純正。而在無後的情形之下，保存、流傳薛奎文章的工作，便落在嗣子薛仲孺的身上了。

　　（七）杜衍

　　杜衍（978～1057），字世昌，慶曆七年以太子少師致仕，嘉祐二年卒，諡正獻，封祁國公。杜衍為政素懷憂國憂民之心，「進不知富貴之為樂，退不忘天下以為心」（〈祭杜祁公文〉，《歐集》卷 50）；又喜薦引賢士，沮止僥倖。天聖六年時，歐陽脩已聽聞杜衍為官盛德愛民之名，但是要等到七年之後，歐陽脩才開始與杜衍交往。〔註 137〕

〔註 134〕參見歐陽脩〈大理寺丞薛仲孺可太子右贊善大夫制〉（《歐集》卷 81）與王安石〈駕部員外郎薛仲孺可虞部郎中制〉（《臨川先生文集》卷 50）。

〔註 135〕至於薛仲孺在《歐集》中最早提及的地方，則見於景祐三年歐陽脩遭貶夷陵前夕，與諸位好友相聚的記載。《于役志》：「乙未，……過君謨家，遂召穆之、公期、道滋、景純夜飲。」這應當是《歐集》中最早與薛仲孺有所互動的記錄，歐陽脩寫給薛仲孺的書信中，亦從此年開始。但不應視二人至此時才開始交遊。

〔註 136〕蘇轍〈歐陽文忠公夫人薛氏墓誌銘〉：「內臣有乘間語及時事者，意欲達之文忠，夫人正色拒之。……文忠平生不事家產，事決於夫人，率皆有法。……文忠之忠，夫人實成之。」

〔註 137〕〈與杜正獻公〉第二通（《歐集》卷 145）記載天聖六年隨胥偃至京師時，途中聽聞杜衍勤政愛民。又〈跋杜祁公書〉：「公當景祐中，為御史中丞，時余以鎮南軍掌書記為館閣校勘，始登公門，遂見知獎。」（《歐集》卷 73）歐陽脩於景祐元年為館閣校勘，隔年杜衍任御史中丞，可知二人相識於景祐二年。

　　杜、歐在政治上所持立場有時並不一致。如二人相識不久，歐陽脩便寫
了〈上杜中丞論舉官書〉，質疑杜衍對罷石介諫官職一事不能挺身力辯；而慶
曆四年八月契丹駙馬劉三嘏叛逃至宋，朝廷去留劉三嘏之間，杜、歐亦持不
同意見。然而，這都是由於二人皆抱持以公事爲先的態度。基於這種敬賢爲
公的心理，慶曆五年正月杜衍罷知兗州，歐陽脩上書〈論杜衍范仲淹等罷政
事狀〉論救，認爲杜衍「爲人清愼而謹守規矩」，不應聽信讒言便予以貶黜。

　　雖然有時立場相異，卻沒有因此傷害彼此私交情誼，畢竟他們能體認到
對方在國爲公的態度。在往來書信裡，可知杜、歐二人相互敬重、互爲知己：

> 脩愚鄙，辱正獻公知遇，不比他人。公之知人推獎，未有若脩之勤
> 者；脩遇知己，未有若公知之深也。其論報之分，他事皆云非公所
> 欲，惟紀述盛德，可以盡門生故吏之分。(〈再與杜訢論祁公墓誌書〉，
> 《歐集》卷69)

從這封寫給杜訢（？～？），討論其先君子墓誌銘的信中，歐陽脩自述得到杜
衍的知遇與推獎。因此，相識愈久，兩人交情愈篤厚。〔註138〕皇祐二年（1050）、
三年，歐陽脩知應天府兼南京留守司事，時杜衍致仕，亦居應天府，兩人在
這兩年間有頗多唱和詩作。即使杜衍已辭世十五年，當年相知之情與作詩唱
和之樂，仍讓歐陽脩頗爲懷念。〔註139〕

　　（八）劉敞

　　劉敞（1019～1068），字原父，一作原甫，號公是，慶曆六年（1046）舉進
士。著有《公是集》、《七經小傳》、《春秋權衡》、《春秋傳》、《春秋意林》、《春
秋傳說例》、《春秋文權》、《公是先生弟子記》。

　　由歐陽脩的〈奉送原甫侍讀出守永興〉詩中「意氣論交相得晚」一語，
得知他與劉敞初識較晚，然而究竟晚到何時？簡添興以爲應在慶曆初，最遲
不會晚於慶曆三、四年。〔註140〕雖然初識較晚，二人卻有密切的往來。從二

〔註138〕歐陽脩〈跋杜祁公書〉：「余以時寡合，辱公之知，久而愈篤。」(《歐集》卷
　　　　73)
〔註139〕歐陽脩熙寧四年（1071）時作〈余昔留守南都，得與杜祁公唱和詩，有答公
　　　　見贈二十韻之卒章云「報國如乖願，歸耕寧買田。期無辱知己，肯逐利名遷。」
　　　　逮今二十有二年，祁公捐館亦十有五年矣，而余始蒙恩得遂退休之請。追懷
　　　　平昔，不勝感涕，輒爲短句置公祠堂〉一詩，以感懷杜衍。
〔註140〕根據簡添興考論，劉敞與梅堯臣初識於寶元元年（1038），然而一直要到慶曆
　　　　初，歐、劉二人才同在京師，因此兩人相識，最遲不會晚於慶曆三、四年。

人別集來看，雙方互通的贈酬詩與書信數量僅次於梅堯臣，共有一百篇，可見他們交流之頻繁。書信往來除了噓寒問暖之外，討論學術亦是內容之一，如前文已論述的金石學。北宋疑經、改經之風氣自劉敞開始，能夠對傳注產生懷疑，學識淵博是基本條件，歐陽脩對於他的淵博的學識頗為推重：

> 自六經、百氏、古今傳記、下至天文、地理、卜醫、數術、浮圖、老
> 莊之說，無所不通，其為文章尤敏贍。……立馬卻坐，一揮九制數千
> 言，文辭典雅，各得其體。(〈集賢院學士劉公墓誌銘〉，《歐集》卷35)

他的學術並非只專精於一藝，而是經學、史學、子學，乃至文學，都有自己的心得，且隨手拈來，揮筆立就。劉敞之博學有著家學淵源，他的祖父劉式（字叔度，949～997）「治左氏、公羊、穀梁《春秋》，旁出入他經」（劉敞〈先祖磨勘府君家傳〉），在南唐李煜時以明經舉第一。劉敞受到家學影響，對於《春秋》也頗有自己的心得。正由於劉敞於經學、史學頗有造詣，歐陽脩時常與他討論、切磋。葉夢得言：

> 慶歷（曆）後，歐陽文忠以文章擅天下，世莫敢有抗衡者。劉原甫
> 雖出其後，以博學通經自許，文忠亦以是推之。作《五代史》、《新
> 唐書》，凡例多問《春秋》于原甫。及書梁入閣事之類，原甫即為剖
> 析，辭辨風生。文忠論《春秋》，多取平易，而原甫每深言經旨。文
> 忠有不同，原甫間以謔語酬之，文忠久或不能平。(《避暑錄話》卷上)

歐陽脩作《新五代史》，論者每言其踵武《春秋》筆法，身為好友且精通《春秋》的劉敞，自然在這方面給了歐陽脩頗多意見。除了《春秋》學，許多方面亦是請益的內容。今觀《歐集》，有〈問劉原甫侍讀入閣儀帖〉一文，即是在「於制度又不熟」的情況下，向劉敞請教五代禮制。面對好友所編撰的《新五代史》，由〈觀永叔五代史〉「天意晚有屬，先生拔乎彙；是非原正始，簡古斥辭費」一語，可知劉敞給了頗高的評價。此外，劉敞偶爾「以謔語酬之」，顯示二人感情之深厚，交往互動時，才能夠展現出輕鬆、諧謔的態度。

　　至和二年（1055）八月先後出使契丹，對歐、劉而言是頗為難得的經驗。二人雖不同行，卻因為同赴異國、同處異地，彼此均有所感，而有多首應和詩作。兩人在此行中相互關懷，劉敞先行，面對北地寒冷，贈送大衣給歐陽脩以禦寒，頗能撫慰他北征苦寒地時寂寥之情。〔註141〕而在異地相逢，更是

參簡氏：《歐陽修交遊舉要》，頁139～140。
〔註141〕劉敞〈寄永叔〉：「桑乾北風度，冰雪捲飛練。古來戰伐地，慘澹氣不變。贈

人生樂事，劉敞〈逢永叔〉便表達出他鄉遇故知的歡喜之情。〔註142〕隔年正月劉敞回朝，到達宋境雄州時，又寄給歐陽脩〈雄州留寄醉翁〉一詩，希望他能早日歸來。〔註143〕

君貂襜褕，努力犯霜霰。」（《公是集》卷 13）歐陽脩答以〈奉使契丹道中答劉原父桑乾河見寄之作〉：「出君桑乾詩，寄我慰寂寥。」（《歐集》卷 6）

〔註142〕 〈逢永叔〉：「絕域逢君喜暫留，舉杯相屬問刀頭。」（《公是集》卷 23）

〔註143〕 《公是集》卷二十三有詩〈次韻和永叔歲旦對雪見寄時某于上源驛典護契丹朝正使人日當歸前一日始得此詩〉，可見劉敞是在正月初七回朝。又〈雄州留寄醉翁〉：「沙漠惟逢雪，燕谿不見春。聊將曾折柳，留待未歸人。」（《公是集》卷 27）劉敞既已至宋境，對於未歸的歐陽脩，自也盼其能早日歸來，因此以去時「曾折之柳」，冀留今日「未歸之人」，更見思念之情。

第四章　序跋作法分析

當讀者閱讀一篇序跋時，可以藉由這篇文章獲致該典籍載體的相關資訊。因此，如何將典籍的重要訊息寫入序跋中，使讀者能夠在最短時間內明瞭這部典籍的資訊，便成為序跋者必須肩負的課題。而序跋的作法，即是序跋者想要記載相關訊息時，所採取的書寫策略。

關於序跋作法，徐師曾在《文體明辨序說・序》提到序文「為體有二：一曰議論，二曰敘事」，說明序跋文章著重在議論、辨明道理與記敘事蹟兩方面。《古文通論》也說：「序跋作法，有記敘及議論，及記敘議論合而為一之不同。」〔註1〕《文體明辨》與《古文通論》皆提及議論與敘事為序跋的特點。這也可以視為序跋文的寫作方向：序跋者如何在文章裡安排議論與記敘？議論與記敘如何進行？是否還有其他的書寫方式？

本章擬就歐陽脩的序跋作法進行探討。文章的作法可以分為篇法與句法，這裡擬以篇法為論述主軸，而間論句法。在探討歐陽脩序跋作法之前，必須瞭解在他之前的序跋者有什麼樣的書寫模式。因此，第一節首要探討先宋的序跋作法，了解序跋基本書寫模式；第二節再對於歐陽脩的序跋從議論、敘事等方面，剖析其創作方式，指出其獨特作法；最後，再針對歐陽脩的序跋作法，探究其文章風格。

第一節　先宋序跋的書寫方式

序跋依照其書寫對象或載體不同，書寫方式也就隨之不同。序跋的書寫

〔註1〕馮書耕、金仞千：《古文通論》（臺北：國立編譯館，1979 年）中篇第八章〈文體正變〉，頁 789。

對象有書籍、單篇詩文、史傳論贊或是金石書畫，在這幾類中，為書籍所寫的序跋，由於涵蓋了整部書，並非為單一對象而寫，所以可視為「總序」；至於單篇詩文、史傳論贊或是金石書畫的序跋文，便具有單一針對性，可以視為「篇序」。章學誠《文史通義・匡謬》言「書之有序，所以明作書之旨，非以為觀美也；序其篇者，所以明一篇之旨也。」說明了序跋文在書籍或是單篇文章的撰寫取向並不相同，因此，書寫方式與內容也就隨著不同。既然書寫對象或載體會影響到序跋文的作法，以下便就「書籍序、跋」、「詩文序跋與書畫序跋」與「史傳論贊」分別論述。

由於宋代以前的書序與篇章序浩瀚博雜，這裡的論述焦點集中在總集選文，即《文選》、《文苑英華》與《唐文粹》中的序跋文，以及其他的名家與著名篇章進行考察。

一、書籍序跋

書序「序典籍之所以作」，針對該書的相關問題予以論述。由於處理的對象涵括許多作者或作品，書序的撰寫著重於概念的陳述、論析，為偏重析理的「符碼」（CODE）〔註2〕。它所處理的問題諸如：著書者為何會撰著此書？該書的編制體例為何？作者處於何種歷史背景？序跋者提出這些問題的答案，提供讀者關於該書的基本背景，並且指引他們閱讀的方向。

爬梳《文選》、《文苑英華》與《唐文粹》所選錄的序跋文，可以歸納出宋代以前的書序在書寫內容上大致由以下幾種內容組成：

1. 道論、詩文論與對某一事件的論述。
2. 著書者寫作目的。
3. 著書者生平事蹟。
4. 編書者編輯狀況。
5. 介紹此書基本狀況與體例。
6. 作序緣由。

這些內容不外乎針對三大面向：序跋者所發的議論、對於作者生平的記

〔註 2〕 柯慶明：「『大序』由於處理的是眾多的作品或對象，因而強調的反而是詮解的『符碼』。……重『析理』。」見柯慶明：〈「序」「跋」作為文學類型之美感特質的研究〉，《鄭因百先生百歲冥誕國際學術研討會論文集》（臺北：國立臺灣大學中國文學系，2005 年 07 月），頁 23。

載以及對於典籍的相關敘述。因此，可以進一步歸納為三類：道論、詩文論或是事件的評論、著書者寫作目的屬於「對於詩文或道理、事件的議論」；著書者生平事蹟屬於「原書作者生平事略」，即「傳」；而編書者編輯狀況〔註3〕、介紹此書基本狀況與體例、作序緣由，則是記載「成書之緣由」，屬於「記事」。簡而言之，即一篇書序通常包含「論」、「傳」與「記」三者。〔註4〕張相《古今文綜》對於書籍序跋所歸納的作法，〔註5〕大體上便是從議論、傳人與記事發展而成。

（一）議論、傳人、記事兼具的作法

書序既可能包含「論」、「傳」與「記」，在創作時，序跋者如何將這些素材組織成一篇書序？進一步分析這些序跋文的書寫方式，可以發現序跋者大體上在一篇書序中，三者都會給予交代，也就是一方面議論，一方面記事，同時又記載作者生平，在這種主要模式之下進行變化。劉禹錫（772～842）的〈禮部員外郎柳宗元文集序〉（《文苑英華》卷705）一文便是採取議論、記人與記事作法兼具的一篇書序。以下徵引全文，以檢視劉禹錫為柳宗元（773～819）文集寫序時所採取的作法：

> 八音與政通，而文章與時高下。三代之文，至戰國而病，涉秦漢復起。漢之文，至列國而病，唐興復起。夫政龐而土裂，三光五嶽之氣分，太音不完，故必混一而後大振。初，貞元中，上方嚮文章，昭回之光，下飾萬物。天下文士，爭執所長，與時而奮，燦焉如繁星麗天。而芒射寒色正，人望而敬者，五行而已。（論）

〔註3〕 在此處，我將「著書者」視為作者結集自己的作品成書，而「編書者」則未包含作者自編書籍。由於著書者在寫序時，往往會對為何寫出這些作品予以交代，著書目的也就是為了發表這些理念。至於編書者的編輯狀況，有時會包含編書的目的，但這類書寫是為了記載結集該書的理由，因此把它列在「記」當中，表示對於編輯緣由的記載。

〔註4〕 《古文通論》所說的「記敘議論合而為一」，其中的「記敘」（敘事）或應包含了本文所指的「傳」與「記」二者。由於這兩者一是寫人（作者），一是寫物（書籍），因此本文擬將二者分述。

〔註5〕 張相所提出的八種作法為「以列傳之法序」、「以史志之法序」、「以地記之法序」、「以記事之法序」、「以感嘆之法序」、「以託諷之法序」、「以諍諫之法序」、「以闡發之法序」。見張相《古今文綜》（臺北：臺灣中華書局，1962年）第一部第二章。此外，在第三章的「序古書」與「後序」兩部分，又分別提及「以辯證之法序」與「以謙抑之法序」兩種作法。

河東柳子厚，斯人望而敬者歟！子厚始以童子有奇名於貞元初，至
九年，爲名進士。十有九年，爲材御史。二十有一年，以文章稱首，
入尚書，爲禮部員外郎。是歲，以疎雋少檢獲訕，出牧邵州，又謫
佐永州。居十年，詔書徵，不用，遂爲柳州刺史。五歲不得召。（傳）

病且革，留書抵其友中山劉禹錫曰：「我不幸以謫死，以遺草累故人。
禹錫執書以泣，遂編次爲三十二通，行於世。（記）

子厚之喪，昌黎韓退之誌其墓，且以書來弔曰：「哀哉！若人之不淑。
吾嘗評其文，雄深雅健，似司馬子長，崔、蔡不足多也。」安定皇
甫湜於文章少所推讓，亦以退之言爲然。凡子厚名氏與仕與年暨行
已之大方，有退之之誌若祭文在，今附于第一通之末云。（補述）

這篇序文可以分作四個部分來看。首先先論述「文章與時高下」的道理，爲
「議論」；其次，記敘柳宗元的生平遭遇，爲作者之「傳記」；第三部分則是
記載柳宗元文集的結集緣由，爲「記事」。最後一部分則爲文末的補述，引韓
愈與皇甫湜對於柳宗元的評論與肯定，加強柳宗元的形象，也可以視爲「記」。
就此而論，此篇書序的書寫方式爲先議論，再記人，再記事。接下來，分別
就「論」、「傳」、「記」三者進行分析。

　1、議論

　　議論時，序跋者往往集中在一個議題上進行探討，如文論、道論、政論
等等。〈柳宗元文集序〉中的「論」屬於文論，劉禹錫將文章與各朝代的政
治狀況相互結合，先提出「八音與政通，而文章與時高下」的理念，再從這
個觀點繼續論述。盧藏用（？～？）〈陳氏集序〉（《文苑英華》卷700）則是從
論道的角度出發，以爲從孔子一貫傳承的「斯文」長時間喪亡，歷述各朝代
繼承或喪亡「斯文」的情形，並指出喪亡數百年的「道」到了陳子昂（656
～695）才又復起。這種議論文學、思想、事件，或列舉歷代人事發展情形的
議論作法，在書序中頗爲常見，楊炯（650～？）〈王勃集序〉〔註6〕、獨孤及
（725～777）〈左補闕安定皇甫公集序〉〔註7〕等篇皆溯源至先秦的孔子、《詩

〔註6〕〈王勃集序〉：「仲尼既沒，游、夏光洙泗之風；屈平自沉，唐、宋弘汨羅之
　　　跡。……秦氏燔書，斯文天喪；漢皇改運，此道不還。賈、馬蔚興，已虧於
　　　《雅》、《頌》；曹、王傑起，更失於《風》、《騷》。」（《文苑英華》卷699）

〔註7〕〈左補闕安定皇甫公集序〉：「五言詩之源生於《國風》，廣於《離騷》，著於
　　　李、蘇，盛於曹、劉，其所自者遠矣。……沈宋既沒，而崔司勳顥、王右丞

經》，再論述歷代興衰發展。有時議題會涉及兩件或以上事物的討論，如李漢〈韓愈文集序〉（《唐文粹》卷92）將韓愈（768～824）的「文」與「道」一併論述，提出「文者貫道之器也，不深於斯道，有至焉者不也。」用主從關係的方式論文兼論道，認為秦漢以下「文與道蓁塞」，不只是探討古文的文論，也可視為探討思想的道論。序跋者在議論時也可能不涉及文論或道論的闡發，而直接將論述焦點集中探討、闡述作者之所以撰著該書的原因，如權德輿（759～818）〈唐使君盛山唱和集序〉在首段指出以文會友的士人君子「同其聲氣，則有唱和」的行為，使得唐次（字文編，？～？）將當時的唱和詩作結集成冊。〔註8〕

2、傳人

　　《古文通論》所提及的記敘作法，可以分為記人與記物二者。對於作者的記載屬於記人；對於文本、事物的記載，則可視為記事。在記載作者的「傳」方面，大致而言，先宋書序「傳」的作法大同小異，無論序跋者與原作者是否相識，大多會採取史傳「傳記式」的作法歷寫該人生平事蹟，或詳或略交代作者的經歷，〈柳宗元文集序〉中的「傳」便是如此。但「傳」的作法並非一成不變，柳宗元〈濮陽吳君文集序〉（《柳集》卷21）的「傳」便跳脫了這種傳統作法。他與該書作者吳氏並無任何交情，乃是經由崔成務該處得知此人，對於他的背景和生平所為，僅僅是「嘗聞而志乎心」。〔註9〕因此，在書寫作者的生平時，便藉由崔成務之口，對吳氏生平進行概述。

3、記事

　　「記」是序跋者對於典籍相關資訊的陳述。書序作者會根據書籍的情形如實記載編輯狀況、介紹此書基本狀況或體例，以便使讀者了解書籍出版的始末，與書籍的相關資訊，這是序文最基本的部分。〈柳宗元文集序〉中的「記」僅僅記述劉禹錫為柳宗元編纂文集的經過，並未說明該書的編輯體例。相較

維復崛起於開元、天寶之間。得其門而入者，補闕其人也。」（《文苑英華》卷712）

〔註8〕　權德輿〈唐使君盛山唱和集序〉：「古者采詩成聲，以觀風俗。士君子以文會友，緣情放言，言必類而思無邪，悼〈谷風〉而嘉〈伐木〉，同其聲氣，則有唱和，樂在名教而相博約。此北海唐君文編《盛山集》之所由作也。」（《文苑英華》卷712）

〔註9〕　〈濮陽吳君文集序〉：「博陵崔成務，嘗為信州從事。為余言：『邑有聞人濮陽吳君，弱齡長鬣而廣頟，好學而善文。居鄉黨，未嘗不以信義交於物；教子弟，未嘗不以忠孝端其本。以是卿相賢士，率與亢禮。』余嘗聞而志乎心。」

之下，元稹（779～831）〈白氏長慶集序〉較爲詳細，記載了此書編輯的狀況與體例：

> 長慶四年，樂天自杭州刺史以右庶子詔還，予時刺會稽，因得盡徵其文，手自排纘，成五十卷，凡二千一百九十一首。……予以爲皇帝明年當改元，長慶訖於是，因號曰《白氏長慶集》。（《文苑英華》卷705）

元稹自述親手排纘白居易（772～846）的文章，說明了《白氏長慶集》如何出版；而「五十卷，凡二千一百九十一首」則使讀者第一時間便清楚《白氏長慶集》的篇幅。

（二）其他作法

議論、傳人、記事兼具是書序當中最常見的書寫方式，但是書籍狀況各有不同，序跋者會根據書籍與作者的情形，而採取不同的書寫方式。可能順序稍有調整，可能只是議論，可能只是記敘書籍資訊，寫法不一而足，但至少會選擇議論或對於書籍資訊的記敘。

異於劉禹錫〈柳宗元文集序〉先議論，再記人，再記事的模式，改變書寫順序是其中一種作法。如元稹的〈白氏長慶集序〉（《文苑英華》卷705），便是先記載白居易從小到大的事蹟，再說明成書的過程，因作於長慶年間（821～824），所以名之爲《白氏長慶集》。最後，再加以論述白居易詩的特點，同時提出自己的文學理論。值得注意的是，順序不同，「論」的寫法也有所差異。一般而言，若是在文章的起頭便進行議論的書序，往往是闡發道論、詩文理論方面的「總論」，劉禹錫〈柳宗元文集序〉的議論爲一篇歷代文學發展的總論；若是置於文後者，則多爲對於作者本人或是其文學風格、成就的議論，〈白氏長慶集序〉可以作爲代表。〔註10〕

《古文通論》說「記敘議論合而爲一」，有時「記敘」會著眼於某一個部分的書寫。比如，總集由於作者不只一人，「傳人」自有其困難度。因此，不包含傳人，而僅是議論、記事的書序，在總集序當中較爲常見，如柳宗元〈柳宗直西漢文類序〉（《柳集》卷21）、蕭統（501～531）〈文選序〉、孔穎達（574～648）〈春秋正義序〉（《文苑英華》卷735）皆是。而劉勰（465～520？）《文心雕

〔註10〕元稹〈白氏長慶集序〉：「大凡人之文各有所長，樂天之長，可以爲多矣。夫以諷喻之詩長於激，閒適之詩長於遣，……書檄詞策剖判長於盡，搃而言之，不亦多乎哉！」

龍‧序志》則論、記交雜使用。〔註11〕別集序也有類似的作法，杜牧（803～852）
〈李賀集序〉（《文苑英華》卷 714）運用議論、記事，記載沈子明爲李賀（790
～816）文集向杜牧求序的經過，並且對李賀的詩進行評論。再者，亦有「傳—
記」書寫模式，如任昉（460～508）〈王文憲集序〉（《文選》卷 46）。〔註12〕

　　劉勰《文心雕龍‧論說》指出「序者次事」，說明了「序」本由議論文章
生出，以「次事」爲要；而《古文通論》言「序跋作法，有記敘及議論」，說
明序跋存在著單純議論或者敘事的作法。如陸龜蒙（？～881）〈笠澤叢書序〉
（《文苑英華》卷 707）全是對於典籍的記敘。而蕭統〈陶淵明集序〉則是通篇
議論，先論人再帶入陶潛；〔註13〕許慎（30～124）〈說文解字敘〉亦採用議論
作法，論述文字的造字結構與形體。

　　序跋作品雖以議論、敘事爲主，以記載與典籍有關的資訊，但有時序跋
者也會使用抒情作法。王基倫針對《文選》書序考察，發現魏晉以前的書序
作法，從以議論爲主，轉而爲以敘事爲主，甚至加入抒情感懷成分。〔註 14〕
以下可舉兩篇文章以觀察抒情作法。張說〈孔補闕集序〉爲孔季詡（字季和，？
～？）所寫的文集序，其中便有所感懷：

> 永昌之始（689），接跡書坊，有廣漢陳子昂、鉅鹿魏知古、高陽許
> 望、信都杜澄、昌樂谷倚、……嗚呼！人斯云亡，世閒多故，十年
> 之外，零落將盡。而後來者皆首華金、步鳴玉；負璽丹地，揮翰紫

〔註11〕《文心雕龍‧序志》先論君子樹德建言之必要，轉記自己依隨著聖人腳步而
　　　　撰作《文心雕龍》之由；再論當世文學理論書籍的優缺點，轉記《文心雕龍》
　　　　所欲揭示的義理與體例；最後再論論文之難。藉由論、記交雜使用，層層提
　　　　出劉勰的文學理念與《文心雕龍》的體例與思想。
〔註12〕〈王文憲集序〉可以說是一篇王儉的傳記，全文絕大部分都在記述王儉的生
　　　　平事蹟、任官經歷與品行操守，最後一段才用百餘字記載任昉自己與王儉的
　　　　關係，以及作序之由。這種傳人兼記事的書寫模式，同樣見於李商隱〈樊南
　　　　甲集序〉（《文苑英華》卷 707）、李華〈蕭穎士文集序〉（《唐文粹》卷 93）。
〔註13〕〈陶淵明集序〉前半部論人，雖未提及陶潛，但揭示、讚揚「與大塊而盈虛，
　　　　隨中和而任放」的人生態度；後半部則是評論陶潛的文章，認爲「其文章不
　　　　群，辭采精拔，跌宕昭彰，獨超眾類，抑揚爽朗，莫之與京。」並以爲其文
　　　　品與人品可相互結合。
〔註14〕王基倫〈魏晉南北朝序體結構演變及其創造性轉化〉：「序體作品產生『議論』、
　　　　『敘事』不同寫法，且從說明成書經過，步上抒情感懷的路途，其關鍵時期
　　　　在魏晉。」如石崇〈思歸引序〉、王羲之〈蘭亭集序〉皆添入抒情成分。見《魏
　　　　晉南北朝文學與思想學術研討會論文集》第三輯（臺北：文津出版社，1997
　　　　年 09 月），頁 41～42。

宸。何嘗不拜職之日，歎在劉王喬；臨壇之時，恨無謝益壽者矣！
（《文苑英華》卷 701）

對於孔季詡的凋零頗為傷感。而柳宗元〈楊評事文集後序〉最後記載作序之
由時，除了記敘，更加入了感嘆抒情成分：

鳴呼！公既悟文而疾，既即功而廢，廢不逾年，大病及之，卒不得
窮其工、竟其才，遺文未克流于世，休聲未克充於時。凡我從事於
文者，所宜追惜而悼慕也！（《柳集》卷 21）

哀悼楊凌（？～？）未及「窮其工、盡其才」，便溘然長逝，以至於詩文、名
聲未能流傳於世上。

這裡值得思考的問題是：序跋者為何一反序跋原有的議論、敘事作法，
而將抒情加入序跋當中？就〈楊評事文集後序〉而言，柳宗元自述「宗元以
通家舊好，幼獲省謁」，則可知他與楊凌為舊識，所以會在序文中加入對於舊
識的感傷。而張說則是感嘆孔季詡、陳子昂等眾多文士的凋零。然則，無論
是基於何種情感，將將自己的情感也融入序跋作品之中，這終究不屬於序跋
者介紹作者或是評介典籍詩文的工作。

（三）不同文本型態導致作法差異

序跋針對各式各樣的典籍作品書寫，而不同的典籍類型，序跋寫法便有
所不同。再者，自序與他序、總集或別集的型態，也會造成序跋作法的差異。

錢穆（1895～1990）〈讀姚鉉唐文粹〉曾指出雖同是書序，但因典籍內容的
不同，會因此出現議論或敘事作法不一的差異：

序之一體，在唐代顯有兩壁壘。一曰典籍撰著之序，此乃源於古之
書序，體近論辨。一曰歌詩讌集之序，此乃源於古之詩序，義通風
雅。蕭選亦有序，共兩卷，亦已包有此兩體。至唐代乃演而益暢，
為篇益富。〔註15〕

對於學術典籍所作的序，論辯成分較多；而歌詩讌集之序則偏向於「風雅」
之抒情敘事。內容不同，作法也跟著有所變化，那麼書籍的編纂型態或撰寫
序跋的身分不同，對於序跋作法的影響更顯而易見。總集與別集、自序與他
序二者便是顯著的例子。

〔註15〕錢穆：〈讀姚鉉唐文粹〉，《中國學術思想史論叢（四）》（臺北：東大出版社，
1991 年 04 月），頁 86。

1、自序與他序

　　書籍序、跋依照序跋者的身分，可分「自序」與「他序」，序跋者對二者的處理方式有所不同。前文所舉篇章大多為「他序」之作。那麼「自序」的作法為何？我們在某部分的自序文章，的確可以找到符合議論、傳人、記事三者兼具的作法，如司馬遷（前145～前86）的〈太史公自序〉。〔註16〕然而，我們必須思考：「他序」的序跋文無論是書籍序或是詩文序，有時具有希望藉由序跋者的推介，以獲得更多讀者的任務。在此前提下，讓讀者認識作者，便成為序跋者的重要工作。此時序跋者會加入作者的生平經歷，以讓讀者明白作者背景，自序者則可以省略此一步驟。

　　在書寫序跋的過程中，自序者最重要的工作，就是為自己的作品提出某些觀點，或是記錄下典籍的相關訊息，以便讓讀者閱讀序跋文時得到創作理念，或瞭解典籍本身的內容，這也是序跋「序典籍之所以作」的主要任務。相形之下，自序者用傳記方式寫下自己生平經歷，讓讀者了解作者本人，似乎就不是那麼必要。〔註17〕若是真的要「傳」，也不會考慮歷敘自己的生平經歷，而是試圖敘述與典籍有關的經歷。我們可以看到劉蛻（？～？）〈文泉子集序〉（《文苑英華》卷707）通篇使用「記敘」寫法，說明之所以將自己作品編纂成集，乃是受到「野水入廬，漬壞簡策」的刺激，而「收其微詞」成書，並載明文章收錄原則與編纂卷數，以及書名的由來。在文中並未提及自己經歷，只將重點集中在典籍身上。總之，無論自序者是否將自己生平寫入序跋當中，他們往往會聚焦於典籍本身，以典籍為中心進行書寫。

　　2、總集與別集

　　總集與別集的序跋作者在書寫時會各自偏向一個特定的主題予以陳述、發揮。比如《文選》為一部文學選集，廣收各類文章而作者眾多，因而蕭統在〈文選序〉便著重於陳述《文選》文章收錄標準，以及自己所持文學觀念

〔註16〕屬於自序的〈太史公自序〉中，司馬遷記載了自己的家世與生平遊歷，這個部分屬於「傳」；司馬遷回答壺遂《春秋》的創作動機，藉此提出自己為何撰作《史記》，為《史記》定位，並指出《史記》為「意有所鬱結」的「述往事，思來者」之作，屬於「論」。《史記》各篇目錄與提要，則是屬於「記」的部分。檢視〈太史公自序〉一文，司馬遷採用「傳—論—記」的方式書寫。

〔註17〕然而，自序中仍有許多作者寫入自己的生平，甚至有全篇都在敘寫自己經歷、瑣事者，曹植《典論‧自敘》便是個很特別的例子。在序文中，曹植用敘事手法歷數往事，卻沒有隻字片語提及《典論》，使得《典論‧自敘》如同一篇自述性的隨筆。

的解釋。標舉《文選》選文爲「讚論之綜緝辭采，序述之錯比文華，事出於沉思，義歸乎翰藻」。由於「典籍」類型的不一致，使得序跋的書寫存在極大的差異，柯慶明已指出這種不同之處：

> 「小序」往往與作品的內容相關。而「大序」，當全書出於一手時，往往指涉「作者」，而言其著述之意；當著作基本上是眾多作者作品之纂集時，則或者指向著作年代、作者階層等的相關歷史背景；或者指向編纂者的編選緣由與立場。〔註18〕

雖同是書序，在作法上仍有不同。作者同爲一人的書籍，在創作上較具一致性，風格、語言、作法與意識等方面較爲統一，序跋者便可依針對該人寫作這部作品的理由或相關層面集中探討。這種序跋作法卻無法套用在眾多作者的典籍上，因此，面對總集，序跋者必須以更大的視野看待作者群的創作環境，或者探討典籍編輯者編選作品的標準。

（四）以議論爲主的書跋

相較於書序，書跋的書寫目的並非以介紹、傳播文本爲主要目的，跋者多會陳述自己對於該文本的「意見」。所以，對於書跋，跋者多純粹以議論的方式書寫，針對書籍中的某些問題提出疑問，或抒發己見。柳宗元數篇「辯諸子」可以作爲代表。如〈論語辯〉、〈辯列子〉、〈辯文子〉、〈辯鬼谷子〉、〈辯晏子春秋〉、〈辯鶡冠子〉等篇，都採用議論作法，對於該書或者進行考證，或者進行辯論，或者進行批判。〔註19〕

書跋作法除了柳宗元辯諸子幾篇文章採取純議論方式之外，有時也保留了書序作法。這類型寫法以「後序」爲題的文章爲多。如柳宗元〈裴墐崇豐二陵集禮後序〉（《柳集》卷21）採記事、議論、傳人兼具，記述裴墐編撰德宗、順宗陵墓的天子凶禮成書之緣由；再者，舉出歷代人物以襯托出裴墐「愛禮

〔註18〕柯慶明：〈「序」「跋」作爲文學類型之美感特質的研究〉，《鄭因百先生百歲冥誕國際學術研討會論文集》，2005年07月，頁20。

〔註19〕這幾篇文章在《柳宗元集》（北京：中華書局，2006年09月）卷4。這些書跋雖然皆屬議論，但作法各異，如〈論語辯〉採問答方式行文；〈辯列子〉爲考據文章，從歷史的角度指陳劉向謬誤與《列子》書中增竄之處；〈辯文子〉則是針對《文子》內容之「駁」進行考證，進一步「刊去謬惡亂雜者」；〈辯晏子春秋〉討論《晏子春秋》的作者，歷舉事證，歸納出作者應爲墨家之徒的結論；〈辯鶡冠子〉則直指其書「盡鄙淺言」，並批判書中精華處抄襲賈誼〈鵩鳥賦〉。凡此，可看出柳宗元的書跋作法並未拘泥於一格。下文簡稱《柳集》。

近古」；最後略記裴瑾生平。此外，梁肅（？～？）為獨孤及文集所寫的〈毘陵集後序〉（《唐文粹》卷 93）、柳宗元〈楊評事文集後序〉（《柳集》卷 21）、裴延翰（字伯甫，？～？）〈樊川文集後序〉（《唐文粹》卷 93）皆採取這種記事、議論、傳人兼具的作法。這幾篇書跋皆為「後序」，其作法近似書序，涉及記事、議論以及傳人的書寫。

二、詩文序跋與書畫序跋

屬於「篇序」的詩文序、跋，由於是「序篇章之所由作」，指涉的對象為詩文作品，往往僅針對單一作品詮解。書寫時便著重於提供該作品創作相關訊息。柯慶明剖析篇序（小序）所著重的層面為：

「小序」由於詮解的是單一作品，往往重在提供其所發生的「語境」，……重「敘事」。〔註20〕

所謂的「語境」（CONTEXT），指的是作品背後所隱藏的脈絡。詩文序便是要提供此一背景資訊，使讀者閱讀時，對於作者之意或是文章背景「瞭然而無誤」〔註21〕。在作法上，偏重於「敘事」。

（一）詩文序跋

1、詩文序

李華（？～？）〈雲母泉詩序〉（《唐文粹》卷 96）可說是這種詩文序的典型，全用敘事作法，敘寫雲母泉的地理位置、泉水之神奇，以及與友人共飲泉水的往事。〔註22〕柳宗元〈法華寺西亭夜飲賦詩序〉（《柳集》卷 24）則是記敘法華寺西亭的風光，以及柳宗元等八人在亭中夜飲的事件，並希望此序文能如同《詩序》一樣流傳於世，「使後世知風雅之道」。無論是〈雲母泉詩序〉或

〔註20〕 柯慶明：〈「序」「跋」作為文學類型之美感特質的研究〉，《鄭因百先生百歲冥誕國際學術研討會論文集》，頁 23。

〔註21〕 徐師曾《文體明辨序說・小序》：「小序者，序篇章之所由作。……司馬遷以下諸儒，著書自為之序，然後己意瞭然而無誤者。」

〔註22〕 李華〈雲母泉詩序〉：「洞庭湖西玄石山，俗謂之墨山。山南有佛寺，寺倚松嶺，松嶺下有雲母泉，泉出石隙，引流分渠，周徧庭宇，發源如乳湩，末派如滫漿。烹茶漸蒸、灌園漱齒皆用之。大浸不盈，大旱不耗。自墨山西北至石門東南至東陵，廣輪二十里，盡生雲母。……穎川陳公……上元中，俱奉詔徵，公自清江至武陵，道路多虞，制書不至，華泝江而西，次于岳陽，江山延望，日夕相顧，屬思與高賢，共飲雲母之泉，躬耕墨山之下。」

是〈法華寺西亭夜飲賦詩序〉，在敘事的過程中，都對於該詩所描寫的山水景色作了一番描述，這無疑是序跋者想要提供較爲完整的「語境」，使讀者接觸到詩中無法呈現的創作背景。而韓愈〈石鼎聯句詩序〉（《韓集》卷 4）雖全篇敘事，但表現形式與一般序跋不同，有如一篇傳奇小說。〔註23〕

有些詩文序在記敘之外，也同時兼具議論，不過這種議論往往從事件的敘述而來，針對該事件闡發議論。如柳宗元〈愚溪詩序〉（《柳集》卷24）前半敘事，說明愚溪的地理位置、名稱由來，以及著手經營愚溪周遭的經過，提供讀者愚溪之背景；後半則辨析自己爲「遭有道而違於理」的「眞愚」。韓愈的〈荆潭唱和詩序〉（《韓集》卷4）主要以敘事爲主軸，記載成書緣由的同時，又藉由對話方式來抒發議論。

2、詩文跋

相較於詩文之「序」，詩文之「跋」不必針對該作品的撰作背景加以闡述，序跋者有更多空間可以運用在論述自己的意見上。因此，詩文跋的議論性質較詩文序爲明顯。序跋者書寫詩文跋時，與書跋作法類似，仍回歸到對於一件事物（即該篇詩文），從議論的角度進行書寫，可說是跋者的「讀後心得」。此時「敘事」便成爲引導出「議論」的前言文字。如柳宗元〈讀韓愈所著毛穎傳後題〉（《柳集》卷 21）先簡敘讀韓愈〈毛穎傳〉，後辨析韓愈之用心。韓愈〈題歐陽生哀辭後〉（《韓集》卷 5）敘述完哀辭傳抄情形之後，便引入議論，然而議論不完全針對〈歐陽生哀辭〉而發，而是從「歐陽生之志，其旨在古文」的觀點論述古文。韓愈〈張中丞傳後敘〉（《韓集》卷 2）先議論後敘事，以議論張巡、許遠「二公之賢」爲主要路線；在敘事部分，又舉出自己親見與他人所述的佚事，以證明自己的論點。〔註24〕

（二）書畫序跋

同樣屬於「篇序」的書畫序跋，不同於以書籍、詩文爲載體，要到宋代才開始大量且蓬勃發展。宋以前的書畫跋文，原本只是在書畫載體上題記與載體有關的資訊，以作爲鑑賞、收藏的標誌。經過歷代發展，書畫序跋的內

〔註23〕 韓愈在〈石鼎聯句詩序〉一文詳細記載劉師服、侯喜與道士軒轅彌明三人作聯句詩的經過，尤側重於軒轅彌明的神思，整篇表現形式如同一篇傳奇小說。

〔註24〕 方苞：「截然五段，不用鉤連，而神氣流注，章法渾成，惟退之有此。前三段乃議論，不得曰〈記張中丞逸事〉；後二段乃敘事，不得曰〈讀張中丞傳〉，故標以〈張中丞傳後敘〉。」引自馬其昶校注：《韓昌黎文集校注》（臺北：頂淵文化事業公司，2005 年 11 月），頁 42。行文時簡稱《韓集》。

容開始多元化，兼具學術性與文學性。〔註25〕徐師曾《文體明辨序說・題跋》歸結出題跋具備「考古證今，釋疑訂謬，褒善貶惡，立法垂戒」的功能，且「專以簡勁為主」。可知書畫序跋在作法上與書籍或詩文序跋有所不同，由於書畫作品不像書籍或是詩文作品，可以一再地複製，具有獨特性，序跋者有時必須考證載體的真實性，「考訂」也成為書畫序跋可能使用的作法。

　　除了考訂之外，序跋者還有載錄或議論作法。蔡邕〈題曹娥碑後〉（《全後漢文》卷79）在碑文之後題「黃絹幼婦，外孫虀臼」八字，論碑文之絕妙；王羲之（321～379）〈題衛夫人筆陣圖後〉（《全晉文》卷26）隻字未提及衛夫人〈筆陣圖〉之載體，而是一篇書法理論，彷彿是要「立法垂戒」；唐代的韓擇木（？～？）〈相國帖跋〉記敘從顏尚書處得以一覽狄相國之書法；〔註26〕陶穀（903～970）〈王右軍書黃庭經跋〉則兼具考訂與載錄：

> 此換鵝經也。甲戌九月十一日，百計取得此書詳觀。誠無唐盛時，是鈷鋒筆行書，雖恐非右軍，誠爾。界行有鍾紹京書印，二字小印。卷末真寫「胎仙」二字，用「陳氏圖書印」印之。又有「錢氏忠孝之家」印紙，跋云：「山陰道士劉君以群鵝獻右軍，乞書《黃庭經》，此書是也。」逸少真書，此經與〈樂毅論〉、〈太史箴〉、〈告誓文〉、〈累表〉也；〈蘭亭〉、〈洛神賦〉皆行書，其他并草書也。〔註27〕

面對《黃庭經》書法，陶穀考證這一幅書法為王羲之所寫的真實性，並詳實記錄載體的保存狀況如用印、用紙與相關文字等等。而這一種考訂謬誤的方式，也同時應用於於金石跋文的書寫上。無論採用載錄、考訂、議論哪一種作法，都可看出這一類的跋文篇幅較其他序跋為短小精簡。

　　此外，我們也必須思考：書畫序跋所書寫的載體畢竟與一般的書籍、詩文不同，呈現方式也各異，在此差異下，序跋者要如何進行書寫，才能給予

〔註25〕　褚斌杰指出宋代的題跋可分為兩類：「跋文大致可有兩類，一類是學術性的，其中包括讀後感和考訂書、文、畫、金石碑文的源流、真偽的短文。一類是文學性的，實際是一些優秀的散文小品。」見褚斌杰：《中國古代文體學》（臺北：臺灣學生書局，1991年04月）第十章〈古代文章的各種體類〉，頁399。另外，朱迎平也持同樣看法：「以研討學問為主的學術類題跋與以書寫性情為主的文學類題跋。……學術類題跋可視為題跋文體的正宗。」見〈宋代題跋文的勃興及其文化意蘊〉，《文學遺產》2000年第4期，頁86。

〔註26〕　〈相國帖跋〉：「相國狄公，元功盛德，垂之萬代。顏尚書家有其〈請太子歸京師〉手奏七百餘字，以示昌黎韓擇木。為書于其後，子孫寶之。」（《唐文拾遺》卷22）

〔註27〕　「誠爾」一語下注：「以上數句疑有脫誤。」見《全宋文》卷11。

讀者在未見圖畫的情形之下，仍能對圖畫本體有所概念。書籍、詩文之序跋雖然也具有這樣的功能與任務，但在書畫序中表現得尤為明顯。

　　書畫「序」的篇幅普遍較「跋」為長，作法也跳脫出「載錄、考訂、議論」，而有更多元的作法。如呂溫（774？～813？）〈地志圖序〉（《文苑英華》卷738）先敘事後議論，特別是對李該的〈地志圖〉如實陳述自己觀畫時看到了些什麼。這種敘述圖畫的寫作方式，亦見於白居易〈荔枝圖序〉（《文苑英華》卷738）。白居易在序中載錄、介紹荔枝的形態、生長環境與保存條件。另一方面，為了使讀者完全信服自己對於圖畫的掌握，在這些圖畫序中，序跋者多會在形容圖畫時，明示自己親自觀畫，如呂溫〈地志圖序〉言「觀其粉散」、李觀〈八駿圖序〉（《唐文粹》卷94）言「今獲覽厥圖」，白居易〈荔枝圖序〉更是自己「命工吏圖而書之」。

三、史書論贊

　　史傳論贊乃是史書作者在客觀地陳述事實之後，進行主觀的評論，以便辨別、論述疑惑不清的歷史。另一方面，論贊也有補充傳記中未予記載事件的功用。清代學者賴襄（1780～1832）言：「史氏本主敘事，不需議論，特疏己立傳之意，又補傳之所未及，而有停筆躊躇俯仰古今處，足以感發讀者心，是論贊所以有用。」〔註28〕可知史傳論贊以議論為主。劉知幾對唐以前的諸部正史論贊作法概要論述：

　　　　馬遷自序傳後，歷寫諸篇，各敘其意。既而班固變為詩體，號之曰述。范曄改彼述名，呼之以贊；尋述贊為例，篇有一章。……固之總述，合在一篇，使其條貫有序，歷然可閱。蔚宗《後書》，實同班氏，乃各附本事，書於卷末：篇目相離，斷絕失次，而後生作者，不悟其非。如蕭、李南、北《齊史》、大唐新修《晉史》，皆依范書誤本，篇終有贊。夫每卷立論，其煩已多，而嗣論以贊，為黷彌甚。
　　　　（《史通・論贊》卷4）

此段話指出諸史論贊在句式與體例方面的寫作方式。從唐代以上諸部正史論贊的寫作方法，前四史各有不同，後世史書論贊多依從前四史的書寫模式，因此，這裡集中探討前四史論贊作法。

〔註28〕瀧川資言《史記總論・史記體製》論及「論贊」時所援引。瀧川龜太郎：《史記會注考證》（臺北：文史哲出版社，1997年10月），頁1372。

　　就《史記》、《漢書》二史的句式而言，《史記》論贊使用的是散體句式；《漢書》則多排偶。這是由於司馬遷與班固身處時代之文風不同而呈現出的現象。若是對照二史，可以發現《漢書》在武帝之前的論贊多處直接抄錄《史記》，且刪除其中的口語文字、俚語或是語助詞。〔註29〕雖然僅是些微改動，卻使得二史論贊特色大不同：《史記》使用口語，且以散體句式書寫，文詞淺易；而《漢書》則因東漢辭賦創作風氣盛行，而喜用古字，修飾詞藻，又多使用排偶句式，文詞艱深。

　　體例方面則更值得注意。《史記》以「太史公曰」作為撰史者意見的闡發；《漢書》則是「贊」；《三國志》為「評」，三史論贊僅在名稱上有所差異。而范曄（398～445）《後漢書》除了散體的「論」以外，又有四言詩的「贊」。以下試舉〈班彪列傳贊〉一文：

> 論曰：司馬遷、班固父子，其言史官載籍之作，大義粲然著矣。議者咸稱二子有良史之才。遷文直而事覈，固文贍而事詳。若固之序事，不激詭、不抑抗，贍而不穢，詳而有體，使讀之者亹亹而不猒，信哉其能成名也。彪、固譏遷，以為是非頗謬於聖人。然其論議常排死節，否正直，而不敘殺身成仁之為美，則輕仁義，賤守節愈矣。固傷遷博物洽聞，不能以智免極刑；然亦身陷大戮，智及之而不能守之。嗚呼！古人所以致論於目睫也！贊曰：二班懷文，裁成帝墳。比良遷、董，兼麗卿、雲。彪識皇命，固迷世紛。（《後漢書》卷40下）

范曄在「論」的部分分析馬、班二史特色，以為班史「文贍而事詳」；又指出班固論司馬遷不能以智免刑，但自己卻重蹈覆轍，最終也不免身受刑戮。在「贊」的部分，則又以韻文形式將這兩點重複陳述一遍。這對於主張論贊「欲事無重出」的劉知幾來說自然不能認同，他對這種寫作形式因而有「為黷彌甚」的批評。不過，後代史書如《南齊書》、《北齊書》、《晉書》與《舊唐書》等，都承襲了《後漢書》「論」、「贊」並存的體例，除了散體的評論之外，往往會再加上一段韻文體的「贊」。有時甚至不只「一贊一論」，還出現「二論一贊」、甚至「三論」的情況。〔註30〕

〔註29〕關於《史》、《漢》二史論贊重疊篇章的比較，可參閱高珍霙：《《史》《漢》論贊之研究》（臺北：花木蘭文化出版社，2006年03月）第八章〈《史》《漢》論贊重疊篇章的比較〉，頁135～157。

〔註30〕如《後漢書・張曹鄭列傳》對於曹褒、鄭玄各有史論之外，最後又加了「贊」；同書〈桓榮丁鴻列傳〉則有三段史論，最後亦有贊語。

　　司馬遷在「太史公曰」中，既然是以散體句式與俚俗口語的方式書寫，那麼，他在撰寫「太史公曰」時，寫進了哪些內容？逯耀東（1933～2006）以為：

> 史傳論贊的內容，包括對歷史事件的議論和歷史人物的評價。但如果以這個標準衡量《史記》的「太史公曰」，將會發現「太史公曰」有更豐富的內容。魯實先師歸納司馬遷《史記》「太史公曰」的內容有四：記經歷、補軼事、言去取、述褒貶。其中除了述褒貶是對歷史事件的議論，以及對歷史人物的評價外，記經歷、補軼事、言去取三項，則屬於材料處理的範疇。關於對材料的處理，包括說明所引用材料的來源與出處，對材料的鑑別與考證，以及對材料的選擇與去取等。所以，司馬遷的《史記》「太史公曰」，實際上包括兩個部分，一是開後世史傳論贊先河的對歷史事件的議論，以及對歷史人物的評價，另一部分則是關於材料的處理方法。〔註31〕

論贊對於史傳中的歷史事件或者是人物進行評價、議論，這在《史記》中有充分的表現，然而「太史公曰」並非只「述褒貶」，僅僅提出撰史者主觀意見，更說明了自己在面對史料時，如何蒐集、揀擇，而加以運用。因此在「太史公曰」裡，我們也可以看到「記經歷、補軼事、言去取」。這方面的文字在《史記》裡俯拾皆是，如〈伯夷列傳〉言「余登箕山，其上蓋有許由冢」，說明自己曾作過田野調查的工作；〈李將軍列傳〉言「余睹李將軍，悛悛如鄙人，口不能道辭，及死之日，天下知與不知，皆為盡哀」，描繪李廣的形象與陳述世人的評價；而〈大宛列傳〉言「禹本紀、山海經所有怪物，余不敢言之」，則點出在史料的去取上，抱持著謹慎的態度。這三項關於史料處理的書寫，並未被後來的正史撰著者所吸收、仿效，僅是在對於事件或人物的評議上，進行論贊撰作。

　　《史記》論贊可以分為主觀的評論，與客觀的史料的陳述、分析。在主觀評論上，我們可以由〈太史公自序〉一文，得知司馬遷「繼《春秋》」的理想，雖然他無意將《史記》與《春秋》相提並論，而否定了壺遂的說法，〔註32〕但我們仍可看到《史記》對於「《春秋》筆法」的繼承，如「微言大義」此一《春

〔註31〕 逯耀東：〈史傳論贊與「太史公曰」〉，《抑鬱與超越：司馬遷與漢武帝時代》（臺北：東大圖書公司，2007年05月），頁364～366。

〔註32〕 〈太史公自序〉：「余所謂述故事，整齊其世傳，非所謂作也，而君比之於《春秋》，謬矣。」在這裡司馬遷辨別了《春秋》之「作」與《史記》之「述」的不同，因此二書不可相提並論。

秋》義例在《史記》「太史公曰」的應用。所謂「《春秋》筆法」,指的是「一種通過委婉文辭以表達懲惡勸善目的的寫作方式。」〔註33〕司馬遷甚至引《春秋》作法來暗示自己的「微言大義」。〈匈奴列傳〉便是這樣的例子:

> 太史公曰:「孔氏著《春秋》,隱、桓之間則章,至定、哀之際則微,
> 爲其切當世之文而罔褒,忌諱之辭也。世俗之言匈奴者,患其徼一時
> 之權,而務諂納其說,以便偏指,不參彼己;將率席中國廣大,氣奮,
> 人主因以決策,是以建功不深。堯雖賢,興事業不成,得禹而九州寧。
> 且欲興聖統,唯在擇任將相哉!唯在擇任將相哉!」(《史記》卷110)

漢武帝窮兵黷武,將帥不以國家利益爲重,因爲在同一時代,司馬遷不便直接評論,因此舉出《春秋》的「忌諱之辭」,以暗示當時的現象。

至於《三國志》,陳壽(233~297)受到魏晉南北朝月旦人物、品鑒才性風氣的影響,論贊也著重於對於人物才性的品評。綜觀《三國志》論贊,可以看到陳壽幾乎都是對於「人」進行評論,而且集中在該人的形貌、善惡成敗與人格特質,鮮少對於「事」進行評論。再者,陳壽對於人物的評論通常褒多貶少,出現趙翼(1727~1814)所謂的「迴護之法」:

> 自《三國志·魏紀》創爲迴護之法,歷代本紀,遂皆奉以爲式。延
> 及《舊唐書》、《舊五代史》,猶皆遵之。……直至歐陽公作《五代史》
> 及修《新唐書》,始改從《春秋》書法,以寓褒貶。而范蔚宗于《三
> 國志》方行之時,獨不從其例。〔註34〕

《三國志》論贊的「迴護之法」不但成爲其獨特的書寫方式,也影響了後代史書論贊的書寫。趙翼以爲從《三國志》一直到《舊五代史》,除了《後漢書》之外,其間的史書皆遵循著《三國志》,以迴護法創作論贊。

第二節　歐陽脩序跋的書寫方式

歐陽脩的序跋文章涉及經、史、子、集範圍的典籍作品,林紓(1852~1924)指出序跋者須具備該方面的專業,「能者爲之,不能者謝去」,〔註35〕否則只

〔註33〕見王基倫:〈「《春秋》筆法」的詮釋與接受〉,林慶彰、蔣秋華主編:《經典的
　　　形成、流傳與詮釋》(臺北:臺灣學生書局,2007年11月),頁410。
〔註34〕趙翼:《二十二史箚記》(臺北:世界書局,2001年08月)卷6〈後漢書三國
　　　志書法不同處〉,頁71。
〔註35〕林紓:「人不能奄有眾長,以書求序者,各有專家之學。譬如長於經者,忽請

會流於淺陋。歐陽脩身爲北宋著名學者，在這些領域中自然游刃有餘。除了繼承前人序跋議論、敘事的基本書寫方式之外，他在議論、敘事甚至抒情時，屢屢嘗試異於前人的作法。綜觀其主要作法，議論時，採取破立對比、正反抑揚、總提起筆；敘事時，則虛實相間、迂迴轉折，或凸顯作者風采；抒情時，則是時時以「序跋者」的身分滲入文字之中，議論、敘事亦時時間雜情感。以下分別就這些作法進行剖析。

一、破立對比之議論

歐陽脩創作序跋文，針對典籍文本作學術性的論述時，往往會指出舊有說法的缺失，並提出自己的理論，在一破一立之間，鋪陳自己的觀點。這種糾舉前人謬誤，提出自己觀點的作法，多運用於針對學術性典籍文章而創作的序跋，經由古今人、事的對比，凸顯作者或是自己（序跋者）的理論。

歐陽脩對《詩經》用力頗深，作《詩本義》，而研究《詩經》的序跋作品便有〈詩譜補亡後序〉（《歐集》卷 41）、〈詩解統序〉（《歐集》卷 60）、〈詩圖總序〉以及〈詩譜補亡序〉（《全宋文》卷 728）四篇。其中〈詩解統序〉先闡發己論，而後指出前人論著的缺漏、謬誤：

> 五經之書，世人號爲難通者，《易》與《春秋》。夫豈然乎？經皆聖人之言，固無難易，繫人之所得有深淺。今考于《詩》，其難亦不讓二經，然世人反不難而易之，用是通者亦罕。使其存心一，則人人皆明，而經無不通矣。

先舉出世人以爲難通的經書，再提出自己的看法，以爲《詩經》「其難亦不讓二經」。接著指出前人論著的缺漏、謬誤：

> 毛、鄭二學，其說熾辭辯固已廣博，然不合于經者亦不爲少，或失於疎略，或失於謬妄。蓋《詩》載〈關雎〉，上兼商世，下及武、成、平、桓之間，君臣得失、風俗善惡之事闊廣邈邈，有不失者鮮矣，是亦可疑也。

歐陽脩認爲毛、鄭研究《詩經》的論著固然具有指標意義，但其中亦有缺失、

以史學之序：長於史者，忽請以經學之序。門面之語，固足鋪敘成文，然語皆隔膜，不必直造本人精微。……政書、奏議一門，多官中文字，尤不易序，能者爲之，不能者謝去，不可強也。強爲渲染，適足爲己集之瘢垢，毋庸也。辨讀子史二種文字，最有工夫，非沉酣其中，洞其關竅，則可不必作。」見林紓：《春覺齋論文‧流別論》，《歷代文話》第七冊，頁 6363～6364。

可疑的部分。〈詩譜補亡後序〉亦使用立論兼考據的作法：

> 先儒之論，苟非詳其終始而抵捂（牴牾），質於聖人而悖理害經之甚，
> 有不得已而後改易者，何必徒為議論以相訾也？……世言鄭氏《詩
> 譜》最詳，求之久矣不可得。……至于絳州偶得焉，其文有注而不
> 見名氏，然首尾殘缺，自「周公致太平」已上皆亡之。其國譜旁行，
> 尤易為訛舛，悉皆顛倒錯亂，不可復考。

先提出前儒的傳、注可能與經書有所牴牾，「質於聖人而悖理害經」；後文則
指出所得鄭玄《詩譜》殘卷的錯亂與缺失。

　　這種一破一立的作法，也運用在對於《史記》帝王世次的繫聯上。〈帝王
世次圖序〉（《歐集》卷43）先議論，提出「闕其不知」的觀念，接著批判《史
記》對於史料真偽不知取捨的缺失，引出《史記》帝王世次錯亂的事實，議
論的同時也進行考證。而同卷之〈帝王世次圖後序〉則詳細推論堯、舜、禹
等人的輩份、年紀，以證一開始所說的「尤乖戾不能合」。

　　在《新五代史》中，歐陽脩對於《舊五代史》書寫不恰當的地方提出批
判，如〈雜傳論〉：

> 嗚呼！五代反者多矣，吾於明宗獨難其辭！至於魏王繼岌薨，然後
> 終其事也。莊宗遇弒，繼岌以元子握重兵，死于外而不得立，此大
> 事也，而前史不書其所以然。夫繼岌之存亡，於張籛無所利害，籛
> 何為而拒之不使之東乎？豈其有所使而為之乎？然明宗於符彥超深
> 以為德，而待籛無所厚，此其又可疑也。不然，好亂之臣，望風而
> 響應乎？使籛不斷浮橋，而繼岌得以兵東，明宗未必能自立。則繼
> 岌之死，由籛之拒，其所繫者豈小哉！（《新五代史》卷35）

承接後唐莊宗而即帝位的，並非長子繼岌，而是毫無血緣關係的後唐明宗嗣
源。然而《舊五代史》並未說明為何繼岌「死于外而不得立」。歐陽脩先批判
舊史之疏漏，再論述其因。這種先破舊史後立己論的作法，在〈唐莊宗本紀
論〉（《新五代史》卷4）與〈唐臣傳論〉（《新五代史》卷28）同樣可見。

　　〈濮議序〉（《歐集》卷120）則是採用古今對比的手法，通篇議論，先標
舉「臣不得伐其君，子不得絕其父」的淺明道理，舉伯夷、叔齊叩馬而諫，
最終不食周粟而餓死於首陽山下的事蹟，必須等五百年後「得孔子而稱其
仁，然後二子之道顯」，說明伯夷、叔齊所秉持的「臣不得伐其君」理念不
被當世認同。藉此古事與當時濮議事件發生時，許多人認同「子絕其父」的

謬怪現象作一對比，透過「武王之作也，人皆以爲君可伐；濮議之興也，人皆以爲父可絕，是大可怪駭者也」的陳述，破除令人匪夷所思的觀念。在一立（子不得絕其父）與一破（濮議之興也，人皆以爲父可絕，是大可怪駭者也）之間，借古事立今意，以爲「事固有難明於一時，而有待於後世者」。〔註36〕

　　爲他人著作所寫的序跋亦可見破立論述。〈孫子後序〉（《歐集》卷 42）先指出當世提及《孫子》時，多採曹操、杜牧與陳皞三家之注，並批判曹、杜等三家所注《孫子》的缺失，認爲「注者雖多而少當」。最後肯定梅聖俞注「文略而意深」的優點，認爲「後世取其說者，往往於吾聖俞多焉」，先破後立，以凸顯出梅注之善。

二、正反抑揚之論述

　　歐陽脩進行序跋文的議論時，列舉「古」與「今」的人、事作爲對比，以凸顯欲闡發的道理。當他評論一項事物，則從多重層面進行議論，一正一反、亦抑亦揚地指陳該人物、事件的美惡。這種作法多出現在史書的序論中。

　　歐陽脩撰作的《新唐書》論贊，集中在諸篇《本紀》。本紀論贊的作法，一概以議論爲主。歐陽脩評論人物時，並未只著重於單一面向，而是同時針對傳主的善與惡進行正反兩面論述，藉此使得傳主形象立體化。如〈太宗本紀論〉：

> 贊曰：甚矣！至治之君不世出也！禹有天下，傳十有六王，而少康有中興之業。湯有天下，傳二十八王，而其甚盛者，號稱三宗。武王有天下，傳三十六王，而成、康之治與宣之功，其餘無所稱焉。雖《詩》、《書》所載，時有闕略，然三代千有七百餘年，傳七十餘君，其卓然著見於後世者，此六七君而已。嗚呼！可謂難得也！唐

〔註36〕值得注意的是，古今對比的作法，不僅是爲了鋪陳自己的論點，使文章內容更多元，也具有以古觀今的作用。「以古觀今」可粗分爲「寫今事而從古事（史）切入」與「寫古事（史）兼論今事」兩種書寫面向。〈濮議序〉作法屬於前者；至於「寫古事（史）兼論今事」則能凸顯歐陽脩創作時古今對舉的意圖。歐陽脩採取「寫古事（史）兼論今事」的書寫策略與他批判時事的意圖有密切關係，而這也是歐陽脩序跋更具價值之處。詳見第五章第四節有關「以古觀今」之論述。

有天下，傳世二十，其可稱者三君，玄宗、憲宗皆不克其終，盛哉，太宗之烈也！其除隋之亂，比迹湯、武；致治之美，庶幾成、康。自古功德兼隆，由漢以來未之有也。至其牽於多愛，復立浮圖，好大喜功，勤兵於遠，此中材庸主之所常為。然《春秋》之法，常責備於賢者，是以後世君子之欲成人之美者，莫不歎息於斯焉。(《新唐書》卷2)

歐陽脩從正、反兩方面論述唐太宗。一方面稱述其「致治之美」，一方面又譏其「牽於多愛」、「好大喜功」。

　　從正面與反面的角度分別論述的寫法，在〈伶官傳序〉同樣可見：

嗚呼！盛衰之理，雖曰天命，豈非人事哉！原莊宗之所以得天下，與其所以失之者，可以知之矣。世言晉王之將終也，以三矢賜莊宗。……莊宗受而藏之于廟。其後用兵，則遣從事以一少牢告廟，請其矢，盛以錦囊，負而前驅，及凱旋而納之。方其係燕父子以組，函梁君臣之首，入于太廟，還矢先王而告以成功，其意氣之盛，可謂壯哉！及仇讎已滅，天下已定，一夫夜呼，亂者四應，蒼皇東出，未及見賊而士卒離散，君臣相顧，不知所歸，至於誓天斷髮，泣下沾襟，何其衰也！豈得之難而失之易歟？抑本其成敗之迹而皆自於人歟？《書》曰：「滿招損，謙得益。」憂勞可以興國，逸豫可以亡身，自然之理也。故方其盛也，舉天下之豪傑莫能與之爭；及其衰也，數十伶人困之，而身死國滅，為天下笑。夫禍患常積於忽微，而智勇多困於所溺，豈獨伶人也哉！(《新五代史》卷37)

歐陽脩先寫莊宗每戰必捷、凱旋而歸的意氣之盛，再寫李嗣源兵變時，莊宗流亡之衰，藉由盛與衰的強烈對比，以凸顯莊宗因逸豫亡身的教訓。歸有光指出「人非聖人，孰能無過？苟非至惡，未必無一長可取。故論人者，雖不可恕人之惡，亦不可沒人之善。抑而須揚，揚而須抑，方為公論。」又言「凡議論好事，須要一段反說；議論不好事，須要一段正說。文勢亦員活、義理亦精微、意味亦悠長。」〔註37〕可以說，歐陽脩無論是在指出太宗的優缺點，或是陳述後唐莊宗的盛衰轉變，都藉由正反抑揚的書寫方式，使得評論得以公正不致偏頗，而文章組織也能更為緊密而立體化。

〔註37〕歸有光：《文章指南》（臺北：廣文書局，1991年07月）〈抑揚則〉與〈一反一正則〉，頁9～10。

三、總提起筆

　　歐陽脩書寫《新五代史》的序、論，幾乎是以議論方式書寫。他在〈答李淑內翰書〉中曾提及撰作《新五代史》時的書寫方式：「其銓次去取，須有義例，議論褒貶，此豈易當？」（《歐集》卷 68）《新五代史》最廣爲人知的書寫方式，就是歐陽脩往往以「嗚呼」一詞開啓議論。同時，歐陽脩通常將感慨與議論結合，以「嗚呼」一詞發出感嘆之後，先提出一段「總論」，指出全文的意旨，再舉出史事進行議論。因此，以總提起筆的作法，《新五代史》裡所在多見，如〈一行傳序〉：

> 嗚呼！五代之亂極矣！《傳》所謂「天地閉，賢人隱」之時歟！當此之時，臣弒其君，子弒其父，而搢紳之士安其祿而立其朝，充然無復廉恥之色者皆是也。吾以謂自古忠臣義士多出於亂世，而怪當時可道者何少也，豈果無其人哉？雖曰干戈興，學校廢，而禮義衰，風俗隳壞，至於如此，然自古天下未嘗無人也，吾意必有絜身自負之士，嫉世遠去而不可見者。自古材賢有韞于中而不見于外，或窮居陋巷，委身草莽，雖顏子之行，不遇仲尼而名不彰，況世變多故，而君子道消之時乎！吾又以謂必有負材能，脩節義，而沉淪于下，泯沒而無聞者。求之傳記，而亂世崩離，文字殘缺，不可復得，然僅得者四五人而已。（《新五代史》卷 34）

歐陽脩先指出五代爲「天地閉，賢人隱」的極亂之世，在此一總論之後，再論述自己鈎隱抉微，探訪蒐羅隱世之賢者的過程。

　　〈唐六臣傳論〉（《新五代史》卷 35）同樣是以總提大意起筆。歐陽脩以「嗚呼！始爲朋黨之論者誰歟？甚乎作俑者也，眞可謂不仁之人哉！」指出提出朋黨論者不仁，再加以議論。

　　此外，〈伶官傳序〉採用總提分應之作法。歐陽脩先總提大意，提出盛衰之勢不僅是天命所致，人的作爲也是導致盛衰的關鍵因素。接著逐段分應盛、衰，舉出後唐莊宗的興衰事蹟，以證明此理。〔註 38〕最後再以感嘆做結，使得議論之中滿含感慨無奈之情。王文濡指出〈伶官傳序〉「總提處言簡而意盡」〔註 39〕，正好說明歐陽脩《新五代史》論贊的書寫策略。

〔註38〕唐文治《國文經緯貫通大義》卷一論〈伶官傳序〉：「以『盛衰』二字作主，首段總冒，中間一段盛，一段衰，末段以『方其盛也』、『及其衰也』作封鎖。」引自《歷代文話》第九冊，頁 8255。

〔註39〕姚鼐輯，王文濡評註：《評註古文辭類纂》（臺北：華正書局，2000 年 08 月），

四、敘事虛實相間、迂迴轉折

《古文通論》指出「序跋作法，有記敘及議論。」其中記敘包含了對於事物的書寫，與對人的書寫，亦即對於典籍文獻與作者的書寫。記敘典籍文獻的相關資訊時，歐陽脩運用了「虛實」筆法以及「迂迴轉折」的方式來進行陳述。

運用虛實相間的書寫方式，〈思潁詩後序〉可作為代表：

> 皇祐元年春，予自廣陵得請來潁，愛其民淳訟簡而物產美，土厚水甘而風氣和，於時慨然已有終焉之意也。爾來俯仰二十年間，歷事三朝，竊位二府，寵榮已至而憂患隨之，心志索然而筋骸憊矣。其思潁之念，未嘗少忘于心，而意之所存，亦時時見於文字也。今者幸蒙寬恩，獲解重任，……可以償夙志者，此其時哉！因假道于潁，蓋將謀決歸休之計也。（《歐集》卷44）

歐陽脩以潁州為中心，陳述「初至潁→離潁→歸休於潁」的歷程，「初至潁」與「歸休於潁」一寫潁州的風土民情，一寫歸休潁州心願之得償，採用實寫的筆法。而「離潁」的二十年間，歐陽脩則以虛筆寫出雖未與潁州有所接觸，但念茲在茲，發而為文的心情。〔註40〕

至於「迂迴轉折」之作法，在歐陽脩的序跋中頗為常見。寫於明道元年（1032）的〈書梅聖俞槀後〉便充分地運用此種寫法論述梅聖俞之詩：

> 凡樂，達天地之和而與人之氣相接，故其疾徐奮動可以感於心，歡欣惻愴可以察於聲。五聲單出於金石，不能自和也，而工者和之。然抱其器，知其聲，節其廉肉而調其律呂，如此者，工之善也。……然至乎動盪血脉，流通精神，使人可以喜，可以悲，或歌或泣，不知手足鼓舞之所然，問其何以感之者，則雖有善工，猶不知其所以然焉，蓋不可得而言也。樂之道深矣，故工之善者，必得於心，應於手，而不可述之言也。聽之善，亦必得於心而會以意，不可得而言也。……三代、春秋之際，師襄、師曠、州鳩之徒得之，為樂官，理國家，知興亡。周衰官失，樂器淪亡，散之河海，逾千百歲間，

頁255。

〔註40〕孫琮：「篇中詳記思潁，作三段看。第一、三段是實寫思潁，第二段是虛寫思潁，兩番實寫間一番虛寫，便令文字不板重。」《山曉閣選宋大家歐陽廬陵全集》評語卷3，引自洪本健：《歐陽修詩文集校箋》，頁1119。

未聞有得之者。其天地人之和氣相接者，既不得泄於金石，疑其遂獨鍾於人。故其人之得者，雖不可和於樂，尚能歌之爲詩。……蓋詩者，樂之苗裔與！漢之蘇、李，魏之曹、劉，得其正始。宋、齊而下，得其浮淫流佚。唐之時，子昂、李、杜、沈、宋、王維之徒，或得其淳古淡泊之聲，或得其舒和高暢之節。……今聖俞亦得之。然其體長於本人情，狀風物，英華雅正，變態百出，哆兮其似春，淒兮其似秋，使人讀之可以喜，可以悲，陶暢酣適，不知手足之將鼓舞也。斯固得深者邪！其感人之至，所謂與樂同其苗裔者邪！（《歐集》卷 73）

歐陽脩並未直接議論梅詩，而是先提出一段頗長的樂論，從樂器論及樂之精神，再從「論樂」轉而「論詩」，當「周衰官失，樂器淪亡」時，「雖不可和於樂，尚能歌之爲詩」，以「詩」爲「樂之苗裔」。論詩時，從漢以下列舉各朝代詩人及其風格，最後轉出梅聖俞，層層迂迴轉折，終論梅聖俞之詩。〔註41〕歐陽脩指出梅詩「使人讀之可以喜，可以悲，陶暢酣適，不知手足之將鼓舞也」，以「梅詩」同於「樂」，皆具備「感人」之特質作結，迂迴轉折之餘，又首尾兼顧。

同樣採取迂迴作法的，還有〈跋茶錄〉（《歐集》卷 73）與〈跋永城縣學記〉（《歐集》卷 73）。〈跋茶錄〉在提及蔡襄書法之前，歐陽脩先指出書法以楷書爲難，而小楷尤難，迂迴地帶出蔡襄書法之妙；〔註42〕〈跋永城縣學記〉則

〔註41〕 孫琮：「前幅從樂之可知不可知脫卸到善工能知之，從善工能知脫卸到有善詩人，從有善詩人脫卸到聖俞，所謂層層脫卸也。後幅說詩之感人，應轉手舞足蹈；說詩之得深，應樂之苗裔；說自己問答，應轉可知不可言，所謂層層挽合也。」《山曉閣選宋大家歐陽盧陵全集》評語卷 4，引自洪本健：《歐陽修詩文集校箋》，頁 1910。然則，〈書梅聖俞槁後〉層層迂迴而論的作法，已脫離詩文篇章序「提供所發生的語境」的創作方式，反倒類於偏重於剖析理論的總序，屬於書序作法。雖然如此，與作於慶曆六年（1047）的〈梅聖俞詩集序〉作法仍有顯著的不同。屬於書序的〈梅聖俞詩集序〉議論、傳人、記事並行，〈書梅聖俞槁後〉則未著墨其經歷。再者，歐、梅二人初識於天聖九年（1031），當時二人才踏入政壇不久，意氣風發而經歷猶淺，寫於隔年的〈書梅聖俞槁後〉自然不會有十六年後〈梅聖俞詩集序〉對於人生經歷的慨歎。因此，〈書梅聖俞槁後〉採取由樂論、詩論以論及梅詩的作法，可說與二人的經歷有相當大的關係。

〔註42〕 〈跋茶錄〉：「善爲書者以眞楷爲難，而眞楷又以小字爲難。羲、獻以來遺跡見於今者多矣，小楷維〈樂毅論〉一篇而已。今世俗所傳，出故高紳學士家最爲眞本，而斷裂之餘，僅存者百餘字爾。……以此見前人於小楷難工，而

是指出唐五代書法名家翰墨之妙，而宋代開國百年，卻「寂寥者久之」。再由這一片「寂寥」當中，舉出蘇舜卿、蔡襄等人眞草、行草之精而有法。〔註43〕

五、凸顯作者風采

　　除了典籍文獻的記敘之外，對於作者的記載，也屬於序跋文「論」、「傳」、「記」三種書寫面向之一。前一節已指出在歐陽脩之前的序跋者書寫人物時，往往近似人物傳記。歐陽脩陳述作者生平時，則是用簡潔的筆法凸顯出作者特有的層面。他對於作者的書寫，「乃在尺幅之間勾勒人物風神」〔註44〕。因此，他並沒有對於作者生平作一全面性傳記的「傳」，而是「志人」〔註45〕，著重於書寫作者的人物神采。歐陽脩書寫作者神采的方式有三：紀大而略小、互見以及借客形主。

　　（一）紀大而略小

　　按照以往的序文作法，涉及作者生平功業時，往往依其先後經歷逐一詳細敘述。歐陽脩書寫序跋時，自然也關照到「作者」層面。但他跳脫出舊有窠臼，而在傳人時針對其重大轉折之事加以陳述，這或許與歐陽脩「紀大而略小」的寫作觀念有關。〔註46〕另一方面，歐陽脩也受到司馬遷以「雄文」之筆記人物之「偉烈奇傑」的影響，而「欲學其作」。〔註47〕因此，歐陽脩使用簡潔的筆法，勾勒出作者一生最重要的事蹟與人生的轉折點。如〈蘇氏文

　　　　傳於世者少而難得也。君謨小字新出而傳者二：〈集古錄目序〉橫逸飄發，而〈茶錄〉勁實端嚴，爲體雖殊，而各極其妙。」
〔註43〕〈跋永城縣學記〉：「唐世執筆之士，工書者十八九，蓋自魏、晉以來風流相承，家傳少習，故易爲能也。下逮懿、僖、昭、哀，衰亡之亂，宜不暇矣。接乎五代，四海分裂，士大夫生長干戈於積屍白刃之間，時時猶有以揮翰馳名於當世者，豈又唐之餘習乎？……及宋一天下，於今百年，儒學稱盛矣，唯以翰墨之妙，中間寂寥者久之，豈其忽而不爲乎？……久而得三人焉，嚮時蘇子美兄弟以行草稱，自二子亡，而君謨書特出於世。」
〔註44〕何寄澎：〈歐陽修「詩文集序」作品之特色及其典範意義〉，《臺大中文學報》第17期，2002年12月，頁112。
〔註45〕何寄澎論歐陽脩之詩文集序時，以「志人」一詞論述歐陽脩筆下對於詩文集序之作者之書寫，此處沿用之，姑且以「志人」指稱歐陽脩序跋中對於人物的寫法。見何寄澎前揭文。
〔註46〕歐陽脩〈與杜訢論祁公墓誌書〉言：「有意於傳久，則紀大而略小。」（《歐集》卷69）他論述墓誌銘的撰作時，認爲對於傳主的一生經歷只要「記大節」即可，這種觀念也應爲他在書寫序跋之「作者」時所秉持。
〔註47〕參閱第三章第三節司馬遷對歐陽脩之影響的論述。

集序〉：

> 子美獨與其兄才翁及穆參軍伯長，作爲古謌詩雜文，時人頗共非笑
> 之，而子美不顧也。……其始終自守，不牽世俗趨舍，可謂特立之
> 士也。子美官至大理評事、集賢校理而廢，後爲湖州長史以卒，享
> 年四十有一。其狀貌奇偉，望之昂然，而即之溫溫，久而愈可愛慕。
> （《歐集》卷41）

歐陽脩指出他「始終自守」的個性，以及他在慶曆四年時因爲政壇糾紛而受
到的無端牽連。這無疑是蘇舜卿一生中最大的挫折，因爲他在四年後便抑鬱
而終。在「紀大而略小」的作法下，作者的個性躍然紙上，對其經歷也能大
致掌握。

（二）互見

歐陽脩之所以能不以長篇大論的方式鋪陳作者一生，乃是由於其它文章已
經記載了作者的生平。他在〈論尹師魯墓誌〉言「近年古文自師魯始，則范公
祭文已言之矣，可以互見，不必重出也。」（《歐集》卷73）認爲尹洙的古文成就
既已見於范仲淹的〈祭尹師魯舍人文〉，在〈尹師魯墓誌銘〉自然可以不必重提。
這種「互見」的作法既然用於墓誌銘與祭文之間，在其他文章也自然會運用這
種作法。因此，〈跋薛簡肅公奎書〉（《歐集》卷73）也說「公之清節直道，余既
銘之，而有傳在國史，此不復書。」既然薛奎的人品已敘述於墓誌銘，而國史
也已經有他的傳記，在跋文中爲求行文方便，便不再贅述。〔註48〕

在詩文集序裡，同樣可以看到「互見」作法的使用，如〈湖州長史蘇君
墓誌銘〉（《歐集》卷31）從蘇舜卿之祖蘇易簡寫起，歷寫其祖父與父親的政治
經歷，又詳述慶曆四年「監守自盜」事件的始末與後續發展，與〈蘇氏文集
序〉中對於作者的書寫恰可相互對照參看。〔註49〕又如〈梅聖俞詩集序〉中
稱述梅堯臣：

〔註48〕歐陽脩〈跋薛簡肅公奎書〉的問題是，它屬於一篇跋文，在創作時，可以不
必像別集序一樣涉及對於作者生平的書寫。歐陽脩在此文會作如此陳述，或
許是爲了凸顯、稱頌薛奎的個性，但畢竟已見於其他文章，因此用互見方式
書寫。

〔註49〕〈蘇氏文集序〉對於慶曆四年監守自盜事件並未詳述，僅略述其做官經歷「官
至大理評事、集賢校理而廢，後爲湖州長史以卒」，以及當時捲入事件的其他
人的發展：「與子美同時飲酒得罪之人，多一時之豪俊，亦被收采，進顯于朝
廷。」

> 予友梅聖俞，少以陰補爲吏，累舉進士，輒抑於有司，困於州縣凡十餘年。年今五十，猶從辟書，爲人之佐，鬱其所蓄，不得奮見於事業。其家宛陵，幼習於詩，自爲童子，出語已驚其長老。既長，學乎《六經》仁義之說。……平生所作，於詩尤多。世既知之矣，而未有薦于上者。（《歐集》卷 42）

在這一段文字當中，歐陽脩已經將梅堯臣的幼年時期、學問《六經》、爲官經歷以及創作趨向都作了說明，爲梅堯臣生平簡要敘述，而集中在他困厄的部分。如果與〈梅聖俞墓誌銘〉相互參看的話，可看出墓誌銘的記載較詳。銘文書寫其爲官經歷一段爲：

> 聖俞初以從父陰補太廟齋郎，歷桐城、河南、河陽三縣主簿，以德興縣令知建德縣，又知襄城縣，兼湖州鹽稅，簽署忠武、鎮安兩軍節度判官，監永濟倉、國子監直講，累官至尚書都官員外郎。（《歐集》卷 33）

墓誌銘所載遠較序文爲詳盡，這除了書寫的時間不同，梅堯臣有更多經歷之外，[註50]文體書寫的考量也是主要原因。爵里、行治是墓誌銘的書寫內容；[註51]而書序以「議論」和「敘事」爲主，在「序作者之意」或是「序典籍之所以作」的大前提之下，本來就不強制一定要將人生經歷詳細地寫入序跋之中。因此，在「紀大略小」與「互見」二者同時運用下，歐陽脩將梅堯臣的爲官經歷簡略帶過，集中焦點於闡述「鬱其所蓄，不得奮見於事業」一事。

這樣的寫法，也運用在〈薛簡肅公文集序〉：序文中提到薛奎爲歷眞、仁二朝的名臣賢輔，說明他能決定國政大事，「至今稱於士大夫」；而在〈資政殿學士尚書戶部侍郎薛簡肅公墓誌銘〉中，則以大篇幅記敘其中的細節。

序文中對生平經歷的書寫，雖大略帶過，但也充分體現出作者的特點，而這樣的特點除了隱含他們的個性之外，又常常與作品有密切相關性。比如梅堯臣「鬱其所蓄，不得奮見於事業」，表現在詩作上即是「窮者而後工」；至於薛奎的文章則是「氣質純深而勁正，蓋發於其志，故如其爲人」。畢竟，

[註50] 《歐集》〈梅聖俞詩集序〉題下記載寫於慶曆六年（1047），當時謝景初（1020～1084）幫梅聖俞整理詩稿成集，而梅聖俞在嘉祐五年（1060）過世。序文中「其後十五年」以下的文字則是後來補記。

[註51] 徐師曾《文體明辨序說・墓誌銘》：「於葬時述其人世系、名字、爵里、行治、壽年、卒葬年月，與其子孫之大略。」見吳訥等著：《文體序說三種》（臺北：大安出版社，1998 年 06 月），頁 107。

作者的經歷常與其個性有關，也會連帶影響到文學創作。因此，在「志人」書寫上，歐陽脩便集中述說他們的生平重大經歷。

（三）借客形主

本章第一節分析「傳人」作法時，曾提及柳宗元〈濮陽吳君文集序〉「傳」的作法乃是引述他人的談論，以描繪作者其人。歐陽脩在〈釋祕演詩集序〉（《歐集》卷 41）、〈謝氏詩序〉（《歐集》卷 42）與〈廖氏文集序〉（《歐集》卷 43）這幾篇序文也使用類似的作法。在「志人」時，不直接書寫作者其人，而是從旁人著手：

> 曼卿爲人廓然有大志，……往往從布衣野老酣嬉淋漓，顛倒而不猒（厭）。予疑所謂伏而不見者，庶幾狎而得之，故嘗喜從曼卿遊，欲因以陰求天下奇士。浮圖祕演者，與曼卿交最久，……二人懽然無所間。（〈釋祕演詩集序〉）

> 予始遊京師，得吾友謝景山。……以名知於人者，繫其母之賢也。今年，予自夷陵至許昌，景山出其女弟希孟所爲詩百餘篇。然後又知景山之母不獨成其子之名，而又以其餘遺其女也。（〈謝氏詩序〉）

> 自孔子歿而周衰，接乎戰國，秦遂焚書，六經於是中絕。……余以謂自孔子沒，至今二千歲間，有一歐陽脩者爲是說矣。又二千歲，焉知無一人焉，與脩同其說也？……衡山廖倚與余遊三十年，已而出其兄偁知遺文百餘篇號《朱陵編》者，……余乃知不待千歲，而有與余同於今世者。（〈廖氏文集序〉）

歐陽脩並未直接寫祕演、謝希孟與廖偁其人，而是採取「借客形主」〔註 52〕的手法，迂迴地從他們的親友切入。先從與作者的親友交遊談起，再引出作者本人。〈釋惟儼文集序〉（《歐集》卷 41）雖從惟儼本人寫起，但亦以石延年爲陪襯且貫串全文。歐陽脩和作者之間的交情深淺，或許是導致他採取這種書寫策略的原因。〔註 53〕歐陽脩所書寫的「身旁親友」，除了是透過他們的聯

〔註 52〕 林雲銘論歐陽脩〈上范司諫書〉時，指出：「至引陽城辯駁，借客形主。」見林雲銘：《古文析義合編》（臺北：廣文書局，2001 年 10 月），頁 754。

〔註 53〕 畢竟，這幾位詩文集的作者都是經由親友才與歐陽脩交往，甚至藉由親友的傳達，才使歐陽脩知道作者的存在。如謝希孟的詩作，便是透過其兄長謝景山（？～？）之手才使歐陽脩得以看到，而謝希孟當時也已經過世了。因此，就親疏順序來看，歐陽脩這種寫作方式如實呈現出與作者的關係。

繫得以與作者接觸之外，也藉他們來彰顯作者的某部分特性，或是記載他們
蒐集作者文稿的活動。何寄澎指出此種「迂迴而入」的序跋作法：

> 就文章而言，迂迴而入的寫法有引人入勝的效果，主旨含藏，格外
> 有迷離含蓄之氣質；而「圖窮匕現」給讀者帶來的感受，尤有強烈
> 而緜長的作用。〔註54〕

歐陽脩從「作者的親友」寫到「作者」這種迂迴寫入的手法，藉由身旁的親
友來彰顯作者的特性，除了營造一種「迷離含蓄」的氣氛之外，更重要的，
在於揭示親友對作者有何種影響；或是在書寫「作者」與「親友」彼此的連
繫時，能使「作者」可以具體且「強烈而緜長」地凸顯出來。這樣的現象在
〈釋祕演詩集序〉與〈釋惟儼文集序〉中表露無遺：歐陽脩藉由石延年（994
～1041）「廓然有大志」、「遇人無所擇，必皆盡其欣歡」的個性，分別引出祕
演之志與惟儼之狷介。

　　值得注意的是，〈釋祕演詩集序〉與〈釋惟儼文集序〉二文作法皆以「志
人」為主，由於兩篇文章的書寫對象都是方外之士，而也都以石延年為「客
線」，因此，歷來論者往往將這兩篇序文合觀、並論其作法。陳衍《石遺室論
文》指出二文作法：

> 歐公為惟儼、祕演兩僧作詩文集序，皆以石曼卿一人為聯絡。蓋曼
> 卿奇士，惟儼、祕演皆名僧，兩序易於從同，而說祕演則寫兩人同
> 處，說惟儼則寫兩人異處，以此命意，則一切布置自迥乎不同矣。
> 惟儼能文，祕演能詩，曼卿長於詩，不以文著，又其所以不同處。
>
> 〔註55〕

雖然都是僧侶，雖然都以石延年為陪襯人物，但二人仍有不同處。在歐陽脩
的筆下，石延年與祕演「以氣節相高，二人歡然無所間。曼卿隱於酒，祕演
隱於浮屠，皆奇男子也，然喜歌詩以自娛」（〈釋祕演詩集序〉）因而當時賢士皆
願意與他們交遊；與惟儼則是「曼卿遇人無所求，必皆盡其欣歡；惟儼非賢
士不交」（〈釋惟儼文集序〉），〔註56〕指出惟儼之孤介。

〔註54〕何寄澎：〈歐陽修古文作法探析〉，《唐宋古文新探》（臺北：大安出版社，1998
　　　　年04月），頁196。
〔註55〕陳衍：《石遺室論文》卷5，收入《歷代文話》第七冊，頁6764。
〔註56〕將〈釋祕演詩集序〉與〈釋惟儼文集序〉二序並列而論其作法者，尚有薛福
　　　　成（1838～1894）《論文集要》：「歐公《惟儼集序》純以轉調作起落之勢，是
　　　　極意學退之文字。……《祕演序》直落直轉、直接直收，具無窮變化，純是

六、以「序跋者」身分滲入序跋

在以往的書序中，我們可以見到序跋者在文末常常記下類似「某某序」的文字，揭示自己同時兼具「讀者」與「作者」兩種身分。如杜牧〈李賀集序〉最後言「賀死後凡十五年，京兆杜某爲其序」。除了揭示自己爲序跋者之外，在評論典籍，或者記敘作者時，往往將「自己」隱藏起來，「客觀」地抒發己見。畢竟序跋是爲了「序作者之意」、「序典籍之所以作」，書寫的對象以作者或書籍爲主。在歐陽脩手中，他則是將「自己」寫入詩文集序當中，使用「明示」的方法提出自己的觀點，或陳述自己與作者之間的關係，或表達自己的感懷：

> 予少以進士遊京師，因得盡交當世之賢豪。……予疑所謂伏而不見者，庶幾狎而得之，故嘗喜從曼卿遊，欲因以陰求天下奇士。（〈釋秘演詩集序〉）

> 予嘗考前世文章政理之盛衰，而怪唐太宗致治幾乎三王之盛，而文章不能革五代之餘習。（〈蘇氏文集序〉）

> 予始遊京師，得吾友謝景山。……予自夷陵至許昌，景山出其女弟希孟所爲詩。（〈謝氏詩序〉）

> 予聞世謂詩人少達而多窮，夫豈然哉？……非詩之能窮人，迨窮者而後工者也。（〈梅聖俞詩集序〉）

> 廖倚……出其兄偁之遺文百餘篇號《朱陵編》者，……余乃知不待千歲，而有與余同於今世者。（〈廖氏文集序〉）

> 余讀仲氏之文，而想見其人也。（〈仲氏文集序〉）

> 余竊不自揆，少習爲銘章，因得論次當世賢士大夫功行。自明道、景祐以來，名卿鉅公往往見於余文。（〈江鄰幾文集序〉）

歐陽脩在文章中以「余」、「予」等第一人稱凸顯自己，以陳述自己的觀點或揭示與作者關係。這種寫法也時常見於《新五代史》。〔註57〕運用此種作法的結果，更容易將自己的情感直接而不著痕跡地寫入序跋當中。在歐陽脩的序

潛氣內轉，可與子長諸表參看。」《歷代文話》第六冊，頁 5809。
〔註57〕這種寫法在《新五代史》所在多見。如〈梁家人傳論〉：「予於友珪之事，所以伸討賊者之志也。」（《新五代史》卷 13）〈唐臣傳論〉：「予之所記，大抵如此，覽者可以深思焉。」（《新五代史》卷 27）〈王進傳論〉：「予書進事，所以哀斯人之亂。」（《新五代史》卷 49）

跋文裡，我們可以看到大量的「抒情」作法被他所應用。浦起龍評論〈蘇氏文集序〉時指出：「公作友人集序，多入感慨情文。」〔註58〕抒情從魏晉成為序跋之作法後，一直為序跋者所使用，〔註59〕但比例畢竟未及議論、敘事之作法。在歐陽脩的序跋裡，「抒情」幾乎成為他一貫使用的書寫手法，甚至形成「系統風格」。〔註60〕而他的抒情又以「感慨」為主。

　　除了直接將自己明示於序跋之中，歐陽脩更擴大「讀者」身分，不僅在序跋中以「序跋者」身分自由出入，更以其他讀者的觀點來評論典籍文獻。〈歸田錄序〉介紹《歸田錄》之內容，為「朝廷之遺事，史官之所不記，與士大夫笑談之餘而可錄者」。在這裡，歐陽脩使用對話將成書之後「讀者」與「作者」之間的互動記錄下來：

> 有聞而誚余者曰：「何其迂哉！……方其壯也，猶無所為，今既老且病矣，是終負人主之恩，而徒久費大農之錢，為太倉之鼠也。為子計者，謂宜乞身于朝，遠引疾去，以深戒前日之禍，而優游田畝，盡其天年，猶足竊知止之賢名。而乃裴回俯仰，久之不決。此而不思，尚何歸田之錄乎？」余起而謝曰：「凡子之責我者，皆是也。吾其歸哉，子姑待。」

以往的序跋固然可以看到「讀者」對於書籍的「評論」，但這樣的「讀者」往往僅限於作序者本人。〔註61〕歐陽脩這種書寫方式不但將「讀者」的範圍擴大為不侷限於「序跋者」，而且還與「作者」有所互動。

〔註58〕浦起龍：《古文眉詮》評語卷59，引自洪本健校箋：《歐陽修詩文集校箋》，頁1067。

〔註59〕詳見本章第一節書籍序跋的其他作法的討論。

〔註60〕何寄澎指出「志人」與「抒懷」二者要到歐陽脩才形成「系統風格」。見何寄澎〈歐陽修「詩文集序」作品之特色及其典範意義〉（《臺大中文學報》17卷，2002年12月）一文。

〔註61〕作序者的角色，一方面是「作者」，一方面則是「讀者」。柯慶明指出：「添加序跋……這些『書寫者』（算不算也是另一種意義下的『作者』？）已不僅於『接受』，其自身亦已是站在『發訊者』的位置從事後設書寫了。」見柯慶明：〈文學傳播與接受的一些理論思考〉，《文學研究的新進路──傳播與接受》（臺北：洪葉文化，2004年07月）代序，頁13。作序者將自己放在「讀者」的位置對「作者」或「書籍」進行評論，在宋代之前的序跋作品比比皆是，如李華〈贈禮部尚書孝公崔沔集序〉：「見公文章，知公行事，則人倫之敘、治亂之源備矣。豈唯化物諧聲，為文章而已乎？」（《文苑英華》卷701）諸如此類書寫，皆可視為序跋者以「讀者」所發之議論。

這種寫作手法也出現在〈集古錄目序〉(《歐集》卷41)。歐陽脩辨析「好」與「力」之間的關係，並指出「力莫如好，好莫如一」的自己的「性穎而嗜古」之志，再敘述《集古錄》的成書經過。最後，歐陽脩用對話方式陳述物難聚無不散之理：

> 或譏予曰：「物多則其勢難聚，聚久而無不散，何必區區於是哉？」
> 予對曰：「足吾所好，玩而老焉可也。象犀金玉之聚，其能果不散乎？
> 予固未能以此而易彼也。」

「譏予者」的譏諷之辭，為「讀者」身份所發的言論。另一方面，無論是〈歸田錄序〉或〈集古錄目序〉，歐陽脩運用對話的形式，隨問隨答，不僅僅記敘「讀者」的評價，同時藉以展現一己之志。

歐陽脩這種使用引言或對話的作法，使他在書寫序跋時得以靈活進行觀點的闡發、論述。〈刪正黃庭經序〉便是一個有趣的例子。在這篇序文中，歐陽脩採用「隱身」書寫，將自己化為「無仙子」，並且以這個身份闡發議論，藉以論述「有道無仙」的道理，記敘之中間雜議論。〔註62〕

七、在議論或敘事中融入情感

歐陽脩將自己寫入序跋之中，藉此抒發情感。在議論、敘事時，歐陽脩則亦善於將心情感懷間雜於議論或敘事之中，藉由議論、敘事以發抒感情：

> 十年之間，秘演北渡河，東之濟、鄆，無所合，困而歸。曼卿已死，秘演亦老病。嗟夫！二人者，予乃見其盛衰，則余亦將老矣。(〈釋秘演詩集序〉)

> 當時所指名而排斥，二三大臣而下，欲以子美為根而累之者，皆蒙保全，今並列於榮寵。雖與子美同時飲酒得罪之人，多一時之豪俊，亦被收采，進顯于朝廷。而子美獨不幸死矣，豈非其命耶也？悲夫！(〈蘇氏文集序〉)

> 嗚呼！知所待者，必有時而獲；知所畜者，必有時而施。苟有志焉，不必有求而後合。(〈廖氏文集序〉)

〔註62〕〈刪正黃庭經序〉：「無仙子者，不知為何人也。無姓名，無爵里，世莫得而名之。其自號為無仙子者，以警世人之學仙者也。其為言曰：『自古有道無仙，而後世之人知有道而不得其道；不知無仙而妄學仙，此我之所哀也。』」(《歐集》卷65)

自尹師魯之亡，逮今二十五年之間，相繼而歿爲之銘者至二十人，
又有余不及銘與雖銘而非交且舊者，皆不與焉。嗚呼！何其多也！
不獨善人君子難得易失，而交遊零落如此，反顧身世死生盛衰之際，
又可悲夫！（〈江鄰幾文集序〉）

嗚呼！歷弟子之相傳，經講師之去取，不徒存者不完，而其僞謬之
失其可究邪！（〈傳易圖序〉，《歐集》卷 65）

董生儒者，其論深極《春秋》之旨。然惑於改正朔而云王者大一元
者，牽於其師之說，不能高其論以明聖人之道，惜哉惜哉！（〈書春
秋繁露後〉，《歐集》卷 73）

予家藏書萬卷，獨《昌黎先生集》爲舊物也。嗚呼！韓氏之文、之道，
萬世所共尊，天下所共傳而有也。（〈記舊本韓文後〉，《歐集》卷 73）

上列引文中，歐陽脩在〈釋秘演詩集序〉與〈蘇氏文集序〉陳述石延年、秘
演、蘇舜欽之遭遇，同時抒發感慨；〈廖氏文集序〉、〈傳易圖序〉與〈書春秋
繁露後〉則是在議論之中有所感嘆；而〈江鄰幾文集序〉與〈記舊本韓文後〉
在夾敘夾議的同時，也一併抒情。

單篇詩文跋亦是如此，如〈讀李翱文〉（《歐集》卷 73）。歐陽脩對該篇文
章發表自己的意見，也適時表達自己的情感，藉著論述其人、其文，而歸結
於自己的感嘆。〔註63〕

書畫序跋方面，書法作品的書寫者，大部分與歐陽脩有所往來，所以也
可見到歐陽脩感嘆書寫者的遭遇，如〈題蘇舜欽書後〉（《全宋文》卷 728）言：
「子美可哀，吾恨不能爲之言；子美可哀，吾恨不能言。」〈牡丹記跋尾〉（《歐
集》卷 72）記敘蔡襄書法的同時，又感嘆他的辭世。而〈跋學士院題名〉（《歐
集》卷 73）：則是對於自己從政後，「力疲矣而勤勞不得少息，心衰矣而憂患浩
乎無涯」抒發感懷。

《集古錄跋尾》是針對金石碑文而書寫的跋文，偏重於記敘與考訂，也
常常發抒議論。除此之外，歐陽脩也屢屢寫入自己的情感，在議論之時抒發

〔註63〕〈讀李翱文〉：「嗚呼！使當時君子皆易其歎老嗟悲之心爲翱所憂之心，則唐
之天下豈有亂與亡哉？然翱幸不生今時。見今之事，則其憂又甚矣！……嗚
呼！在位而不肯自憂，又禁他人使皆不得憂，可歎也夫！」林雲銘評論〈讀
李翱文〉時，指出：「是篇雖贊李翱，卻是借李翱作個引子。把自己一片憂時
熱腸血淚，向古人剖露揮灑耳。」見林雲銘：《古文析義合編》，頁 760。

感懷：

> 靈省所書〈陽公碣〉，筆畫甚可佳，既不顯聞於時，亦不見於他處。
> 以余家所藏之博，而見於錄者惟此，雖未爲絕筆，亦可惜哉！嗚呼！
> 士有負其能而不爲人所知者，可勝道哉？（〈唐陽公舊隱碣跋尾〉，《歐
> 集》卷 141）

歐陽脩因李靈省書法甚佳，卻不顯於世，一邊感嘆，一邊論士人不爲世所知
的現象比比皆是。更值得注意的是，朋友的幫助是歐陽脩能蒐集到如此多金
石器的重要關鍵，交遊廣闊的歐陽脩，在《集古錄跋尾》中也時常提及友人，
有時是記敘蒐集金石的情形，有時則是採用回憶、慨歎的手法書寫。如〈賽
陽山文跋尾〉經由回憶過去與摯友相處情景，作今昔差異之感嘆：

> 跋尾者六人，皆知名士也。時余在翰林，以孟饗致齋《唐書》局中，
> 六人者相與飲奕，歡然終日而去。蓋一時之盛集也。……一紀之間，
> 亡者四、存者三，……交遊零落，無復情悰。其盛衰之際，可以悲
> 夫！（《歐集》卷 143）

除了朋友，因爲碑文使歐陽脩直接產生的感懷亦有之：

> 右〈華嶽題名〉。……題名者五百一人，再題者又三十一人，往往當
> 時知名士也。……始終二百年間，或治或亂，或盛或衰。而往者、
> 來者、先者、後者，雖窮達壽夭，參差不齊，而斯五百人也，卒歸
> 於共盡也。其姓名歲月，風霜剝裂，亦或在或亡，其存者獨五千仞
> 之山石爾。故特錄其題刻，每撫卷慨然，何異臨長川而歎逝者也！
> （〈唐華嶽題名跋尾〉，《歐集》卷 139）

以上各篇，或是在議論時抒情，或是在敘事時抒情。

　　史書方面，無論是序或論贊，歐陽脩往往在議論或敘事的同時，也加入
了感嘆。如〈藝文志序〉的「嗚呼！可謂盛矣！」〈地理志序〉言「嗚呼！盛
極必衰，雖曰勢使之然，而殆忽驕滿，常因盛大，可不戒哉！」歐陽脩在《新
唐書》的感嘆，通常使用到「嗚呼」一詞。王鳴盛（1722～1797）指出：

> 其行文多入語助，好用嗚呼，故爲迂回頓挫，俯仰揖讓之態，其末
> 輒作複句云：「可謂難哉？可不慎哉？」層見疊出，一唱三嘆，欲使
> 讀者咀之有餘味，悠然自得其意於言外。〔註64〕

〔註64〕王鳴盛：《十七史商榷》（臺北：廣文書局，1960 年 03 月）卷 70〈新書盡黜
　　　　舊書論贊〉。

歐陽脩在論贊中使用語助詞，使得文章有所頓挫，而造成迂迴的效果，又使用複句作結語，使文章充滿餘味。值得注意的是，在《新唐書》中，「嗚呼」一詞固然有如〈地理志序〉用於感慨的時候，但有時也用於讚嘆，如〈藝文志序〉對於唐代圖書之盛發出讚嘆；而〈太宗本紀論〉言「嗚呼！可謂難得也！」〈宰相世系表序〉言唐臣的「材賢子孫不殞其世德，或父子相繼居相位，或累數世而屢顯，或終唐之世不絕。嗚呼！其亦盛矣！」也是讚嘆其傳世之久遠。書寫《新五代史》時，歐陽脩也使用了類似的作法。與《新唐書》不同的是，《新唐書》之「嗚呼」有感慨、有讚嘆，但在《新五代史》中，則一概是感慨用法。

　　經由上文的論述，我們發現，歐陽脩無論在書籍序跋、單篇序跋或史傳序論的議論或敘事，往往將抒情成分融入其中，以「嗚呼」一詞抒發感情，即使是為英宗代作的〈仁宗御集序〉（《歐集》卷 64）也同樣具有這種現象。〔註65〕這種大量使用感慨語氣的作法，論者以為已然屬於「序之變體」。〔註66〕

第三節　獨特之「六一風神」

　　歐陽脩的序跋往往異於前人常規，其中以抒情最為顯著。《文心雕龍‧通變》言：「設文之體有常，通變之數無方。」何寄澎指出「抒情」乃是歐陽脩「詩文集序」中的一「系統風格」，〔註67〕然則，經過上文的討論，「抒情」不僅表現於他的詩文集序之中，綜觀歐陽脩序跋之作，無論是議論、敘事，或是考訂史實，都間雜「抒情感懷」的作法。也就是說，歐陽脩的序跋普遍都有抒情感懷的成分。

　　「序跋」體類的文章，既然書寫題材在於「文本」與「作者」，那麼，「議

〔註65〕如文中言「予惟聖考在位四十有二載，承三聖之鴻業，享百年之盛隆，而不敢暇逸。……嗚呼！大禹之勤儉也！」以及「永惟聖作，刻之御版，藏之金匱，以耀後嗣而垂無窮，庶俾知我聖考仁宗之所以為仁者，自勤儉始。嗚呼！亦惟予小子是訓！」

〔註66〕何寄澎：「韓作序跋，仍守正體；其求奇變則置諸句法、用筆、立意。歐陽修則不然。其文籍序率皆以交情感慨成文，雖精采動人，而實已為序之變體。」何寄澎比較韓愈與歐陽脩的序跋，認為韓愈序跋仍屬正體，而歐陽脩因以「感慨成文」，已屬變體。見何寄澎：〈韓愈古文作法析探〉注42，《唐宋古文析探》（臺北：大安出版社，1998年04月），頁93。

〔註67〕參見本章注60。

論」、「記敘」、「考訂」等等針對「文本」與「作者」而產生的作法也就理所當然地為序跋者所採用。我們可以看到在歐陽脩之前的序跋者往往著重於「文本」與「作者」的客觀書寫，因而其序跋呈現出來的風貌，不是具有濃厚學術意味，就是有如作者傳記一般。歐陽脩則不然，他往往將自己「讀者」的情感挹注於序跋之中。靠著自己的涉入，主觀地在序跋中陳述自己的意見。到處可見的抒情感懷便成為他序跋中最大的特色，以至形成其整體序跋的「系統風格」。儲欣言：「言有窮而情不可終，此是廬陵獨步。」〔註68〕指出歐陽脩序跋迥異於其他序跋者的特色。這也是論者之所以以歐陽脩的序跋為「序之變體」的原因。〔註69〕

「迂迴行文」是歐陽脩的序跋作法之一，但這種作法不僅是表現在序跋，更是歐文的一項特色。蘇洵已指出歐文具備這種特點：

> 執事之文，紆餘委備，往復百折，而條達疎暢，無所間斷；氣盡語極，急言竭論，而容與閒易，無艱難勞苦之態。(〈上歐陽內翰第一書〉，《嘉祐集》卷11)

在「紆餘委備，往復百折」的作法之下，即使議論時「氣盡語極，急言竭論」，仍「無艱難勞苦之態」。魏禧（1624～1680）亦言：「歐文之妙，只是說而不說，說而又說，是以極吞吐往復參差離合之致。」又說：「歐文入手多配說，故委迤不窮。」〔註70〕指出歐陽脩文章迂迴曲折的特性。歐陽脩的文章雖踵武前人如韓愈，但並非亦步亦趨、照單全收。在作法上他試圖開創出自己的路徑。《藝概‧文概》言：「太史公文，韓得其雄，歐得其逸。雄者善用直捷，故發端便見出奇；逸者善用紆徐，故引緒乃覘入妙。」「善用紆徐」與「善用直捷」不同作法的運用，使得韓、歐二人在風格上有很大的差異。善用紆徐、紆餘委備也形成了歐陽脩一生改變不大的風格。〔註71〕

〔註68〕儲欣評論〈江鄰幾文集序〉時，說：「一意累折而下，紆餘慘愴，言有窮而情不可終，此是廬陵獨步。」見儲欣：《唐宋八大家類選》卷11，引自高海夫主編：《唐宋八大家文鈔校注集評‧廬陵文鈔》（西安：三秦出版社，1998年）卷45，頁2124。

〔註69〕參見本章注66。

〔註70〕魏禧：《日錄論文》，《歷代文話》第四冊，頁3611～3613。

〔註71〕王基倫指出歐陽脩一生的文章風格變化不大：「歐陽脩崇尚『道』的實踐性品格，主張『履之以身，施之於世』，充實於內而後外發為光輝之文。歐陽脩強調寫史、作人物傳記，只記大節，追求『事信言文』。歐陽脩無論在朝或在野，都保持著坦蕩不循私的人格、剛正不阿的節操，因而一生寫作不少直言極諫

　　然而，歐陽脩的文章之所以會迂迴曲折，不完全出自層層轉折的書寫方式。助詞的使用在某一程度上也造成這種效果。前文已列舉王鳴盛對於《新唐書》論贊的相關論述；前野直彬對於歐陽脩文章的迂迴曲折，亦從助詞使用的角度來分析：

　　（韓愈與歐陽脩）二人之差異，可以具體指出的現象便是助詞的使用。句首的夫、惟、然，句中的而、之，句尾的也、矣等文字，總稱為「助詞」。大量使用這些字，則句與句之間之聯繫明朗化，閱讀之下，自然而然就能夠追尋出論理的線路；可是，相對地，文章也因之而加長。歐文之中，這樣的助詞很多。另一方面，也可以省略助詞，換言之，讀者在腦中必須邊讀邊補；因此，助詞少的文章，給予讀者一種欲追尋論理線路的緊張感。韓文所具的陽剛性格，不僅是由於字少、簡潔之故，這種緊張的要求，也是原因之一。〔註72〕

歐陽脩的文章之中，由於使用大量的助詞，使得文氣跟著拉長，閱讀時，不必在緊連的實詞與實詞之間思索文義，因而較感舒緩，與助詞較少使用的文章相比，自然會感到較為平易、舒緩。再者，助詞之於一篇文章的作用，並不能等閒視之。南宋初期的樓昉（？～？）以為「助辭虛字是過接斡旋、千轉萬化處。」〔註73〕清代劉淇（？～？）《助字辨略》亦言：「構文之道，不過實字、虛字兩端。實字其體骨，而虛字其性情也。」〔註74〕指出虛字是一篇文章之所以能夠生動呈現的重要角色。在歐陽脩的序跋文當中，助詞常常被用來當作開啟議論，或是抒發感懷的轉折語氣詞。歐陽脩本人對於虛字助詞的使用也非常講究。〔註75〕

的文章，至晚而不衰。與其說他的文章風格『從崇尚骨力到傾心於風神姿態，從陽剛到陰柔的轉變』、『由直率轉為紆徐』，倒不如多注意他一生沒有改變的堅持。這就說明了為什麼他的文章風格始終很統一，沒有太大的變化，所謂『紆餘委備，往復百折』，的確是他散文風格的主要特色。」見王基倫：〈歐陽脩古文的創作階段及風格嬗變〉，《紀念歐陽脩一千年誕辰國際學術研討會論文集》（臺北：國立臺灣大學中國文學系，2009年06月），頁397。
〔註72〕前野直彬主編，連秀華、何寄澎譯：《中國文學史》（臺北：長安出版社，1979年09月），頁162。
〔註73〕樓昉：《過庭錄》，《歷代文話》第一冊，頁454。
〔註74〕劉淇：《助字辨略》序言，《助字辨略等六種》（臺北：世界書局，1974年05月）。
〔註75〕范公偁（？～？）《過庭錄》言：「韓魏公在相為晝錦堂，歐公記之『仕宦至將相，富貴歸故鄉。』韓公得之愛賞。後數日，歐復遣介，別以本至，曰：『前有未是，可換此本。』韓再三玩之，無異前者，但於『仕宦』、『富貴』下各

　　東英壽對於歐陽脩的《新唐書》與《新五代史》二部史書虛字使用情形進行調查，就歐陽脩的「記」、「序」〔註76〕體文，以及《新五代史》的「列傳」與「論贊」四者相互比較，結果發現，四者的虛詞使用比率以「論贊」的8.83%爲最高，而「序」則以7.50%，高於「記」的6.70%與「列傳」的3.05%。〔註77〕如果說助詞虛字的使用帶來迂迴、綿延的效果，那麼，在《新五代史》的論贊當中，更具有這種效果。

　　迂迴往復、「說而又說」的表現型態，若是處理不當，可能會造成叨叨絮絮而不夠簡潔的弊病。但是歐陽脩的文章卻沒有這種缺失，主要是因爲他秉持著「簡而有法」的書寫原則。〔註78〕這種「簡重嚴正」的作法正是書寫序跋時所應遵守的原則。〔註79〕此外，歐陽脩也提到寫作時需「平易自然」而不刻意做作。〔註80〕「平易自然」、「迂迴往復」與「簡而有法」三者的交互運用，便成爲歐陽脩獨有的特色。〔註81〕

　　再者，歐陽脩的序跋中，充斥著「柔美」的風格。章學誠（1738～1801）

添一『而』字，文義尤暢。」引自丁傳靖《宋人軼事彙編》（北京：中華書局，2003年12月），頁386。

〔註76〕這裡東英壽所謂的「序」文，指的是《歐集》裡卷四十到卷四十四，以及卷六十四、六十五的序文，其中亦包含贈序。

〔註77〕見東英壽：〈試論歐陽脩史書的文體特色〉，《紀念歐陽脩一千年誕辰國際學術研討會論文集》，頁261。東英壽調查的虛字種類，爲「而、也、因、乃、則、然、矣、蓋、爾、乎、哉、焉、耳、邪、歟」十五字。

〔註78〕歐陽脩〈論尹師魯墓誌〉言：「述其文，則曰簡而有法。此一句，在孔子《六經》惟《春秋》可當之，其他經非孔子自作文章，故雖有法而不簡也。」指出「簡而有法」的創作原則。郭預衡則指出歐陽脩的文章當中，「簡而有法」與「迂迴往復」兩者相互搭配，使得文章繁簡合度：「歐公文章的主要特點是平易自然、委婉曲折。但是，這樣的文章，也不是絮絮而談，不求簡煉。『言簡而意深』，是歐公文章的另一特點。」見郭預衡：《中國散文史》（上海：上海古籍出版社，2002年01月）中冊，頁460。

〔註79〕王應麟（1223～1296）：「記序以簡重嚴正爲主，而忌堆疊窒塞；以清新華潤爲工，而忌浮靡纖麗。」見王應麟：《玉海・辭學指南卷四》，《歷代文話》第一冊，頁1007。

〔註80〕曾鞏在〈與王介甫第一書〉中，曾提及歐陽脩主張自然爲文而不必拘泥模擬韓文：「歐公更欲足下少開廓其文，勿用造語及模擬前人。……歐云：『孟、韓文雖高，不必似之也，取其自然耳。』」（《曾鞏集》卷16）

〔註81〕陳平原指出：「『取其自然』，流弊可能是直白無味。歐文另有法寶，那就是紆餘曲折，感慨嗚咽。」見陳平原：《中國散文小說史》（上海：上海人民出版社，2005年06月）第四章〈古文運動與唐宋文章〉，頁110。「平易自然」、「迂迴往復」若是只取其一的話，很容易會產生流弊，歐陽脩在寫作時並未偏廢於其中一者。

言「氣得陽剛，而情合陰柔」（《文史通義・史德》），指出「抒情」與「陰柔」之間的關聯。姚鼐（1731～1815）〈復魯絜非書〉：

> 文者，天地之精英，而陰陽剛柔之發也。……得於陰與柔之美者，則其文如升初日，如清風，如雲，如霞，如煙，如幽林曲澗，如淪，如漾，如珠玉之輝，如鴻鵠之鳴而入廖廓。……宋朝歐陽、曾公之文，其才皆偏於柔之美者也。（《惜抱軒詩文集》卷6）

姚鼐指出文章有剛與柔的分別，而歐陽脩正是屬於「偏於柔之美者」。吳小林亦指出歐陽脩的文章往往迂迴往復、平易自然，形成了「柔婉」的風格。〔註82〕

　　呂思勉在論述歐陽脩的古文時，提出其文章風格為「六一風神」：〔註83〕

> 觀歐公全集，其議論之文，如〈朋黨論〉、〈為君難論〉、〈本論〉；考證之文，如〈辨易繫辭〉，皆委婉曲折，意無不達，而尤長於言情。序跋如〈蘇氏文集序〉、〈釋秘演詩集序〉；碑誌如〈瀧岡阡表〉、〈石曼卿墓表〉、〈徂徠先生墓誌銘〉；雜記如〈豐樂亭記〉、〈峴山亭記〉等，皆感慨系之，所謂六一風神也。歐公文亦有以雄奇為尚者，如《五代史》中諸表志序是。然仍不失其紆餘委備之態。〔註84〕

這段文字指出了歐陽脩所獨有的「六一風神」。而這種專屬歐陽脩的風格，具有「委婉曲折」、「意無不達」、「長於言情」、「感慨系之」、「紆餘委備」幾種表現特性。這恰好是歐陽脩的序跋文所具備的幾項特色：迂迴往復、抒情感懷、柔美等等。當這些作法交相使用時，形成歐陽脩「六一風神」的獨特風格。〔註85〕

〔註82〕吳小林：「歐陽修的散文，不論議論抒情，還是敘事狀物，往往吞吐抑揚，低回往復，從容閒易，平順自然，同時又精美流麗，柔婉逸宕。……歐文在『柔婉』中見出平易自然，宕逸流麗。」見吳小林：《中國散文美學》（臺北：里仁書局，1995年07月），173～174。

〔註83〕據黃一權的研究，歐陽脩的「風神」概念固然為方苞所提出，但「六一風神」此一詞的完整提出，當屬呂思勉。參閱黃一權：《歐陽修散文研究》（上海：華東師範大學出版社，2003年11月），頁115～116。

〔註84〕呂思勉：《宋代文學》（上海：商務印書館，1931年）第二章〈宋代之古文〉，頁14。此處引文的標點經過一些修正。

〔註85〕有關「六一風神」的論述，歷來已有許多相關研究，如劉德清：《歐陽修論稿》（北京：北京師範大學出版社，1991年09月），頁262～276；祝尚書：《北宋古文運動發展史》（成都：巴蜀書社，1995年11月）第三章，頁179～182；洪本健：〈略論「六一風神」〉，《文學遺產》1996年第1期。可以說，當論及歐陽脩的文學風格時，必定歸源於「六一風神」。經由本文討論，亦發現歐陽脩之序跋符合「六一風神」。

第五章　文體意識與創作意圖

　　經過對於歐陽脩所處的北宋環境、其交遊之探討，以及他書寫的序跋作法的分析，已釐清歐陽脩撰寫序跋時，處於一個重道崇文，而古文運動與文士集團的政治活動持續進行的背景。他的序跋創作不同於其他序跋者的作法，而是加入了許多元素，使其序跋充滿獨特的特色，而具備「六一風神」。接下來亟須解決的問題是：歐陽脩對於「序跋」的「文體意識」〔註1〕為何？再者，他在創作不同的序跋時，有哪些「創作意圖」？以下先論歐陽脩的文體意識，在二至五節中，則歸納、論述歐陽脩書寫序跋時所持之意圖。

第一節　歐陽脩的序跋文體意識

　　「序跋者」的身份是雙重的：一方面是讀者，一方面又是作者。不只是接受書籍或是詩文作品，同時還要站在發訊者的角度，向特定或是不特定的群眾發出訊息。因此，序跋者創作序跋時，不僅要說明自己「讀（接收）到了什麼」、「要說（傳達）些什麼」，還要兼顧到讀者的期待視野（horizon of expectations）。德國接受理論學者姚斯（Hans Robert Jauss，1921～1997）指出：

〔註 1〕 陶東風：「所謂文體意識，即一個人在長期的文化薰陶中形成的關於文體的或明確或朦朧的意識。」又言：「文體，尤其是文類文體，常常是慣例化、規範化的，它是一種相對穩定的語言操作模式。從起源上看，它的源頭常常可以追溯到某一位或一群作家（或民間無名藝術家）的創造性實踐；但一經眾多作家的自覺不自覺的模仿，就獲得了一定程度的有效性、權威性，因而成為一種傳統和慣例。這種慣例為眾多的作家、讀者和批評家所認可和尊重，逐漸內化為『文體意識』。」見陶東風：《文體演變及其文化意味》（昆明：雲南人民出版社，1994 年 05 月），頁 99～100。

一部文學作品，即便它以嶄新面目出現，也不可能在信息眞空中以絕對新的姿態展示自身。但它卻可以通過預告、公開的或隱蔽的信號、熟悉的特點、或隱蔽的暗示，預先爲讀者提示一種特殊的接受。它喚醒以往閱讀的記憶，將讀者帶入一種特定的情感態度中，隨之開始喚起「中間與終結」的期待，於是這種期待便在閱讀過程中根據這類本文的流派和風格的特殊規則被完整地保持下去，或被改變、重新定向，或諷刺地獲得實現。〔註2〕

讀者受到其自身所處環境或是主流價值的影響，會對於作品產生特定的期待。當一部作品經過「預告」或「暗示」等行爲，「預先爲讀者提示一種特殊的接受」之後，便喚起讀者的「期待」。這種「預告」或「暗示」的行爲可能有許多種表現形式。而「序典籍之所以作」的序跋，能不能算是其中一種「預告」或「暗示」？這答案是肯定的。畢竟，序跋具有揭示一部作品內涵意義的功能，在接觸作品之前，序跋可以提供讀者一種價值觀，或是所謂的「閱讀的記憶」。〔註3〕就此而論，序跋在此時已經不只是一篇文章，還是讀者在進入作品時的「前理解」（pre-understanding）。這時序跋者的任務，在於能夠傳達哪些有關作品的資訊給讀者。在先宋序跋文章當中，我們也可以看到序跋者在序跋中提供自己的閱讀經驗給予其他讀者，如李華（？～？）〈贈禮部尚書孝公崔沔集序〉言：「見公文章，知公行事，則人倫之敍、治亂之源備矣！」（《文苑英華》卷701）顧況（？～？）〈監察御史儲公集序〉言儲光義（？～？）「其文篇賦論凡七十卷，雖無雲雷之會，意氣相感，而扶危拯病，綽有贊達之風。」（《文苑英華》卷703）

基於這樣的使命，身兼「讀者」與「作者」雙重身份的序跋者在書寫序跋時，除了揭示、傳達作品的相關訊息之外，他也必須思考：讀者要的是什麼？因此，序跋者必須考量在序跋中加入「隱含的讀者」（the implied reader）。伊瑟（Wolfgang Iser，1926～2007）認爲：

如果我們要文學作品產生效果及引起反應，就必須允許讀者的存在，同時又不以任何方式事先決定他的性格和歷史境況。由於缺少

〔註2〕 姚斯著，周寧、金元浦譯：《接受美學與接受理論》（瀋陽：遼寧人民出版社，1987年09月），頁29。

〔註3〕 雖然如此，毋寧說「序」可以在作品之前提供給讀者一種價值觀。畢竟，「跋」文書寫於作品之後，往往讀者必須先接觸過「作品」，才能進入「跋」文的書寫情境當中。

> 恰當的詞彙，我們不妨把他稱作隱含的讀者。他預含使文學作品產
> 生效果所必須的一切情感，這些情感不是由外部客觀現實所造成，
> 而是由文本所設置。因此隱含的讀者觀深深根植於文本結構之中，
> 它表明一種構造，不可等同於實際讀者。〔註4〕

正因為作者進行創作時，必須考慮到作品背後的讀者，因此，在作品中存在
著對於讀者閱讀時產生效果的「情感」，也就是「隱含的讀者」。簡而言之，「隱
含的讀者」即「作家在文本結構中預先設計和規定的閱讀的能動性。」〔註5〕
作者在創作時，會向「隱含的讀者」進行陳述，「本文的每一個具體化都表現
了對『隱含的讀者』的一種有選擇的實現。」〔註6〕再者，「要文學作品產生
效果及引起反應」正是序跋的任務。序跋既然以向讀者介紹作品為目的，那
麼，序跋者書寫序跋時，「隱含的讀者」在序跋作品中的重要性便不容小覷。
畢竟，序跋者對於「隱含的讀者」的陳述，在在影響了序跋作品展現出來的
面貌。

　　序跋的創作既然包含了「閱讀」與「陳述」的過程，序跋者兼具「讀者」
與「作者」的身份，歐陽脩如何看待序跋？亦即其「文體意識」為何？我們
可以從他對讀者與作者的看法切入。事實上，歐陽脩已經關注到讀者接受的
問題：

> 凡世人於事，不可一概：有知而好者，有好而不知者，有不好而不
> 知者，有不好而能知者。……畫之為物，尤難識其精麤真偽，非一
> 言可達。得者各以其意，披圖所賞，未必是秉筆之意也。昔梅聖俞
> 作詩，獨以吾為知音，吾亦自謂舉世之人知梅詩者莫吾若也。吾嘗
> 問渠最得意處，渠誦數句，皆非吾賞者。以此知披圖所賞，未必得
> 秉筆之人本意也。（〈唐薛稷書跋尾〉，《歐集》卷138）

他認為讀者可以分成四類：喜歡而又能理解的、喜歡但無法理解的、不喜歡
又無法理解的以及不喜歡但可以理解的。除此之外，歐陽脩也談到了讀者期

〔註4〕　這段譯文引自朱剛：《二十世紀西方文藝文化批評理論》（臺北：揚智文化，
　　　　2009年03月），頁142，為朱剛自譯。原文出自伊瑟：The Act of Reading, A
　　　　Theory of Aesthetic Response.一書。此書另有中譯本，為霍桂桓、李寶彥譯：《審
　　　　美過程研究——閱讀活動：審美影響理論》（北京：中國人民大學出版社，1988
　　　　年12月），該段譯文在本書頁45～46。
〔註5〕　龍協濤：《文學讀解與美的再創造》（臺北：時報文化，1993年08月），頁47。
〔註6〕　伊瑟著，霍桂桓、李寶彥譯：《審美過程研究——閱讀活動：審美影響理論》，
　　　　頁50。

待視野的問題。他藉由與梅聖俞論詩的例子，指出作者與讀者之間對於作品認知的差異。姚斯指出：

> 一部文學作品，並不是一個自身獨立、向每一時代的每一讀者均提供同樣的觀點的客體。它不是一尊紀念碑，形而上學地展示其超時代的本質。它更多像一部管弦樂譜，在其演奏中不斷獲得讀者新的反響，使本文從詞的物質形態中解放出來，成為一種當代的存在。〔註7〕

作品產生之後，不同時代、不同群體的讀者可能有各自的理解，而造成「披圖所賞，未必得秉筆之人本意」的現象。而歐陽脩所喜愛的梅詩，即是經由其閱讀經驗的影響下而產生的一種「當代的存在」。

歐陽脩這一段話也衍生出兩個問題：歐陽脩創作序跋，固然是要「序作者之意」或者是「序典籍之所以作」，然而，若是歐陽脩認為讀者所認知的「作品」不一定等同於「作者」，甚至「不知」（且不論「好」與「不好」），那麼，當歐陽脩書寫序跋時，身為「讀者」的他，如何看待「作者」的「作品」？再者，身為「作者」的他，又如何提供「讀者」關於「作品」的資訊？

關於第一個問題，歐陽脩固然承認「得者各以其意，披圖所賞，未必得秉筆之人本意」，指出「讀者」對於「作品」的理解不一定符合「作者」的原意，但他也指出了讀者必須存心專一，才能理解作品的意涵：

> 五經之書，世人號為難通者，《易》與《春秋》。夫豈然乎？經皆聖人之言，固無難易，繫人之所得有深淺。今考于《詩》，其難亦不讓二經，然世人反不難而易之，用是通者亦罕。使其存心一，則人人皆明，而經無不通矣。（〈詩解統序〉，《歐集》卷60）

歐陽脩認為不論是哪位讀者，只要閱讀《五經》時能夠「存心一」的話，便能「人人皆明」。也就是說，歐陽脩認為需要回歸經文背後所欲揭示的義理，而不能僅局限於作品上的字句訓詁。這也是歐陽脩追求「經義純一，無所駁雜」（〈論刪去九經正義中讖緯箚子〉，《歐集》卷112）的理想。〔註8〕

然而，為何歐陽脩一面承認「得者各以其意，披圖所賞，未必得秉筆之

〔註7〕 姚斯著，周寧、金元浦譯：《接受美學與接受理論》，頁26。

〔註8〕 在歐陽脩的觀念中，經典或是聖人之言是歷久而彌新的。他在《試筆・繫辭說》說：「書不盡言，言不盡意。然自古聖賢之意，萬古得以推而求之者，豈非言之傳歟？聖人之意所以存者，得非書乎？然則書不盡言之煩，而盡其要；言不盡意之委曲，而盡其理。」（《歐集》卷130）就在「盡其要」與「盡其理」的表現下，讀者對於經典自然應「存心一」地去探求當中的經義。

人本意」；一方面又抱持著「使其存心一，則人人皆明，而經無不通」的觀念？
這兩種觀點是否相互矛盾？對此現象或許可以做這樣的解讀：歐陽脩認為「得
者各以其意」的，是詩文、書畫一類的「藝術類」作品；至於必須「存心一」
的則是「《五經》」之類的「學術類」作品。這一個差異，可以從他的《新唐
書・藝文志序》得到佐證：

> 《六經》之道，簡嚴易直而天人備，故其愈久而益明。其餘作者眾
> 矣，質之聖人，或離或合。然其精深閎博，各盡其術，而怪奇偉麗，
> 往往震發於其間，此所以使好奇博愛者不能忘也。然凋零磨滅，亦
> 不可勝數，豈其華文少實，不足以行遠歟？而俚言俗說，猥有存者，
> 亦其有幸不幸者歟？今著于篇，有其名而亡其書者，十蓋五六也，
> 可不惜哉！（《新唐書》卷57）

屬於學術類作品的《六經》簡嚴易直而詳備，「非一世之書，其將與天地無終
極而存也。」（〈廖氏文集序〉，《歐集》卷43），經典所揭櫫之道理歷久彌新，所
以「愈久而益明」；〔註9〕至於其他作者的作品，則與聖人之道「或離或合」，
但由於具「怪奇偉麗」的藝術性質，亦為歷代讀者所接受。由此而言，歐陽
脩處於「讀者」的角色時，面對「藝術類」與「學術類」作品的期待視野並
不一致。〔註10〕

〔註9〕 余英時在《《周禮》考證和《周禮》的現代啟示》一文中，曾經以詮釋學角度
指出經典的意義：「經典之所以歷久而彌新正在其對於不同時代的讀者，甚至
同一時代的不同讀者，有不同的啟示。但這並不意味著經典的解釋完全沒有
客觀性，可以興到亂說。『時代經驗』所啟示的『意義』是指 signficance，而
不是 meaning。後者是文獻所表達的原意；這是訓詁考證的客觀對象。即使『詩
無達詁』，也不允許『望文生義』。signficance 則近於中國經學傳統中所說的
『微言大義』；它涵蘊著文獻原意和外在事物的關係。這個『外在事物』可以
是一個人、一個時代，也可以是其他作品，總之，它不在文獻原意之內。因
此，經典文獻的 meaning『歷久不變』，它的 signficance 則『與時俱新』。當然，
這兩者在經典疏解中常常是分不開的，……但是這兩者確屬於不同的層次或
領域。」見余英時：《猶記風吹水上鱗》（臺北：三民書局，1991年10月），
頁165～166。余先生指出經典的意義可分為兩者。不過，若就歐陽脩的文字
來看，他似乎只打算追求經典的「原意」。畢竟，他一方面說明「經簡而直」
（〈春秋論上〉），一方面又指引讀者接觸經典需要「存心一」。在「存心一」
之下，甚至要捨棄新奇而敘事詳細的《傳》。然則，他撰寫《詩本義》，又是
否是一種「signficance」的提出？因此，或可以說：歐陽脩對於經典的「意義」
或「道」，雖是想要探求其「原意」（meaning），但也不自覺地摻入「signficance」。

〔註10〕 有些序跋作品所指涉的類型，則會兼具藝術性與學術性，如《集古錄跋尾》，
歐陽脩一方面以碑文作為考訂史料；一方面又以其書法為鑑賞對象。

　　「藝術類」作品方面，在「得者各以其意」前提之下，身爲「讀者」的歐陽脩，往往不僅閱讀「作品」，更將「作者」與「作品」合觀，如〈仲氏文集序〉言「余讀仲君之文，而想見其人也」（《歐集》卷44）；〈跋晏元獻公書〉言「公爲人眞率，其詞翰亦如其性」（《歐集》卷73）；〈唐顏魯公二十二字帖跋尾〉言「斯人忠義出於天性，故其字畫剛勁獨立，不襲前迹，挺然奇偉，有似其爲人。」（《歐集》卷140）由於歐陽脩「作品」與「作者」兼顧，因此，當他撰寫序跋文時，往往涉及「作者」的描寫，甚至還超過了「作品」本身。關於這一點，留待本章第三節詳論。

　　在「學術類」作品方面，歐陽脩既然以「存心一」爲閱讀原則，以求明瞭作品的意涵爲重心，閱讀的同時也會抱持懷疑的態度，而不盡信「作品」所呈現出來的表象。這也形成了其序跋作品中「議論」、「考訂」的書寫內容。比如他在〈帝王世次圖後序〉分析該世系的準確性，以爲歷代對於三代帝王世系與歲數的記載「皆不足信也決矣」。對於學術作品抱持著嚴謹而懷疑的態度。

　　至於第二個問題，「作者」如何提供「讀者」關於「作品」的資訊，可以從歐陽脩的序跋中對於「隱含的讀者」的設計找到解答。歐陽脩體認到序跋體類，乃是經由「傳播」，將「作品」的內容、義理等相關資訊提供給「讀者」。他屢屢用明示的筆法，將「隱含的讀者」揭示出來。如〈外制集序〉言「足以彰示後世」（《歐集》卷43）、同卷的〈禮部唱和詩序〉言「覽者其必有取焉」；〈秦昭和鐘銘跋尾〉言：「以俟博識君子」（《歐集》卷134）；〈唐鄭預注多心經跋尾〉言「余每著其所以錄之意，覽者可以察焉」（《歐集》卷139）；〈梁臣傳序〉「覽者詳其善惡焉」（《新五代史》卷21）。「後世」、「博識君子」、「覽者」這一類文字在歐陽脩的序跋中屢見不鮮，這些存在於他心中的「受訊者」在在讓他思考：他要如何書寫，才能將「作品」傳播出去？更甚者，他要如何書寫，才能將「自己的意見」傳播出去？這也是身兼「讀者」與「作者」的他，在書寫序跋時所必須經歷的思考。

　　正因爲「序跋」類的文章是爲了向讀者傳播訊息，本身即具有以「讀者」爲中心的趨向，在創作時，「隱含的讀者」也就成爲序跋者最需要著墨的部分。如此一來，才能充分彰顯序跋的體類意義。我們甚至可以大膽地說：「序跋」本身就是一「隱含的讀者」，其所有內容設計都與序跋者心中的「受訊者」有直接而密切的關係。就此而言，歐陽脩採取感嘆、迂迴等作法創作序跋，是

否有所目的？另一方面，他所寫的這些序跋，又想要揭示何種道理？身為宋代古文的革新者，他採用何種方式進行古文運動？簡單地說，他書寫序跋的「創作意圖」為何？童慶炳認為：

> 作為作家意象的創作意圖，不是作家一時的心血來潮，也不是憑空的想入非非，而是作家在長期的生活實踐和藝術實踐中積累和沉澱下來的意欲，逐漸構成了比較穩定的獨特的審美理想和審美趣味，而這種比較穩定的獨特的審美理想和審美趣味，在創作中必然要轉化為具體的藝術追求和創作意圖。〔註11〕

「創作意圖」不同於靈光乍現，是作者長時間累積形成的審美觀，在創作時所要提出的觀念。前文已經探討過宋代的學術環境以及歐陽脩的交遊情形，宋代重道崇文的氛圍，以及他與友人交往時的深厚情誼，兩者深深影響著歐陽脩的文學創作，他的序跋創作自然也與這兩者息息相關，若探討其創作意圖則可知他為何要如此書寫。因此，下文試圖爬梳其序跋文，以剖析歐陽脩序跋的創作意圖。

第二節　垂世而行遠的追求

一、「垂世而行遠」的提出

序跋的功用，主要是為了向讀者介紹、評論該部作品的相關資訊，經由序跋的傳播，使得作品能夠更加廣泛流傳。左思完成〈三都賦〉時，請皇甫謐為之作序，就有這個用意在；〔註12〕而歐陽脩早年為人書寫的〈代人上王樞密求先集序書〉（《歐集》卷67）亦有希望藉由樞密相公王曾（978～1038）名人之筆，使該文集聞名於世的意涵。〔註13〕然而，「聞名於世」縱然可以廣泛流傳，求得一時之名，是否能夠確保長久地流傳？

我們不妨從作品的傳播論起。在刊刻前人書籍與雕版印刷逐漸普及之

〔註11〕童慶炳：《文學活動的美學闡釋》（西安：陝西人民出版社，1992年08月），頁153。

〔註12〕《晉書‧文苑傳》言左思「及賦成，時人未之重。思自以其作不謝班張，恐以人廢言，安定皇甫謐有高譽，思造而示之。謐稱善，為其賦序。」

〔註13〕此文寫於景祐元年（1034），經洪本健考證，「王樞密」應指王曾，見洪本健校箋：《歐陽修詩文集校箋》，此文的箋注一，頁1779。

下，宋代文士或多或少意識到了自己的作品也能夠透過編刻而流傳。因此，有許多著名文人都在生前整理了自己的文稿，編定成集。整理文稿時，大多以審慎的態度進行編輯。如歐陽脩編《居士集》時，「自竄定平生所爲文，用思甚苦」﹝註14﹞；黃庭堅（1045～1105）甚至將不滿意的文章焚毀，保留下來的所剩無幾。﹝註15﹞

然而，作者的作品，不一定能受到當世青睞，爲當世所接受，「士有負其能而不爲人所知者，可勝道哉！」（〈唐陽公舊隱碣跋尾〉，《歐集》卷141）在這個困境之下，作者必然思考自己文章的接受者是否僅侷限於當世之人？若可以，是否能夠擴大讀者的範圍，使作品被更多人所接受？因此，歐陽脩言「士之從宦，困於當時而文章顯於後世者多矣！」（〈南陽集跋〉，《全宋文》卷728）指出作者可能不被當世接受的困境。他自己便曾在〈與尹師魯第二書〉中以作者的立場發出相同的感嘆。﹝註16﹞這一種希望作品可以傳之久遠、流傳後世的觀念，是序跋者期望作品不僅限於當世傳播的進一步思考。猶有甚者，希望作品中所記述的事物也能夠流傳下去。裴延翰〈樊川文集後序〉便記敘作者渴望長久留住眼前一草一木的願望：「異日爾爲我序，號《樊川集》，如此則顧樊川一禽魚、一草木無恨矣！庶千百年未隨此磨滅矣！」（《唐文粹》卷93）這種希望「永恆」的心態，在歐陽脩的序跋所在多見。他時常關注到自己的書寫對象是否能因自己的序文，除了流行於當世，更突破時間與空間的限制，流傳既久且遠。當時限於交通因素，突破空間的流傳畢竟有限，頂多只是流傳到鄰國，序跋者更看重的，是作品是否能流傳到後世。歐陽脩在序跋中屢次提及想要書寫對象「垂世而行遠」（〈江鄰幾文集序〉，《歐集》卷44）的目的，如〈仲氏文集序〉言「君之不苟屈於一時，而有待於後世者」；〈廖世文集序〉言「余之有待於後者遠矣，非汲汲有求於今世也」；〈濮議序〉言「濮園之議，其可與庸人以口舌一日爭耶？此臣不得不述其事以示後世也」，就是

﹝註14﹞《寓簡》，《宋人軼事彙編》卷8，頁386。歐陽脩刪棄、改正自己文稿的工作並非到晚年才有，周必大〈歐陽文忠公集後序〉曾言及歐陽脩每寫出一篇文章，常「揭之壁間，朝夕改定」，可見其對自己文章品質的堅持。

﹝註15﹞葉夢得：「魯直舊有詩千餘篇，中歲焚三之二，存者無幾，故自名《焦尾集》。其後稍自喜，以爲可傳，故復名《敝帚集》。晚歲復刊定，止三百八篇，而不克成。」見《避暑錄話‧卷上》「俞澹……」該條。

﹝註16﹞〈與尹師魯第二書〉：「吾等棄於時，聊欲因此粗伸其心，少悉後世之名。」（《歐集》卷67）這種思考在唐代也可以看到，如梁肅〈丞相鄴侯李泌文集序〉言「斯言不可以不傳於後」（《文苑英華》卷703）。

希望作品不僅流行於當時，不僅「行遠」，更可以突破時間的限制，以流傳後世。如此一來「讀者」的範圍與類型便擴大了千百倍。作品若能流傳久遠，即使當世的讀者可能無法接受，後世也必然有同情者，歷代讀者便可以在「接受」時，或得知其作品的精妙，或為作者平反。

值得注意的是，一篇文章收錄於報刊、選集，或是作者的文集，對於文本而言似乎沒有改變，但就傳播而言，「接觸」的方式改變了，受訊者的種類也將會隨之改變。〔註17〕就此而論，「序跋」能夠將該作品的資訊作另一種載體或是閱讀形式的「接觸」的變化，使得受訊者（讀者）的數量、群體等方面都隨著序跋而更多元。歐陽脩撰寫序跋，也正是他想要藉由自己的序跋文章來傳播作品。如此一來，才能使其作品更廣為人知。我們可以從〈黃庭經跋尾四〉看到歐陽脩確實具有這種意圖：「裴造……自言家藏此本數世矣，與其藏于家，不若附見余之《集錄》，可以傳之不朽也。」（《歐集》卷143）認為收藏的方式也影響了文本是否能夠長久流傳。畢竟若是單純秘藏而不公諸於世，或是不作有系統的規劃、整理，那麼即使如金石一類載體，也會輕易地遭受天災人禍的損毀。〔註18〕

若是將流傳的時間延後到達極限的話，便成為了「不朽」。歐陽脩在序跋當中時時提及的「流傳」觀念，便是以「不朽」為論述的主軸。如〈唐湖州石記跋尾〉（《歐集》卷140）言顏真卿（709～785）「忠義之節，明若日月，而堅若金石，自可以光後世，傳無窮，不待其書然後不朽。」他在〈送徐無黨南歸序〉則提出三不朽：「為聖賢者，修之於身，施之於事，見之於言，是三者所以能不朽而存也。」（《歐集》卷43）指出聖賢之所以「不朽」的三個因素，即「立德」、「立功」、「立言」。其中，「立言」的不朽為歐陽脩關注的焦點。陳曉芬指出：

> 歐陽修重視文章的很大部分動力來自於文章垂世的效應，這不僅決定了他對文章的基本態度，而且直接影響著他一系列創作主張。……

〔註17〕柯慶明在〈文學傳播與接受的一些理論思考〉提出這種見解，見《文學研究的新進路──傳播與接受》頁16～17。

〔註18〕歐陽脩在〈晉樂毅論跋尾〉便指出這種現象：「晉〈樂毅論〉，石在故高紳學士家。紳死，家人初不知惜，好事者往往就閱，或摹傳其本，其家遂秘藏之，漸為難得。後其子弟以其石質錢於富人，而富人家失火，遂焚其石，今無復有本矣。」（《歐集》卷137）而〈唐孔子廟堂碑跋尾〉所言「始欲集錄前世之遺文而藏之」（《歐集》卷138）便呈現出歐陽脩想要以較具系統的方式收藏管理金石遺文的意圖。

在事與言，即功名與文章之間，如果就不朽的角度來審度其價值，

歐陽修的心理天平更傾斜於後者。〔註19〕

畢竟，就算再顯赫的功業，也只能聞名於當世，並不足以成為生命價值的代表；而作品的流傳卻能延長此種生命價值，使其流傳久遠，這才是更重要的。〔註20〕

二、「事信」的要求

　　經由前文的探討，已釐清歐陽脩書寫序跋的意圖，在於傳播文本或是作者，使其讀者不限於當代，而能擴及後代的讀者，以垂不朽。然則，想要藉由「立言」以傳之久遠而不朽，那麼，傳播的載體自然也是作者必須考量的問題。以「紙」或「布帛」所製成的載體，固然可以傳播，但是卻容易損毀，相較之下，「金石」是較為堅固、不易損壞的載體。因此，自古以來，如果想長久流傳的話，往往藉助金石達到目的。歐陽脩〈敦匜銘跋尾〉：「古之人欲存乎久遠者，必託於金石而後傳」（《歐集》卷134）便屬於這種觀念。

　　不過，金石器歷經千年來的兵燹戰亂、散亡流失，即使費盡心力蒐集得手，碑文也往往有所殘缺。〈後漢金鄉守長侯君碑跋尾〉「碑文首尾皆完」（《歐集》卷136）的情形，是難得可以保存完整的，歐陽脩所蒐集到的金石遺文，大部分都磨滅而不可視，如〈後漢張公廟碑跋尾〉記其碑文為「碑無題首，又其文字殘滅不可考究」（《歐集》卷135）；同卷的〈後漢楊震碑跋尾〉記其為「文字殘缺，首尾不完」。事實上，金石器雖堅，畢竟是物質，難免會損毀、磨滅，歐陽脩自己便曾有看到金石受到損壞的親身體驗：

　　　　余為童兒時，嘗得此碑以學書，當時刻畫完好。後二十餘年復得斯
　　　　本，則殘缺如此。因感夫物之終弊，雖金石之堅不能以自久。（〈唐
　　　　孔子廟堂碑跋尾〉，《歐集》卷138）

歐陽脩親身體會到，就算是再堅硬的物質，也會有損毀的一天。那麼藉由物質傳播的作品即使能夠流傳後世，會不會有一天因為物質的損毀而終止？寫

〔註19〕陳曉芬：《傳統與個性：唐宋六大家與儒佛道》（上海：上海古籍出版社，2002年08月），頁110。

〔註20〕陳曉芬：「在歐陽修看來，伴隨著生命的存在而展示於現世的功名事業還不足以包容生命價值的全部，人作為萬物之最靈，其生命價值還應顯現出超越生命物質形態而永恆垂世的效應，這對於君子尤為重要。」見前揭書，頁99～100。

於稍後的〈唐王重榮德政碑跋尾〉又提供另一番思考：〔註21〕

> 碑文辭非工，而事實無可采，所以錄者，俾世知求名莫如自修，善
> 譽不能掩惡也。考重榮之碑，豈不欲垂美名於千載？而其惡終暴於
> 後世者，毀譽善惡不可誣故也。(《歐集》卷142)

歐陽脩指出碑文與事實有所出入的現象。雖然「好名」是人之常情，但本來
想要「垂美名於千載」的碑文卻適得其反，將王重榮之惡「暴於後世」。既是
如此，那麼「流傳後世」到底是爲了什麼？

　　歐陽脩認爲，作品能夠流傳後世，固然是作者或序跋者所欲見的，但傳
播歸傳播，更重要的是傳播了哪些內容。歐陽脩早年就已經考慮過這個問題。
他在景祐元年（1034）所作的〈代人上王樞密求先集序書〉指出：

> 君子之所學也，言以載事，而文以飾言，事信言文，乃能表見於後
> 世。《詩》、《書》、《易》、《春秋》皆善載事而尤文者，故其傳尤遠。……
> 甚矣！言之難行也！事信矣，須文；文至矣，又繫其所恃之大小，
> 以見其行遠不遠也。……其言之所載者大且文，則其傳也章；言之
> 所載者不文而又小，則其傳也不章。(《歐集》卷67)

歐陽脩認爲文章中的「言辭」記載「事件」，而「文采」修飾「言辭」，因此，
如果事件眞實可信，而言辭又具有文采的話，那麼這篇文章發生傳播行爲時，
才能取信於讀者，流傳久遠，而「表見於後世」。羅根澤指出：

> 歐陽修步趨韓愈的地方確是很多，但進於韓愈的地方也不少，最重
> 要的就是「事信言文」。他以「事信」釋「道勝」，認爲只是「知古
> 明道」還不夠，必須「履之於身，施之於事，而又見之於文章」。文
> 章的至不至及傳不傳，決定於事的信否大小與言的文或不文。言的
> 文或不文是韓愈所頗計較的，事的信否大小韓愈並未言及。這是歐
> 陽修的新見解。〔註22〕

歐陽脩所提出的「事信」觀念，可說是他的新見解。前章已探討過其序跋「言
文」的作法與特色，在此處，可以將焦點集中於「事信」這個理念上。歐陽
脩爲何會「以事信釋道勝」？我們必須從他對於「道」的見解來觀察。

　　歐陽脩書寫序跋，除了消解文物散亡的憂慮外，同時也想要彰顯永恆的

〔註21〕　〈唐孔子廟堂碑跋尾〉寫於嘉祐八年（1063）九月；而〈唐王重榮德政碑跋
　　　　　尾〉作於治平元年（1064）清明左右。
〔註22〕　羅根澤：《中國文學批評史・兩宋文學批評史》，頁62。

事物，那就是「道」。然而歐陽脩所提出的「道」偏重於實際層面，〔註23〕屬於「易知而可法」的「道」，這種「道」是存在於人事之中的，是講究「人情」的，他認爲即使是三代之治，也會以「人情」爲本。〔註24〕在這個基礎上，他批判學者「棄百事不關于心」（〈答吳充秀才書〉，《歐集》卷47）。既然歐陽脩著重的是易知可法、關心百事之「道」，在創作文章時，便不會徒然追求文飾，也會注意到所記敍事件的眞實性。〔註25〕如此一來，文本傳播時，才不會因爲記載不實，而失信於讀者。

這種講求信實的態度，使歐陽脩面對同樣是學術性，但是非聖人經典的作品時，他總會秉持著懷疑的精神，對於作品進行考訂，〈集古錄目序〉說「可與史傳正其闕謬」，在這個書寫意圖之下，〈後漢太尉陳球碑跋尾〉言「予所集錄古文，與史傳多異」；〈隋尒朱敞跋尾〉言「余於《集錄》，正前史之闕繆者多矣」；〈唐智乘寺碑跋尾〉言「《集古》所錄於前人世次，是正頗多也」；〈唐韓愈黃陵廟碑跋尾〉指出「時時得刻石校之，由不勝其舛繆，是知刻石之文可貴也，不獨爲翫好而已」，在在凸顯歐陽脩面對學術性文章所採取的「事信」態度，以及追求眞實、眞相的意圖，這種求眞的態度並非好爲異論。〔註26〕如果沒有辦法解決的問題，他寧願存疑，也不願妄下斷語。《集古錄跋尾》中屢言「以待博學君子」，將疑點指出，僅存而不論。此外，〈陳浮屠智永書千字文跋尾一〉：「考其字畫，時時有筆法不類者雜於其間，疑其石有亡缺，後

〔註23〕 歐陽脩的「道」偏重於實際層面的「治道」，他在許多地方都表達這樣的見解。如〈答李詡第二書〉認爲「《六經》之所載，皆人事之切於世者。」（《歐集》卷47）在〈儒家類敍釋〉中，也從儒家之「用」著筆：「仲尼之業，垂之《六經》，其道閎博，君人、治物、百王之用，微是無以爲法。」（《歐集》卷124）又〈與張秀才第二書〉：「君子之於學也務爲道，爲道必求知古，知古明道，而後履之以身，施之於事，而又見於文章而發之，以信後世。」（《歐集》卷66）

〔註24〕 歐陽脩〈縱囚論〉：「堯、舜、三王之治，必本於人情，不立意以爲高，不逆情以干譽。」（《歐集》卷18）陳曉芬指出歐陽脩在文章中廣泛地使用「人情」一詞，以「人情」爲處世的重要依據。其論述參閱陳曉芬：《傳統與個性：唐宋六大家與儒佛道》，頁94～97。

〔註25〕 我在〈論歐陽脩「事信言文」的理論與實踐〉的第一節中，試圖釐清歐陽脩從「明道」到「事信」的發展歷程，此處的論述大致上依循該文。參閱趙鴻中：〈論歐陽脩「事信言文」的理論與實踐〉，《國文天地》277期，2008年06月，頁17～19。

〔註26〕 〈詩譜補亡後序〉：「盡其說而有所不通，然後得以論正，予豈好爲異論者哉？」（《歐集》卷41）

人妄補足之。雖識者覽之，可以自擇，然終汩其眞，遂去其二百六十五字。」（《歐集》卷137）因爲後人的妄添導致文章失眞，因此歐陽脩在跋文進行「去僞」的工作。

再者，歐陽脩既然尊崇經典，對於任意注解經典的讖緯之說便深惡痛絕。〈廖氏文集序〉指出「學者知守經以篤信，而不知僞說之亂經也。」批判漢代以來《河圖》、《洛書》一類諸儒異說的怪妄荒謬，也感嘆這類「僞謬之失」之多。〔註27〕當他觸及相關問題時，自然也就不採取讖緯符應的說法來解釋自然現象。《新唐書‧五行志序》自言直承《春秋》，對於災異現象純粹記載其本末，而不著其事應，便是歐陽脩講求信實精神的表現。

講求信實的態度也見於藝術類的作品。如〈月石硯屛歌序〉：

> 張景山……命治石橋。小版一石，中有月形，石色紫而月白，月中
> 有樹森森然，其文黑而枝葉老勁，……景山南謫，留以遺予。……
> 其月滿，西旁微有不滿處，正如十三四時，其樹橫生，一枝外出。
> 皆其實如此，不敢增損，貴可信也。（《歐集》卷65）

記敘石頭的紋理時，歐陽脩照實描述他所見到的，「皆其實如此，不敢增損，貴可信也」。

歐陽脩在自己的著作中，也落實「事信」的作法，認爲自己的著作也能符合「事信言文」，因此，他談到自己的《易或問》時，相信「予之言久當見信於人矣，何必汲汲較是非於一世哉！」〔註28〕

總之，序跋的目的是爲了宣傳作品，希望作品能廣爲流傳。歐陽脩在此種「行遠」的目的下，又試圖消弭文本的時間性，使其得以「垂世」。其中最重要的條件，便是序跋能達到「事信」的要求。

第三節　親友不幸遭遇的感切

若說「事信言文」是歐陽脩早年所提出來，並且在往後持續秉持的序跋書寫觀念，認爲如此一來，作品便能夠長久流傳，而達到不朽。那麼，歐陽

〔註27〕　〈傳易圖序〉：「嗚呼！歷弟子之相傳，經講師之去取，不徒者不完，而其僞謬之失，其可究邪！」（《歐集》卷65）

〔註28〕　《試筆‧繫辭說》（《歐集》卷130）。這篇文章雖未標明書寫日期，但從「余爲此論二十五年矣」來看，距書寫於景祐四年（1037）的《易或問》已過二十五年，所以應寫於嘉祐七年（1062）。

脩一生當中所遭遇的貶謫、政爭，以及他親眼看到身旁親友才華洋溢，卻始終鬱鬱不得志，甚至含冤以終，這種感同身受，而爲摯友感到不捨的心情，便成爲他在撰寫相關序跋時，所欲寄託的深層同情。也就是說，歐陽脩經歷許多人事後，在事信言文的觀念下，多了對親友的感慨。爲親友延長其生命價值，以達到不朽，便成爲他撰寫別集序的意圖。

一、爲親友達到「不朽」

綜觀歐陽脩的一生，歷事仁宗、英宗、神宗三朝，雖然官至太子少師，但亦多次遭到貶謫，甚至事修而謗興，屢屢爲流言毀謗所累。他自己有這樣的經歷，又看到他身旁諸多好友不得志的遭遇，在他的內心或許頗爲不捨。在熙寧四年（1071）的〈江鄰幾文集序〉中，表露好友凋零的不捨心情：

> 自尹師魯之亡，逮今二十五年間，相繼而歿爲之銘者至二十人，又有余不及銘與雖銘而非交且舊者，皆不與焉。嗚呼！何其多也！不獨善人君子難得易失，而交遊零落如此，反顧身世死生盛衰之際，又可悲夫！而其間又有不幸罹憂患、觸網羅，至困阨流離以死，與夫仕宦連蹇、志不獲申而歿，獨其文章尚見於世者，則又可哀也歟！然則雖其殘篇斷藁，猶爲可惜，況其可以垂世而行遠也？故余於聖俞、子美之歿，既已銘其壙，又類集其文而序之，其言尤感切而殷勤者，以此也。（《歐集》卷 44）

從尹洙（1001～1047）過世到書寫這篇文章的二十五年間，歐陽脩爲好友所寫的墓誌銘便有二十篇，生平喜好交友的他，面對友人一一辭世，自然十分不捨。更令他不捨、惋惜的，是許多友人是在鬱鬱不得志的狀況下離開人間：有些是「罹憂患、觸網羅，至困阨流離以死」；有些是「仕宦連蹇、志不獲申而歿」。摯友的遭遇使愛賢好善的歐陽脩頗爲傷感。他的別集序在在流露出友人不得志而終的感嘆，同時他也想要爲他們做些什麼。在一封寫給梅聖俞的信中，歐陽脩表示這種友情：

> 近爲子美編成文集十五卷，凡述作中人可及者，已削去之，留其警絕者，尚得數百篇。後世視之，爲如何人也！朋友之間可以爲慰爾。
> （〈與梅聖俞〉第二十五通，《歐集》卷 149）

蘇舜欽「無人哀矜，名辱身冤」，卻「恨不能爲之言」，無法爲他說情。這或許也是歐陽脩心中最大的遺憾。早先寫給章岷（字伯鎭，？～？）的信中，

〔註29〕他曾表示自己哀傷之情：「自聞子美之亡，使人無復生意。交朋淪落殆盡，存者不老即病，不然困於世路，愁人！愁人！就中子美尤甚，哀哉！祭文讀之，重增其悲爾。」（〈與章伯鎮〉第五通，《歐集》卷147）歐陽脩指出自己基於與蘇舜卿的深厚交情，而結集他的作品，並只留下「警絕」的文章，這一切行為只由於彼此間深厚的情誼，當蘇舜卿的作品得以傳世，身為摯友的歐陽脩才「可以為慰」。〈論尹師魯墓誌〉也提到對尹洙的情誼：「舉世無可告語，但深藏牢埋此銘，使其不朽，則後世必有知師魯者」（《歐集》卷73），陳述自己想要為摯友達到「不朽」的意圖。〔註30〕

　　當傳播者的影響力越大，那麼文集能夠流傳的機會也就越大。由於當時主要還是以手抄謄寫為主，在文集的流傳上仍具有一定的限制。歐陽脩既然是文壇上頗具號召力的文人，被他所肯定的文集也就有較大的可能流傳於文士之間。〔註31〕歐陽脩對友人如蘇舜欽、梅堯臣、仲訥（999～1053）與江休復（1005～1060）等人的遭遇既然有著深刻的同情，對於他們的文集也就會抱持著愛惜的態度，希望除了當世的流傳之外，也能夠「垂世而行遠」。在寫序時，也就會考量到序文的書寫方法。在這一點上，歐陽脩以為對作者的書寫，比對文本的書寫還具有價值，正如何寄澎所說的「或乃歐陽認為文辭實難不朽，故談文不如傳人」〔註32〕，歐陽脩對此有深刻的體會：文辭，或者是實質物體的消磨散亡是很快速的，即使堅固如金石也一樣。同時，歐陽脩有著資深的館閣經驗，他參與過《崇文總目》的編纂，也主持《新唐書》的修撰。他在《新唐書‧藝文志序》指出前人典籍「凋零磨滅，亦不可勝數。……今著于篇，有其名而亡其書者，十蓋五六也，可不惜哉！」基於對於文物容易散亡的憂慮，在能流傳後世的考量之下，歐陽脩除了對於文本方面的書寫，還加強了對於人物的書

〔註29〕這封給章岷的信寫於皇祐元年（1049），而上引給梅聖俞的信則寫於皇祐五年。

〔註30〕此外，〈唐李德裕大孤山賦跋尾〉也感嘆聰明智士受到災禍的不幸：「其所及禍，或責其不能自免，然古今聰明賢智之士不能免者多矣，豈獨斯人也哉！」（《歐集》卷142）

〔註31〕當然，歐序中的這些作者在當時已富盛名的亦不乏其人，如〈江鄰幾文集序〉便稱江休復「其文已自行於世矣，固不待余言以為輕重」；〈薛簡肅公文集序〉說薛奎「自少以文行推於鄉里，既舉進士，獻其文百軸於有司，由是名動京師」；〈蘇氏文集序〉則說蘇舜欽「方其擯斥摧挫、流離窮厄之時，文章已自行于天下」。

〔註32〕何寄澎：〈歐陽修古文作法探析〉，《唐宋古文新探》，頁194。

寫，希望不只是文本，作者也能夠「垂世而行遠」。〔註33〕

別集序涉及書寫作者的部分，歷來的序跋者往往使用傳記式的寫法，總述作者一生事蹟與功業。柯慶明說：

> 個人文集或詩集的「序」，往往與墓誌銘一般，具有總結其平生與文藝的特質，兼具其為人與遭遇的「敘事」以及對其人其文（或其詩）的「評論」，對於一個沒有重要事功的「文人」或「詩人」而言，正具「銘」以外「誄」的作用。〔註34〕

「總結其平生與文藝的特質」在歐陽脩的序跋當中同樣存在。〔註35〕然而，經由上一章的探討，我們已經知道，歐陽脩對於作者的記敘，往往只略述其重大事件，「紀大而略小」，並未歷述其經歷，反而用抒情感嘆的筆法，來記載作者的不遇。這可以說是歐陽脩不得不然的書寫策略，對一個一生並無重

〔註33〕我們若是檢視這些詩文集的流傳情形的話，歐陽脩所序的這些詩文集，除了梅堯臣的《宛陵先生集》與蘇舜欽《蘇學士集》之外，其他人的文集現今都已經亡逸，雖然《全宋詩》與《全宋文》裡還有少數單篇作品。如果回顧北宋當時的流傳情形，可以了解到這幾本詩文集大多有所流傳，雖然到了南宋多已經散逸了。除了梅堯臣與蘇舜欽的文集之外，晁公武（1105？～1180）的《郡齋讀書志》以及陳振孫（1183～1261？）的《直齋書錄解題》都已經見不到其他書，只有尤袤《遂初堂書目》還著錄「《江鄰幾集》」與「《女郎謝希孟詩》」二書。不過，《宋史・藝文志》中，則是除了謝希孟與薛奎的詩文集以外，其他皆有著錄。這固然是《宋志》在修訂時，參考呂夷簡（979～1044）、王珪（1019～1085）、李燾（1115～1184）等人所纂修的國史藝文志而成，也反映出這一些詩文集雖然在北宋時期還可以見到，宋室南渡之後卻大部分散逸，因此《郡齋讀書志》與《直齋書錄解題》等私家藏書目錄不見著錄。從這些詩文集的保存情形看來，固然不能說歐陽脩有文集一定會散逸的先見之明，然而可以從中體會到一位序跋者對於文物散亡狀況的憂慮。因此，在「談文不如傳人」的考量之下，歐陽脩選擇了書寫作者的方式，試著消解這樣的憂慮。

〔註34〕柯慶明：〈「序」「跋」作為文學類型之美感特質的研究〉，《鄭因百先生百歲冥誕國際學術研討會論文集》（臺北：國立臺灣大學中國文學系，2005 年 07 月），頁 40。

〔註35〕雖然如此，序跋對於人物的書寫畢竟與墓誌銘的書寫方向有根本性的不同。對於宋代墓誌銘的書寫，王德毅指出：「墓誌銘的撰寫也有固定書式，綜合宋代諸名臣之墓誌銘來論，首要敘述姓原族望，次及名諱字號、三代世系之名諱官爵、鄉貫或遷徙之郡邑，學行功名起家之年歲，官遊經歷及所建立之事功，乃至晚年之休致，卒年及年壽，葬地、葬時，妻某氏及受封號，下及諸子出身及官銜，並及於女與所擇配，有孫兒女者亦逐一述及，最後為銘辭。」見王德毅：〈宋人墓誌銘的史料價值〉，《東吳歷史學報》第 12 期，2004 年 12 月，頁 3。

要事功的作者來說，將他們的不遇與性格等等寫入詩文集序裡面，更可以經由作者凸顯出其創作趨向。也就是說，這一些「志人」的篇幅中，與其為他們做傳記，不如「紀大而略小」地將「作者」與「作品」的特質一併陳述出來。再者，由於歐陽脩頗為珍惜他與友人之間的感情，因此，他也常常將彼此交往的事蹟寫入序中。即使是未曾交往過的作者，也會藉由某位彼此都熟識的人拉近兩者距離。這不僅是闡述序跋者與作者之間的關係而已，也記錄下當時文士交往的情形與情誼。

　　作者的性格與志向除了決定作品風格之外，往往會影響到他立身處世的態度。歐陽脩「志人」時既以悲懷其友不遇為書寫主軸，理所當然地也會涉及這一方面的書寫。〈蘇氏文集序〉形容蘇舜欽：

> 獨子美為於舉世不為之時，其始終自守，不牽世俗趨舍，可謂特立
> 之士也。……其狀貌奇偉，望之昂然，而即之溫溫，久而愈可愛慕。
> 其材雖高，而人亦不甚嫉忌，其擊而去之者，意不在子美也。（《歐
> 集》卷 41）

蘇舜欽沒有隨著當時風氣去創作時文，而是與其兄舜元（1006～1054）以及穆脩（979～1032）一起創作古文。在這裡，歐陽脩指出他不趨炎附勢與溫和的個性。之所以會有不幸遭遇，是因為是到黨派政爭的牽連。

　　歐陽脩這種藉由書寫作者個性、志向，以凸顯其遭遇的寫法，還可見於〈釋惟儼文集序〉與〈釋祕演詩集序〉二文。為了表現出惟儼與祕演的「志」，歐陽脩從對他們的日常與石延年（994～1041）交遊的描述著手：惟儼個性狷介，「非賢士不交」；祕演則是「能遺外世俗，以氣節相高」。雖然與當時國家無事，賢能之人無法施展他們的才能有關，然而，身分的限制，對於他們理想的實現也起了決定性的影響，因而「胸中浩然，既習於佛，無所用」，於是將理想寄託於詩文創作當中。雖然現在二人作品流傳下來的很少，〔註 36〕但從歐陽脩說的「考其文筆馳騁文章贍逸之能，可以見其志」，大概能了解他們的詩文的風格。總之，可以這樣說，惟儼與祕演皆有希望用於世的「志」，然而因為國家無事，無法施展才能，只好隱於浮屠，不過，雖然隱居，他們的「志」仍在個性與作品中展現出來，歐陽脩將作者與作品作聯結，以展現其「志」。在這同時，又透過描寫個性的方式，來加強讀者對於「志」的印象。而這種個性的呈現，也可以與詩文作品相互參照。這種相互關聯的例子，還

〔註36〕惟儼的文集已亡逸，而祕演詩在《全宋詩》卷 177 還收錄七首。

有〈韻總序〉。歐陽脩形容鑒聿（？～？）「不妄與人交……介然有古獨行之節，所謂用心專者也，宜其學必至焉耳」，或許正是因爲這種性格，才能整理出「雖細且多而條理不亂」的《韻總》這部韻書。

歐陽脩也藉由作者親友的言行彰顯作者的某部分特性，比如〈謝氏詩序〉中，謝希孟身爲女子，本不爲歐陽脩所知，爲了使人物更能立體化，除了出示他詩作兄長謝景山之外，歐陽脩又從其母親的庭訓寫起，因爲母親之賢，所以不僅謝景山受到薰陶而得以「以名知於人」，就連妹妹希孟也受到頗深的影響，只是身爲女子而不自彰顯罷了。

歐陽脩藉著「志人」如實記載這些親友的生平言行，希望他們屯蹇的一生，即使在當世無法平反，後世對他們能有公正之論。如〈蘇氏文集序〉：

> 斯文，金玉也，弃擲埋沒糞土，不能銷蝕。其見遺于一時，必有收而寶之于後世者。……凡人之情忽近而貴遠，子美屈于今世猶若此，其伸於後世宜如何也！

歐陽脩絕大部分的序跋中都存在著「不朽」的書寫，他渴望藉由序跋的傳播，使作品與作者能夠垂世行遠的意圖昭然若揭。當他在別集序裡「志人」時，常常以「抒懷」的方式撰寫，這種作法已成爲他的系統風格。此處要關注的焦點是，當歐陽脩在「志人」時用「紀大而略小」的寫法，同時帶進了「抒懷」，究竟想要給予讀者何種訊息？

歐陽脩希望藉由對人物的書寫，除了結合文章與作者之間的關聯性之外，一方面藉由對於詩文集作者的描寫以總結其平生與文藝的特質；一方面藉由「志人」與「抒懷」相互運用的「系統風格」，來闡述自己的某些觀念，或者是經由感嘆作者際遇，對當時社會現象加以批判。這種書寫方式所寫就的序文釋放出訊息，俾使讀者在閱讀時，能接收到序跋者（歐陽脩）的訴求。

然而，歐陽脩的創作意圖並不僅限於此。檢視這些序跋，不難了解歐陽脩與親友之間的關係，已不只是「深厚友誼」一語可以帶過。北宋士人有意連結彼此爲一政治群體，以便在政壇上發揮更大的力量；而因爲政治紛擾所造成的不幸遭遇，則使他們對彼此給予更多同情。如此一來，歐陽脩爲親友所寫的別集序，不僅僅只是悲歎親友之不遇，更嘗試藉此陳述這一個「士族網絡」所秉持的理念。〈梅聖俞詩集序〉言「若使其幸得用於朝廷，作爲雅頌，以歌頌大宋之功德，薦之清廟，而追商、周、魯《頌》之作者，豈不偉歟！」〈蘇氏文集序〉言蘇舜卿「以一酒食之過，至廢爲民而流落以死，此其可以

歎息流涕，而爲當世仁人君子之職位宜與國家樂育賢材者惜也！」〈薛簡肅公文集序〉言薛奎「在眞宗時，以材能爲名臣；仁宗母后時，以剛毅正直爲賢輔。其決大事、定大議，嘉謀讜論，著在國史，而遺風餘烈，至今稱於士大夫。」〈釋惟儼文集序〉與〈釋祕演詩集序〉中對於二僧「賢材」的肯定，這種種書寫固然陳述該位作者的個性或才能，更可從中見到在這一「士族網絡」裡，各自「所扮演」或「可以扮演」的角色。

二、幸與不幸的感慨

《史記・伯夷列傳》中，司馬遷曾發出一段議論：「伯夷、叔齊雖賢，得夫子而名益彰。顏淵雖篤學，附驥尾而行益顯。巖穴之士，趣舍有時若此，類名堙滅而不稱，悲夫！閭巷之人，欲砥行立名者，非附青雲之士，惡能施于後世哉？」我們可以看到司馬遷的感慨。他指出了「砥行立名者」想要流傳後世，還要經過「青雲之士」的記載才可以如願以償的現實面。同樣地，在歐陽脩序跋中，也有對於士人「幸」與「不幸」的論述。

（一）將「不幸」轉化爲「幸」的意圖

歐陽脩在序跋當中，時時提到了「幸」與「不幸」的問題。這又可以分爲兩個層面：一爲是否被當世所重的「幸」、「不幸」；一是事蹟是否能夠長遠流傳後世的「幸」、「不幸」。

論及前者時，歐陽脩從北宋承平之世的角度論人才的進廢問題。〈梅聖俞詩集序〉言：

> 若使其幸得用於朝廷，作爲雅頌，以歌頌大宋之功德，薦之清廟，
> 而追商、周、魯《頌》之作者，豈不偉歟！奈何使其老不得志，而
> 爲窮者之詩，乃徒發於蟲魚物類、羈愁感歎之言？（《歐集》卷42）

歐陽脩認爲以梅聖俞之才，若是幸運的話，大可以被朝廷所重用，「作爲雅頌」；然而卻不幸地無法施展長才，而只能徒發「蟲魚物類、羈愁感歎之言」。寫於皇祐三年（1051）的〈蘇氏文集序〉同樣指出蘇舜卿無法在「治世」爲朝廷所用：

> 自古治時少而亂時多，幸時治矣，文章或不能純粹，或遲久而不相
> 及，何其難之若是歟？豈非難得其人歟？苟一有其人，又幸而及出
> 于治世，世其可不爲之貴重而愛惜之歟？嗟吾子美，以一酒食之過，

> 至廢爲民而流落以死。此其可以歎息流涕，而爲當世仁人君子之職
> 位宜與國家樂育賢材者惜也。……當時所指名而排斥，二三大臣而
> 下，欲以子美爲根而累之者，皆蒙保全，今並列於榮寵。雖與子美
> 同時飲酒得罪之人，多一時之豪俊，亦被收采，進顯于朝廷。而子
> 美獨不幸死矣，豈非其命耶？悲夫！（《歐集》卷41）

如果能夠兼具「身處治世」與「文章純粹」兩項條件的話，不可說不幸。但
若是具備這兩樣條件，卻因爲一個小過錯就被貶黜，而流落以死，這只能歸
於蘇舜卿的「不幸」之「命」。值得注意的是，這裡提到「命」的概念，歐陽
脩對於蘇舜卿的遭遇在感到惋惜之餘，也對於「命」提出質疑。這種質疑可
能在歐陽脩的心中存疑許久，因爲十多年後，寫於熙寧元年（1068）的〈仲氏
文集序〉，他又觸及「命」的議題，並提出一個解釋：

> 語稱君子知命。所謂命，其果可知乎？貴賤窮亨，用捨進退，得失
> 成敗，其有幸有不幸，或當然而不然，而皆不知其所以然者，則推
> 之於天曰有命。夫君子所謂知命者，知此而已。……君子知有命，
> 故能無所屈。凡士之有材而不用於世者，有善而不知於人，至於老
> 死困窮而不悔者，皆推之有命，而不求苟合者也。（《歐集》卷44）

歐陽脩在這裡指出「有材而不用於世者」、「有善而不知於人」、「老死困窮而
不悔」幾種「不遇」種類的人，他們的特徵都是「不求苟合」。雖然歐陽脩指
出了「不遇」之「不幸」，但這並非單憑歐陽脩之力就可以改變身旁好友的際
遇。因此，在〈仲氏文集序〉中，他著眼於後世的「能遇」：「余謂君非徒知
命而不苟屈，亦自負其所有者，謂雖抑於一時，必將伸於後世而不可揜也。」
若是作品得以流傳，那麼在後世必定將會有接納「作者」的讀者，這時，可
以說是「作者」之「幸」。換句話說，歐陽脩試圖將不被當世所重的「不幸」
轉化爲長遠流傳後世的「幸」。需要說明的是，歐陽脩這一種「轉化」意圖，
並非到晚年才出現，而是散見於歷年來爲諸多好友所作的序跋。皇祐三年
（1051）〈蘇氏文集序〉說「凡人之情忽近而貴遠，子美屈于今世猶若此，其
伸於後世宜如何也！」嘉祐六年（1061）的〈廖氏文集序〉說「余之有待於後
者」，顯示歐陽脩一直抱持著這種創作意圖。

　　至於事蹟是否能夠流傳後世的「幸」與「不幸」，便在這一個轉化基礎上
進行陳述。「事信」固然是達到不朽的關鍵性因素，但並非唯一，還需要「言
文」相輔相成。歐陽脩依循著司馬遷〈伯夷列傳〉的論點，在〈集古錄目序〉

也提出類似的見解：

> 物常聚於所好，而常得於有力之彊。有力而不好，好之而無力，雖
> 近且易，有不能致之。……凡物好之而有力，則無不至也。（《歐集》
> 卷 41）

歐陽脩認爲，「物」的聚集，在於有能力又有興趣的人的蒐集，若是缺少了其中一項條件，那麼即使是常見的、容易蒐集到的，也無法聚集在一起。司馬遷論人的傳世必須依靠著外在條件，而歐陽脩亦認爲物的蒐集也需要外在條件的配合。不僅是物，人、事也都是如此。〈唐徐浩玄隱塔碑跋尾〉言：「物有幸不幸者，視其所託與其所遭如何爾。」（《歐集》卷 140）〈唐辨法師碑跋尾〉：「士有負絕學高世之名，而不幸不傳於後者，可勝數哉！可勝歎哉！」（《歐集》卷 138）〈唐田布碑跋尾〉：「士有不顧其死，以成後世之名者，有幸不幸，各視其所遭如何爾。」（《歐集》卷 142）各個朝代都有豪傑志士與壯烈事蹟，然而是否能顯赫於後代，卻因記載者書寫方式而異。可見歐陽脩對於「不幸不傳於後」的感嘆。

（二）「不幸為女子」的感嘆

歐陽脩在「志人」的時候，運用感嘆的手法以表達某種訴求，使序文中時時可見到同情作者際遇的文字。其中，〈謝氏詩序〉算是一篇頗爲特殊的序文，它提示了一個有趣的書寫現象。劉靜貞曾經討論過歐陽脩筆下的女性墓誌銘陷於「無事可記」兼「有事亦不可記」的書寫困境，而發展出「虛寫」的筆法以達到「錄實」的目標。〔註37〕在這篇序文中提到了兩位女性，一位是謝希孟，另一位則是他的母親。對於母親，歐陽脩用「賢」形容他教育子女，可能有其家庭背景存在，〔註38〕而這與墓誌銘的書寫方式並無二致。至於謝希孟，歐陽脩則作以下的描寫：

> 希孟之言尤隱約深厚，守禮而不自放，有古幽閒淑女之風，非特婦
> 人之能言者也。……希孟不幸爲女子，莫自章顯於世。……今有傑
> 然巨人能輕重時人而取信後世者，一爲希孟重之，其不泯沒矣。予

〔註37〕 劉靜貞：〈歐陽脩筆下的宋代女性——對象、文類與書寫期待〉，《臺大歷史學報》第 32 期，2003 年 12 月，頁 62～63。

〔註38〕 陶晉生針對由婦女教育子女的現象作出士大夫因向外發展，無暇顧及子女教育，以及有些丈夫並未對子女與家庭盡到責任的解釋。見陶晉生：《北宋士族：家族‧婚姻‧生活》（臺北：中央研究院歷史語言研究所，2003 年 06 月）第六章〈士族婦女的教育〉，頁 169。

> 固力不足者，復何爲哉！復何爲哉！希孟嫁進士陳安國，卒時年二
> 十四。（《歐集》卷42）

歐陽脩似乎有意爲希孟作傳，這固然是他在書寫序文時的目的之一。在序文最後，歐陽脩感嘆自己「力不足」，希望能另有如孔子般的「傑然巨人」能發掘希孟之才。究竟是無法據實描述希孟，抑或是自謙之辭？還是在此處依舊使用了墓誌銘中「虛寫」的手法？

歐陽脩竭力提拔有才德之士，《宋史》本傳說他「獎引後進，如恐不及，賞識之下，率爲聞人」，對於後進，如蘇軾，歐陽脩說「吾當避此人出一頭地」（《宋史·蘇軾傳》）。對於不遇的文士，他基本上抱持著一種同情而又惋惜的態度，這種態度如果轉換到一位因爲身分而不能自我彰顯的女子身上，他認爲是這位女子的「不幸」，然而這種「不幸」受到社會背景的限制，卻又似乎無可化解，因此引發出序文應當如何記載才不至於泯沒希孟的書寫困境，這也是在墓誌銘中曾經遇到的問題。

雖然如此，我們還是可以發現，歐陽脩在書寫墓誌銘時的期望與詩文集序有所不同。〈萬壽縣君徐氏墓誌銘〉說「婦德主內，自非死節殉難非常之事，則其幽閒淑女之行，孰得顯然列而誌之以示後？」（《歐集》卷36）受限於文體的限制，歐陽脩不可能將「幽閒淑女之風」寫進墓誌銘，然而詩文集序既是要彰顯作者的生平、文才，便不必有此顧慮。因此，雖然有此書寫困境，歐陽脩還是試圖找到一個平衡點，將希孟與「以名知於人」的兄長謝景山置於對等的關係上，能形成這種關係的關鍵點就是「好學通經，自教其子」的母親。希孟雖然「不幸爲女子」，但與景山因處於平等關係，相較之下，希孟的「不幸」處境，便轉化而等同士人的「不遇」，有待傑然巨人「爲希孟重之」。

第四節　對於時事的批判

歐陽脩撰寫序跋，除了希望作品、作者能夠藉由他的傳播而流傳久遠之外，也藉由這些序跋傳達自己的思想、意見。〈外制集序〉是慶曆五年（1045）歐陽脩將百餘篇擔任知制誥時所作的制草結集爲《外制集》而撰寫的書序。由於文本本身爲公文，書序自然也必須涉及當時的政事。歐陽脩在〈外制集序〉中表達了對於慶曆新政的肯定：

> 慶曆三年春，丞相呂夷簡病，不能朝。上既更用大臣，銳意天下事，

> 始用諫官、御史疏，追還夏竦制書，既而召韓琦、范仲淹於陝西，
> 又除富弼樞密副使。……觀琦等之所以讓，上之所以用琦等者，可
> 爲聖賢相遭，萬世一遇，而君臣之際，何其盛也！於是時，天下之
> 士孰不願爲材邪？顧予何人，亦與其選。（《歐集》卷43）

范仲淹（989～1052）、歐陽脩等人自從景祐三年的政治事件後，便逐漸形成了一個文士集團。這一些人在慶曆三年時因緣際會又重新聚合在一起，推行慶曆新政。歐陽脩躬逢其盛，對於這一次的「內閣改組」，給予「聖賢相遭，萬世一遇」的稱頌。在這裡，歐陽脩宣揚這個文士集團的意圖分明可見。

這一種對於時事的指涉，在歐陽脩的序跋中，其實存在著多樣化的表現形式。〈外制集序〉固然是一種，而歐陽脩對於親友別集序的書寫，未嘗沒有這一方面的意涵。當他感嘆蘇舜卿因爲小過錯被黜，最後抑鬱而終時，也暗諷當時沒有人爲蘇舜卿說情。此外，歐陽脩更藉由史書序論來表達意見。

歐陽脩《新唐書》本紀、表、志序論，以及《新五代史》的序論，使用《春秋》筆法書寫，存在著如實記載的「事信」意圖：

> 聖人之於《春秋》，用意深，故能勸戒切；爲言信，然後善惡明。夫
> 欲著其罪於後世，在乎不沒其實。其實嘗爲君矣，書其爲君。其實
> 簒也，書其簒。各傳其實，而使後世信之，則四君之罪，不可得而
> 掩爾。使爲君者不得掩其惡，然後人知惡名不可逃，則爲惡者庶乎
> 其息矣。是謂用意深而勸戒切，爲言信而善惡明也。（〈梁太祖本紀
> 論〉，《新五代史》卷2）

歐陽脩認爲「事信言文」可以長久地流傳後世，當他面對唐、五代的人物、事蹟時，他也秉持著這樣的信念，將歷史信實地記錄下來。如此一來，前人的善惡便可以經由他如實的「褒貶」，而透明地呈現在後代讀者眼前。〈王彥章畫像記〉說「予於《五代書》，竊有善善惡惡之志」（《歐集》卷39），指出了歐陽脩想藉由史傳的書寫，表達他對於該時代事件的褒貶評論，亦即〈梁太祖本紀論〉中「用意深而勸戒切，爲言信而善惡明」二者。「爲言信而善惡明」即如實記載史事，如〈唐太宗本紀論〉中，他肯定唐太宗的致治「功德皆隆」，是唐代唯一能夠自始至終踵武三代君王的皇帝。然而，太宗也有崇信佛教與好用武力等「中主庸才」的行爲。歐陽脩捨棄從《三國志》以來諸多史書採用的「迴護」寫法，而是「各傳其實」，其意圖，就是表達「善善惡惡之志」。這是他「爲言信，然後善惡明」的書寫。

　　「爲言信，然後善惡明」固然是他在史傳序論的創作意圖，不過，更値得注意的是「用意深，故能勸戒切」一語。這代表他在書寫《新唐書》、《新五代史》時，具有「勸戒」的意圖。〔註39〕歐陽脩想要「勸戒」些什麼？「勸戒」的對象又是誰？《新唐書》、《新五代史》，或是其他序跋作品中，歐陽脩「善善惡惡」結合了時事與史事。這正是此一時期史學「資鑒」特色的實際運用。〔註40〕他書寫史傳序論，或閱讀前人作品，往往將前人的遭遇與自己當時的處境結合；而他對於當時社會上種種不合理的現象，也會提出批判。「勸戒」與「批判」二者便同時體現於他的序跋之中。

一、以古觀今

　　歐陽脩進入政壇之後，歷經多次政治紛擾與貶黜。他在仕途上第一次遭受到的挫折，爲景祐三年（1036）時被貶爲峽州夷陵令。這次事件肇因於呂夷簡（979～1044）與范仲淹之間的政爭，歐陽脩站在遭貶黜的范仲淹一方，也旋即遭貶。當他在該年十月初抵江陵時，讀李翱的〈幽懷賦〉等作品有所感，因此寫下了〈讀李翱文〉，在文中，他提及當時自身遭遇：

> 翱幸不生今時，見今之事，則其憂又甚矣。奈何今之人不憂也？余行天下，見人多矣，脱有一人能如翱憂者，又皆賤遠，與翱無異。其餘光榮而飽者，一聞憂世之言，不以爲狂人，則以爲病癡子，不怒而笑之矣。鳴呼！在位而不肯自憂，又禁他人使皆不得憂，可歎也夫！（《歐集》卷73）

歐陽脩讀〈幽懷賦〉時「置書而歎，歎已復讀，不自休」。之所以如此，乃是因爲他身懷憂世之心，恰好能與李翱的意志相通。年方而立的歐陽脩正當年輕氣盛，又頗具正義之心，因此，當他看到范仲淹遭到貶謫時，自然不會忍氣吞聲，在不越職言事的情況之下，他將范仲淹的貶謫歸咎於諫官高若訥（997～1055）的失職。〈與高司諫書〉言：

> 伏以今皇帝即位已來，進用諫臣，容納言論，……足下幸生此時，

〔註39〕雖然歐陽脩嘉祐五年（1060）〈進新修唐書表〉言五代衰世「誠不可以垂勸戒，示久遠。」（《歐集》卷91）以爲五代不可「垂勸戒」，但《新五代史‧梁太祖本紀論》明確指出「使爲君者不得掩其惡，然後人知惡名不可逃，則爲惡者庶乎其息矣。」顯示出他欲將五代衰世作爲借鏡，以期對於後世「勸戒切」的意圖。

〔註40〕參見第三章第一節之「史學之發展與創新」。

> 遇納諫之聖主如此，猶不敢一言，何也？前日又聞御史臺牓朝堂，
> 戒百官不得越職言事，是可言者惟諫臣爾。若足下又遂不言，是天
> 下無得言者也。足下在其位而不言，便當去之，無妨他人之堪其任
> 者也。……聖朝有事，諫官不言，而使他人言之，書在史冊，他日
> 為朝廷羞者，足下也。(《歐集》卷 67)

當高若訥接獲這封書信，立即上奏，使得歐陽脩遭到貶黜。在歐陽脩的觀念
中，高若訥這種反應，正是「在位而不肯自憂，又禁他人使皆不得憂」的表
現。因此，當他讀到李翱的文章時，心有同感而寫作此文。最主要的目的，
還是在諷刺呂夷簡的「百官不得越職言事」戒令，〔註 41〕以及高若訥居其位
而不謀其政，甚至不讓人發言的無恥行徑。

　　歐陽脩在洛陽時，就與尹洙相約撰寫《五代史》。這個約定雖然沒有實現，
但是歐陽脩仍然自己獨力寫出《新五代史》。而「《春秋》筆法」是《新五代
史》最重要的作法。在《新五代史》中，歐陽脩屢次以感歎手法寫出五代的
動亂。歐陽脩雖然對於宋代開國數十年以來的安定給予頗高的評價，但在稱
讚的同時，也指出了當時政治、社會上的隱憂：「財不足用於上而下已弊，兵
不足威於外而敢驕於內，制度不可為萬世法而日益叢雜，一切苟且，不異五
代之時。」(〈本論〉，《歐集》卷 59) 在尋求道德與政治統一的過程中，〔註 42〕
他認為許多政策、制度不一定比五代好，有很大的改進空間。政策、制度如
此，事件、行為也一樣。歐陽脩深刻瞭解五代的動亂乃是由於政治制度與道
德禮法的淪喪，因此出現種種不可思議的事。然而，歐陽脩也看到了這些不
合理的現象似乎又在當世重演。《新五代史》由於是歐陽脩私撰，他在書寫上，
更能自由地表達自己的理念。對於時事的批判，以古觀今，也成為他書寫史
序或論贊時的一項意圖。當中，歐陽脩明顯指出的，便是發生於慶曆四年(1044)
的朋黨之爭與治平二年(1065)的濮議。他在《新五代史》藉由評論古事，藉

〔註 41〕李燾：《續資治通鑑長編》(臺北：世界書局，1961 年 11 月) 卷 118 記載景祐
　　　　三年五月丙戌，天章閣待制、權知開封府范仲淹譏指時政，抨擊呂夷簡的執
　　　　政，使得「夷簡大怒，以仲淹語辨於帝前，且訴仲淹越職言事，薦引朋黨，
　　　　離間君臣。仲淹亦文章對訴，辭愈切，由是降黜。侍御史韓瀆希夷簡意，請
　　　　以仲淹朋黨牓朝堂，戒百官越職言事，從之。」

〔註 42〕美國學者包弼德 (Peter K. Bol) 指出：「歐陽修為其他志所作的敘論指出了一
　　　　條道路，這條道路的目的是在不放棄歷史自覺，或不否認形成了今天之狀態
　　　　的制度損益的前提下，尋求政治和道德的統一。」見包弼德著，劉寧譯：《斯
　　　　文：唐宋思想的轉型》(南京：江蘇人民出版社，2001 年 01 月)，頁 205。

由前人之事批判當時的荒謬現象。

歐陽脩在〈朋黨論〉中，慷慨激昂地提出君子為眞朋的理論，固然是出於其激憤的個性。在〈唐六臣傳論〉中，他則是指出了漢、唐之季皆充斥著紊亂朝綱、盡殺朝士的亂臣賊子：

> 嗚呼！始為朋黨之論者誰歟？甚乎作俑者也，眞可謂不仁之人哉！予嘗至繁城讀〈魏受禪碑〉，見漢之羣臣稱魏功德，而大書深刻，自列其姓名，以夸耀于世。又讀《梁實錄》，見文蔚等所為如此，未嘗不為之流涕也。夫以國子人而自夸耀，及遂相之，此非小人，孰能為也？漢、唐之末，舉其朝皆小人也，而其君子者何在哉！當漢之亡也，先以朋黨禁錮天下賢人君子，而立其朝者，皆小人也，然後漢從而亡。及唐之亡也，又先以朋黨盡殺朝廷之士，而其餘存者，皆庸懦不肖傾險之人也，然後唐從而亡。……欲孤人主之勢而蔽其耳目者，必用朋黨之說也。一君子存，羣小人雖眾，必有所忌，而有所不敢為，惟空國而無君子，然後小人得肆志於無所不為，則漢魏、唐梁之際是也。故曰：可奪國而予人者，由其國無君子，空國而無君子，由以朋黨而去之也。嗚呼！朋黨之說，人主可不察哉！

（《新五代史》卷 35）

歐陽脩認為「大宋之興，統一天下，與堯、舜、三代無異」（〈正統論序論〉，《歐集》卷 16），在〈正統論下〉則認為漢、唐與堯、舜、三代、秦一樣，都是「居天下之正，合天下於一」（《歐集》卷 16）的正統朝代，宋代既然與「堯、舜、三代無異」，自然是他眼中的正統。然而漢唐二代雖屬正統，在末期卻都因為「朋黨小人」得勢，使得國中一空。因此，同屬正統的宋代會不會因為朋黨亂政，而重蹈漢、唐的覆轍？這成為歐陽脩在此處的論述重點。梁啓超（1873～1929）曾經指出《春秋》褒貶筆法的內在精神：

> 《春秋》之作，孔子所以改制而自發表其政見也。生於言論不自由
> 時代，政見不可以直接發表，故為之符號標識焉以代之。〔註43〕

鑑往知來，史書之所以作，乃是藉由古事以為借鏡，提醒後世避免有同樣的錯誤。因此，梁啓超認為《春秋》的寫作，更應當注意的是孔子想要藉由《春秋》來發表自己的政見。歐陽脩二史同樣也是如此，他對於時政的謬誤，也

〔註43〕梁啓超：《新史學・論書法》，《中國歷史研究法》（臺北：里仁書局，2000 年 08 月），頁 33。

會藉由前代來提出呼籲，希望這番「朋黨之說」，「人主」必須明察朝廷的官員是否有類似行爲。

治平二年（1065），英宗詔議崇奉生父濮安懿王，卻遭到翰林學士王珪、知諫院司馬光等人的反對，認爲濮王爲仁宗兄長，接承仁宗帝位的英宗應稱自己的生父濮王爲「皇伯」，而歐陽脩則是主張應稱「皇考」，並且作《濮議》四卷。雙方因而產生爭論，並一直持續到治平三年。表面上是儀禮之辯，實際上則是朝廷官員的政治鬥爭。〔註44〕

由於涉及身爲天下人表率的帝王的倫理問題，這次事件讓歐陽脩頗爲重視。也因此，歐陽脩在《新五代史》序、論中，多次提到父子名份的問題。如〈晉家人傳論〉：

> 古之不幸無子，而以其同宗之子爲後者，聖人許之，著之《禮經》而不諱也。而後世閭閻鄙俚之人則諱之，諱則不勝其欺與僞也。故其苟偷竊取嬰孩襁褓，諱其父母，而自欺以爲我生之子，曰：「不如此，則不能得其一志盡愛於我，而其心必二也。」而爲其子者，亦自諱其所生，而絕其天性之親，反視以爲叔伯父，以此欺其九族，而亂其人鬼親疏之序。凡物生而有知，未有不愛其父母者。使是子也，能忍而真絕其天性歟，曾禽獸之不若也。使其不忍而外陽絕之，是大僞也。……五代，干戈賊亂之世也，禮樂崩壞，三綱五常之道絕，而先王之制度文章掃地而盡于是矣！……晉氏起于夷狄，以篡逆而得天下，高祖以耶律德光爲父，而出帝于德光則以爲祖而稱孫，于其所生父則臣而名之，是豈可以人理責哉！（《新五代史》卷17）

晉高祖石敬瑭以耶律德光爲父，而後繼位的出帝石重貴則以其爲祖，自稱孫。然而對於自己的生父，也就是石敬瑭的兄長石敬儒，卻直到出帝天福八年（943）五月才追封「皇伯」石敬儒爲宋王。〔註45〕

值得注意的是，歐陽脩在濮議之爭時，認爲「所生、所後皆稱父母，而

〔註44〕劉子健：「追崇英宗生父濮王的問題，又釀成軒然大波的濮議。表面上是儀禮之辯，實際上是官僚羣利用兩宮不合，借題發揮，作政治鬥爭。而歐陽就成爲攻擊的主要對象。」見劉子健：《歐陽修的治學與從政》（臺北：新文豐出版公司，1984年10月），頁234。

〔註45〕《新五代史・晉家人傳》：「天福二年正月，……敬儒始以故金紫光祿大夫、檢校尚書左僕射兼御史大夫、上柱國贈太傅，而獨不得封。出帝天福八年五月，……皇伯敬儒始追封宋王，亦加贈太師。」

古今典禮皆無改稱皇伯之文」（〈濮議卷第一〉，《歐集》卷 120），堅持英宗應稱濮王爲「皇考」，那麼歐陽脩在《新五代史》中，爲何要稱石敬儒爲石重貴的「皇伯」？

歐陽脩認爲這種以自己生父爲臣的現象，實爲五代禮樂崩壞的亂象，因此，歐陽脩大加抨擊，並且闡述自己對於這一事件的書法：

> 出帝於高祖得爲子而不得爲後者，高祖自有子也。方高祖疾病，抱其子重睿實於馮道懷中而託之，出帝豈得立邪？晉之大臣，既違禮廢命而立之，以謂出帝爲高祖子則得立，爲敬儒子則不得立，於是深諱其所生而絕之，以欺天下爲眞高祖子也。……余書曰「追封皇伯敬儒爲宋王」者，以見其立不以正，而滅絕天性，臣其父而爵之，以欺天下也。（〈晉出帝本紀論〉，《新五代史》卷 9）

他指出之所以書以「皇伯」，乃是由於「其立不以正，而滅絕天性，臣其父而爵之」。晉高祖自有子，卻由出帝繼承帝位；石敬儒爲出帝生父，卻以之爲臣。在君不君、臣不臣、父不父、子不子之下，歐陽脩以「皇伯」指出其倫理的混亂，同時也隱含英宗應稱濮王皇考，避免五代亂倫的情形。趙翼稱《新五代史》「紀傳各贊，皆有深意」，正是歐陽脩想要以這些發生於亂世的事蹟「借以發端，警切時事」。〔註46〕

再者，歐陽脩所提出的「出帝於高祖得爲子而不得爲後」，指出石重貴「其立不以正」。畢竟，石敬瑭本有子可以傳後，卻由其兄之子繼位，於情於理都說不過去。而仁宗無子，以濮王之子爲子，讓他繼承帝位是出於不得已的。總之，歐陽脩在《新五代史》多次批判晉出帝，實欲將濮議事件寄寓於對這段歷史的評論中。

君臣父子關係既爲歐陽脩所重視，他在《歐集》或其它著作中，對於世系的問題也多次觸及，如《歐集》卷七十一的〈歐陽氏譜圖〉。此外，〈薛簡蕭公文集序〉則涉及子嗣後代的論述：

> 公有子直孺，早卒。無後，以其弟之子仲孺公期爲後。公之文既多，而往往流散於人間，公期能力收拾。蓋自公薨後三十年，始克類次而集之爲四十卷，公期可謂能世其家者也。嗚呼！公爲有後矣！（《歐集》卷 44）

〔註46〕見趙翼：《二十二史箚記》（臺北：世界書局，2001 年 08 月）卷二十一〈歐史傳贊不苟作〉，頁 286～287。

在歐陽脩的序跋中，屢屢稱述「流傳久遠」的問題，但「有後」的觀念亦不能忽視。薛奎之子薛直孺並無子嗣，因此「簡肅公之世，於是而絕。」（〈薛直夫墓誌銘〉）

然而薛奎並沒有因此「絕後」，因為「以其弟之子仲孺公期為後」。歐陽脩在這裡的論述有著從「無後」到「有後」的轉變歷程，其中的關鍵在於薛仲孺「能世其家」，而之所以「能世其家」，在於薛仲孺類次其文集的行為。畢竟，作於寶元二年（1039）的〈薛直夫墓誌銘〉，還在感傷薛直孺早逝無子的「可哀」：

> 不娶而無後，罪之大者可也；娶而無子，與夫不幸短命未及有子而死以正者，其人可以哀，不可以為罪也。……質夫再娶皆無子，不幸短命而疾病以死，其可哀也，非其罪也。自古賢人君子，未必皆有後，其功德名譽垂世而不朽者，非皆因子孫而傳也。（《歐集》卷28）

歐陽脩指出薛直孺「再娶皆無子」，非不為也，而是命運使然。因此，「無子」並不能完全歸咎於薛直孺。熙寧四年（1071）的〈薛簡肅公文集序〉言「無後，以其弟之子仲孺公期為後」，而這樣的「有後」，是因為薛公期能夠整理編次薛奎的文集，使他的名聲與文章流傳於後世。這樣一來，雖然「簡肅公之世，於是而絕」，無繼承的子嗣，但卻不能說是「無後」。

從歐陽脩論述「有後」、「無後」的問題，我們也發現，歐陽脩頗為重視後代是否能繼承祖先遺業的問題，指出一個家族世系的盛衰，「雖由功德薄厚，亦在其子孫。」（《新唐書·宰相世系表序》）歐陽脩同樣重視「功德」與「子孫」二者，畢竟，前人的「功德」若要流傳以至不朽，還需要「子孫」能夠守成才行；而「子孫」也需要先祖之餘蔭。〈歐陽氏譜圖序〉自述「今某獲承祖考之餘休，列官于朝，叨竊榮寵，過其涯分，而才卑能薄，泯然遂將老死於無聞。夫無德而祿辱也，適足以為身之媿，尚敢以為親之顯哉！」〔註47〕可見在他的觀念中，祖先之餘休與後世子孫的繼承、發揚須相輔相成才行。薛仲孺雖非薛奎的直系血親，但他是自己的姪子，以其為子亦無不可。〔註48〕而薛仲孺將薛奎的作品編纂成集，在歐陽脩的眼中，等同將薛奎的「功德」流傳下去，如此一來，薛奎自然是「有後」。

〔註47〕見《歐集》卷71，此處所引為集本。

〔註48〕歐陽脩在《新五代史·晉家人傳》言：「古之不幸無子，而以其同宗之子為後者，聖人許之，著之《禮》經而不諱也。」

二、反對佛老

　　歐陽脩一生尊崇儒道，摒黜佛老，在序跋文章多次表現出反對佛老的態度。即使為僧侶的詩文集作序，也不著眼於其佛教行為，而是從他日常與朋友之間的互動或是個性方面下筆，藉以指陳其不專於佛，僅因不遇而潛伏不出的情況。〔註49〕

　　歐陽脩反對佛教，是因為他從小就看到了佛教種種不合理的行為。他在〈尚書工部郎中歐陽公墓誌銘〉記載叔父歐陽載（959～1026）的親身經歷：

> 天禧元年（1017），入遷侍御史。二年，出知泗州。先是，京師歲旱，有浮圖人斷臂禱雨，官為起寺於龜山，自京師王公大臣，皆禮下之，其勢傾動四方。又誘民男女投淮水死，曰：「佛之法，用此得大利。」而愚民歲死淮水者幾百人。至其臨溺時，用其徒倡呼前後，擁之以入，至有自悔欲走者，叫號不得免。府君聞之，驚曰：「害有大於此邪！」盡捕其徒，詰其姦民，誅數人，遣還鄉里者數百人，遂毀其寺。（《歐集》卷29）

引誘民眾殘害身體，以祈求下雨，甚至誘導他們投水，藉口說可以因此得利，數百條人命因此喪生，臨時反悔的，還被信眾強迫拋入水中。這對當時年僅約十歲的歐陽脩自然頗感震撼，因而他在墓誌銘中嚴詞指責這種不人道的行為。此外，〈送慧勤歸餘杭〉一詩，則是揭露杭州一帶佛教活動之奢侈：

> 越俗僭宮室，傾貲事雕牆。佛屋尤其侈，耽耽擬侯王。文彩瑩丹漆，四壁金焜煌。上懸百寶蓋，宴坐以方牀。……一饌費千金，百品羅成行。晨興未飯僧，日昃不敢嘗。……餘杭幾萬家，日夕焚清香。（《歐集》卷2）

此詩雖然或有誇飾之嫌，但杭州人對於佛教建築的講究、鋪張，以及對僧侶的崇敬，則歷歷在目。佛教這種鋪張行徑在當時並非僅見於杭州一帶，洛陽、福建等各地，都有類似的行為。〔註50〕

〔註49〕王文濡對〈釋惟儼文集序〉言：「以曼卿作陪，而儼之身分自出，并竭力形容其介。入後退儼一室數語，儼固非一意寂滅者，如此方不苟為浮屠作序。」指出歐陽脩為僧侶作序的目的本不欲觸及他的宗教，因此集中在友人與個性、文學成就上面。見王文濡選註：《宋元明文評註讀本》（臺北：廣文書局，1981年12月）第一冊，頁20。

〔註50〕歐陽脩〈河南府重修淨垢院記〉：「河南自古天子之都，王公戚里、富商大姓處其地，喜於事佛者，往往割脂田、沐邑、貨布之贏，奉祠宇為莊嚴。故浮

　　除了種種荒謬的現象不能忍受之外，歐陽脩也認為佛教無益於中國。〈本論下〉他指出佛教「棄其父子，絕其夫婦，於人之性甚戾，又有蠶食蟲蠹之弊。」（《歐集》卷17）本來和諧的社會因為佛教的流行，而導致人倫常理淪亡。再者，宗教往往具有安定社會、宣導善良風俗的正面力量，但當時的佛教顯然沒有達到這一個任務：

> 右〈御史臺精舍記〉，崔湜撰，梁昇卿書。讀其文，則湜於佛可為篤信者矣。……傾邪險惡，不可勝紀。世言佛之徒能以禍福怖小人，使不為惡，又為虛語矣。以斯記之言，驗湜所為可知也，故錄之于此。（〈唐御史臺精舍記跋尾〉，《歐集》卷139）

佛教不僅因為迷信而誘人自殘以求雨，又無法導引邪惡返回正道，勸人向善的成效不彰。此外，還使人因為信佛而不關心周遭事物，甚至產生邪妄之心：

> 甚矣！佛老之為世惑也！佛之徒曰無生者，是畏死之論也；老之徒曰不死者，是貪生之說也。彼其所以貪畏之意篤，則棄萬事、絕人理而為之，然而終於無所得者，何哉？死生天地之常理，畏者不可以苟免，貪者不可以苟得也。惟積習之久者，成其邪妄之心。（〈唐華陽頌跋尾〉，《歐集》卷139）

不僅不能使小人不為惡，反而會因為貪生、畏死，而拋棄萬事，甚至產生邪妄之心。不只無益於社會，還造成嚴重的傷害，有如社會上的蠹蟲。因此，為了導正這種社會風氣，歐陽脩學習韓愈的〈原道〉，寫了兩篇〈本論〉，並且多次在文章中提及反佛的言論，歸本儒道以抑佛。

　　歐陽脩在〈本論上〉指出佛教本為外來宗教，三代之際，由於施行王政，雖然有佛但無由而入，要等到王道中絕、禮崩樂壞的時代才乘隙而入。他屢次抨擊佛教，闡述其意圖為「俾覽者知無佛之世，詩書雅頌之聲，斯民蒙福者如彼；有佛之盛，其金石文章與其人知被禍者如此。」（〈唐司刑寺大腳跡勑跋尾〉，《歐集》卷139）在《集古錄跋尾》裡面，有許多碑文都與佛寺、佛教有關，既然如此，歐陽脩之所以還要收錄這些碑文，具有使讀者知道佛教「被禍」的意圖。

　　再者，佛教趁著亂世傳入，在國內傳播愚民思想，這也是歐陽脩所反對

圖氏之居與侯家主第之樓臺屋瓦，高下相望於洛水之南北，若弈棋然。」（《歐集》卷63）而〈端明殿學士蔡公墓誌銘〉則說：「閩俗重凶事，其奉浮圖、會賓客，以盡力豐侈為孝。」（《歐集》卷35）

的，因此他在〈齊鎮國大銘像碑跋尾〉說：「所以錄之者，欲知愚民當夷狄亂華之際，事佛尤篤爾。」（《歐集》卷 137）指出佛教的愚民思想。更可怕的是，佛教的愚民思想不僅百姓受害，即使具英雄智識的明主唐太宗也不能避免被佛教思想所愚弄。〔註 51〕同時，歐陽脩也指出了佛教不適合中國國情的矛盾之處：

> 《易大傳》曰：「庖犧氏之王也，能通神明之德，以類萬物之情。作結繩而爲網罟，以佃以漁。」蓋言其始教民取物資生，而爲萬世之利，此所以爲聖人也。浮圖氏之説，乃謂殺物者有罪，而放生者得福。苟如其言，則庖犧氏遂爲地下之罪人矣。（〈唐放生池碑跋尾〉，《歐集》卷 142）

歐陽脩針對佛教「殺物者有罪」的教條，引庖犧教化人民增加食物來源的例子予以反駁，凸顯出佛教與中國在民情風俗、道統等各方面扞格不相容的衝突。

在序跋中不只反對佛教，歐陽脩也批判道教。他在《新唐書・武宗本紀論》批判唐武宗躬受道家之籙的不明智，同時也指出當時的人往往被謬妄不合常理的事所迷惑，因此，他試圖指出道教的缺點：

> （歐陽脩）喟然嘆曰：「吾欲曉世以無僊而止人之學者，吾力顧未能也。吾視世人執奇恠訛舛之書，欲求生而反害其生者，可不哀哉！矧以我翫好之餘拯世人之謬惑，何惜而不爲？」乃爲刪正諸家之異，……庶幾不爲訛謬之説惑世以害生。是亦不爲無益，若大雅君子，則豈取於此！（〈刪正黃庭經序〉，《歐集》卷 65）

世人由於貪圖長生，常常尋求一些旁門左道的方法，歐陽脩認爲這一些旁門左道的書籍，不但不能讓人長生，適足以害生，所以他對道教書籍《黃庭經》的內容刪去異說與訛舛的部分，並加以注解，「不爲訛謬之説惑世以害生」。他也在序跋當中說明刪正《黃庭經》的意圖，在於「余非學異說者，哀世人之惑於繆妄尔。」（〈黃庭經跋尾一〉，《歐集》卷 143）

總之，正如劉子健所言：「所反對的是佛道兩教所採取的制度與生活方式的不合理處。也就是反對兩教普遍於社會所造成的許多流弊。對於教義與理

〔註51〕 〈唐顏師古等慈寺碑跋尾〉：「太宗英雄智識，不世之主，而牽惑習俗之弊，猶崇信浮圖，豈以其言浩博無窮，而好盡物理爲可喜邪？蓋自古文姦言以惑聽者，雖聰明之主或不能免也。」（《歐集》卷 138）

論，歐陽很少批評。」〔註52〕歐陽脩之所以反對佛老，乃是由於這兩派宗教在當時對社會造成許多弊病，不但無益於社會，還成為社會的蠹蟲。

第五節　要於自適之藝術鑑賞

王國維指出北宋時期由於政局穩定，士大夫得以用心於學問之上。在哲學、科學、史學、藝術種種方面均有長足的進步，士大夫在這些方面往往有相當的素養。歐陽脩在平日生活中，與好友交往時，常常有藝術方面的交流。從洛陽時代開始，歐陽脩的生活中便已經出現與好友同遊山水的記載。〔註53〕〈思潁詩後序〉自述皇祐元年（1049）時對於潁州的印象頗佳，「愛其民淳訟簡而物產美，土厚水甘而風氣和，於時慨然已有終焉之意」，表達自己對於自然山水的喜好。而在第三章中，提到了在書法方面，歐陽脩對於蔡襄、蘇舜卿的推崇；在金石學上，得益於劉敞頗多；平日的聚會上，又有許多飲食、賞玩方面的討論。歐陽脩的《試筆》中，論硯、論筆、論琴論枕、論畫、論書，凸顯出其生活之多樣。蔡襄的《荔枝譜》、《茶錄》，歐陽脩的《洛陽牡丹記》，都是文士之間交流而產生的作品。

歐陽脩〈集古錄目序〉道出自己對於古器、法帖喜好的態度：

> 予性顓而嗜古，凡世人之所貪者，皆無欲於其間，故得一其所好於斯。好之已篤，則力雖未足，猶能致之。故上自周穆王以來，下更秦、漢、隋、唐、五代，外至四海九州，名山大澤，窮崖絕谷，荒林破塚，神仙鬼物，詭怪所傳，莫不皆有，以為《集古錄》。……或譏予曰：「物多則其勢難聚，聚久而無不散，何必區區於是哉？」予對曰：「足吾所好，玩而老焉可也。象犀金玉之聚，其能果不散乎？予固未能以此而易彼也。」（《歐集》卷41）

他指出自己的興趣異於一般世俗，而偏好金石古器，因此上窮碧落下黃泉，必以蒐求得金石器而後止。其友人韓琦（1008～1075）也曾經提及他「於物無他玩好，獨好收古文圖書」（〈歐陽公墓誌銘〉，《歐集》附錄卷2）的興趣，甚至訪求多年，只為尋得一塊大家都認為已經亡佚的碑文：

> 余自皇祐中得公權所書〈陰符經序〉，遂求其經，云石已亡矣。常意

〔註52〕劉子健：《歐陽修的治學與從政》，頁115。
〔註53〕可參見第三章第四節歐陽脩與梅聖俞交遊的論述。

必有藏于人間者，求之十餘年，莫可得。治平三年，有鐫工張景儒忽
以此遺余家小吏，遽錄之。(〈唐鄭澣陰符經序跋尾二〉，《歐集》卷 142)

爲了求得金石，而蒐求十多年，最後在他人的幫助之下，終於得到《陰符經》
之碑。由於他「性顓而嗜古」的個性，蒐集金石器是爲了「足吾所好」，因而
有這種求石若渴的表現，收錄拓本多多益善，與宋太宗時期成書的《淳化閣
法帖》有著迥然不同的差異。〔註 54〕歐陽脩之所以如此愛好金石，或許與童
年印象有關。他在〈孔子廟堂碑跋尾〉說「余爲童兒時，嘗得此碑以學書」(《歐
集》卷 138)，自述幼年時就已經接觸過金石器，這種童年經驗讓他對於金石器
可能持續維持著熟悉而親近的感覺。〔註 55〕

《集古錄跋尾》中，歐陽脩屢以碑文與史傳書籍互證、考訂史實，在跋
尾中展現求眞、求信實的意圖。不過，《集古錄跋尾》由於載體特殊，文本兼
具「學術性」與「藝術性」。除了碑文可用來從事「學術性」的研究之外，其
中的書法則可以進行「藝術性」賞玩。〔註 56〕因此，歐陽脩也試圖藉由跋尾
來陳述他對於金石古器與書法的喜好，以及此二者在日常生活中所帶來的樂
趣：〈唐明禪師碑跋尾〉(《歐集》卷 140) 記載自己在秋暑昏沉時賞玩碑文，使
精神漸漸恢復；〈雜法帖跋尾〉(《歐集》卷 143) 則指出自己老年視力衰退，不
能讀書、執筆，只能把玩《集古錄》與法帖的生活。〔註 57〕

歐陽脩接觸書法，最主要的交流者，當屬蔡襄 (1012～1067)。在與蔡襄的
交流之下，對於書法研究不深的他，「非知書者，以接君謨之論久，故亦粗識
其一二焉」(〈跋茶錄〉，《歐集》卷 73)。在長期接觸書法下，歐陽脩對於歷代書

〔註 54〕 艾‧朗諾指出《淳化閣法帖》與《集古錄》的收錄標準截然不同：「太宗的匯
編，所選作品年代是否久遠並非最緊要，畢竟，其用意在於提供一種典範。
歐陽修則不然，他收集的作品的年代意義重大。而正因他對一切古老的東西
感興趣，他的收集兼采並蓄。《淳化閣法帖》嚴於去取，這與歐陽修正相反。」
見艾‧朗諾：〈對古「迹」的再思考——歐陽修論石刻〉，朱剛、劉寧主編：《歐
陽修與宋代士大夫》(上海：上海人民出版社，2007 年 09 月)，頁 55。

〔註 55〕 蔡世明則指出，歐陽脩幼年的庭訓，建立於母親用蘆荻莖桿在沙地上教他寫
字，成年之後這種童年印象，便轉化爲對於金石刻文的喜好。見蔡世明：《歐
陽修的生平與學術》(臺北：文史哲出版社，1986 年 09 月)，頁 97。

〔註 56〕 如〈唐韓愈黃陵廟碑跋尾〉：「余家所藏，最號善本，世多取以爲正，然時時
得刻石校之，猶不勝其舛繆，是知刻石之文可貴也，不獨爲玩好而矣。」在
藝術玩好之餘，也以它進行學術研究。

〔註 57〕 〈雜法帖跋尾六〉：「老年病目，不能讀書，又艱於執筆。惟此與《集古錄》
可以把玩，而不欲屢閱者，留爲歸潁銷日之樂也。」(《歐集》卷 143) 這一首
跋尾作於熙寧四年 (1071)，爲歐陽脩晚年所作。

法得以略述一二，而有不盡相同的評論。〔註 58〕至於宋代書法，歐陽脩則是感慨其表現不如唐代，有沒落之勢：

> 自唐以前，賢傑之士，莫不工於字書，其殘篇斷稿爲世所寶，傳於今者何可勝數？彼其事業，超然高爽，不當留精於此小藝。豈其習俗承流，家爲常事？抑學者尤有師法，而後世媮薄，漸趨苟簡，久而遂至於廢絕歟？今士大夫務以遠自高，忽書爲不足學，往往僅能執筆，而間有以書自名者，世亦不甚知爲貴也。至於荒林敗塚，時得埋沒之餘，皆前世碌碌無名子，然其筆畫有法，往往今人不及。(〈唐辨石鐘山記跋尾〉，《歐集》卷 142)

由此觀之，歐陽脩蒐集金石碑文、撰寫跋尾，固然是因爲他的興趣使然，但他也試圖揭露國朝學者「忽書爲不足學」的現象。他在多篇序跋文當中都有相關探討，如〈跋永城縣學記〉對於宋代書法不振，提出「其忽而不爲」、「俗尚苟簡，廢而不振」與「難能而罕至」三種沒落的可能性。〈晉王獻之法帖跋尾一〉中，也指出當世書法的問題：

> 余嘗喜覽魏晉以來筆墨遺蹟，而想前人之高致也。所謂法帖者，其事率皆弔哀、候病、敍睽離、通訊問，施於家人朋友之間，不過數行而已。蓋其初非用意，而逸筆餘興，淋灕揮灑，或妍或醜，百態橫生。批卷發函，爛然在目，使人驟見驚絕。徐而視之，其意態愈無窮盡，故使後世得之以爲奇翫，而想見其人也。至於高文大冊，何嘗用此！而今人不然，至或棄百事，弊精疲力，以學書爲事業，用此終老而窮年者，是眞可笑也。(《歐集》卷 137)

前人的書法，是日常生活中與親友通訊時隨手揮灑的「逸筆餘興」，因而百態橫生，使人驟見驚絕，且意態無窮。他便曾推崇李宗諤（字昌武，965～1013）「以篇章翰墨爲樂」(〈跋李翰林昌武書〉，《歐集》卷 73)。但是大多數當世的書法者卻窮畢生之力，以書法爲終身志業，用力其中而對於百事漠不關心。這自然與他關心百事的處世態度有所牴牾。在他的觀念中，學習書法是一種生

〔註 58〕蔡清和指出歐陽脩在《集古錄跋尾》中對於書法的評論，可分爲先秦兩漢、魏晉南北朝、隋代，以及唐代四者。先秦兩漢之碑文主要著重於考據上，幾乎沒有論及書法美學；魏晉時代推崇王羲之父子，而南朝卑弱、北朝怪異；隋、唐兩代大致上給予正面的評價。見蔡清和：《歐陽脩《集古錄跋尾》之研究——以書學、佛老學、史學爲主》（臺北：花木蘭文化工作坊，2005 年 12 月），頁 53～67。

活樂趣，不應該過份講求其藝巧：

> 使其樂之不厭，未有不至於工者。使其遂至於工，可以樂而不厭，
> 不必取悅當時之人，垂名於後世，要於自適而已。(〈夏日學書說〉，《歐
> 集》卷 129)

前文曾指出歐陽脩的序跋往往具有爲「作品」或是「作者」垂世而行遠、達
到不朽的創作意圖；然而對於書法，歐陽脩並未抱持這種想法。相反地，他
認爲學習書法的主要目的在「要於自適」，而不在於取悅時人，或是垂名後世。
這一種觀念與〈集古錄目序〉中的「足吾所好，玩而老焉可也」相互呼應，
並未顯示出求物之不散的意圖。

　　再者，他認爲學書法固然可能勞心，但不能因此戕害情性，「要得靜中之
樂」(〈學書靜中至樂說〉，《歐集》卷 129)。〈雜法帖跋尾二〉他重申「學書不必
憊精疲神於筆硯，多閱古人遺蹟，求其用意，所得宜多。」(《歐集》卷 143)
因此，他對於「棄百事，弊精疲力，以學書爲事業」的人頗不以爲然。

　　而我們可以在《集古錄跋尾》中，屢次看到他提及收錄碑文，乃是由於
書法的奇特或工妙，「覽者自擇，則可以忘倦」(〈後周大像碑跋尾〉，《歐集》卷
137)的賞玩心態。當代學者文師華指出歐陽脩以樂而不厭的態度學習書法，
與長年累月的政治鬥爭和貶黜有關，從而磨練出「遣玩」的意興。〔註 59〕不
僅針對書法，歐陽脩許多關於藝術玩好的序跋都具有記錄下這種遣玩意興的
意圖。如〈集古錄目序〉說「予性顓而嗜古」、〈歸田錄序〉說「朝廷之遺事，
史官之所不記，與士大夫笑談之餘而可錄者，錄之以備閑居之覽也」、〈題薛
公期畫〉對於薛仲儒的畫作「竊覽而嘉之」、〈跋茶錄〉論蔡襄書法「各極其
妙」，都可以視爲這種遣玩意興的表現。〈龍茶錄後序〉更記載仁宗賞賜上品
龍茶的情形：

> 茶爲物之至精，而小團又其精者。錄敍所謂上品龍茶者是也。蓋自
> 君謨始造而歲貢焉，仁宗尤所珍惜，雖輔相之臣未嘗輒賜。……至
> 嘉祐七年，親享明堂，齋夕，始人賜一餅，余亦忝預，至今藏之。……

〔註 59〕 文師華：「歐公具有正視現實、勇於進取的入世精神，但無休止的宦海風波與
人事傾軋，又使他從貶官滁州開始，就萌生了優游林泉的意趣，而且磨煉出
一種『遣玩』的意興。……歐公『遣玩』的意興，不是膚淺的追逐歡樂，而
是透過人生的悲慨所追求的高雅的樂趣，是追求自然適意的士大夫人生哲學
的表現。」見文師華：〈論歐陽修的書法美學觀〉，《江西社會科學》1998 年第
10 期，頁 53～54。

　　因君謨著錄，輒附于後，庶知小團自君謨始，而可貴如此。（《歐集》
　　卷65）

歐陽脩記載了小團茶之可貴，因此偶一獲賜，便慎重珍藏。除了書法與茶，
他的序跋涉及藝術鑑賞的領域，還包含了花卉、水果品種的研究、詩與生活
之間的連結，甚至對於書法用紙也頗為講究。〔註60〕這些生活情趣與藝術鑑
賞的樂趣，皆可視為他在政治紛擾以外的精神寄託。

〔註60〕可參閱〈牡丹記跋尾〉（《歐集》卷72）、〈書荔枝譜後〉、〈題青州山齋〉與〈跋
　　　三絕帖〉（皆《歐集》卷73）數首序跋。

第六章　歐序與當代序跋異同舉要

　　歐陽脩所書寫的序跋文章既然異於前世的書寫方式，形成其獨特的風格，那麼，當時的北宋文人又是如何書寫序跋此一體類的作品？他們所寫的序跋與歐陽脩有何異同之處？本文擬以歐陽脩各方面的序跋，與當代具代表性的文本進行比較，分析其篇章作法與思想觀念，以指出兩者異同。

　　在別集序跋與詩文篇章序跋方面，本章擬以約略與歐陽脩同一時代的文人序跋，來與歐陽脩的作品作共時性的分析；至於歐陽脩《新唐書》、《新五代史》與《集古錄跋尾》三種，由於當世並無可供參照之作品，則以劉昫（887～946）修撰的《舊唐書》、薛居正（912～981）修撰的《舊五代史》以及趙明誠（1081～1129）的《金石錄》三種文本爲討論對象。因此，第一節先探討當世之別集與篇章序跋；第二節分析兩《唐書》之序、論；第三節分析兩《五代史》之序、論；最後比較《集古錄跋尾》與《金石錄》跋尾。藉由此章分析，歸納出歐陽脩的序跋在篇章作法與思想觀念二方面，與當代的其他作品有何異同。

第一節　當代別集與篇章序跋比較

　　歐陽脩的詩文集序跋既然側重於描寫作者的神情風采與抒情感懷，因而迴異於以往的別集序，那麼，與歐陽脩同時代的文士又是如何書寫別集序？再者，這些文人又如何撰寫詩文篇章序跋？本節擬就此二方面探討之。

一、別集序跋

　　爲親友作品集寫序，在北宋之前即已有之。如元稹〈白氏長慶集序〉。其

文先記載白居易的事蹟、成書過程，以及論述白居易詩的特點，並提出自己的文學理論。「至於樂天之官族景行，與予之交分淺深，非敘文之要也，故不書。」（《文苑英華》卷705）可見元稹雖與白居易有深交，卻因對於序跋體類的認知，而省略了二人情誼的書寫。

歐陽脩爲親友所寫的文集序，除了基於深厚交誼之外，也藉此陳述該「士族網絡」所秉持的理念。當時其他文人爲親友所寫的詩文集序是否存在著類似的模式？本節擬以此一文士集團中與歐陽脩有所往來的別集作者與序跋者爲例，如尹洙（1001～1047）〈浮圖祕演詩集序〉、蘇舜卿（1008～1048）的〈石曼卿詩集序〉與范仲淹（989～1052）的〈尹師魯河南集序〉三篇詩文集序，來探討他們的書寫方式。

（一）〈釋秘演詩集序〉與尹洙〈浮圖祕演詩集序〉

目前可見的別集序中，尹洙的〈浮圖祕演詩集序〉是唯一一篇與歐陽脩同樣針對同一對象所寫的詩文集序。因此，比較兩篇序文的作法或許可以更清楚凸顯歐陽脩詩文集序的特點。徵引全文於下：

> 浮圖號文惠師秘演者過我，道歐陽永叔爲其作詩序，蘇子美貽之詩。
> 永叔悲演老且衰，子美有「惜哉不櫛被佛縛，不爾煊赫爲名卿」之
> 句。予識演二十年，當初見時，多與穆伯長游。伯長明峻，人罕能
> 與之合，獨喜演。演善詩，復辨博，好論天下事，自謂浮圖其服而
> 儒其心，若當世有勢力者冠衣而振起之，必舉舉取奇節。今老且窮，
> 其爲佛縛，詎得已邪？伯長小州參軍，已死，演老浮圖，固其分。
> 演之再來京師，不飲酒，不與人劇談，頗自持謹，與世名浮圖者不
> 甚異。演之心豈與年俱衰乎？永叔因曼卿始以知演，見其衰而聞其
> 壯所爲，是以爲之悲。然演始健于詩，老而愈壯，不知年之衰。于
> 聞詩發于中，寧相戾邪？豈演老益更事，且不預世故，遂汩汩順流
> 俗，其外若衰，其中挺然，獨于詩乃發之邪？演詩既多，爲人所重，
> 演亦不自愛之，數客外方，頗逸去，錄之凡三百餘篇云。河南尹某
> 序。（《河南先生文集》卷5）

尹洙此序寫於歐陽脩〈釋秘演詩集序〉之後，尹洙當時已讀過〈釋秘演詩集序〉，因此文中多處提及其序。在寫法上，尹洙此序在歐陽脩〈釋秘演詩集序〉之後，接續其文，敘述秘演的日後生活狀況。

尹洙在序中並未採取對於作者與作品進行詳細介紹的傳統作法，而是側

重在祕演的交遊與其個性上的書寫。此文起頭的寫法與〈釋祕演詩集序〉有所差異：歐陽脩由石延年寫起，採用迂迴而入的作法；尹洙則是開門見山，直接從祕演造訪切入，再回溯二十年來與祕演之交情。

歐、尹二序皆以自身與作者接觸的經驗寫序，呈現出祕演的個性、風采，並藉由描繪祕演形象，以凸顯出其盛衰。在闡述祕演遭遇的部分，歐、尹同時紀錄祕演「浮圖其服而儒其心」的無奈。對於祕演性格的書寫步驟上，歐陽脩先寫其盛，再記其衰，又從其衰寫其心志猶在；而尹洙大致相同，先寫祕演與穆脩之交遊，接著記載「演之再來京師，不飲酒，不與人劇談，頗自持謹，與世名浮圖者不甚異」，似乎心志已衰，但又從其詩得知其志未衰。二人都是先從祕演的外在行為寫起，再逐步探求其內心，由外而內寫出祕演之志。

不過，二序的步驟雖類似，書寫途徑則不同：歐陽脩記載祕演壯志乃是藉由其壯遊之舉，凸顯其人雖老，其志猶在；尹洙則是藉由祕演的詩，來襯托其人外表雖然衰老，但心中之志仍挺然健壯。

綜上所論，歐陽脩與尹洙為祕演而寫的序文，皆以與祕演交遊的經驗寫序，以呈現其風采；在書寫步驟上，皆是「盛→衰→盛」由外而內寫出祕演心中之志。但在文章開頭以及描述祕演內心之志的書寫方式則有所不同。

（二）〈書梅聖俞稾後〉與蘇舜卿〈石曼卿詩集敍〉

歐陽脩生平極為重視好友，他在明道元年（1032）所寫的〈書梅聖俞稾後〉乃與梅聖俞交流詩學之後，又得到他的詩稿而寫的一篇跋文。因此，歐陽脩在跋文中以論詩的方式行文。層層轉折，從論樂到論詩，再從論詩轉論梅聖俞之詩，最後再交代書寫此跋文之由。

蘇舜卿〈石曼卿詩集敍〉與〈書梅聖俞稾後〉有頗多相似之處。此文為蘇舜卿在石延年（994～1041）猶在世時所寫的序文。〔註1〕在此序中，大多為議論，從論詩的功用，轉論北宋真宗大中祥符朝（1008～1016）詩風以藻麗為勝，再轉而指出石延年與穆脩（字伯長，979～1032）重精實，又轉而論述石延年詩乃「詩之豪者」。最後交代自己作序之由：

　　曼卿之詩……其詩之豪者歟！曼卿資性軒豁，遇事輒詠。……曼卿

〔註1〕 《蘇舜卿集》在此文後註八言：「黃本、陳本下有康定元年十一月十七日十字。」可知〈石曼卿詩集序〉寫於1040年，是時石延年猶在世。見《蘇舜卿集》（臺北：漢京文化公司，1984年07月），頁166。

> 一日觴予酒，作而謂予曰：「子賢於文，而又知詩，能爲敍我詩乎？」
>
> 予諾之，因爲有作於篇。(《蘇學士集》卷13)

蘇、石二人平日即有深厚交情，〔註2〕因此石延年認爲蘇舜卿是最好的序跋人選。他請求蘇舜卿寫序，乃是因爲蘇舜卿「知詩」，因而蘇舜卿在序文中將重心放在詩的論述上。

無論是〈書梅聖俞槀後〉或〈石曼卿詩集敍〉，都集中在詩論上，並且從詩論經過層層議論之後，轉而爲論作者之詩，兩篇序跋在書寫步驟上頗爲類似。不過，歐、蘇在論詩時的重心並不相同，二序都是從詩能寄寓悲喜出發，但歐陽脩從人類性情的角度發展，指出梅堯臣詩長於「本人情、狀風物」；蘇舜卿則是著重於風教之感，從而指出石曼卿之詩「警時鼓眾」，偏重於對於詩之用的論述。此外，二者的作序之由也不相同。〈書梅聖俞槀後〉爲歐陽脩求取梅聖俞詩稿而後所作；〈石曼卿詩集敍〉則是石延年請求蘇舜卿爲他作序而產生的序文。

（三）范仲淹改變寫法的〈尹師魯河南集序〉

〈尹師魯河南集序〉乃范仲淹爲尹洙文集所寫，大約寫於慶曆七年（1047）。首先議論歷代文章演變，一轉而論尹洙等人創作古文；次敍尹洙自天聖二年及進士第後歷年爲官經歷；其次說明自己與尹洙最後一次見面的情形，最後交代文集編纂的情況。其中，范仲淹亦涉及尹洙理念的書寫：

> 予方守南陽郡，一旦師魯昇疾而來……隱几而卒。故人諸生聚而泣
> 之，且歎其精明如是，剛決如是。死生不能亂其心，可不謂正乎！
> 死而不失其正，君子何少哉！……噫！師魯有心於時，而多難不壽；
> 所爲文章，亦未嘗編次。(《范文正公文集》卷8)

范仲淹指出其性格精明剛決，又感嘆其青年早逝，以致於雖有心於時，卻無法一展長才。范仲淹除了敍述與尹洙的交誼之外，又指出尹洙的理想抱負，他對於尹洙「有心於時」的描述，正是他對於尹洙才能的肯定，也是當時文士「篤於相先」的表現。

另一方面，歐陽脩爲親友寫序時，往往將自己用第一人稱的「予」、「余」寫入序文，以記載他與作者之間的互動與情誼。范仲淹此序亦將自己用第一人稱的「予」寫入文中，並紀錄與尹洙之對話。然而，這與他早年〈唐異詩

〔註2〕隔年石延年去世時，蘇舜卿作〈哭曼卿〉詩表達悲痛之意：「歸來悲痛不能食，壁上遺墨如棲鴉」(《蘇學士集》卷2)。由詩中悲痛之情，可見其情誼之深厚。

序〉作法有所不同。雖然范仲淹在〈尹師魯河南集序〉與〈唐異詩序〉中所
表達的詩文觀念是一致的，〔註3〕但兩篇序文的作法卻有所差異。比如：〈唐
異詩序〉用第三人稱指稱自己，將序跋者的身分隱藏起來，〔註4〕試圖以客觀
的角度記載唐異（？～？）生平活動，且文中多以駢偶之句行文。

　　綜上所論，除了記載尹洙進士及第之後的歷年從政之外，其中的迂迴寫
法、敘述自己與尹洙之間互動情形，以及對其經世理念的闡述，都與歐陽脩
詩文集序頗為相近。雖然如此，若與他早年的〈唐異詩序〉比較，仍可看出
范仲淹詩文集序的作法前後時期有所不同。

二、詩文序跋

　　歐陽脩的詩文序跋創作，有記敘該篇詩文的創作背景，也有對於事件的
議論，或是闡發自己的閱讀心得。這裡擬以曾鞏（1019～1083）、王安石（1021
～1086）與蘇軾（1036～1101）的數篇詩文序跋為例來進行探討。

（一）曾鞏的詩序與傳記跋

　　曾鞏詩文序跋，可以〈館閣送錢純老知婺州詩序〉、〈讀賈誼傳〉、〈書魏
鄭公傳後〉為例。〈館閣送錢純老知婺州詩序〉寫於熙寧三年（1070）十月，
首段交代館閣文士作詩之由，轉而議論館閣文士「篤於相先」的情誼，最後
推崇錢公輔（字純老，1021～1072）志節之高。此文以敘事為主，而兼具議論。
歐陽脩〈禮部唱和詩序〉（《歐集》卷43）則是議論、敘事兼感嘆，在感嘆中說
明衰老有時、笑樂有詩。感嘆部分正是與曾鞏〈館閣送錢純老知婺州詩序〉
相異之處。

　　〈讀賈誼傳〉、〈書魏鄭公傳後〉二篇則是閱讀前人傳記而寫的跋文。歐
陽脩閱讀傳記所作之跋文，有〈讀裴寂傳〉。〈讀裴寂傳〉採議論作法，先總
提而後舉裴寂為例以進行議論。藉由議論裴寂衰敗，指出裴寂「進身之私，
恩衰即敗」，闡述貳心舊朝者非人臣之正的道理。曾鞏在〈讀賈誼傳〉藉悲懷
賈生之不遇，引出自己的「自悲」，由曾鞏自述窮餓一語，可知這篇文章應寫

〔註3〕黃啟方指出：「從『唐異詩序』到『河南集序』，二十餘年間，范仲淹在詩文
　　　上的態度，是前後一致的。」見黃啟方：〈范仲淹的詩文觀──從「唐異詩序」
　　　到「尹師魯河南集序」〉，《范仲淹一千年誕辰國際學術研討會論文集》（臺北：
　　　國立臺灣大學，1990年06月），頁42。
〔註4〕作於天聖四年（1026）五月的〈唐異詩序〉：「高平范仲淹，師其絃歌，……
　　　一日以集相示，俾為序焉。」（《范文正公文集》卷8）

於及第之前。〈書魏鄭公傳後〉全爲議論，藉魏徵將所諫諍之事交付史官，使得唐太宗勃然大怒一事，指出爲了掩飾君主之過而焚毀進諫紙稿者心態的可議，借題以立論。閱讀前人傳記而作的跋文，近似於讀書心得。善於藉由閱讀傳記而書寫跋文議論的，還有王安石。

（二）王安石讀傳記之跋

王安石的詩文序跋往往對於文本闡發議論，其中多爲讀書之跋，在《臨川先生文集》卷七十一有〈讀孟嘗君傳〉、〈讀柳宗元傳〉、〈書刺客傳後〉、〈孔子世家議〉、〈書洪範傳後〉與〈題燕華仙傳〉數篇閱讀傳記而撰寫的跋文，其中可以〈讀孟嘗君傳〉一文爲代表：

> 世皆稱孟嘗君能得士，士以故歸之，而卒賴其力以脫於虎豹之秦。
> 嗟乎！孟嘗君特雞鳴狗盜之雄耳。豈足以言得士？不然，擅齊之強，
> 得一士焉，宜可以南面而制秦。尚何取雞鳴狗盜之力哉？夫雞鳴狗
> 盜之出其門，此士之所以不至也。（《臨川先生文集》卷71）

王安石破除前人「孟嘗君能得士」之說，對於其雞鳴狗盜的行爲頗不以爲然，指出這種行爲非士人所爲。王文濡稱此文「不及百字而反正相生」〔註5〕，恰好可以說明跋文「專以簡勁爲主」〔註6〕，在簡短文字中闡發精闢見解的特性。

值得注意的是，在歐陽脩的序跋中，閱讀某人傳記而書寫的序跋，或者是閱讀前人學術著作的序跋數量並不多，僅有〈讀裴寂傳〉、〈書春秋繁露後〉等數篇，但在曾鞏、王安石的文集中，則收錄了許多前人傳記或者是諸子百家典籍的序跋文章，說明了曾、王二人詩文序跋的創作取向與歐陽脩有所不同，在閱讀傳記而撰寫的跋文方面有所擴展。

（三）蘇軾不拘一格的跋文

在蘇軾的文集中，題跋類文章多達七百餘篇，書寫的文本對象有雜文、詩詞、書畫等，內容包羅萬象，作法也不拘一格。如〈書曹孟德傳〉〔註7〕記世上有三種不畏懼猛虎之人，即嬰兒、醉人與未及知者。〈跋石鐘山記後〉（《蘇集》卷66）敘述東陽等地水樂洞之泉流聲有如莊子所謂的「天籟」。〈記子美八

〔註5〕 姚鼐輯、王文濡評註：《評註古文辭類纂》（臺北：華正書局，2000年08月）卷10，頁303。

〔註6〕 徐師曾：《文體明辨序說・題跋》。

〔註7〕 蘇軾著，孔凡禮點校：《蘇軾文集》（北京：中華書局，2004年11月）卷66。以下簡稱《蘇集》。

陣圖〉(《蘇集》卷 67）自述杜甫在夢中向他表明世人對於〈八陣圖〉一詩的誤解。〈跋文忠公宋惠勤詩後〉(《蘇集》卷 68）記載未識歐陽脩之前，便已讀過其〈送惠勤歸餘杭〉一詩；歐陽脩過世後，偶然間在惠勤該處見到此詩眞跡。〈書歐陽公黃牛廟詩後〉(《蘇集》卷 68）記載歐陽脩夢境成眞之事。〈書韓魏公黃州詩後〉(《蘇集》卷 68）記載黃州風土人情，以及自己將韓琦詩刻石的經過。

　　這些跋文與以往詩文跋側重於議論的傳統不同，蘇軾往往用隨性之筆書寫跋文，因而這些跋文並無定格。在歐陽脩的跋文之上有更進一步的發展。蘇軾指出自己爲文「如萬斛泉源，不擇地皆可出」、「隨物賦形」(〈自評文〉，《蘇集》卷 66），茲可爲證。

　　經由以上所探討的別集序跋與詩文序跋，我們可以看到，范仲淹早期的別集序仍可見到傳統的影子，但在此同時，北宋的文人集團也逐漸成型，因此在序跋創作上，雖未如歐陽脩率以感慨成文，但往往會直接指出自己身爲序跋者與作者之間的關係。至於跋類文章，曾鞏、王安石在閱讀傳記而撰寫的跋文方面有所擴展。在蘇軾進一步大量創作之下，題材與作法皆不拘於一格，有更爲精彩、更多元化的發展。這可謂歐陽脩古文創作自成一格之下，對於宋人所造成的影響。〔註8〕

第二節　兩《唐書》序、論比較

一、體例與篇目

　　由於《新唐書》中，歐陽脩所書寫的序跋爲本紀、志、表部分，但《舊唐書》並未列表，因此此處對於《舊唐書》序論的討論範圍也以「本紀」與「志」爲限。《舊唐書》二百卷，爲後晉劉昫（887～946）等人修撰。其中本紀二十卷，志三十卷。至於《新唐書》共二百二十五卷，其中本紀十卷，志五十卷，表十五卷。

　　「本紀」部分，《舊唐書》爲每一位皇帝分別立紀。其中十七至二十此四卷又分爲上、下卷，分別爲敬宗以至哀帝八位皇帝的本紀。至於《新唐書》

〔註8〕 王基倫指出：「歐陽修古文創作自成一格，宋以後文人多習之成爲一種格調，可簡稱爲『宋調』，影響及於後世。」參閱王基倫：〈「宋世格調」：歐陽修古文的深層解讀〉，《唐宋古文論集》(臺北：里仁書局，2001 年 10 月），頁 124。

除了高祖、太宗與高宗各自獨立為一卷外，其餘各帝皆以合傳的形式書寫。就這個編排方式來看，《舊唐書》採取一帝一論的寫法，雖然中宗與睿宗同在卷七，不過仍然分開作論；而《新唐書》除了高祖、太宗與高宗為一帝一論之外，其餘的皇帝都是多帝一論。

「志」的部分，《舊唐書》的〈禮儀志〉與〈音樂志〉，在《新唐書》中合併為〈禮樂志〉。名稱上有所差異，而書寫主題相同者，如《舊唐書》的〈職官志〉〔註9〕、〈輿服志〉、〈經籍志〉，在《新唐書》分別為〈百官志〉、〈車服志〉與〈藝文志〉。此外，《新唐書》有〈儀衛志〉、〈選舉志〉與〈兵志〉，為《舊唐書》所無，這也是《舊唐書》為後代學者所詬病之處。〔註10〕

「表」的部分，《舊唐書》並無表；而《新唐書》則有〈宰相表〉、〈方鎮表〉、〈宗室世系表〉、〈宰相世系表〉。

以上為兩《唐書》在本紀、志、表部分的同異。二史本紀、志、表作這樣的編排，其序論也有類似的差異，可參考本論文附錄二「兩《唐書》本紀、志、表之序、論對照表」。《舊唐書》本紀的論贊承襲了《後漢書》「論」、「贊」並存的體例，分為「史臣曰」與「贊曰」。「史臣曰」為散體句式，偶爾夾雜駢體句式；「贊曰」則是韻文。《新唐書》的論贊雖以「贊曰」名，但實為散體句式。

二、本紀論贊

歐陽脩〈進新修唐書表〉指出《新唐書》「其事則增於前，其文則省於舊。至於名篇著目，有革有因，立傳紀實，或增或損，義類凡例，皆有據依。」（《歐集》卷91）《新唐書》由於有更多史料可供參酌，所記載的事較《舊唐書》為多。然而篇幅並未加大，反而較《舊唐書》為精簡。「事增於前」為後修之史所必然，重點是，如何能夠同時「文省於舊」？

我們不妨與《舊唐書》相互對照。《舊唐書》記史，往往將文章、詔令等抄錄進史傳中。同樣地，《舊唐書》本紀論往往大篇幅地進行論述，或補記皇帝的日常行事，或歷舉各代的人物事蹟，試圖彰顯該位皇帝的所作所為。〔註

〔註9〕《舊唐書・職官志》無序、論。

〔註10〕趙翼：「《舊唐書》無〈兵志〉，則有唐一代府兵彍騎等制於何紀載？無〈選舉志〉，則明經、進士諸科之沿革於何稽考？」見趙翼：《陔餘叢考》（北京：中華書局，2006年10月）卷10〈新唐書改訂之善〉，頁187。

〔註11〕如〈武宗本紀論〉言：「削浮圖之法，戀游惰之民，志欲矯步丹梯，求珠赤水。徒見蕭衍、姚興之謬學，不悟秦王、漢武之非求，蓋惑於左道之言，偏斥異

11〕《新唐書》則盡刪《舊唐書》的詔誥章疏、四六駢文，並且使用精煉的筆法書寫，「文省於舊」自然可想而知。〔註12〕精煉簡潔的筆法也在論贊當中表露無遺：《新唐書》合數帝爲一論贊，已較《舊唐書》爲精簡；歐陽脩又不重複記載皇帝的逸事或是徵引古人之事來凸顯該位皇帝的善惡，而是直接以寥寥數語，指出唐代皇帝一生的功過。就此而言，《舊唐書》本紀論贊通常較《新唐書》爲繁複。如《舊唐書‧順宗本紀論》：

> 史臣韓愈曰：順宗之爲太子也，留心藝術，善隸書。德宗工爲詩，
> 每賜大臣方鎮詩制，必命書之。性寬仁有斷，禮重師傅，必先致拜。
> 從幸奉天，賊泚逼迫，常身先禁旅，乘城拒戰，督勵將士，無不奮
> 激。德宗在位歲久，稍不假權宰相。左右倖臣如裴延齡、李齊運、
> 韋渠牟等，因間用事，刻下取功，而排陷陸贄、張滂輩，人不敢言，
> 太子從容論爭，故卒不任延齡、渠牟爲相。嘗侍宴魚藻宮，張水嬉，
> 綵艦雕靡，宮人引舟爲櫂（櫂）歌，絲竹間發，德宗歡甚，太子引
> 詩人「好樂無荒」爲對。每於敷奏，未嘗以顏色假借宦官。居儲位
> 二十年，天下陰受其賜。惜乎寢疾踐祚，近習弄權；而能傳政元良，
> 克昌運祚，賢哉！（《舊唐書》卷14）

《舊唐書》改寫韓愈《順宗實錄》爲〈順宗本紀論〉，論順宗之恭良仁厚，議論中有敘事。相較之下，《新唐書‧順宗本紀論》更爲簡潔：

> 昔韓愈言：順宗在東宮二十年，天下陰受其賜。然享國日淺，不幸
> 疾病，莫克有爲，亦可以悲夫！（《新唐書》卷7）

歐陽脩以「天下陰受其賜」一語，含括《舊唐書》全篇論贊，用筆更爲簡潔明瞭。何澤恆指出：「一帝之事，或有可論，或無足議。苟無可論而強爲之贊，則是累贅多餘之文也。歐公之以數帝合一贊，正見其立論之不苟。」〔註13〕在《新唐書》的本紀論贊中，在在可以看到此種簡潔的寫法。

方之說。況身毒西來之教，向欲千祀，蚩蚩之民，習以成俗，畏其教甚於國法，樂其徒不異登僊。如文身祝髮之鄉，久習而莫知其醜；以吐火吞刀之戲，乍觀而便以爲神。安可正之以成詔，律之以章甫。加以笮融、何充之佞，代不乏人，非荀卿、孟子之賢，誰興正論。一朝驅殘金狄，燔棄胡書，結怨於膜拜之流，犯怒於鄙夫之口。哲王之舉，不駭物情，前代存而勿論，實爲中道。欲革斯弊，以俟河清，昭肅明照，聽斯弊矣。」（《舊唐書》卷18上）

〔註12〕王鳴盛《十七史商榷》卷70〈新書盡黜舊書論贊〉：「《新》贊盡黜舊文，駕空凌虛，自成偉議，欲以高情遠識，含跨前人。」

〔註13〕何澤恆：《歐陽修之經史學》（臺北：國立臺灣大學，1980年06月），頁117。

另一方面，《舊唐書》普遍引前人之語爲論贊，除了〈順宗本紀論〉，在〈憲宗本紀論〉中，也引用唐末蔣係的話爲論贊。而〈宣宗本紀論〉則是轉述從耆老處聽聞的故事，用敘事手法描繪宣宗的形象。

然而，《舊唐書》爲何要引史官之言與前人之經歷，寫入論贊之中？在兩《唐書》中，《舊唐書》本紀論贊爲一帝一論；而《新唐書》則大部分以一論贊含括二位以上的唐代皇帝。爲何兩《唐書》存在著這種差異？這是否與撰史者所持的修史觀念有關？

《舊唐書》本紀論贊並非完全出自修史者本意，前文已提到，修史者往往會徵引前人的言語、經歷入本紀論贊。這肇因於《舊唐書》的撰寫者秉持著「纂修須按於舊章」〔註14〕的觀念，著重於反映對唐代不同的歷史認識。謝保成分析《舊唐書》本紀論贊時指出：

> 敘高祖史事，反映的主要是太宗時的觀點；敘太宗、高宗、武則天直至睿宗史事，反映的主要是玄宗前期的觀點；敘玄宗至順宗史事，以憲宗時的認識爲主；憲宗至武宗，取宣宗、懿宗時觀點爲多；宣宗以下，主要是五代前半段的看法。這一特點，比較明顯地集中在20卷帝紀中。〔註15〕

由謝保成這一段論述，可知《舊唐書》本紀論贊可依時代分成五個不同的史觀：太宗時期、玄宗前期、憲宗時期、宣宗與懿宗時期，以及五代前期。然則《舊唐書》會引述韓愈、蔣係等史官的言論以及耆老之所見於論贊當中，主要是爲了呈現出每一階段對於前一時期的觀點。

《新唐書》則不然，歐陽脩秉持著《春秋》「垂勸戒，示久遠」（〈進新修唐書表〉）之意，將數位皇帝合在一起撰寫論贊，代表他看待諸帝時史觀一致。他往往會在一篇論贊陳述一個觀念，如〈穆宗敬宗文宗武宗宣宗本紀論〉：

> 贊曰：《春秋》之法，君弒而賊不討，則深責其國，以爲無臣子也。憲宗之弒，歷三世而賊猶在。至於文宗，不能明弘志等罪惡，以正國之典刑，僅能殺之而已，是可歎也。穆、敬昏童失德，以其在位

〔註14〕《五代會要》卷十八〈前代史〉：「晉天福六年二月敕：『……修撰唐史，仍令宰臣趙瑩監修。』其年四月，監修國史趙瑩奏：『自李朝喪亂，迨五十年，……今之書府，百無二三。臣等虔奉綸言，俾令撰述，褒貶或從於新意，纂修須按於舊章。』」

〔註15〕謝保成：《隋唐五代史學》（北京：商務印書館，2007年01月）第十三章〈五代十國的唐史修撰〉，頁403。

不久，故天下未至於敗亂，而敬宗卒及其身，是豈有討賊之志哉！
文宗恭儉儒雅，出於天性，嘗讀太宗政要，慨然慕之。及即位，銳
意於治，每延英對宰臣，率漏下十一刻。唐制，天子以隻日視朝，
乃命輟朝、放朝皆用雙日。凡除吏必召見訪問，親察其能否。故太
和之初，政事脩飭，號為清明。然其仁而少斷，承父兄之弊，宦官
撓權，制之不得其術，故其終困以此。甘露之事，禍及忠良，不勝
冤憤，飲恨而已。由是言之，其能殺弘志，亦足伸其志也。昔武丁
得一傅說，為商高宗。武宗用一李德裕，遂成其功烈。然其奮然除
去浮圖之法甚銳，而躬受道家之籙，服藥以求長年。以此見其非明
智之不惑者，特好惡有不同爾。宣宗精於聽斷，而以察為明，無復
仁恩之意。嗚呼！自是而後，唐衰矣！（《新唐書》卷8）

在這一段論贊中，歐陽脩一口氣評論了穆宗、敬宗、文宗、武宗以及宣宗五
位皇帝。而藉以貫穿全文的，便是這些皇帝大多「昏童失德」、「非明智」，如
未能將弒憲宗的宦官陳弘志正法、迷信道教長生之說、明察而少恩等等。這
正是蘇轍所言《新唐書》本紀「法嚴而詞約，多取《春秋》遺意」〔註 16〕呈
現出來的風貌。歐陽脩普遍使用這種「簡而有法」的方式書寫《新唐書》本
紀論贊。如果說《舊唐書》本紀論贊站在每一時期的觀點來評論前一期，那
麼，《新唐書》便是站在一個統一的觀點上，分別評論各個時期。他對於諸帝
簡潔的評論，正是對於該時代整體歷史發展的體現。這也是歐陽脩批判《舊
唐書》「紀次無法」（〈進新修唐書表〉）時所改變的書寫策略。

三、史志序

　　史志之序在於敘明篇旨。劉知幾《史通‧序例》指出《史記》、《漢書》
的表、志在記事外，又加入了說明性質的序。〔註 17〕此時的表、志序「文兼
史體，狀若子書，然可與《誥》、《誓》相參，《風》、《雅》齊列。」每一表、

〔註 16〕蘇轍〈歐陽文忠公神道碑〉：「嘗奉詔撰唐本紀、表、志，撰《五代史》。二書
　　　　本紀，法嚴而詞約，多取《春秋》遺意。其表、傳、志、考，與遷、固相上
　　　　下。」（《欒城後集》卷 23）
〔註 17〕劉知幾《史通‧序例》：「竊以《書》列典謨、《詩》含比興，若不先敘其意，
　　　　難以曲得其情。故每篇有序，敷暢厥義。降逮《史》、《漢》，以記事為宗，至
　　　　於表志雜傳，亦時復立序。」劉知幾指出《史記》、《漢書》的表、志序，是
　　　　為了敷暢本傳的意旨，也就是對於「敘事」的「說明」。

志莫不列序,後來的撰史者起而效尤,「每書必序,課成其數」,寫史序似乎成了一種慣例。

我們在《舊唐書·經籍志序》與《新唐書·藝文志序》兩篇序文可以看到撰史者從古到今將圖書典籍的源流作歷時性的陳述,這頗似劉知幾所批判的「前史所有,而我書獨無」便感愧恥的心態。〔註18〕然而,〈經籍志序〉與〈藝文志序〉顯然還各有其目的。〈經籍志序〉歷述各代圖書發展情形之後,記載有唐一代圖書典籍的整理情形,等於是置於「圖書之傳」之前的「說明」。〈藝文志序〉也採取類似的寫法,對於唐代典章制度作一番介紹,這也是表、志序常見的寫法。〔註19〕敘事之外,〈藝文志序〉又加了一段對於「經典」與「一般作者」的議論,指出二者之差異。關於這一點,在第五章第一節業已論述。綜上所述,〈經籍志序〉與〈藝文志序〉「志序」之書寫,皆具有說明圖書發展情形之目的。

在其他史序部分,《舊唐書》志序重心集中在簡述唐代的典章制度,少數篇章會闡釋該史志的基本精神,如〈禮儀志序〉言「禮者,品彙之璿衡,人倫之繩墨,失之者辱,得之者榮,造物已還,不可須臾離也」;〈音樂志序〉則指出音樂乃是「太古聖人治情之具」。而《新唐書》大部分志序在陳述制度之外,又議論該篇史志之所以設立此一制度的精神。如〈禮樂志序〉除了介紹有唐一代的禮樂制度之外,更通論古今禮樂之變:

> 由三代而上,治出於一,而禮樂達于天下;由三代而下,治出於二,而禮樂為虛名。古者,……凡民之事,莫不一出於禮。……及三代已亡,遭秦變古,後之有天下者,……其朝夕從事,則以簿書、獄訟、兵食為急,曰:「此為政也,所以治民。」至於三代禮樂,具其名物而藏於有司,時出而用之郊廟、朝廷,曰:「此為禮也,所以教民。」此所謂治出於二,而禮樂為虛名。……貞觀、開元之間,亦可謂盛矣,而不能至三代之隆者,具其文而意不在焉。(《新唐書》卷11)

歐陽脩在〈禮樂志序〉論述三代前後治術的不同。他指出古代政教合一,「凡民之事,莫不一出於禮」。至於三代以下,政教分而為二:以簿書、獄訟、兵

〔註18〕 劉知幾《史通·序例》:「夫前史所有,而我書獨無,世之作者,以為愧恥。故上自晉、宋,下及陳、隋,每書必序,課成其數。蓋為史之道,以古傳今,古既有之,今何為者?濫觴肇迹,容或可觀,累屋重架,無乃太甚!」

〔註19〕 如《新唐書·車服志序》:「唐初受命,車、服皆因隋舊。武德四年,始著車輿、衣服之令,上得兼下,下不得儗上。」簡述車輿、衣服律令之頒行。

食爲治民之政；以郊廟、朝廷等活動爲教民之禮。然而後世所謂的「禮樂」，不過是三代「禮樂」之末節，徒具形式，而失去了三代「禮樂」所寓含之精神。

　　歐陽脩論禮樂，重視的是禮樂制度是否能與實際政治相結合。因而在〈刑法志序〉指出後世編訂刑法書，固然是爲了使民眾避免觸犯法律，但卻不了解古代使用禮樂「導之以德，齊之以禮，而可使民遷善遠罪而不自知」（《新唐書》卷 56）的用心。在刑法論述上，《舊唐書‧刑法志序》同樣在禮、刑二者運用於治民上的消長予以著墨。〔註20〕

　　此外，在經濟方面，《舊唐書‧食貨志序》介紹唐代財政經濟；《新唐書‧食貨志序》論述古代帝王爲養民而設立的「經常簡易之法」，在後代由於君王縱欲，使得聚歛之臣被重用，而養民的「經常之法」遭到棄置。曆法方面，《舊唐書‧曆志序》陳述唐代曆法制度；《新唐書‧歷志序》則指出「爲歷者，其始未嘗不精密，而其後多疎而不合。」地理方面，《舊唐書‧地理志序》陳述從先秦至唐行政區域與制度的因革；《新唐書‧地理志序》藉由考察隋唐之地理廣狹、州縣設置，歸結出「務廣德而不務廣地」之理。《新唐書》才有的〈儀衛志〉，也可見歐陽脩推崇三代之制的精神，至於制度形式，則可以有所增損，轉而應用於現實政治之上。〔註21〕

　　綜上所論，可知《舊唐書》志序往往著重於對於唐代典章制度沿革的闡述；而《新唐書》在此之外，又提出自己的史觀、議論，指引讀者閱讀該篇史志。

　　兩《唐書》序論在史觀上差異最大的部分，應屬〈五行志〉。《舊唐書‧五行志序》：

> 漢興，董仲舒、劉向治《春秋》，論災異，乃引九疇之說，附于二百四十二年行事，一推咎徵天人之變。班固敘《漢史》，採其說〈五行志〉。綿代史官，因而續之。今略舉大端，以明變怪之本。（《舊唐書》卷37）

《舊唐書》對於唐代發生的災異現象「略舉大端，以明變怪之本」，表現出將

〔註20〕《舊唐書‧刑法志序》：「古之聖人，爲人父母，莫不制禮以崇敬，立刑以明威，防閑於未然，懼爭心之將作也。……暨淳朴旣消，澆僞斯起，刑增爲九，章積三千，雖有凝脂次骨之峻，而錐刀之末，盡爭之矣。」
〔註21〕《新唐書‧儀衛志序》：「夫儀衛所以尊君而肅臣，其聲容文采，雖非三代之制，至其盛也，有足取焉。」

災異現象與人事結合的意圖，於是在《舊唐書》中充滿了五行之說。如本紀多處都提及唐代之「土德」、「土運」。〔註22〕相較之下，《新唐書・五行志序》並無將災異與人事結合的意圖：

> 君子之畏天也，見物有反常而爲變者，失其本性，則思其有以致而爲之戒懼，雖微不敢忽而已。至爲災異之學者不然，莫不指事以爲應。及其難合，則旁引曲取而遷就其說。……孔子於《春秋》，記災異而不著其事應，蓋慎之也。以謂天道遠，非諄諄以諭人，而君子見其變，則知天之所以譴告，恐懼脩省而已。若推其事應，則有合有不合，有同有不同。至於不合不同，則將使君子怠焉，以爲偶然而不懼。此其深意也。蓋聖人慎而不言如此，而後世猶爲曲說以妄意天，此其不可以傳也。故考次武德以來，略依〈洪範〉、〈五行傳〉，著其災異，而削其事應云。（《新唐書》卷34）

歐陽脩注重追求經文本義，繼承了《春秋》「記災異而不著其事應」的史觀。在摒黜讖緯災異之說的態度下，他在序中指出《新唐書》只著錄自然災異現象，而不將其與人事作連結。君子見到自然災變，自然會戒慎恐懼。如此一來，兩《唐書》的〈五行志〉無論是史觀或寫法都出現了差異。

第三節　兩《五代史》序、論比較

一、體例與篇目

《舊五代史》一百五十卷，爲北宋薛居正（912～981）等奉敕修撰。記五代十四帝，上下五十三年。有本紀六十一卷、傳七十七卷、志十二卷。《舊五代史》於梁、唐、晉、漢、周，逐國各自獨立爲史，一朝一史。由於《新五代史》刊行後，在金章宗泰和年間（1201～1208）獨取《新五代史》，《舊五代史》的傳本逐漸湮沒，現今可見的版本爲清乾隆四庫館臣輯佚《永樂大典》中的遺文而得，但其中頗有闕漏之處。〔註23〕《舊五代史》無論是體例編排

〔註22〕如〈中宗本紀論〉：「苟非繼以命世之才，則土德去也」；〈懿宗本紀論〉：「土德凌夷，禍階於此。雖有文、景之英繼，難以興焉」；〈僖宗本紀論〉：「非僖皇失道之過，其土運之窮歟？」這些本紀論皆提及「土德」、「土運」之五行思想。

〔註23〕譬如〈天文志〉題下注：「案〈天文志序〉原本闕佚。」〈禮志〉、〈食貨志〉、

或是篇幅卷數，都與歐陽脩私修的《新五代史》相差甚多。《新五代史》共七十四卷，本紀十二卷、列傳四十五卷，又改志爲考，有三卷。總卷數合計僅《舊五代史》的一半。列傳部分除了少數人物列入〈梁臣傳〉等五個朝代的列傳以外，其餘不以朝代爲分類標準，而是設立幾個主題爲傳，如死節、死事、一行等傳；又將曾在兩朝以上爲官，而不能以國繫之的人物列入雜傳。

在「志」的部分，《舊五代史》有十二卷志，其中的〈歷志〉、〈五行志〉、〈樂志〉、〈選舉志〉與〈職官志〉現今猶存史序。在《新五代史》中，以「考」代替「志」，僅有〈司天考〉與〈職方考〉二卷志。歐陽脩之所以僅列出二考，而沒有其他篇目，實有其用意。〔註 24〕歐陽脩指出了五代的禮樂制度是他所不取的，這與《新唐書・儀衛志序》以爲唐制「有足取」有極大的差異。〔註 25〕畢竟「五代干戈之亂，不暇於禮久矣！」（〈劉岳傳論〉，《新五代史》卷 55）他對於典章制度的記載的要求，自然與《舊五代史》有所不同。

二、書寫方式的差異

前文指出官修的《新唐書》論贊，歐陽脩採取一個統一的觀點，用簡潔的筆法分別評論有唐一代各個階段。在屬於私修的《新五代史》中，他是否也採取相同的作法？若是檢閱各篇《新五代史》本紀與列傳的話，似乎可以發現其論贊往往長篇大論，不像《新唐書》本紀論贊以簡潔的評語論述各帝。相較之下，《舊五代史》的篇幅反而較爲簡短。〔註 26〕我們可以理解《新五代史》屬於私修之史，歐陽脩在撰寫上有極大的自由。由於私修身分所給予的自由空間，《新五代史》的論贊與《舊五代史》除了篇幅長短有所差異之外，思想、史觀上也存在著極大的差異。《舊五代史》論贊雖有所殘缺，然仍可看

〈刑法志〉、〈郡縣志〉題下皆註明該序闕佚。

〔註 24〕 〈司天職方考序〉：「嗚呼！五代禮樂文章，吾無取焉。其後世有欲知之者，不可以遺也。作〈司天〉、〈職方〉。」（《新五代史》卷 58）

〔註 25〕 《新唐書・儀衛志序》：「夫儀衛所以尊君而肅臣，其聲容文采，雖非三代之制，至其盛也，有足取焉。」

〔註 26〕 根據張明華的統計，《新五代史》500 字以上的史論有十二處，甚至有達 1000 字以上者（即〈宦者傳論〉）。而《舊五代史》現存的六十四篇史論中，最長的〈周世宗本紀論〉未及 250 字。可見《新五代史》論贊篇幅遠遠超過《舊五代史》。見張明華：《《新五代史》研究》（北京：中國社會科學出版社，2007 年 10 月），頁 183～185。

出沿襲著以往一卷一論的傳統。其文字亦緊扣著傳主的生平功過以進行評論。如〈梁末帝論〉：

> 史臣曰：末帝仁而無武，明不照姦，上無積德之基可乘，下有弄權之臣爲輔，卒使勁敵奄至，大運俄終。雖天命之有歸，亦人謀之所誤也。惜哉！（《舊五代史》卷 10）

《舊唐書》指出梁末帝政權先天不良，後天失調，終究走向滅亡。這與前代史書論贊寫法相同，以寥寥數語概括傳主的個性、事蹟，甚至與傳記重複。另一方面，由於《舊五代史》論贊集中在評價傳主，因此大多數的論贊都是獨立論述的，鮮少涉及其他事件的書寫，〈梁末帝論〉是爲明證。

《新五代史》則是融入了許多新的元素，不將焦點集中於傳主身上。歐陽脩既然自述「予於《五代書》，竊有善善惡惡之志」（〈王彥章畫像記〉，《歐集》卷 39），他在書寫論贊時，自然也就會闡明傳記當中的「《春秋》筆法」。這在《新五代史》所在多有，如〈唐臣傳論〉言「予之於憲固欲成其美志，而要在憲失其官守而其死不明，故不得列于死節也」（《新五代史》卷 28），指出之所以未將張憲列於〈死節傳〉的理由。由於歐陽脩秉持著「善善惡惡」之志，往往著重事件的闡發。如〈梁太祖本紀論〉：

> 鳴呼！天下之惡梁久矣！自後唐以來，皆以爲僞也。至予論次五代，獨不僞梁，議者或譏予大失《春秋》之旨，……予應之曰：「是《春秋》之志爾。魯桓公弒隱公而自立者，宣公弒子赤而自立者，鄭厲公逐世子忽而自立者，衛公孫剽逐其君衍而自立者，聖人於《春秋》，皆不絕其爲君。此予所以不僞梁者，用《春秋》之法也。」「然則《春秋》亦獎篡乎？」曰：「惟不絕四者之爲君，於此見《春秋》之意也。聖人之於《春秋》，用意深，故能勸戒切，爲言信，然後善惡明。……《春秋》於大惡之君不誅絕之者，不害褒善貶惡之旨也，惟不沒其實以著其罪，而信乎後世，與其爲君而不得掩其惡，以息人之爲惡。能知《春秋》之此意，然後知予不僞梁之旨也。」（《新五代史》卷 2）

歐陽脩撰寫五代歷史，他所面對的問題是：後梁是否屬於一個朝代？如果不是，而是屬於僞朝，那麼他將梁列入《五代史》便失去原本想要學習《春秋》褒貶的原意；如果是，是否代表後梁取代唐具有正當性？歐陽脩面對這個問題，提出「正統有時而絕」（〈正統論下〉，《歐集》卷 16）的絕統說，指出後梁以至整個五代，爲「正統有時而絕」時期。如此一來，「天下無統，則爲無統

書之」（〈明正統論〉，《歐集》卷 59），他以《春秋》筆法撰寫《新五代史》的書寫目的便皎然無疑。

第四章論述歐陽脩序跋作法時，曾指出《新五代史》往往採取「總提起筆」的書寫方式，先提出總論，再進行論述。〔註27〕若是綜觀《新五代史》本紀部分，則不難發現：〈梁太祖本紀論〉可以視為本紀中他使用《春秋》筆法的一個「總論」。歐陽脩在《新五代史》本紀論贊中，由於使用《春秋》筆法書寫，他往往藉由對一件事的討論來進行褒貶。如〈唐本紀論〉考證《舊五代史》稱李克用出於「朱邪」之錯誤，藉以凸顯其世系之亂；〈晉本紀論〉說明「追封皇伯敬儒為宋王」的書法，指出帝王倫理之亂；〈漢本紀論〉對於年號乖錯加以論述，指出年號之亂。世系、倫理與年號都是一個朝代所應重視的，在五代卻屢屢出現錯誤、乖謬的情形。歐陽脩藉制度、倫理、種族來源的探討，以指出亂世之所以為亂世。這正是〈十國世家年譜論〉所言：「《春秋》因亂世而立治法；本紀以治法而正亂君。」藉由《春秋》筆法揭櫫五代亂象。歐陽脩在《新五代史》本紀論贊中給予正面評價的皇帝僅有兩位：一位是唐明宗，一位是周世宗。然而他又指出唐明宗「夷狄性果，仁而不明」，最後導致其子李從榮發動政變。如此一來，唯一肯定的，只有周世宗：

> 嗚呼！五代本紀備矣！君臣之際，可勝道哉！梁之友珪反，唐戕克寧而殺存乂、從璨，則父子骨肉之恩幾何其不絕矣。太妃薨而輟朝，立劉氏、馮氏為皇后，則夫婦之義幾何其不乖而不致於禽獸矣。寒食野祭而焚紙錢，居喪改元而用樂，殺馬延及任圜，則禮樂刑政幾何其不壞矣。至於賽雷山、傳箭而撲馬，則中國幾何其不夷狄矣。可謂亂世也歟！而世宗區區五六年間，取秦隴，平淮右，復三關，威武之聲震懾夷夏，而方內延儒學文章之士，考制度、脩通禮、定正樂、議刑統，其制作之法皆可施於後世。其為人明達英果，論議偉然。即位之明年，廢天下佛寺三千三百三十六。是時中國乏錢，乃詔悉毀天下銅佛像以鑄錢。……詔頒其圖法，使吏民先習知之，期以一歲大均天下之田，其規為志意豈小哉！其伐南唐，問宰相李穀以計策；後克淮南，出穀疏，使學士陶穀為贊，而盛以錦囊，嘗置之坐側，其英武之材可謂雄傑。及其虛心聽納，用人不疑，豈非

〔註27〕參見第四章第二節針對歐陽脩《新五代史》總提起筆作法之探討。

> 所謂賢主哉！其北取三關，兵不血刃，……此非明於決勝者，孰能
> 至哉？（《新五代史》卷12）

歐陽脩從後梁開始歷數五代亂象，最後總結於周世宗，是以周世宗稱得上是
「雄傑」、「賢主」，雖有過於稱美之嫌，〔註28〕然就諸篇本紀論贊來看，〈周
本紀論〉可視爲對於前面後梁至後漢本紀論贊的結語，這些本紀論贊彼此可
以相互作連結，實可視爲一個有機體。

再者，異於《舊五代史》只評價傳主的方式，《新五代史》論贊當中，不
乏考訂帝王來歷、補充軼事等等，這樣的表現方式，有如《史記》論贊「記
經歷、補軼事、言去取、述褒貶」。這在列傳論贊當中也時常可見，如〈唐廢
帝家人傳〉指出「唐一號而三姓，周一號而二姓」，故而分列家人傳。史序、
論本爲傳記敘事之外的說明文字，歐陽脩掌握住序、論的特性，不僅是進行
褒貶，也說明自己在體例上的安排。這種形式上的靈活運用，是一傳一論的
《舊五代史》所無的。

綜上所論，《舊五代史》往往每篇都有論贊，這也是劉知幾對於論贊「理
有非要，則強生其文」的批評。〔註29〕而《新五代史》在論贊中形式的靈活
運用、各篇論贊皆依循著一定的目標來書寫，這便成爲兩《五代史》序論最
大的差異。

三、史觀的轉變

《舊五代史》修於宋初，而《新五代史》撰於北宋中期，兩部《五代史》
的史觀有所差異，這以對於馮道的評論最爲明顯。《舊五代史·馮道傳論》對
於馮道的評論爲：

> 史臣曰：道之履行，鬱有古人之風；道之宇量，深得大臣之體。然
> 而事四朝，相六帝，可得爲忠乎！夫一女二夫，人之不幸，況于再
> 三者哉！所以飾終之典，不得諡爲文貞、文忠者，蓋謂此也。（《舊
> 五代史》卷126）

至於《新五代史》則嚴詞批判馮道毫無廉恥：

〔註28〕《舊五代史·周世宗本紀論》在此處議論較爲持平，除了稱頌世宗的好處之
　　　　外，又指出其「稟性傷於太察，用刑失於太峻，及事行之後，亦多自追悔·
　　　　逮至末年，漸用寬典。」
〔註29〕劉知幾《史通·論贊》：「司馬遷始限以篇終，各書一論；必理有非要，則強
　　　　生其文，史論之煩，實萌於此。」

禮義，治人之大法；廉恥，立人之大節。蓋不廉，則無所不取；不恥，則無所不爲。人而如此，則禍亂敗亡，亦無所不至，況爲大臣而無所不取、無所不爲，則天下其有不亂，國家其有不亡者乎！予讀馮道〈長樂老敍〉，見其自述以爲榮，其可謂無廉恥者矣，則天下國家可從而知也。予於五代得全節之士三，死事之臣十有五，而怪士之被服儒者以學古自名，而享人之祿、任人之國者多矣，然使忠義之節，獨出於武夫戰卒，豈於儒者果無其人哉？豈非高節之士惡時之亂，薄其世而不肯出歟？抑君天下者不足顧，而莫能致之歟？孔子以謂：「十室之邑，必有忠信。」豈虛言也哉！（《新五代史·馮道傳序》卷 54）

《舊五代史》在本紀論贊中，正反兩面評價兼而有之；而在列傳中對於人物的評價，往往不是正面即是反面。〔註 30〕既然如此，爲何《舊五代史》對於馮道的評價一方面肯定其言行器度，一方面又批評他不得爲忠？再者，《舊五代史》對於馮道猶有正面肯定之詞，《新五代史》卻對他失節的行爲大加抨擊。此外，我們還可以發現到相似的行爲在二史中卻有不一樣的記載：

道歷任四朝，三入中書，在相位二十餘年，以持重鎮俗爲己任，未嘗以片簡擾于諸侯。平生甚廉儉，逮至末年，閨庭之內，稍徇奢靡。

（《舊五代史·馮道傳》卷 126）

道少能矯行以取稱於世，及爲大臣，尤務持重以鎮物，事四姓十君，益以舊德自處。然當世之士無賢愚皆仰道爲元老，而喜爲之稱譽。

（《新五代史·馮道傳》卷 54）

《舊五代史》指出馮道生平個性「廉儉」、「持重」；但在《新五代史》中則變爲「矯行」、「務持重」，暗示馮道爲人稱頌的行爲皆出於他刻意所營造出來的形象。

　　二史不同的評價，顯示出二史時代背景的不同與思想的流變。宋初丞相范質（911～964）對於馮道評價還很高，《資治通鑑》記載：

臣光曰：……范質稱馮道厚德稽古，宏才偉量，雖朝代遷貿，人無

〔註 30〕《舊五代史》列傳對於傳主的評價正面者，如卷 72〈唐書張居翰傳論〉、卷 121〈周書后妃列傳論〉；評價負面者，如卷 94〈晉書李彥珣傳論〉。至於本紀對於皇帝的論贊，可分爲三類：其一爲給予正反兩面的評價，如卷 34〈唐莊宗本紀論〉、卷 80〈晉高祖本紀論〉、卷 113〈周太祖本紀論〉；其二爲正面評價，如卷 120〈周恭帝本紀論〉；其三爲負面評價，如卷 10〈梁末帝本紀論〉、卷 85〈晉少帝本紀論〉。

間言。屹若巨山，不可轉也。〔註31〕

范質的言論可以代表五代以來對於馮道的一貫態度。五代對於「忠」仍頗為
重視，但是並非死事一朝，捨身取義，而在於是否能夠「忠於其事」。〔註32〕
薛居正撰《舊五代史》時，畢竟距離五代未遠，仍深受五代風氣的影響，以
是否能「忠於其事」為衡量標準，仍有「道之履行，鬱有古人之風；道之宇
量，深得大臣之體」的評價。然而此時也開始有了變化，《舊五代史》雖以
《五代實錄》為藍本，但在論贊已經摻入了宋初不同環境的價值觀，《舊五
代史》指出馮道歷任四朝，其忠誠度已令人有所疑慮。對於馮道的正面評價，
到了仁宗朝有了一百八十度的轉變。仁宗皇祐三年（1051）八月，發生了一
件事：

> 乙巳，馮道曾孫舜卿上道官誥二十通，乞錄用，帝謂輔臣曰：「道相
> 四朝，而偷生苟祿，無可旌之節。所上官誥，其給還之。」〔註33〕

仁宗對於馮道給予「偷生苟祿，無可旌之節」的評價，凸顯當時北宋社會價
值已有所改變，是否能恪盡職守已不是衡量「忠」的主要標準。歐陽脩所持
「忠」的標準則更高，他在〈讀裴寂傳〉中指出：

> 予嘗與尹師魯論自魏、晉而下佐命功臣，皆可貶絕，以其貳心舊朝，
> 叶成大謀，雖曰忠於所事，而非人臣之正也。及讀〈裴寂傳〉，迹其
> 終始，良有以哉！（《歐集》卷73）

歐陽脩提高標準，指出從魏晉以來「貳心舊朝」的功臣並非「人臣之正」。因
此，《新五代史》對馮道頗有微詞。而司馬光在《資治通鑑》中，對馮道也是
毫不保留地給予負評。〔註34〕更由於歐陽脩所謂「忠」的觀念在於是否能夠

〔註31〕《資治通鑑》（北京：中華書局，2007年06月）卷291後周太祖顯德元年，
頁9511。

〔註32〕郭武雄：「五代政權更替頻繁，忠貞觀念模糊，雖亦講『忠』，然率指忠於其
事，而非忠於所事。」見郭武雄：《五代史料探源》（臺北：臺灣商務印書館，
1996年05月），頁99。

〔註33〕《續資治通鑑》卷52仁宗皇祐三年八月乙巳，頁1256。

〔註34〕《資治通鑑》：「道少以孝謹知名，唐莊宗世始貴顯，自是累朝不離將、相、三
公、三師之位。為人清儉寬弘，人莫測其喜慍，滑稽多智，浮沉取容，嘗著〈長
樂老敘〉，自述累朝榮遇之狀，時人往往以德量推之。」又言：「當是之時，失
臣節者非道一人，豈得獨罪道哉？臣愚以為忠臣憂公如家，見危致命，君有過
則強諫力爭，國敗亡則竭節致死。智士邦有道則見，邦無道則隱。……今道尊
寵則冠三師，權任則首諸相，國存則依違拱嘿，國亡則圖全苟免，迎謁勸進。
君則興亡接踵，道則富貴自如，茲乃奸臣之尤，安得與他人為比哉！或謂道能

對於一朝盡忠，就此標準而言，五代「忠臣義士」至為難得。〔註 35〕值得一提的是，歐陽脩這種價值觀的提出，是有自覺的，他以為「苟生」在當時已成時代氛圍，沒有人對於馮道行為覺得不妥，〔註 36〕有鑑於此，他作〈死節傳〉、〈死事傳〉諸傳，用意正在指責這種亂世下的價值。

第四節　《集古錄跋尾》與《金石錄》之比較

自從歐陽脩、劉敞二人成立了金石學之後，宋代開始了金石學的研究風氣。許多學者都有關於金石學方面的著作，有的是兼錄金石，如歐陽脩的《集古錄跋尾》、曾鞏（1019～1083）《金石錄跋尾》、趙明誠（1081～1129）的《金石錄》、鄭樵（1104～1162）《金石略》；有些專錄吉金，如王黼（1079～1126）《博古圖錄》、王俅（？-？）《嘯堂集古錄》；有些則是專錄石刻，如洪适（1117～1184）《隸釋》。〔註 37〕張富祥指出北宋金石學研究可以分成三個階段：

北宋中後期金石學研究的發展大致可分三個階段：一是從仁宗嘉祐到神宗熙寧年間的興起階段，其代表著作是劉敞的《先秦古器圖記》和歐陽修的《集古錄》；二是從神宗元豐到哲宗元符年間的展開階段，其代表著作是李公麟和呂大臨的兩種《考古圖》；三是徽宗在位時的興盛階段，其代表著作是官修的《宣和博古圖》和趙明誠的《金石錄》。〔註 38〕

在這些金石學著作中，除了歐陽脩的《集古錄跋尾》，以趙明誠的《金石錄》最具代表性。〔註 39〕因此，本節擬比較《集古錄跋尾》與《金石錄》跋尾二

全身遠害於亂世，斯亦賢已。臣謂君子有殺身成仁，無求生以害仁，豈專以全身遠害為賢哉！然則盜跖病終而子路醢，果誰賢乎？」見司馬光：《資治通鑑》卷 291 後周太祖顯德元年，頁 9510～9512。
〔註 35〕《新五代史・死節傳論》：「自古忠臣義士之難得也！五代之亂，三人者，或出於軍卒，或出於偽國之臣，可勝歎哉！」
〔註 36〕《新五代史・死事傳序》：「於此之時，責士以死與必去，則天下為無士矣。然其習俗，遂以苟生不去為當然。至於儒者，以仁義忠信為學，享人之祿，任人之國者，不顧其存亡，皆恬然以苟生為得，非徒不知愧，而反以其得為榮者，可勝數哉！故吾於死事之臣，有所取焉。」
〔註 37〕關於兩宋金石學之著作，可參閱葉國良《宋代金石學研究》第二章對於存書與佚書的的整理。
〔註 38〕張富祥：《宋代文獻學研究》（上海：上海古籍出版社，2006 年 03 月）第七章〈金石學〉，頁 419。
〔註 39〕曾鞏的《金石錄跋尾》共十四首，亦具有研究價值，不過考慮到趙明誠《金石

書之編排內容、著作動機以及書寫方式。

一、編排內容與著作動機

　　歐陽脩的《集古錄跋尾》共十卷，426 首。〔註40〕現今所見的《集古錄跋尾》，爲周必大依據「眞迹」與「集本」重新以年代爲序來編定。〔註41〕金石之年代上自三代，下及五代。

　　趙明誠的《金石錄》共三十卷，前十卷爲目錄，後二十卷則爲跋尾，共502 首。這裡所要探討的乃是後二十卷的跋尾。與歐陽脩的《集古錄》相同，《金石錄》跋尾按照朝代先後編排，從三代、秦、漢以至唐、五代，凡是古今中外的金石器皆爲收錄對象。〔註42〕《金石錄》之所以成書，趙明誠自述

〔註40〕　錄》在金石學上的價值與代表性，所以這裡以趙明誠《金石錄》爲討論對象。
　　　　卷一的「毛伯敦銘」、「龔伯彝銘」與「伯庶父敦銘」三題無跋尾，故不列入計算。

〔註41〕　關於《集古錄跋尾》的版本問題，顧永新指出：「歐陽修在纂集《集古錄》的過程中，有感於許元（子春）的告誡，在皇祐、至和之間已開始『撮其大要，別爲目錄』，撰寫《集古錄目（跋尾）》。中間有六、七年的時間輟筆，嘉祐六年又續寫，到治平末基本完成，並著手改定。他死後，由其子歐陽發等最後編定成書（集本），時間當在熙寧五、六年間。而直接取於《集古錄》中的眞迹跋尾，則是在南宋紹興中由方崧卿裒集並刊刻成書的。今本《集古錄跋尾》是南宋慶元中周必大等重新編定的，其主要依據集是眞迹和集本。至於歐陽棐《集古錄目》（一名《集古目錄》）則是另外的著作。」由此可知現今的《集古錄跋尾》與北宋文本有所不同。對於周必大編定的《集古錄跋尾》，顧永新則言：「我們認爲歐陽修《集古錄目》並非今傳《集古錄跋尾》的原名，而是歐陽發等〈事迹〉著錄的『《集古錄跋尾》十卷』，即周必大校刻《歐陽文忠公集・集古錄跋尾》時所謂『集本』的異名。因爲今本《集古錄跋尾》並沒有專據『集本』，而是打亂了原來的卷次，重新以年代爲序來編排：內容上以直接取於《集古錄》的『眞迹』（遺澤）爲主，以『集本』爲次，附考所謂『綿本《拾遺》或『別本』等。」見顧永新：《歐陽修學術研究》（北京：人民文學出版社，2003 年 08 月）第十一章〈《集古錄》名實、纂集考〉，頁 287～289。顧永新在此章對於《集古錄》的名稱與內容等相關問題論之甚詳。

〔註42〕　〈集古錄目序〉言：「上自周穆王以來，下更秦、漢、隋、唐、五代，外至四海九州，名山大澤，窮崖絕谷，荒林破塚，神仙鬼物，詭怪所傳，莫不皆有，以爲《集古錄》。」而〈金石錄序〉言：「訪求藏畜，凡二十年而後麤備。上自三代，下迄隋、唐、五季；內自京師，達於四方遐邦絕域夷狄，所傳倉史以來古文奇字、大小二篆、分隸行草之書，鐘鼎、簠簋、尊敦、甗鬲、盤杅之銘，詞人墨客詩歌、賦頌、碑誌、敍記之文章，名卿賢士之功烈行治，至於浮屠、老子之說，凡古物奇器、豐碑巨刻所載，與夫殘章斷畫、磨滅而僅存者，畧無遺矣。」

是受到歐陽脩的影響。〔註43〕趙明誠喜藉前代金石刻辭「以廣異聞」，並受到歐陽脩影響，而有《金石錄》之著述。

　　在前文的討論中，已知《集古錄跋尾》不只是「徒爲玩好」，歐陽脩也以金石器爲第一手資料，與傳世的文史圖書相互校證。歐陽脩一方面做學術性的研究，一方面則是作藝術性的賞玩、鑑賞。受到歐陽脩影響而開始金石學研究的趙明誠，是否也步趨歐陽脩的作法？關於這一點，可以從他的〈金石錄序〉中看到他著作《金石錄》的目的：

> 余之致力於斯，可謂勤且久矣，非特區區爲玩好之具而已也。蓋竊嘗以謂《詩》、《書》之後，君臣行事之蹟悉載於史，雖是非褒貶出於秉筆者私意，或失其實，然至其善惡大節有不可誣，而又傳之既久，理當依據。若夫歲月、地理、官爵、世次，以金石考之，其柢梧（牴牾）者十常三四。蓋史牒出於後人之手，不能無失，而刻詞當時所立，可信不疑。則又考其異同，參以他書，爲《金石錄》三十卷。至於文詞之媺惡，字畫之工拙，覽者當自得之，皆不復論。嗚呼！自三代以來，聖賢遺跡著於金石者多矣。蓋其風雨侵蝕，與夫樵夫、牧童毀傷淪棄之餘，幸而存者止此耳。是金石之固猶不足恃，然則所謂二千卷者，終歸於摩滅，而余之是書有時而或傳也。……輒錄而傳諸後世好古博雅之士。〔註44〕

這段序文提供了兩項訊息。首先，趙明誠指出《金石錄跋尾》的撰作意圖，與歐陽脩《集古錄》「足吾所好，玩而老焉」不同。歐陽脩蒐集金石器，並撰寫跋尾，固然有視其爲史料，與文史圖書相互校證的目的，但也視其爲藝術作品，鑑賞其中的文字書法。趙明誠認爲文史圖書經過後人的傳鈔之後，「不能無失」，因此打算以金石爲史料來進行校證。這一點與歐陽脩是相同的。不過，金石上的文字書法與文章的好壞，趙明誠並不是那麼在意，所以鮮少討論。〔註45〕這也是歐陽脩以外的金石學者所抱持的研究態度。〔註46〕程章燦

〔註43〕他在〈金石錄序〉言：「余自少小，喜從當世學士大夫訪問前代金石刻辭，以廣異聞。後得歐陽文忠公《集古錄》，讀而賢之，以爲正訛謬，有功於後學甚大。」

〔註44〕《金石錄》文章皆引自趙明誠撰，金文明校證：《金石錄校證》（桂林：廣西師範大學出版社，2005 年 10 月）。

〔註45〕趙明誠自述「文詞之媺惡，字畫之工拙，覽者當自得之，皆不復論」，因而跋尾中對於書法或是文章字辭的評論極少，僅見於一兩處。如〈唐脩封禪壇記跋尾〉：「余得膺福八分書〈大雲寺記〉，愛其筆法，後又得此記，字爲小楷，

指出：「歐陽修對於所收藏的金石遺文更多是採取一種優游玩賞的態度，故頗多涉及其中的文章與書法。《金石錄》跋尾則更多的採取一種史學研究的態度。」〔註47〕說出兩人看待金石態度不同：歐陽脩對於金石的藝術性與學術性兩者並重；而趙明誠則只著重於其學術性。這可以說是《集古錄跋尾》與《金石錄》跋尾二者最大的差異。也因爲趙明誠著重在學術研究，他對於金石遺文雖廣爲蒐集，務求無遺，但在使用其中碑文則是經過揀擇的。李清照〈金石錄後序〉言：「凡見於金石刻者二千卷，皆是正譌謬，去取褒貶，上足以合聖人之道，下足以訂史氏之失者皆載之。」指出趙明誠蒐集的標準爲能夠「上足以合聖人之道，下足以訂史氏之失」的金石遺文。這與歐陽脩「多多益善」的賞玩心態迥異。朱劍心指出金石文字對於學者有所裨益者在於三個方面：考訂、文章與藝術，〔註48〕趙明誠《金石錄》可謂得益於前者；歐陽脩《集古錄跋尾》則三者兼具。

再者，歐陽脩撰寫序跋文，雖然普遍都有流傳後世、以求典籍或作者不朽的意圖，但是在《集古錄跋尾》中，他似乎沒有這方面的打算。歐陽脩指出「象犀金玉之聚，其能果不散乎？予固未能以此而易彼也。」由於載體無法複製的獨特性，金石終會散逸、碑文難免磨滅，對此歐陽脩瞭然於心，所以他面對金石載體，便不強求其永久不會散逸，但仍希望藉由自己的蒐集行爲，使金石得以保存而流傳。而趙明誠指出了他之所以編纂《金石錄》並書寫跋尾，具有「傳諸後世」的意圖，他也認爲金石終會毀損，既然如此，是

尤工妙可喜。」（《金石錄》卷25）又〈唐六公詠跋尾〉：「余讀杜甫〈八哀詩〉，云：『朗詠〈六公篇〉，憂來豁蒙蔽。』恨不見其詩。晚得石本入錄，其文詞高古，眞一代佳作也。」（《金石錄》卷26）

〔註46〕王連起論歐陽脩書法時指出：「他關於書法的評論，直接緣於碑和帖。⋯⋯後來的金石學較注意碑版的文字內容，而對於其書法則相對輕視，尤其是對於那些專爲書法而存在的法帖，更被認爲是偏離金石學的研究範圍。」見王連起：〈歐陽修書論對宋代書法的影響〉，王耀庭主編：《開創典範：北宋的藝術與文化研討會論文集》（臺北：國立故宮博物院，2008年07月），頁606。

〔註47〕程章燦：〈讀《金石錄》小識〉，趙明誠著，金文明校注：《金石錄校證》（桂林：廣西師範大學出版社，2005年10月）附錄，頁563。

〔註48〕朱劍心：「金石文字，自成專門獨立之學，可不待言。而其裨於他學者，亦有三焉。一曰考訂，統經史小學而言；一曰文章，重其原始體制；一曰藝術，兼賅書畫雕刻。」見朱劍心：《金石學》（臺北：臺灣商務印書館，1995年07月），頁5。

否能夠用別種方式來保存這些資料？趙明誠同樣對於是否能夠傳世這個問題也思考過，而他試圖解決的辦法，就是指出自己的《金石錄》「有時而或傳」。

二、寫作方式

　　歐陽脩《集古錄跋尾》兼具了學術性的研究與藝術性的鑑賞，因此，有對於史書的考證，有對於事件的議論，有金石研究時相關的載錄與記敘，也有在鑑賞時所表露出來的審美情懷。趙明誠既以學術性為主要目標，他在《金石錄》跋尾中便缺少了歐陽脩那一份抒情感懷，而以考訂證史、載錄以及議論為主。再者，《金石錄》畢竟較《集古錄跋尾》為晚出，因此往往會修正、補充前代金石學者的說法。

　　（一）考訂、證史

　　朱劍心指出金石運用於考訂時，「可以證經典之異同，正諸史之謬誤，補載籍之缺佚，考文字之變遷。」〔註49〕《集古錄跋尾》的文章作法以「考訂」為最多，四百多篇的跋尾中有三百餘篇涉及考訂資料。或利用紙本載體與金石文獻相互進行補充、辨證、糾謬的工作，或利用金石銘文考訂本身的碑刻年代。第四章第一節曾提及逯耀東論司馬遷「太史公曰」時，指出《史記》論贊包含了對於歷史人物、事件的評價與議論，以及史料的處理方法，並認為後世史書論贊書寫面向側重於前者。《集古錄跋尾》雖不屬於史傳論贊，但繼承了「太史公曰」史料處理的部分。王國維（1877～1927）言金石考訂「既據史傳以考遺刻，復以遺刻還正史傳」〔註50〕，歐陽脩以金石碑文與紙本相互考訂，有時會以碑文補充史書的不足，或指出史書的謬誤，有時則會辨證金石碑文的錯誤。例如：

> 碑云：「大將軍以禮脅命，拜侍御史，遷梁令，三府並用博士徵，皆不就。司隸校尉舉其有道，公車徵拜議郎、司徒長史。」而〈傳〉但云：「大將軍辟，五遷司徒長史。」今據碑，止四遷爾，博士未嘗拜也。（〈後漢太尉劉寬碑〉，《歐集》卷135）

〔註49〕朱劍心：《金石學》（臺北：臺灣商務印書館，1995年07月），頁5。

〔註50〕王國維：〈宋代之金石學〉，《國學論叢》第1卷第3號（北京清華學校研究院編、臺北：台聯國風影印，1973年），頁48。

學者多讀韓文，而患集本訛舛。惟余家本屢更校正，時人共傳，號爲善本。及後集錄古文，得韓文之刻石者如〈羅池神〉、〈黃陵廟碑〉之類，以校集本，舛繆猶多，若〈田弘正碑〉則又尤甚。（〈唐田弘正家廟碑跋尾〉，《歐集》卷 141）

今世傳《昌黎先生集》載此碑文多同，惟集本以「步有新船」爲「涉」：「荔子丹兮蕉黃」，「蕉」下加「子」，當以碑爲是。而碑云「春與猿吟兮而秋鶴與飛」，則疑碑之誤也。（〈唐韓愈羅池廟碑跋尾〉，《歐集》卷 141）

無論是史書抑或是文集，凡是紙本文獻，歐陽脩皆以蒐集到的金石碑文與之校對。但歐陽脩並非一味地以金石爲尊，他對於碑文的正確性亦持保留態度。若是對於碑文的正確性無法立即判定，歐陽脩則會持保留的態度，而不急著下定論：

此表可疑爲非眞，而今世盛行，復有兩本，字大小不同，小字差類隸書，然不知其果是否？姑並存之，以俟識者。（〈魏鍾繇表跋尾一〉，《歐集》卷 137）

列傳又載仁貴降九姓事，云軍中爲之歌曰：「……戰士長歌入漢關。」仁貴卒於永淳中，碑以天寶中建，不載漢關之歌，不應遺略，疑時未有此歌，亦爲後人所增爾。（〈唐薛仁貴碑跋尾〉，《歐集》卷 139）

在沒有進一步的資料佐證下，歐陽脩並沒有指出何者爲是，何者爲非，僅是將兩造說法並列於跋文之中。

歐陽脩《集古錄跋尾》的四百多篇跋文中，有約四分之三的跋文涉及了對於文史資料的考訂，以金石校正史傳的缺失。趙明誠繼承了他的研究成果與方法，也同樣以金石來校正文史圖書的訛謬。如〈爵銘跋尾〉：

右〈爵銘〉。大觀中，濰之昌樂丹水岸圮，得此爵及一觚。案《考工記》：「爵，一升。觚，三升。獻以爵而酬以觚，一獻而三酬，則一豆矣。」而漢儒皆以爲「爵一升，觚二升」。今此二器同出，以觚量之，適容三爵，與《考工記》合。以此知古器不獨爲翫好，又可以決經義之疑也。（《金石錄》卷 13）

趙明誠以碑文所載證明《考工記》的正確，駁斥漢儒的謬誤。雖然趙明誠時以碑文校文史圖書，但不完全信服碑文所載，若是碑文有所謬誤，他仍會指出來，如〈唐黃陵廟碑跋尾〉：「退之自潮移袁，入爲國子祭酒，實三年，而

碑云三十年，蓋書碑者誤爾。」（《金石錄》卷 29）指出碑文謬誤之處。

　　歐陽脩面對無法解決的問題，會在跋尾如實陳述，持保留態度而不立刻下判斷，以待後人掌握新的事證以解決。在講求信實的態度上，趙明誠承襲了歐陽脩的精神：

> 此碑所謂苑柏何與子園，《左傳》、《國語》皆無其人，故錄之以俟知
> 者。（〈漢荊州從事苑鎮碑跋尾〉，《金石錄》卷 19）
>
> 右《郭先生碑》，《集古錄》以爲漢碑。……余以字畫驗之，疑魏、
> 晉時人所爲。既無歲月可考，姑附於漢碑之次云。（〈郭先生碑跋尾〉，
> 《金石錄》卷 19）

當趙明誠遇到沒有辦法解決的問題時，他也會如實陳述而存疑，以待後來的學者是否能夠掌握到更有利的資料。

　　金石學既然以金石來考訂文史圖書資料，有時可能存在著一些缺失、疏漏之處。前修未密，後出轉精，後代的金石學者對於前代金石學著作往往會作考訂的工作。如曾鞏〈桂陽周府君碑并碑陰跋尾〉嘗試解決歐陽脩、蔡襄、劉敞三人在書法上無法判定的問題。〔註 51〕趙明誠對於前代金石學著作有所謬誤的地方會加以辨正，尤以歐陽脩《集古錄跋尾》中的疏漏爲主，如〈學生題名跋尾〉：

> 歐陽公《集古錄》以爲漢文翁學生，余獨疑其非是。蓋以爲西漢時
> 立，則字畫不類；以爲東漢，則東漢絕無二名者，今此碑二名者凡
> 數人。……余以字畫驗之，疑其爲晉以後人所立，然初無所據，未
> 敢遽以爲然。其後以地里書參考，乃決知其非文翁學生也。（《金石
> 錄》卷 20）

趙明誠根據碑文的字畫以及《晉書‧地理志》進行考證，證明歐陽脩跋尾的錯誤。有時則會補充歐陽脩跋尾之不足，如〈唐滑臺新驛記跋尾〉：

> 其陰有銘，歐陽公云「不知作者爲誰」，余嘗考之，乃舒元輿〈玉筯
> 篆志後贊〉也。其文載於《唐文粹》及元輿集中，歐陽公偶未之見

〔註 51〕曾鞏〈桂陽周府君碑并碑陰跋尾〉：「永叔又記劉原父所得商洛之鼎銘云『惟
　　　　十有三月旁死魄』。君謨問：『十四月者何謂？』原父不能言也。以余考之，
　　　　古字……『人』作『乆』之類，皆重出，如此者甚眾，則此文作『三』者，
　　　　特『二』字耳。」（《曾鞏集》卷 50）解決歐陽脩〈後漢桂陽州府君碑跋尾〉
　　　　（《歐集》卷 136）中所存留的問題。

爾。(《金石錄》卷 28)

《金石錄》既然是後起之作，自然後出轉精。《金石錄》的二十卷跋尾對於前人金石著作的謬誤、疏漏之處作考辨、校證的工作。畢竟，歐陽脩、劉敞等人在金石學上雖有開創之功，卻也存在著一些缺失，對於問題的處理也可能未形成較具系統的研究方法。〔註 52〕

（二）議論褒貶

趙明誠在〈金石錄序〉中指出撰史者可能會因為史料不足而「或失其實」，但「善惡大節」則不可任意誣蔑。他在〈漢車騎將軍馮緄碑跋尾〉表示：

> 予嘗謂石刻當時所書，其名字、官爵不應差誤，可信無疑；至於善惡大節，當以史氏為據。今此傳首尾顛倒錯繆如此，然則史之所載是非褒貶，失其實多矣，果可盡信邪？(《金石錄》卷 16)

史官撰史，乃是根據所蒐集到的史料進行書寫，然而史料可能會出現謬誤，可能因此而在是非褒貶上有所出入。雖然如此，其「善惡大節」仍然可信。

趙明誠欲以金石研究「去取褒貶」，及於聖人之道，因而褒貶言辭在跋文中所在多見，如〈吳天璽元年斷碑跋尾〉言「人事不脩，而假託神怪以矯誣天命，其不終宜矣！」(《金石錄》卷 20)〈周大雲寺碑跋尾〉言「士所以自著於不朽者，果在德而不在藝也！」(《金石錄》卷 25)〈唐義興縣重脩茶舍記跋尾〉言「士大夫區區以口腹甘好之獻為愛君，此與宦官、宮妾之見無異，而其貽患百姓，有不可勝言者。」(《金石錄》卷 29)這些皆可視為趙明誠的褒貶筆法。

反觀歐陽脩，他雖未明言在《集古錄跋尾》中寄寓褒貶之意，但在字裡行間已透顯出褒貶。比如，他在論述顏真卿的書法時，屢屢稱美其人與其書法：

> 顏公忠義之節，皎如日月。其為人尊嚴剛勁，象其筆畫。(〈唐顏真卿麻姑壇記跋尾〉，《歐集》卷 140)

> 余謂顏公書，如忠臣烈士、道德君子。其端嚴尊重，人初見而畏之，

〔註 52〕趙明誠〈匜銘跋尾〉言：「劉原父既以前一簠為張仲所作，又以此匜為張伯器，曰：『仲之兄也。』尤無所據。原父於是正之學號稱精博，惟以意推之，故不能無失爾。」(《金石錄》卷 11)指出劉敞無所依據而「以意推之」，因而產生謬誤。

然愈久而愈可愛也。（〈唐顏魯公書殘碑跋尾二〉，《歐集》卷140）
歐陽脩將顏真卿的書法與人品相結合，或從論述其人之剛嚴擴及書法，或由褒揚其書法深受世人喜愛。凡此，皆可視爲歐陽脩評論時，用褒揚的方式稱頌顏真卿的書法。

（三）載錄記敘

金石跋尾既然以金石爲載體，交代該金石載體的相關資訊便屬於基本工作。金石碑文之作者、書寫者、書寫年代、字體、形制、保存與流傳狀況這些資訊，在歐陽脩的《集古錄跋尾》中時常提及，試舉二例：

> 右漢〈孔得讓碑〉，蓋其名已磨滅，但云「字德讓者，宣尼公二十世孫，都尉君之子也。仕歷郡諸曹史，年二十，永興二年七月遭疾不祿。」碑今在兗州孔子墓林中。永興，孝桓帝年號也。其人早卒，無事蹟可考。余《集錄》所藏獨闕孔林中漢碑，最後得此，遂無遺者。蓋以其文字簡少，無事實，故世人遺而不取，獨余家有之也。治平元年閏五月二十日書。（〈後漢孔得讓碑跋尾〉，《歐集》卷135）
>
> 右〈四絕碑首〉者，李陽冰篆法慎律師碑額也。在揚州龍興寺，唐李華文，張從申書，李陽冰篆額。律師者，淮南愚俗素信重之，謂此碑爲「四絕碑」。律師非余所知，華文與從申書余亦不甚好，故獨錄此篆爾。（〈唐龍興寺四絕碑首跋尾〉，《歐集》卷140）

〈後漢孔得讓碑跋尾〉記載了碑石原文、所在地、書寫年代以及流傳狀況；〈唐龍興寺四絕碑首跋尾〉則記載了文章作者、書寫者、碑石所在地、書寫字體。

趙明誠在跋尾中，除了對於前人的文史著作與學術研究加以考訂、議論之外，他也載錄金石器的作者、書寫者、書寫年代、字體、形制、保存與流傳狀況等金石器的資料，〔註53〕這與歐陽脩《集古錄跋尾》作法相同，並且偶爾記敘自己在金石方面的研究上的經過：

> 右〈鐘銘〉，藏歐陽公家。其器壺也，銘云：「畔邑家，今周陽家金鐘，容十斗，重三十八斤，第四十」云。（〈周陽家鐘銘跋尾〉，《金石

〔註53〕如〈漢武氏石室畫像跋尾〉：「右〈漢武氏石室畫像〉五卷。武氏有數墓，皆在今濟州任城縣。墓前有石室，四壁刻古聖賢畫像，小字八分書題記姓名，往往爲贊於其上。」（《金石錄》卷19）記載金石器的字體、形制與所在地；〈唐魏博田緒遺愛碑跋尾〉：「右〈唐魏博田緒遺愛碑〉，裴垍撰，張弘靖書。政和中，與柳公權所書〈何進滔德政碑〉，俱爲大名尹所毀。」（《金石錄》卷29）記載作者、書寫者、書寫年代，以及保存與流傳狀況。

錄》卷 12）

> 余既集錄公私所藏三代、秦、漢諸器款式畧盡，乃除去重複，取其
> 刻畫完好者，得三百餘銘，皆模刻於石；又取墨本聯爲四大軸，附
> 入《錄》中。（〈石本古器物銘跋尾〉，《金石錄》卷 13）

> 郭巨之墓……墓在今平陰縣東北官道側小山頂上，隧道尚存，……
> 余自青社如京師，往還過之，屢登其上。（〈北齊隴東王感孝頌跋尾〉，
> 《金石錄》卷 22）

〈周陽家鐘銘跋尾〉載錄器銘的內容，這樣的書寫在《金石錄》中所在多見；〈石本古器物銘跋尾〉記敘對於金石遺文的處理方式；而〈北齊隴東王感孝頌跋尾〉則是記載自己親自前往碑石所在地。此外，〈谷口銅甬銘跋尾〉則推崇歐陽脩與劉敞二人在金石學上的貢獻。〔註 54〕

　　綜上所述，在撰作動機上，歐陽脩《集古錄跋尾》兼具藝術性的鑑賞與學術性的研究，而趙明誠《金石錄》跋尾則集中在學術性的研究。在作法上，《集古錄跋尾》或議論、或記敘載錄、或抒情、或考訂證史；而《金石錄》跋尾則是議論、記敘載錄、考訂證史，並且補充、修正前代金石學家的研究成果。

〔註 54〕〈谷口銅甬銘跋尾〉：「始歐陽公集錄金石遺文，自三代以來書法皆備，獨無西漢文字，求之累年不獲。會原父守長安，長安故都，多古物奇器，原父好奇博識，皆購求藏去。……遺歐陽公，於是西漢之書始傳於世矣。蓋收藏古物，實始於原父，而集錄前代遺文，亦自文忠公發之，後來學者稍稍知搜抉奇古，皆二公之力也。」（《金石錄》卷 12）

第七章　結　論

　　本論文從序跋體類的歷時發展，以及北宋學術環境對歐陽脩之影響兩方面為進程，切入歐陽脩序跋創作之研究。經由對於其作法、序跋意識、創作意圖，以及與當代序跋比較的討論，試圖清楚呈現歐陽脩序跋文之圖像。以下簡述本論文所持之論點，以及可商榷之處。

一、序跋體類之因革

　　「序跋」是針對典籍著作進行評介、論述之獨立文章，其中亦包含對於典籍或詩文之作者著述旨意的闡明。因此，序跋文的創作，必須具有對於文本的指涉。《史記・太史公自序》建立了序跋之書寫法式。《史記》還有各篇史傳中以「太史公曰」發起議論的論贊，目的在於敘述史實之餘「辯疑惑，釋凝滯」。

　　題跋的來源有二：一是書畫作品之「跋尾」，一是詩文書籍「題後」、「書後」、「讀某」的雜文。這兩種到了宋代趨於合流。最後又與「序」相結合，而成為「序跋」此一體類。在這個意義下，處於文獻載體之後的為「跋」，而文獻載體之前的即為「序」。「跋」在「序」評論文本的體類意義之下，兼具「考古證今，釋疑訂謬，褒善貶惡，立法垂戒」，亦即跋者對於典籍文本進一步闡發自己的意見。

二、北宋政治、學術環境

　　序跋的創作既然以文本為書寫對象，那麼，當代文化興盛與否，便成為這種體類文章創作多寡的決定性因素。在宋代重道崇文的風氣之下，各類學術皆蓬勃發展。政府的右文政策，使得當時出版科技日新月異，其中得益於

雕版印刷最多的，當屬官方刊刻的經、史學書籍；而民間刻書活動，則以刊刻前代文集爲多。同時，「謄抄」這種傳統複製方式也進行書籍流傳的工作。由於出版業興盛，帶動兩宋的官私目錄學的發展。就北宋而言，這時期的官修目錄以慶曆元年（1041）成書的《崇文總目》爲代表，爲宋代影響最大的全國性圖書總目錄，更影響了日後的《四庫全書總目提要》。

宋代館閣主要有三項任務：收藏圖書典籍、整理並校勘典籍，與編纂圖書。除此之外，還兼有培育政治人才的目的。再者，館閣人員彼此情誼深厚，篤於相先。在五代動亂之後，原有的世家大族傳統已不復存在，取而代之的，是經由科舉取士進入仕途的新興士族。這些新興士族有意識地與志向相同者連結爲一個群體，藉由群體的力量，在政治上發揮比個人還大的影響。這種意識在范仲淹（989～1052）、歐陽脩等人於景祐三年（1036）相繼遭到貶謫後表現得尤爲明顯。

在經學方面，從劉敞（1019～1068）以降，開啓了北宋疑經風氣，站在唯善是從的立場，對於經、傳採取謹慎以對的態度。而歐陽脩經義與時務並重，著重於經世致用，將經學應用在現實社會上。

在史學方面，北宋時期師法《春秋》褒貶筆法，以寄寓善惡勸戒之意。同時歐陽脩前承司馬遷（前145～前86），肯定其史學思想與史書體例，並學習司馬遷的敘事筆法與互見手法，展現行文簡約的特色。北宋學者也注意到古代金石遺文，開始蒐集、著錄、考訂、應用等各方面整理工作，並與史書互證。

在文學方面，歐陽脩爲韓愈（768～824）的追隨者，但並非僅是韓愈的詮釋者。歐陽脩清楚自己在文學發展上的歷史位置，如何改革剝裂怪奇的傳統文風，以開創出古文的新面貌，便成爲他的任務。因此，歐陽脩雖然追隨韓愈，但並非亦步亦趨，而是在韓愈古文成就之上試圖建立自己的寫作模式。

三、序跋作法與特色

序跋依照文本的類型，可以分爲大序與小序。屬於大序的書序、跋由於處理的是眾多的作者或是作品，往往著重議論。屬於小序的詩文序、跋，由於是「序篇章之所由作」，指涉的對象爲詩文作品，往往僅針對單一作品詮解，書寫時著重於提供該作品創作相關訊息，以敘事作法爲主。

序跋體類的文章，既然書寫題材在於「文本」與「作者」，那麼議論、記敘、考訂等等針對「文本」與「作者」而產生的作法也就理所當然地爲序跋

者所採用。歐陽脩之前的序跋者往往著重於「文本」與「作者」的書寫，將「自己」隱藏起來，客觀地抒發己見。因而其序跋呈現出來的風貌，不是具有濃厚學術意味，就是有如作者傳記一般。

歐陽脩則不然，他往往將自己「讀者」的情感挹注於序跋之中。靠著自己的涉入，以「余」、「予」等第一人稱凸顯自己，主觀地在序跋中陳述自己的意見，並將自己的情感直接而不著痕跡地寫入序跋當中。綜觀歐陽脩序跋之作，無論是議論、敘事，或是考訂史實，都間雜「抒情感懷」的作法。也就是說，歐陽脩的序跋普遍都有抒情感懷的成分。到處可見的抒情感懷便成為他序跋中最大的特色，以至形成其整體序跋的「系統風格」。此外，歐陽脩的序跋文又具有迂迴往復與柔美之作法與特色，當這些作法交相使用時，形成歐陽脩「六一風神」的獨特風格。

除了繼承前人序跋議論、敘事的基本書寫方式之外，他在議論、敘事甚至抒情時，屢屢嘗試異於前人的作法：

（一）議論

歐陽脩議論時，採取破立對比、正反抑揚、總提起筆進行論述。

使用破立對比的寫法時，歐陽脩經由古今人、事的對比，一破一立，凸顯作者或是序跋者的理論。

正反抑揚的寫法藉由正反抑揚的書寫方式，使得評論得以公正不致偏頗，而文章組織也能更為緊密而立體化。

總提起筆以《新五代史》為代表，歐陽脩往往以「嗚呼」一詞開啟議論，並將感慨與議論結合，發出感嘆之後，先提出一段總論，指出全文的意旨，再舉出史事進行議論。

（二）敘事

歐陽脩在敘事時，記事與傳人各有獨特作法。記事時，以虛實相間、迂迴轉折的手法，來陳述事件。書寫人物則擺脫傳記模式，而是藉由書寫作者一生中最重要的經歷，凸顯出作者特有的層面，顯露作者風采。歐陽脩書寫作者神采的方式有紀大而略小、互見以及借客形主三種。

（三）抒情

書序作者在評論典籍，或者記敘原書作者時，往往將「自己」隱藏起來，客觀地抒發己見。在歐陽脩手中，他則是將自己寫入詩文集序當中，使用明

示的方法提出自己的觀點，或陳述自己與作者之間的關係，或表達自己的感懷。再者，歐陽脩更擴大「讀者」身分，不僅在序跋中以「序跋者」身分自由出入，更以其他讀者的觀點來評論典籍文獻。這種作法使他在書寫序跋時得以靈活進行觀點的闡發、論述。此外，在議論、敘事時，歐陽脩則是善於將心情感懷間雜於議論或敘事之中，藉由議論、敘事以發抒感情。

四、歐陽脩的創作意圖

　　歐陽脩認為經典所揭櫫之道理歷久彌新，愈久而益明；至於其他作者的作品，則與聖人之道或離或合，但由於具怪奇偉麗的藝術性質，亦為歷代讀者所接受。由此而言，歐陽脩處於讀者的角色時，面對藝術類與學術類作品的期待視野並不一致。「藝術類」作品方面，在「得者各以其意」前提之下，身為讀者的歐陽脩，往往不僅閱讀作品，更將作者與作品合觀。「學術類」作品方面，歐陽脩以「存心一」為閱讀原則，以求明瞭作品的意涵為重心，閱讀的同時也會抱持懷疑的態度，而不盡信作品所呈現出來的表象。這也形成了其序跋作品中議論、考訂的書寫內容。

　　序跋既然是為了傳播文本，歐陽脩在序跋當中也時時提及「流傳」觀念，並以「不朽」為論述主軸。歐陽脩絕大部分的序跋中都存在著「不朽」的書寫。他渴望藉由序跋的傳播，使作品與作者能夠垂世行遠的意圖昭然若揭。歐陽脩書寫序跋的意圖，在於傳播文本與作者，使其讀者不限於當代，而能擴及後代的讀者，以垂不朽。在這個理念下，歐陽脩又強調「事信」，如果事件真實可信，文章傳播時才能取信於讀者而流傳久遠。

　　歐陽脩書寫序跋，除了消解文物散亡的憂慮外，同時也想要彰顯永恆的事物，那就是「道」。他所提出的「道」偏重於實際層面，是講究「人情」的。這種觀念運用在文章上，便不會徒然追求文飾，也會注意到所記敘事件的真實性。講求信實的態度，使歐陽脩面對同樣是學術性，但是非聖人經典的作品時，他總會秉持著懷疑精神，對於作品進行考訂。歐陽脩既然尊崇經典，對於任意注解經典的讖緯之說便深惡痛絕。

　　歐陽脩經歷許多人事紛擾後，在事信言文的觀念下，多了對親友遭遇的感慨。為親友延長其生命價值，以達到不朽，便成為他撰寫別集序的意圖。當傳播者的影響力越大，那麼文集能夠流傳的機會也就越大。歐陽脩既然是文壇上頗具號召力的文人，被他所肯定的文集也就有較大的可能流傳於文士

之間。歐陽脩以爲對作者的書寫，比對文本的書寫還具有價值，因此加強描
繪作者風采，希望不只是文本，作者也能夠垂世行遠。如此一來，他們偃蹇
的一生即使在當世無法平反，也能在後世有公正客觀之論。再者，這些別集
序不僅僅只是悲歎親友之不遇，更嘗試藉此陳述這一個「士族網絡」所秉持
的理念，呈現該位作者在士族網絡裡「所扮演」或「可以扮演」的角色，並
且試圖將不被當世所重的「不幸」轉化爲長遠流傳後世的「幸」。

歐陽脩希望藉由對人物的書寫，除了結合文章與作者之間的關聯性之
外，一方面藉由對於詩文集作者的描寫以總結其平生與文藝的特質；一方面
藉由「志人」與「抒懷」相互運用的「系統風格」，來闡述自己的某些觀念，
或者是經由感嘆作者際遇，對當時社會現象加以批判。

《新唐書》、《新五代史》捨棄從《三國志》以來諸多史書採用的「迴護」
寫法，而是各傳其實，其意圖在於表達善善惡惡之志，這是他「爲言信，然
後善惡明」的書寫。此外，又有「用意深，故能勸戒切」之理念，在書寫《新
唐書》、《新五代史》時，具有勸戒的意圖。

歐陽脩的序跋中對於時事的指涉，存在著多樣化的表現形式。他擔憂宋
代會不會因爲朋黨亂政，而重蹈同屬正統的漢、唐覆轍？其次，歐陽脩在《新
五代史》多次批判晉出帝，實欲將濮議事件寄寓於對這段歷史的評論中。在
尋求道德與政治統一的過程中，他認爲宋代許多政策、制度仍有很大的改進
空間。政策、制度如此，事件、行爲也一樣。歐陽脩深刻瞭解五代的動亂乃
是由於政治制度與道德禮法的淪喪，因此出現種種不可思議的事。然而，他
也看到了這些不合理的現象似乎又在當世重演。《新五代史》由於是歐陽脩私
撰，他在書寫上，更能自由地表達自己的理念。對於時事的批判，以古觀今，
也成爲他書寫史序或論贊時的一項意圖。

歐陽脩一生尊崇儒道，摒黜佛老，在序跋中多次表現出反對佛老的態度。
他之所以反對佛老，乃是由於這兩派宗教在當時對社會造成許多弊病，不但
無益於社會，還成爲社會的蠹蟲。

《集古錄跋尾》兼具學術性與藝術性。歐陽脩在進行學術研究之餘，也
試圖藉由跋尾來陳述他對於金石古器與書法的喜好，以及此二者在日常生活
中所帶來的樂趣。至於書法，在他的觀念中，學習書法是一種生活的樂趣，
不應該過份講求其藝巧，他認爲學習書法的主要目的在「要於自適」，而不在
於取悅時人，或是垂名後世。

五、典範之趨向與一家之言

經由與其他文人別集序跋與詩文序跋的比較，我們可以看到，范仲淹早期的別集序仍可見到傳統的影子，但在此同時，北宋的文人集團也逐漸成型，因此在序跋創作上，雖未如歐陽脩率以感慨成文，但往往會直接指出自己身為序跋者與作者之間的關係。尹洙、蘇舜卿的序文也可看出同樣的書寫趨向。可見當時文人交流之間的相互影響。

至於跋類文章，經過歐陽脩的發展，曾鞏、王安石在閱讀傳記而撰寫的跋文方面有所擴展。而在蘇軾的創作之下，題材與作法皆不拘於一格，有更為精彩、更多元化的發展，可謂歐陽脩古文創作自成一格之下，對於宋人所造成的影響。

在兩《唐書》方面，《舊唐書》本紀論往往大篇幅地進行論述，或補記皇帝的日常行事，或歷舉各代的人物事蹟。《新唐書》則合數帝為一論贊，以精煉簡潔的筆法指出唐代皇帝一生的功過。《舊唐書》的撰寫者秉持著「纂修須按於舊章」的觀念，著重於反映有唐一代各時期不同的歷史觀點。歐陽脩秉持著《春秋》「垂勸戒，示久遠」之意，將多位皇帝合在一起撰寫論贊，代表他看待諸帝時史觀一致，而往往在一篇論贊陳述一個觀念。他對於諸帝簡潔的評論，正是對於該時代整體歷史發展的體現，這也是歐陽脩批判《舊唐書》「紀次無法」時所改變的書寫策略。

《舊唐書》志序往往著重於對於唐代典章制度沿革的闡述；而《新唐書》在此之餘，又提出自己的史觀、議論，指引讀者閱讀該篇史志。《新唐書》也刪棄《舊唐書》中的五行之說，只著錄自然災異現象，並無將災異與人事結合的意圖。

在《五代史》方面，《舊五代史》論贊集中在評價傳主，大多數的論贊採獨立論述，鮮少涉及其他事件的書寫。《新五代史》則是融入了許多新的元素，不將焦點集中於傳主身上。他在書寫論贊時，更闡明傳記本文的「《春秋》筆法」。就《新五代史》諸篇本紀論贊來看，其形式的靈活運用、各篇論贊皆依循著一定的目標來書寫，彼此可以相互作連結，實可視為一個有機體。

兩部《五代史》論贊之差異以對於馮道的評論最為明顯。二史不同的評價，顯示出二史時代背景的不同與思想的流變。薛居正修撰《舊五代史》時，距離五代未遠，仍深受五代風氣的影響，以是否能「忠於其事」為衡量標準。歐陽脩提高標準，指出從魏晉以來「貳心舊朝」的功臣並非「人臣之正」。因

此，《新五代史》對馮道頗有微詞。由於歐陽脩所謂「忠」的觀念在於是否能夠對於一朝盡忠，就此標準而言，五代「忠臣義士」至爲難得，因而出現〈死節傳〉、〈死事傳〉等傳，可謂自成一家之言。

在金石學方面，歐陽脩與趙明誠看待金石態度不同：歐陽脩對於金石的藝術性與學術性兩者並重；而趙明誠則只著重於其學術性。這可以說是《集古錄跋尾》與《金石錄》跋尾二者最大的差異。趙明誠既以學術性爲主要目標，他在《金石錄》跋尾中便缺少了歐陽脩那一份抒情感懷，而以考訂證史、載錄記敘以及議論褒貶爲主。再者，《金石錄》畢竟較《集古錄跋尾》爲晚出，因此往往會修正、補充前代金石學者的說法。

六、本論文的限制與未來發展

本論文從北宋學術文化與序跋文體學的角度，針對歐陽脩整體序跋文進行研究。然而，受限於歐陽脩序跋樣本數過多，在討論作法時，僅能以概觀的方式，指出歐陽脩序跋獨具特色的寫法，藉由探討其序跋作法以觀察對於前代的繼承與新變。此外，本文論述重心在於探討歐陽脩序跋文的文學與思想，對於序跋本身的廣告與傳播特性論述較爲不足。

歐陽脩創作各類序跋，成爲後世典範後，各類均有長足的發展。如王安石的經義序、蘇軾之題跋文、曾鞏的目錄序（敘錄）等等，以及金石學的跋尾，這些都是可再繼續討論的。北宋士族網絡的序跋既然有相互影響的現象，其整體創作趨向又是如何？其次，後代的序跋發展如何？當出版品愈來愈繁盛之後，序跋的創作也愈加熱絡，但爲何經過宋元明的發展之後，顧炎武會有「書不當兩序」的批評？〔註1〕這些都是值得再進一步深入研究的課題。

〔註 1〕顧炎武著，黃汝成集釋：《日知錄集釋》（上海：上海古籍出版社，2006 年 12 月）卷 19〈書不當兩序〉。

附錄一：歐陽脩序跋文篇目

一、《歐陽文忠公集》

※以全書卷次標示。「居」指《居士集》;「外」指《居士外集》。

四部叢刊卷次	篇　目
卷 41（居 41）	釋祕演詩集序
同上	釋惟儼文集序
同上	詩譜補亡後序
同上	集古錄目序〔註 1〕
同上	蘇氏文集序
卷 42（居 42）	韻總序
同上	謝氏詩序
同上	孫子後序
同上	梅聖俞詩集序
卷 43（居 43）	廖氏文集序
同上	外制集序
同上	禮部唱和詩序
同上	內制集序
同上	帝王世次圖序

〔註 1〕卷 134 的〈集古錄目序〉與此文相同，但文後還多了歐陽脩的附語。

同上	（帝王世次圖）後序
卷 44（居 44）	思穎詩後序
同上	歸田錄序
同上	仲氏文集序
同上	續思穎詩序
同上	江鄰幾文集序
同上	薛簡肅公文集序
卷 60（外 10）	詩解統序
卷 64（外 14）	仁宗御集序
同上	張令注周易序
卷 65（外 15）	刪正黃庭經序
同上	傳易圖序
同上	月石硯屏歌序
同上	七賢畫序
同上	龍茶錄後序
卷 71（外 21）	歐陽氏譜圖序（石本、集本）
卷 72（外 22）	牡丹記跋尾
卷 73（外 23）	書李翱集後
同上	書梅聖俞稾後
同上	讀李翱文
同上	書春秋繁露後
同上	書韋應物西澗詩後
同上	論尹師魯墓誌
同上	書沖厚居士墓銘後
同上	讀裴寂傳
同上	書梅聖俞河豚魚詩後
同上	書三絕句詩後
同上	跋晏元獻公書
同上	跋李西臺書（二首）
同上	跋李翰林昌武書

同上	記舊本韓文後
同上	題薛公期畫
同上	跋杜祁公書
同上	跋永城縣學記
同上	書荔枝譜後
同上	跋學士院題名
同上	跋茶錄
同上	跋觀文王尚書舉正書
同上	跋學士院御詩
同上	跋薛簡肅公奎書
同上	跋醉翁吟
同上	題青州山齋
同上	跋三絕帖
卷 120	濮議序
卷 124	崇文總目敘釋（30 首）： 易類、書類、詩類、禮類、樂類、春秋類、論語類、小學類、正史類、編年類、實錄類、雜史類、偽史類、職官類、儀注類、刑法類、地理類、氏族類、歲時類、傳記類、儒家類、道家類、法家類、名家類、墨家類、縱橫家類、雜家類、農家類、小說類、兵家類
卷 126	歸田錄序
卷 134	集古錄跋尾卷一：〔註2〕（426 首） 古敦銘、韓城鼎銘、商雒鼎銘、古器銘（二首）、終南古敦銘、叔高父煮簋銘、周穆王刻石、敦匜銘〔註3〕、敦医銘〔註4〕、張仲器銘、石鼓文、秦度量銘、秦昭和鍾銘、秦祀巫咸神文〔註5〕、之罘山秦篆遺文、秦泰山刻石、秦嶧山刻石（二首）、前漢二器銘、前漢谷口銅甬銘、前漢鴈足鐙銘、後漢西嶽華山廟碑、後漢樊毅華嶽碑（二首）、後漢修西嶽廟復民賦碑、後漢北嶽碑、後漢無極山神廟碑、後漢桐柏廟碑、後漢殷阢君神祠碑

〔註2〕 「毛伯敦銘」、「龔伯彝銘」與「伯庶父敦銘」三題無跋尾。
〔註3〕 原字不見於「中文全字庫」（http://www.cns11643.gov.tw/AIDB/welcome.do；查詢時間：2010 年 04 月 20 日），而卷末校記言：「《款識法帖》作『匜』」。
〔註4〕 跋文皆作「医」。
〔註5〕 卷末校記附錄「又別本」。

卷 135	集古錄跋尾卷二： 後漢堯母碑、後漢堯祠碑、後漢堯祠祈雨碑、後漢老子銘、後漢魯相置孔子廟卒史碑、後漢修孔子廟器碑、後漢魯相晨孔子廟碑、後漢碑陰題名（三首）、後漢張公廟碑、後漢公昉碑、後漢析里橋郙閣頌、後漢人闕銘、後漢文翁石柱記、後漢文翁學生題名、後漢泰山都尉孔君碑、後漢孔宙碑陰題名、後漢孔君碑、後漢孔德讓碑、後漢劉寬碑、後漢太尉劉寬碑、後漢太尉劉寬碑陰題名、後漢楊震碑、後漢楊震碑陰題名、後漢沛相楊君碑〔註6〕、後漢繁陽令楊君碑、後漢高陽令楊君碑、後漢楊君碑陰題名（二首）、後漢碑陰題名、後漢楊公碑陰題名、後漢殘碑陰、後漢朔方太守碑陰、後漢劉曜碑、後漢北海相景君銘、後漢謁者景君碑、後漢景君石郭銘、後漢袁良碑、後漢張平子墓銘
卷 136	集古錄跋尾卷三： 後漢費鳳碑、後漢武班碑、後漢中常侍費亭侯曹騰碑、後漢司隸楊君碑、後漢樊常侍碑、後漢郎中鄭固碑、後漢田君碑、後漢孫叔敖碑、後漢王元賞碑、後漢祝睦碑、後漢祝睦後碑、後漢衡方碑、後漢冀州從事張表碑、後漢竹邑侯相張壽碑、後漢金鄉守長侯君碑、後漢慎令劉君墓碑、後漢北軍中候郭君碑、後漢司隸從事郭君碑、後漢魯峻碑、後漢玄儒婁先生碑、後漢郭先生碑（二首）、後漢桂陽太守周府君紀功銘、後漢桂陽州府君碑、後漢桂陽周府君碑後本、後漢費府君碑、後漢郎中王君碑、後漢太尉陳球碑、後漢敬仲碑、後漢無名碑、後漢稟長蔡君頌碑、後漢唐君碑、後漢朱龜碑、後漢小黃門譙君碑、後漢熊君碑、後漢俞鄉侯季子碑、後漢武榮碑、後漢秦君碑首（二首）、後漢元節碑、後漢殘碑、後漢天祿辟邪字
卷 137	集古錄跋尾卷四： 魏受禪碑、魏公卿上尊號表、魏鍾繇表（二首）、魏劉熹學生冢碑、魏賈逵碑、魏鄧艾碑、吳九眞太守谷府君碑、吳國山碑、晉南鄉太守頌、晉南鄉太守碑、南鄉太守碑陰、晉陸喈碑、晉蘭亭修禊序、范文度模本蘭亭序（三首）、晉樂毅論、晉王獻之法帖（二首）、晉賢法帖、晉七賢帖、宋文帝神道碑、宋宗愨夫人墓誌、齊鎭國大銘相碑、南齊海陵王墓銘〔註7〕、梁智藏法師碑、陳張慧湛墓誌銘、陳浮屠智永書千字文（二首）、大代修華嶽廟碑（二首）、後魏孝文北巡碑、後魏定鼎碑、後魏石門銘、後魏神龜造碑像記、東魏任城王造浮圖記、東魏造石像記、魏九級塔像銘、北齊常山義七級碑（二首）、永樂十六角題、魯孔子廟碑、北齊石浮圖記、後周大像碑隋老子廟碑、隋尒朱敞碑、隋龍藏寺碑（二首）、隋太平寺碑、隋李康清德頌、隋梁洋德政碑、隋韓擒虎碑、隋陳茂碑、

	隋蒙州普光寺碑、隋丁道護啓法寺碑、隋鉗耳君清德頌、隋廬山西林道場碑（二首）、唐孔子廟堂碑、千文後虞世南書、唐德州長壽寺舍利碑、唐豳州昭仁寺碑、唐呂州普濟寺碑、唐衛國公李靖碑、唐顏師古等慈寺碑、隋郎茂碑（二首）、唐郎穎碑、唐郎穎碑陰題名、唐九成宮醴泉銘、唐歐陽率更臨帖、唐岑文本三龕記、唐孟法師碑、唐皇甫忠碑、唐辨法師碑、唐孔穎達碑、唐薛稷書、唐益州學館廟堂記、唐徐王元禮碑、唐龍興宮碧落碑、唐智乘寺碑、唐吳廣碑、唐九門縣西浮圖碑、唐陶雲德政碑、唐汎愛寺碑
卷 139	集古錄跋尾卷六：
	唐八都壇實錄、唐魏載墓誌銘、唐乙速孤神慶碑、唐薛仁貴碑、唐尹氏闕文、唐尹孝子旌表文、唐孝子張常洧旌表碣、唐渭南令李君碑（二首）、唐流杯亭侍宴詩（二首）、唐司刑寺大腳跡勑、唐韓覃幽林思、唐武盡禮寧照寺鍾銘、唐韋維善政論、唐令長新戒、唐華陽頌、唐有道先生葉公碑、唐李邕嵩嶽寺碑、唐李邕端州石室記、唐獨孤府君碑（二首）、唐裴大智碑、唐張嘉正碑、唐郭知運碑銘、唐御史臺精舍記、唐西嶽大洞張尊師碑、唐景陽井銘、唐華嶽題名、唐石臺道德經、唐羣臣請立道德經臺奏答、唐陝州盧奐廳事讚、唐鶺鴒頌、唐玄宗謁玄元廟詩、唐裴光庭碑、唐萬回神迹記碑、唐安公美政頌、唐石壁寺鐵彌勒像頌、唐郎官石記、唐開元聖像碑、唐大照禪師碑、唐武陽侯祠堂碑、唐崔潭龜詩、唐興唐寺石經藏讚、唐蔡有鄰盧舍那珉像碑、唐植柏頌、唐美原夫子廟碑、唐鄭預注多心經
卷 140	集古錄跋尾卷七：
	唐開元金籙齋頌、唐龍興七祖堂頌、唐明禪師碑、唐徐浩玄隱塔銘、唐顏眞卿書東方朔畫贊、唐畫贊碑陰、唐顏魯公題名（二首）、唐顏眞卿麻姑壇記、唐顏眞卿小字麻姑壇記、唐中興頌（二首）、唐干祿字樣、唐干祿字樣模本（二首）、唐歐陽琟碑、唐杜濟神道碑、唐杜濟墓誌銘、唐顏眞卿射堂記、唐張敬因碑（二首）、唐顏勤禮神道碑、唐顏氏家廟碑、唐顏魯公書殘碑（二首）、唐湖州石記、唐顏魯公帖、唐顏魯公二十二字帖、唐顏魯公法帖、唐元次山銘、唐呂諲表（二首）、唐元結窪罇銘、唐元結陽華巖銘、唐元結峿臺銘、唐張中丞傳、唐李陽冰城隍神記、唐李陽冰忘歸臺銘、唐縉雲孔子廟記、唐裴虬怡亭銘、唐李陽冰庶子泉銘、唐李陽冰阮客舊居詩、唐裴公紀德碣銘（二首）、唐玄靜先生碑、唐龍興寺四絕碑首、唐滑州新驛記、唐王師乾神道碑
卷 141	集古錄跋尾卷八：
	唐徐方回西墉記、唐禹廟碑、唐崇徽公主手痕詩、唐僧懷素法帖、唐重摹吳季子墓銘（二首）、唐竇叔蒙海濤志、唐鹽宗神祠記、唐鴈門王田氏神道碑、唐李憕碑、唐甘棠館題名、唐汾陽王廟碑、唐郭忠武公將佐略、唐濟瀆廟祭器銘、唐神女廟詩、唐馬寔墓誌

	銘（二首）、唐石洪鍾山林下集序、唐房太尉遺愛碑陰記、唐賀蘭夫人墓誌、唐陸文學傳〔註8〕、唐辨正禪師塔院記、唐韓愈盤谷詩序、唐韓退之題名、唐田弘正家廟碑、唐韓愈南海神廟碑、唐韓愈羅池廟碑、唐韓愈黃陵廟碑、唐胡良公碑、唐韓文公與顛師書、唐高閑草書、唐武侯碑陰記、唐盧頊禱聰明山記、唐侯喜復黃陂記（二首）、唐柳宗元般若和尚碑、唐南嶽彌陁和尚碑、唐元積修桐柏宮碑、唐虞城李令去思頌、唐陽公舊隱碣、唐于頔神道碑、唐昭懿公主碑、唐李光進碑
卷 142	集古錄跋尾卷九： 唐樊宗師絳守居園池記、唐張九齡碑、唐田布碑、唐沈傳師游道林嶽麓寺詩、唐崔能神道碑、唐李德裕茅山三像記、唐李德裕平泉草木記〔註9〕、唐李文饒平泉山居詩、唐李德裕大孤山賦、唐大孤山賦、唐辨石鐘山記、唐法華寺詩、唐薛莘唱和詩、唐僧靈澈詩、唐李藏用碑、唐玄度十體書、唐鄭澣陰符經序（二首）、唐山南西道驛路記、唐何進滔德政碑、唐李聽神道碑、唐李石神道碑、唐高重碑、唐康約言碑、唐復東林寺碑、唐王質神道碑、唐會昌投龍文、唐俞玽書陳果仁告身并捨宅造寺疏、唐圭峯禪師碑、唐濠州勸民栽桑勑碑〔註10〕、唐閩遷新社記（二首）、唐令狐處登白樓賦、唐百巖大師懷暉碑、唐孔府君神道碑、唐白敏中碑、唐于僧翰尊勝經、唐張將軍新廟紀、唐王重榮德政碑、唐磻溪廟記、唐梁公儒碑、唐花林宴別記、唐陽武復縣記、唐崔敬嗣碑、唐潤州陁羅尼經幢、唐夔州都督府記、唐鄭權碑、唐玉蕊詩、唐人書楊公史傳記、唐放生池碑
卷 143	集古錄跋尾卷十： 瘞鶴銘（二首）、黃庭經（四首）、遺教經、小字道德經、唐人臨帖、小字法帖（二首）、十八家法帖、雜法帖（六首）、懷州孔子廟記、景福遺文、浮槎寺八紀詩、福州永泰縣無名篆（二首）、謝仙火、張龍公碑（二首）、周伯著碑、衛秀書梁思楚碑、裴夫人誌、五代時人署字、楊凝式題名、徐鉉雙溪院記、王文秉小篆千字文、王文秉紫陽石磐銘、郭忠恕小字說文字源、郭忠恕書陰符經、太清石闕題名、太清東闕題名、賽陽山文

二、《全宋文》輯佚篇章

卷　次	篇　目
卷 718	書醉翁亭記後
同上	書遁甲立成旁通曆後
同上	書逍遙子後
同上	書杜祁公帖石本後
同上	書琴阮記後
卷 728	太常因革禮序
同上	詩圖總序
同上	詩譜補亡序
同上	衡陽漁溪王氏譜序
同上	南陽集跋
同上	韓文公別傳後序
同上	題蘇舜欽書後

三、《新唐書》

卷　次	篇　目	序〔註11〕	論　贊
1	高祖本紀第一		○
2	太宗本紀第二		○
3	高宗本紀第三		○
4	則天皇后中宗本紀第四		○
5	睿宗玄宗本紀第五		○
6	肅宗代宗本紀第六		○
7	德宗順宗憲宗本紀第七		○
8	穆宗敬宗文宗武宗宣宗本紀第八		○
9	懿宗僖宗本紀第九		○
10	昭宗哀帝本紀第十		○
11	禮樂志第一	○	

〔註11〕「序」欄以「○」標示者，表示該篇有序；「論贊」欄以「○」標示者，表示該篇最末有論贊，以「□」標示者，表示文中有論贊。《新五代史》篇目後有人名括號者，表示其傳之後有論贊。

23	儀衛志第十三	○	
24	車服志第十四	○	
25	歷志第十五	○	
31	天文志第二十一	○	
34	五行志第二十四	○	
37	地理志第二十七	○	
44	選舉志第三十四	○	
46	百官志第三十六	○	
50	兵志第四十	○	
51	食貨志第四十一	○	
56	刑法志第四十六	○	
57	藝文志第四十七	○	
61	宰相表第一	○	
64	方鎮表第四	○	
70	宗室世系表第十	○	
71	宰相世系表第十一	○	

四、《新五代史》

卷 次	篇 目	序	論 贊
2	梁太祖本紀第二		○
4	唐莊宗本紀第四		○
6	唐明宗本紀第六		○
7	唐愍帝廢帝本紀第七		○
9	晉出帝本紀第九		○
10	漢高祖隱帝本紀第十		○
12	周世宗恭帝本紀第十二		○
13	梁家人傳第一	○	○
15	唐明宗家人傳第三（從璟）		□
16	唐廢帝家人傳第四		○
17	晉家人傳第五		○
18	漢家人傳第六（高祖二弟三子）		□
20	周世宗家人傳第八（柴守禮）		□○
21	梁臣傳第九		○

24	唐臣傳第十二		○
25	唐臣傳第十三（元行欽）		□
26	唐臣傳第十四（烏震）		□
27	唐臣傳第十五（劉延朗、康義誠）		□二首
28	唐臣傳第十六（張憲）		□
29	晉臣傳第十七（景延廣）		□
31	周臣傳第十九		○
32	死節傳第二十	○	○
33	死事傳第二十一	○	
34	一行傳第二十二	○	
35	唐六臣傳第二十三	○	○
36	義兒傳第二十四	○	
37	伶官傳第二十五	○	
38	宦者傳第二十六	○	○
40	雜傳第二十八		○
42	雜傳第三十（趙犨）		□
46	雜傳第三十四（王建立）		□○
47	雜傳第三十五（張筠、皇甫遇）		□二首
49	雜傳第三十七（王進）		□
51	雜傳第三十九（范延光）		□
52	雜傳第四十		○
54	雜傳第四十二	○	
55	雜傳第四十三（劉岳）		□
58	司天考第一	○二首	○
59	司天考第二	○	○
60	職方考第三	○	○
61	吳世家第一	○	○
62	南唐世家第二		○
63	前蜀世家第三		○
67	吳越世家第七		○
71	十國世家年譜第十一	○	○
72	四夷附錄第一	○	

附錄二：兩《唐書》本紀、志、表之序、論對照表

舊唐書	卷　次	新　唐　書	卷　次
高祖本紀論	1	高祖本紀論	1
太宗本紀論	3	太宗本紀論	2
高宗本紀論	5	高宗本紀論	3
則天皇后本紀論	6	則天皇后中宗本紀論	4
中宗本紀論	7		
睿宗本紀論	7	睿宗玄宗本紀論	5
玄宗本紀論	9		
肅宗本紀論	10	肅宗代宗本紀論	6
代宗本紀論	11		
德宗本紀論	13	德宗順宗憲宗本紀論	7
順宗本紀論	14		
憲宗本紀論	15		
穆宗本紀論	16	穆宗敬宗文宗武宗宣宗本紀論	8
敬宗本紀論	17 上		
文宗本紀論	17 下		
武宗本紀論	18 上		
宣宗本紀論	18 下		
懿宗本紀論	19 上	懿宗僖宗本紀論	9
僖宗本紀論	19 下		

哀帝本紀論	20 下	昭宗哀帝本紀論	10
禮儀志序	21	禮樂志序	11
音樂志序	28		
曆志序	32	歷志序	25
天文志序一	35	天文志序	31
天文志序二	36		
五行志序	37	五行志序	34
地理志序	38	地理志序	37
輿服志序	45	車服志序	24
經籍志序	46	藝文志序	57
經籍志論	47	（無）	－
食貨志序	48	食貨志序	51
刑法志序	50	刑法志序	56
（無）	－	儀衛志序	23
（無）	－	選舉志序	44
（無）	－	百官志序〔註 12〕	46
（無）	－	兵志序	50
（無）	－	宰相表序	61
（無）	－	方鎮表序	64
（無）	－	宗室世系表序	70
（無）	－	宰相世系表序	71

〔註12〕《舊唐書·職官志》無序。

參考書目

一、歐陽脩著作

1. 歐陽脩:《歐陽文忠公集》,四部叢刊,臺北:臺灣商務印書館,1979 年。
2. 歐陽脩:《唐書》,乾隆武英殿刊本,臺北:藝文印書館,1956 年。
3. 歐陽脩:《五代史記》,乾隆武英殿刊本,臺北:藝文印書館,1956 年。
4. 歐陽脩:《詩本義》,四部叢刊,臺北:臺灣商務印書館,1966 年。
5. 歐陽脩著,李逸安點校:《歐陽修全集》,北京:中華書局,2001 年 03 月。
6. 歐陽脩著,李之亮箋注:《歐陽修集編年箋注》,成都:巴蜀書社,2007 年 12 月。
7. 歐陽脩著,洪本健校箋:《歐陽修詩文集校箋》,上海:上海古籍出版社,2009 年 08 月。

二、古籍文獻（先按照朝代,再依作者姓名首字筆劃排列）

1. 〔秦〕呂不韋著,陳奇猷校釋:《呂氏春秋校釋》,臺北:華正書局,1985 年 08 月。
2. 〔漢〕司馬遷著,瀧川龜太郎考證:《史記會注考證》,臺北:文史哲出版社,1997 年 10 月。
3. 〔漢〕班固:《新校本漢書》,臺北:鼎文書局,1991 年。
4. 〔漢〕許慎著,段玉裁注:《說文解字注》,高雄:高雄復文圖書出版社,2000 年 09 月。
5. 〔南朝宋〕范曄:《新校本後漢書》,臺北:鼎文書局,1991 年。
6. 〔南朝梁〕劉勰著,范文瀾注:《文心雕龍注》,北京:人民文學出版社,2006 年 01 月。
7. 〔南朝梁〕蕭統編,李善注:《文選》,臺北:藝文印書館,2003 年 03 月。

8. 〔唐〕房玄齡等：《新校本晉書》，臺北：鼎文書局，1992 年。

9. 〔唐〕柳宗元：《柳宗元集》，北京：中華書局，2006 年 09 月。

10. 〔唐〕劉知幾著，浦起龍釋：《史通通釋》，臺北：藝文印書館，1978 年 04 月。

11. 〔唐〕歐陽詢主編：《藝文類聚》，臺北：文光出版社，1974 年。

12. 〔唐〕韓愈著，馬其昶校注：《韓昌黎文集校注》，臺北：頂淵文化事業公司，2005 年 11 月。

13. 〔唐〕魏徵等：《新校本隋書》，臺北：鼎文書局，1991 年。

14. 〔後晉〕劉昫：《舊唐書》，乾隆武英殿刊本，臺北：藝文印書館，1971 年。

15. 〔宋〕尹洙：《河南先生文集》，四部叢刊，臺北：臺灣商務印書館，1965 年。

16. 〔宋〕王安石：《臨川先生文集》，四部叢刊，臺北：臺灣商務印書館，1979 年。

17. 〔宋〕王欽若等編：《冊府元龜》，臺北：臺灣中華書局，1981 年 08 月。

18. 〔宋〕王溥：《五代會要》，臺北：世界書局，1963 年。

19. 〔宋〕王應麟：《玉海》，《文淵閣四庫全書》，臺北：臺灣商務印書館，1983 年。

20. 〔宋〕司馬光：《資治通鑑》，北京：中華書局，2007 年 06 月。

21. 〔宋〕朱熹編：《河南程氏遺書》，臺北：臺灣商務印書館，1965 年。

22. 〔宋〕江少虞：《宋朝事實類苑》，臺北：源流出版社，1982 年 08 月。

23. 〔宋〕吳曾：《能改齋漫錄》，臺北：木鐸出版社，1982 年 05 月。

24. 〔宋〕宋祁：《景文集》，《文淵閣四庫全書》，臺北：臺灣商務印書館，1983 年。

25. 〔宋〕宋綬、宋敏求編：《宋大詔令集》，臺北：廣文書局，1972 年 09 月。

26. 〔宋〕李昉等奉敕編：《文苑英華》，北京：商務印書館，2006 年。

27. 〔宋〕李燾：《續資治通鑑長編》，北京：中華書局，2004 年 09 月。

28. 〔宋〕孟元老：《東京夢華錄》，臺北：臺灣商務印書館，1971 年。

29. 〔宋〕邵伯溫：《邵氏聞見錄》，北京：中華書局，2008 年 08 月。

30. 〔宋〕姚鉉：《唐文粹》，臺北：世界書局，1989 年 05 月。

31. 〔宋〕洪邁：《容齋隨筆》，北京：中華書局，2006 年 10 月。

32. 〔宋〕范仲淹：《范文正公集》，四部叢刊，臺北：臺灣商務印書館，1965 年。

33. 〔宋〕范仲淹：《范仲淹全集》，成都：四川大學出版社，2007 年 11 月。

34.〔宋〕張鎡:《仕學規範》,《文淵閣四庫全書》,臺北:臺灣商務印書館,1983 年。

35.〔宋〕梅堯臣著,朱東潤編年校注:《梅堯臣集編年校注》,上海:上海古籍出版社,2006 年 11 月。

36.〔宋〕章樵輯:《古文苑》,上海:上海商務印書館,1936 年。

37.〔宋〕曾鞏著,陳杏珍、晁繼周點校:《曾鞏集》,北京:中華書局,2004 年 11 月。

38.〔宋〕程俱撰,張富祥校證:《麟臺故事校證》,北京:中華書局,2004 年 04 月。

39.〔宋〕費袞:《梁谿漫志》,臺北:廣文書局,1969 年。

40.〔宋〕葉夢得:《石林燕語》,北京:中華書局,1984 年。

41.〔宋〕葉夢得:《避暑錄話》,臺北:臺灣商務印書館,1966 年。

42.〔宋〕趙明誠撰,金文明校證:《金石錄校證》,桂林:廣西師範大學出版社,2005 年 10 月。

43.〔宋〕劉敞:《公是集》,《文津閣四庫全書》,北京:商務印書館,2006 年。

44.〔宋〕樓昉:《過庭錄》,收入王水照編:《歷代文話》第一冊,上海:復旦大學出版社,2007 年 11 月。

45.〔宋〕蔡絛:《鐵圍山叢談》,北京:中華書局,1983 年 09 月。

46.〔宋〕蔡襄:《端明集》,《文淵閣四庫全書》,臺北:臺灣商務印書館,1983 年。

47.〔宋〕穆脩:《河南穆公集》,四部叢刊,臺北:臺灣商務印書館,1965 年。

48.〔宋〕薛居正:《舊五代史》,乾隆武英殿刊本,臺北:藝文印書館,1971 年。

49.〔宋〕竇儀:《宋刑統》,臺北:新宇出版社,1985 年。

50.〔宋〕蘇洵:《嘉祐集》,四部叢刊,臺北:臺灣商務印書館,1979 年。

51.〔宋〕蘇舜卿:《蘇舜卿集》,臺北:漢京文化公司,1984 年 07 月。

52.〔宋〕蘇舜卿:《蘇學士文集》,四部叢刊,臺北:臺灣商務印書館,1965 年。

53.〔宋〕蘇軾:《經進東坡文集事略》,四部叢刊,臺北:臺灣商務印書館,1979 年。

54.〔宋〕蘇軾著,孔凡禮點校:《蘇軾文集》,北京:中華書局,2004 年 11 月。

55.〔宋〕蘇轍:《欒城集》,四部叢刊,臺北:臺灣商務印書館,1979 年。

56.〔元〕脫脫:《新校本宋史》,臺北:鼎文書局,1991 年。

57.〔明〕吳訥、徐師曾、陳懋仁著:《文體序說三種》,臺北:大安出版社,1998 年 06 月。

58.〔明〕歸有光:《文章指南》,臺北:廣文書局,1991 年 07 月。

59.〔清〕丁傳靖:《宋人軼事彙編》,北京:中華書局,2003 年 12 月。

60.〔清〕王文濡選註:《宋元明文評註讀本》,臺北:廣文書局,1981 年 12 月。

61.〔清〕王鳴盛:《十七史商榷》,臺北:廣文書局,1960 年 03 月。

62.〔清〕永瑢等:《武英殿本四庫全書總目提要》,臺北:臺灣商務印書館,2001 年 02 月。

63.〔清〕皮錫瑞:《經學歷史》,臺北:藝文印書館,2004 年 03 月。

64.〔清〕朱駿聲:《說文通訓定聲》,臺北:世界書局,1956 年。

65.〔清〕林紓:《春覺齋論文》,收入王水照編:《歷代文話》第七冊,上海:復旦大學出版社,2007 年 11 月。

66.〔清〕林雲銘:《古文析義合編》,臺北:廣文書局,2001 年 10 月。

67.〔清〕姚永樸:《文學研究法》,收入王水照編:《歷代文話》第七冊,上海:復旦大學出版社,2007 年 11 月。

68.〔清〕姚鼐:《惜抱軒詩文集》,上海:上海古籍出版社,2008 年 04 月。

69.〔清〕姚鼐輯,王文濡評註:《評註古文辭類纂》,臺北:華正書局,2000 年 08 月。

70.〔清〕唐文治:《國文經緯貫通大義》,收入王水照編:《歷代文話》第九冊,上海:復旦大學出版社,2007 年 11 月。

71.〔清〕徐松纂輯:《宋會要輯稿》,臺北:新文豐出版社,1976 年。

72.〔清〕郝懿行義疏:《爾雅義疏》,臺北:漢京出版社,1985 年 09 月。

73.〔清〕張相:《古今文綜》,臺北:臺灣中華書局,1962 年。

74.〔清〕畢沅:《續資治通鑑》,北京:中華書局,1999 年 08 月。

75.〔清〕章學誠著,葉瑛校注:《文史通義校注‧校讎通義校注》,北京:中華書局,2005 年 11 月。

76.〔清〕陳衍:《石遺室論文》,收入王水照編:《歷代文話》第四冊,上海:復旦大學出版社,2007 年 11 月。

77.〔清〕陸心源輯:《唐文拾遺》,上海:上海古籍出版社,2002 年。

78.〔清〕曾國藩:《經史百家雜鈔》,臺北:臺灣中華書局,1965 年。

79.〔清〕葉德輝:《書林清話》,臺北:世界書局,1961 年。

80.〔清〕董誥編:《欽定全唐文》,上海:上海古籍出版社,1990 年。

81.〔清〕趙翼:《二十二史箚記》,臺北:世界書局,2001 年 08 月。

82. 〔清〕趙翼：《陔餘叢考》，北京：中華書局，2006 年 10 月。

83. 〔清〕劉淇：《助字辨略等六種》，臺北：世界書局，1974 年 05 月。

84. 〔清〕劉熙載：《藝概》，臺北：華正書局，1988 年 09 月。

85. 〔清〕薛福成《論文集要》，收入王水照編：《歷代文話》第六冊，上海：
    復旦大學出版社，2007 年 11 月。

86. 〔清〕魏禧：《日錄論文》，收入王水照編：《歷代文話》第四冊，上海：
    復旦大學出版社，2007 年 11 月。

87. 〔清〕嚴可均輯：《全上古三代秦漢三國六朝文》，上海：上海古籍出版社，
    2002 年。

88. 〔清〕顧炎武著，黃汝成集釋：《日知錄集釋》，上海：上海古籍出版社，
    2006 年 12 月。

89. 傅璇琮主編：《全宋詩》，北京：北京大學出版社，1991 年 07 月。

90. 曾棗莊、劉琳主編：《全宋文》，上海：上海辭書出版社，2006 年 08 月。

三、近人著作（按照作者姓名首字筆劃排列）

1. 王水照：《唐宋文學論集》，山東：齊魯書社，1984 年 07 月。

2. 王水照編：《宋代文學通論》，高雄：高雄復文出版社，2000 年 06 月。

3. 王重民：《中國目錄學史論叢》，北京：北京中華書局，1984 年 12 月。

4. 王基倫：《唐宋古文論集》，臺北：里仁書局，2001 年 10 月。

5. 王嵐：《宋人文集編刻流傳叢考》，南京：江蘇古籍出版社，2003 年 05 月。

6. 包弼德著，劉寧譯：《斯文：唐宋思想的轉型》，南京：江蘇人民出版社，
   2001 年 01 月。

7. 伊瑟著，霍桂桓、李寶彥譯：《審美過程研究——閱讀活動：審美影響理
   論》，北京：中國人民大學出版社，1988 年 12 月。

8. 朱迎平：《宋代刻書產業與文學》，上海：上海古籍出版社，2008 年 03 月。

9. 朱剛：《二十世紀西方文藝文化批評理論》，臺北：揚智文化，2009 年 03
   月。

10. 朱傳譽：《宋代新聞史》，臺北：臺灣商務印書館，1967 年 09 月。

11. 朱劍心：《金石學》，臺北：臺灣商務印書館，1995 年 07 月。

12. 何忠禮：《科舉與宋代社會》，北京：商務印書館，2006 年 12 月。

13. 何寄澎：《北宋的古文運動》，臺北：幼獅文化公司，1992 年 08 月。

14. 何寄澎：《唐宋古文新探》，臺北：大安出版社，1998 年 04 月。

15. 何澤恆：《歐陽修之經史學》，臺北：國立臺灣大學，1980 年 06 月。

16. 余英時：《猶記風吹水上鱗》，臺北：三民書局，1991 年 10 月。

17. 余嘉錫：《目錄學發微》，北京：中華書局，2007 年 10 月。

18. 吳小林：《中國散文美學》，臺北：里仁書局，1995 年 07 月。

19. 吳曾祺：《涵芬樓文談》，臺北：臺灣商務印書館，1998 年 06 月。

20. 吳懷祺：《宋代史學思想史》，合肥：黃山書社，1992 年 08 月。

21. 呂思勉：《宋代文學》，上海：商務印書館，1931 年。

22. 李更：《宋代館閣校勘研究》，南京：鳳凰出版社，2006 年 03 月。

23. 李致忠：《歷代刻書考述》，成都：巴蜀書社，1990 年 04 月。

24. 李瑞良：《中國出版編年史》，福建：福建人民出版社，2006 年 12 月。

25. 杜維運：《中國史學史》，臺北：三民書局，2004 年 06 月。

26. 汪淳：《韓歐詩文比較研究》，臺北：文史哲出版社，1989 年 07 月。

27. 屈萬里：《尚書集釋》，臺北：聯經出版社，2005 年 10 月。

28. 昌彼得、潘美月：《中國目錄學》，臺北：文史哲出版社，1991 年 10 月。

29. 東英壽：《復古與創新——歐陽修散文與文體復興》，上海：上海古籍出版社，2005 年 08 月。

30. 前野直彬主編，連秀華、何寄澎譯：《中國文學史》，臺北：長安出版社，1979 年 09 月。

31. 姚斯著，周寧、金元浦譯：《接受美學與接受理論》，瀋陽：遼寧人民出版社，1987 年 09 月。

32. 姜濤：《古代散文文體概論》，太原：山西人民出版社，1990 年。

33. 孫國棟：《唐宋史論叢》，香港：商務印書館，2000 年 02 月。

34. 祝尚書：《北宋古文運動發展史》，成都：巴蜀書社，1995 年 11 月。

35. 馬宗霍：《中國經學史》，臺北：臺灣商務印書館，2006 年 05 月。

36. 高珍霙：《《史》《漢》論贊之研究》，臺北：花木蘭文化出版社，2006 年 03 月。

37. 高海夫主編：《唐宋八大家文鈔校注集評》，西安：三秦出版社，1998 年。

38. 張秀民：《中國印刷術的發明及其影響》，臺北：文史哲出版社，1988 年 06 月。

39. 張明華：《《新五代史》研究》，北京：中國社會科學出版社，2007 年 10 月。

40. 張高評：《印刷傳媒與宋詩特色》，臺北：里仁書局，2008 年 03 月。

41. 張富祥：《宋代文獻學研究》，上海：上海古籍出版社，2006 年 03 月。

42. 梁啓超：《中國歷史研究法》，臺北：里仁書局，2000 年 08 月。

43. 郭武雄：《五代史料探源》，臺北：臺灣商務印書館，1996 年 05 月。

44. 郭預衡：《中國散文史》，上海：上海古籍出版社，2002 年 01 月。

45. 陳平原：《中國散文小說史》，上海：上海人民出版社，2005 年 06 月。

46. 陳曉芬：《傳統與個性：唐宋六大家與儒佛道》，上海：上海古籍出版社，2002 年 08 月。

47. 陶東風：《文體演變及其文化意味》，昆明：雲南人民出版社，1994 年 05 月。

48. 陶晉生：《北宋士族：家族、婚姻、生活》，臺北：中央研究院歷史語言研究所，2003 年 02 月。

49. 傅增湘：《藏園群書題記》，臺北：廣文書局，1967 年。

50. 程杰：《北宋詩文革新研究》，臺北：文津出版社，1996 年 12 月。

51. 童慶炳：《文學活動的美學闡釋》，西安：陝西人民出版社，1992 年 08 月。

52. 童慶炳：《文體與文體的創造》，昆明：雲南人民出版社，1999 年 07 月。

53. 童慶炳：《文學審美特徵論》，武昌：華中師範大學出版社，2000 年。

54. 逯耀東：《抑鬱與超越：司馬遷與漢武帝時代》，臺北：東大圖書公司，2007 年 05 月。

55. 馮書耕、金仞千：《古文通論》，臺北：國立編譯館，1979 年。

56. 黃一權：《歐陽修散文研究》，上海：華東師範大學出版社，2003 年 11 月。

57. 黃進德：《歐陽修評傳》，南京：南京大學出版社，2003 年 01 月。

58. 黃韻靜：《宋代《文選》類總集序類、題跋類研究》，高雄：高雄復文出版社，2009 年 03 月。

59. 楊家駱：《二十五史識語》，臺北：鼎文書局，1980 年 08 月。

60. 楊慶存：《宋代文學論稿》，上海：復旦大學出版社，2007 年 03 月。

61. 葉國良：《宋人疑經改經考》，臺北：國立臺灣大學，1980 年 06 月。

62. 葉國良、夏長樸、李隆獻：《經學通論》，臺北：大安出版社，2006 年 10 月。

63. 臺大中文主編：《紀念歐陽脩一千年誕辰國際學術研討會論文集》，臺北：國立臺灣大學中國文學系，2009 年 06 月。

64. 褚斌杰：《中國古代文體學》，臺北：臺灣學生書局，1991 年 04 月。

65. 劉子健：《歐陽修的治學與從政》，臺北：新文豐出版公司，1984 年 10 月。

66. 劉若愚：《歐陽修研究》，臺北：臺灣商務印書館，1989 年 05 月。

67. 劉德清：《歐陽修論稿》，北京：北京師範大學出版社，1991 年 09 月。

68. 劉德清：《歐陽修紀年錄》，上海：上海古籍出版社，2006 年 07 月。

69. 潘美月：《宋代藏書家考》，臺北：學海出版社，1980 年 04 月。

70. 蔡仁厚：《中國哲學史》，臺北：臺灣學生書局，2009 年 07 月。

71. 蔡世明：《歐陽修的生平與學術》，臺北：文史哲出版社，1986 年 09 月。

72. 蔡清和：《歐陽修《集古錄跋尾》之研究——以書學、佛老學、史學為主》，臺北：花木蘭文化工作坊，2005 年 12 月。（嘉義：國立中正大學中國文學研究所碩士論文，2002 年）

73. 蔣伯潛：《文體論纂要》，臺北：正中書局，1959 年 07 月。

74. 鞏本棟：《宋集傳播考論》，北京：中華書局，2009 年 04 月。

75. 錢穆：《中國學術思想史論叢（四）》，臺北：東大圖書公司，1991 年 04 月。

76. 錢穆：《中國學術思想史論叢（五）》，臺北：蘭臺出版社，2000 年。

77. 龍協濤：《文學讀解與美的再創造》，臺北：時報出版社，1993 年 08 月。

78. 謝佩芬：《北宋詩學中「寫意」課題研究》，臺北：國立臺灣大學，1998 年 06 月。

79. 謝保成：《隋唐五代史學》，北京：商務印書館，2007 年 01 月。

80. 瞿林東：《中國史學史綱》，臺北：五南出版社，2002 年 09 月。

81. 簡添興：《歐陽修交遊舉要》，嘉義：紅豆書局，1991 年 03 月。

82. 羅根澤：《中國文學批評史》，臺北：學海出版社，1980 年 09 月。

83. 嚴杰：《歐陽修年譜》，南京：南京出版社，1993 年 11 月。

84. 顧永新：《歐陽修學術研究》，北京：人民文學出版社，2003 年 08 月。

85. 顧易生、蔣凡：《先秦兩漢文學批評史》，上海：上海古籍出版社，1990 年。

86. 顧藎丞：《文體指南》，臺北：啟明書局，1958 年。

四、期刊論文（按照作者姓名首字筆劃排列）

（一）臺灣

1. 王國維：〈宋代之金石學〉，《國學論叢》第 1 卷第 3 號（北京清華學校研究院編、臺北：台聯國風影印，1973 年，頁 45～49）。

2. 王基倫：〈魏晉南北朝序體結構演變及其創造性轉化〉，《魏晉南北朝文學與思想學術研討會論文集》第三輯，臺北：文津出版社，1997 年 09 月。

3. 王基倫：〈歐陽脩《春秋》筆法之理解與應用〉，《臺北大學中文學報》第二期，2007 年 03 月。

4. 王基倫：〈「《春秋》筆法」的詮釋與接受〉，林慶彰、蔣秋華主編：《經典的形成、流傳與詮釋》，臺北：臺灣學生書局，2007 年 11 月。

5. 王基倫：〈歐陽脩古文的創作階段及風格嬗變〉，《紀念歐陽脩一千年誕辰國際學術研討會論文集》，臺北：國立臺灣大學中國文學系，2009 年 06 月。

6. 王連起：〈歐陽修書論對宋代書法的影響〉，王耀庭主編：《開創典範：北宋的藝術與文化研討會論文集》，臺北：國立故宮博物院，2008 年 07 月。

7. 王德毅：〈宋代史家的唐史學〉，《國立臺灣大學文史哲學報》第 50 期，1999 年 06 月。

8. 王德毅：〈宋人墓誌銘的史料價值〉，《東吳歷史學報》第 12 期，2004 年 12 月。

9. 何寄澎：〈歐陽修「詩文集序」作品之特色及其典範意義〉，《臺大中文學報》17 卷，2002 年 12 月，頁 109～124。

10. 車行健：〈從司馬遷《史記·太史公自序》看「漢代書序」的體制——以「作者自序」為中心〉，《中國文哲研究集刊》第 17 期，2000 年 09 月。

11. 周彥文：〈宋代坊肆刻書與詩文集傳播的關係〉，收於《文學與傳播的關係》，臺北：臺灣學生書局，1995 年 06 月。

12. 屈萬里：〈宋人疑經的風氣〉，收於《唐宋附五代史研究論集》，臺北：大陸雜誌社，1967 年。

13. 東英壽：〈試論歐陽脩史書的文體特色〉，收於《紀念歐陽脩一千年誕辰國際學術研討會論文集》，臺北：國立臺灣大學中國文學系，2009 年 06 月。

14. 柯慶明：〈文學傳播與接受的一些理論思考〉，《文學研究的新進路——傳播與接受》，臺北：洪葉文化，2004 年 07 月。

15. 柯慶明：〈「序」「跋」作為文學類型之美感特質的研究〉，《鄭因百先生百歲冥誕國際學術研討會論文集》，臺北：國立臺灣大學中國文學系，2005 年 07 月。

16. 翁同文：〈印刷術對於書籍成本的影響〉，《宋史研究集》第八輯，臺北：國立編譯館，1976 年。

17. 張圍東：〈宋代「崇文總目」之探討〉，《國立中央圖書館臺灣分館館刊》，第 6 卷第 4 期，2000 年 06 月。

18. 梅家玲：〈唐代贈序初探〉，《國立編譯館館刊》第 13 卷第 1 期，1984 年 06 月。

19. 陳植鍔：〈從疑傳到疑經——宋學初期疑古思潮論述〉，林慶彰編：《中國經學史論文選集》，臺北：文史哲出版社，1993 年 03 月。

20. 黃振民：〈論以「序」名篇之古文〉，《教學與研究》第 10 期，1988 年。

21. 黃啟方：〈范仲淹的詩文觀——從「唐異詩序」到「尹師魯河南集序」〉，《范仲淹一千年誕辰國際學術研討會論文集》，臺北：國立臺灣大學，1990 年 06 月。

22. 黃韻靜、方怡哲：〈歐陽脩跋文研究〉，《國立臺灣科技大學人文社會學報》第 5 期，2009 年 03 月。

23. 黃韻靜：〈歐陽修書序文研究〉，《崑山科技大學人文暨社會科學報》創刊號，2009 年 06 月。

24. 趙鴻中：〈論歐陽脩「事信言文」的理論與實踐〉，《國文天地》277 期，2008 年 06 月。

25. 劉靜貞：〈歐陽脩筆下的宋代女性——對象、文類與書寫期待〉，《臺大歷史學報》第 32 期，2003 年 12 月。

26. 戴晉新：〈司馬遷與班固對《春秋》的看法及其歷史書寫的自我抉擇〉，《輔仁歷史學報》第 5 期，1993 年 12 月。

27. 顏崑陽：〈論「文類體裁」的「藝術性向」與「社會性向」及其「雙向成體」的關係〉，《清華學報》第 35 卷第 2 期，2005 年 12 月。

28. 顏崑陽：〈論「文體」與「文類」的涵義及其關係〉，《清華中文學報》第 1 期，2007 年 09 月。

（二）中國

1. 文師華：〈論歐陽修的書法美學觀〉，《江西社會科學》1998 年第 10 期。

2. 王水照：〈歐陽修散文創作的發展道路〉，《社會科學戰線》，1991 年 01 月。

3. 朱迎平：〈宋代題跋文的勃興及其文化意蘊〉，《文學遺產》2000 年第 4 期。

4. 艾·朗諾：〈書籍的流通如何影響宋代文人對文本的觀念〉，《第四屆宋代文學國際研討會論文集》，杭州：浙江大學出版社，2006 年 10 月。

5. 艾·朗諾：〈對古「迹」的再思考——歐陽修論石刻〉，朱剛、劉寧主編：《歐陽修與宋代士大夫》，上海：上海人民出版社，2007 年 09 月。

6. 谷曙光：〈論歐陽修對韓愈詩歌的接受與宋詩的奠基〉，《北京師範大學學報》（社會科學版），2005 年第 3 期。

7. 洪本健：〈略論「六一風神」〉，《文學遺產》1996 年第 1 期。

8. 洪本健：〈歐陽修繼承了司馬遷的哪些精神〉，收於劉德清編：《歐陽修研究》，上海：學林出版社，2008 年 02 月。

9. 張靜：〈唐代序文研究述評〉，《鄭州大學學報》（哲學社會科學版），2001 年 03 月。

10. 劉德清：〈論歐陽修的散文〉，《吉安師專學報》，1995 年 11 月。

11. 潘友梅：〈試論歐陽修序文的成就〉，《阜陽師院學報》（社科版），1993 年 03 期。

五、學位論文

（一）臺灣

1. 陳芳明：《北宋史學的忠君觀念》，臺北：國立臺灣大學歷史研究所碩士論文，1973 年 06 月。

2. 江正誠：《歐陽修的生平及其文學》，臺北：國立臺灣大學中國文學研究所博士論文，1978 年。

3. 葉國良：《宋代金石學研究》，臺北：國立臺灣大學中國文學研究所博士論文，1982 年 12 月。

4. 李慕如：《歐陽修古文之研究》，高雄：國立高雄師範大學國文研究所碩士論文，1989 年。

5. 王基倫：《韓歐古文比較研究》，臺北：國立臺灣大學中國文學研究所博士論文，1991 年 06 月。

6. 李珠海：《唐代序文研究》，臺北：國立臺灣大學中國文學研究所碩士論文，1995 年。

7. 陳念先：《從《新五代史》看歐陽脩的學術思想》，臺北：輔仁大學中國文學研究所碩士論文，1999 年。

8. 郝至祥：《兩《唐書》書法暨筆法比較研究——兼論《新唐書》闢佛刪史》，臺中：逢甲大學中國文學研究所碩士論文，2000 年。

9. 張圍東：《宋代《崇文總目》之研究》，臺北：中國文化大學史學研究所博士論文，2000 年。

10. 張蜀蕙：《書寫與文類——以韓愈詮釋為中心探究北宋書寫觀》，臺北：國立政治大學中國文學研究所博士論文，2000 年 07 月。

11. 程曉文：《文章、學術與政治：北宋慶曆學者之文化網絡與學術理念》，臺北：國立臺灣大學中國文學研究所碩士論文，2004 年。

12. 高光敏：《北宋時期對韓愈接受之研究》，臺北：國立臺灣師範大學國文研究所博士論文，2004 年 06 月。

（二）中國

1. 李志廣：《唐代序文文體概說》，大連：遼寧師範大學碩士論文，2001 年。

2. 杜娟：《歐陽修《集古錄跋尾》研究》，濟南：山東大學碩士論文，2007 年。

六、國科會專題研究計畫

1. 顏崑陽：〈從歷代文章分類析釋「類體互涉」關係及其在文體學上的意義〉，頁 7，國科會專題研究計畫（NSC92－2411－H－259－013），2004 年 10 月。

後　記

　　布帛紙墨容易散毀，金石器物也會殘損。而人生中，總有些事情是不變的，不是嗎？

　　2007 年時，在論文指導教授王基倫先生的唐宋文學專題課堂中，一步一步學會了如何做學問。這些年所學到的人生經驗，是不變的吧！

　　感謝臺灣大學何寄澎教授與崑山科技大學黃韻靜副教授，在學位論文口試時給予諸多指導與手下留情。這些研究精神是不變的吧！

　　至於父母兄嫂、書籍筆電、捷運站與承德路、統聯車票與高鐵六折、碩士論文與教師甄試、深夜師大校園與清晨早操旋律，這段南北奔波、日夜如一的生活記憶，也是不變的吧！

　　依照序跋分類，這篇後記實屬「跋文」，書跋多議論。然而，人生需要多少議論？需要多少考訂？人生自是有情痴。人生中，總有一些事是要變的，不是嗎？

　　日後檢視在論文與教甄的重疊期所完成的碩士論文，才發現有許多謬誤以及語焉不詳之處。本書稍作修訂，以求事信而言文。

趙鴻中記於臺南

2012、06、10